Jean-Christophe Rufin

de l'Académie française

Le grand Cœur

Gallimard

Médecin, engagé dans l'action humanitaire, Jean-Christophe Rufin a occupé plusieurs postes de responsabilités à l'étranger. Il a été ambassadeur de France au Sénégal.

Il a d'abord publié des essais consacrés aux questions internationales. Son premier roman, *L'Abyssin*, paraît en 1997. Son œuvre romanesque, avec *Asmara et les causes perdues*, *Globalia*, *La Salamandre* entre autres, ne cesse d'explorer la question de la rencontre des civilisations et du rapport entre monde développé et pays du Sud. Ses romans, traduits dans le monde entier, ont reçu de nombreux prix, dont le prix Goncourt 2001 pour *Rouge Brésil*. Il a été élu à l'Académie française en juin 2008. *Le parfum d'Adam*, publié en 2007, et *Katiba*, publié en 2010, sont les deux premiers volets de la série romanesque *Les enquêtes de Providence*. Il est également l'auteur d'un recueil de nouvelles, *Sept histoires qui reviennent de loin*, du roman historique *Le grand Cœur* et d'*Immortelle randonnée*, récit de son pèlerinage vers Saint-Jacques-de-Compostelle.

Deux étions et n'avions qu'un cœur.

FRANÇOIS VILLON

I

SUR LA TERRE DU ROI FOU

Je sais qu'il est venu pour me tuer. C'est un petit homme trapu qui n'a pas les traits phéniciens des gens de Chio. Il se cache comme il peut, mais je l'ai remarqué à plusieurs reprises dans les ruelles de la ville haute et sur le port.

La nature est belle sur cette île et il m'est impossible de croire qu'un tel décor puisse être celui de ma mort. J'ai eu si peur dans ma vie, j'ai tant de fois craint le poison, l'accident, le poignard que j'ai fini par me faire une idée assez précise de ma fin. Je l'ai toujours imaginée dans la pénombre, au crépuscule d'un jour de pluie, sombre et humide, un jour semblable à celui où je suis né et à tous ceux de mon enfance. Comment ces énormes figuiers gonflés de suc, ces fleurs violettes qui pendent en grappes le long des murs; comment cet air immobile, aussi frémissant de chaleur que la main d'un amoureux, ces chemins qui sentent les aromates, ces toits de tuiles, rondes comme des hanches de femmes, comment toutes ces splendeurs calmes

13

et simples pourraient-elles servir d'instrument à la nuit absolue et éternelle, à la froidure violente de ma mort?

J'ai cinquante-six ans. Mon corps est en pleine santé. Les tortures que j'ai subies pendant mon procès n'ont laissé aucune trace. Elles ne m'ont même pas dégoûté des humains. Pour la première fois depuis bien longtemps, depuis toujours peut-être, je n'ai plus peur. La gloire, la plus extrême richesse, l'amitié des puissants ont tari ce qu'il pouvait y avoir en moi d'ambition, d'impatience avide, de désirs vains. La mort, si elle me frappait aujourd'hui, serait plus injuste que jamais.

Elvira, auprès de moi, ne sait rien. Elle est née sur cette île grecque et ne l'a jamais quittée. Elle ignore qui je suis et c'est cela que j'aime en elle. Je l'ai rencontrée après le départ des bateaux de la croisade. Elle n'a pas vu les capitaines de navire, les chevaliers harnachés pour combattre, le légat du pape me témoigner leur respect forcé et leurs hommages hypocrites. Ils avaient cru à mes prétendues douleurs et flux de ventre, et avaient accepté de m'abandonner sur cette île pour que j'y guérisse ou, plus probablement, que j'y meure. Je les avais suppliés de m'installer dans une auberge près du port et non dans la citadelle du vieux podestat. Je leur avais dit que je mourrais de honte si ce noble Génois, à son retour de voyage, apprenait que j'avais déserté le combat... En réalité, je craignais surtout qu'il découvre que j'étais en parfaite santé. Je ne voulais pas devenir

14

son obligé et qu'il m'empêche, le moment venu, de quitter l'île, pour jouir de ma liberté.

Il y eut donc cette scène ridicule, moi couché, les bras étendus sur les draps, suant non de fièvre, mais de la touffeur du port qui pénétrait dans la chambre. Au pied de mon lit, en une bousculade qui débordait sur l'escalier de bois et jusqu'à la salle basse au-dessous, se pressait un groupe de chevaliers en cotte, de prélats vêtus de leur plus belle chasuble, sortie des coffres de leur nave, et toute fripée encore d'y avoir été serrée, des capitaines, le heaume sous le bras, essuyant des larmes de leurs gros doigts. Chacun, par son silence embarrassé, prétendait faire absoudre la lâcheté qu'il pensait commettre en m'abandonnant à mon sort. Mon silence à moi se voulait celui de l'absolution, du destin accepté sans murmurer. Quand le dernier visiteur fut parti, quand je fus certain de ne plus entendre, en bas dans la ruelle, le cliquetis des armes, les bruits de semelles et de fers sur les pavés, je laissai exploser le rire que j'avais si difficilement contenu. J'ai ri pendant un bon quart d'heure.

En m'entendant, l'aubergiste grec crut d'abord que l'agonie avait pris chez moi ce masque odieux de comédie. Quand je repoussai les draps et me levai, il finit par comprendre que j'étais simplement heureux. Il monta du vin jaune et nous trinquâmes. Le lendemain, je le payai bien. Il me livra des habits de paysan et j'allai me promener en ville pour préparer ma fuite hors de cette île. C'est à ce moment-là seulement que j'ai découvert l'homme qui veut m'assassiner. Je ne m'attendais pas à cette rencontre. Elle a provoqué en moi plus de désarroi que de peur. J'ai une longue habitude, hélas, de ces menaces, mais elles avaient à peu près disparu ces derniers mois et je m'en étais cru délivré. La traque dont je suis l'objet contrariait de nouveau mes plans. Mon départ de cette île devenait plus compliqué, plus dangereux.

D'abord, il me fallait éviter de séjourner en ville, où l'on pouvait facilement me démasquer. Je demandai à l'aubergiste de me louer une maison cachée dans la campagne. Il en a trouvé une dès le lendemain et m'a indiqué le chemin. Je suis parti à l'aube, il y a maintenant une semaine. C'est au dernier moment que j'ai découvert la maison, car elle est protégée des vents de terre par des haies d'épineux qui la dissimulent aux regards. Je suis arrivé aux heures chaudes de la matinée, en nage et couvert de la poussière fine du chemin crayeux. Une grande femme brune m'attendait, qui se nomme Elvira. L'hôtelier avait dû juger considérable la somme que je lui avais donnée et il avait cru à une erreur. Pour éviter que je ne revienne la corriger, il avait alourdi le service qu'il m'avait rendu en ajoutant une femme à la location des murs.

Elvira, avec qui je ne pouvais communiquer que par le regard, m'accueillit avec une simplicité que je n'avais pas connue depuis bien longtemps. Je n'étais pour elle ni l'Argentier du roi de France, ni le fugitif que protégeait le pape, mais seulement Jacques. Mon nom de famille, elle l'apprit quand je pris sa main pour la poser sur mon cœur. Tout l'effet que lui fit cet aveu fut qu'elle saisit à son tour ma main et que, pour la première fois, je sentis contre ma paume son sein rond et ferme.

Silencieusement, elle me fit ôter mes vêtements et me lava avec une eau parfumée de lavande qui avait chauffé en plein soleil dans une jarre. Pendant qu'elle me frottait doucement avec des cendres fines, je regardais au loin l'escarpement gris-vert de la côte que couvraient des oliviers. Les navires de la croisade avaient attendu le meltem pour quitter le port. Ils s'éloignaient lentement, les voiles mal gonflées par le vent tiède. Comment pouvait-on appeler encore croisade cette ultime promenade nautique, bien à distance des Turcs ? Trois siècles plus tôt, quand des chevaliers, des prêcheurs, des misérables couraient sus à la Terre sainte pour y trouver le martyre ou la gloire, le mot avait un sens. Aujourd'hui que les Ottomans étaient partout victorieux, que nul n'avait ni l'intention ni les moyens de les combattre et que l'expédition se bornait à encourager et armer de bonnes paroles les quelques îles qui étaient encore décidées à leur résister, quelle imposture de recouvrir ce voyage du nom ronflant de croisade ! C'était seulement le caprice d'un vieux pape. Hélas, ce vieux pape m'avait sauvé la vie, et j'avais pris part, moi aussi, à la mascarade.

Elvira saisit ensuite une éponge de mer gonflée d'eau tiède. Elle me rinça méthodiquement, sans négliger le moindre espace de peau et je frissonnai au contact de ce qui avait la douceur âpre d'une langue de félin. Les bateaux avaient l'air maussade, sur le bouclier bleu de la mer. Ils se balançaient en avançant à peine, leurs mâts penchés comme les cannes d'une troupe d'invalides. Tout autour de nous, les grillons tenaient une note intense qui tendait le silence et l'emplissait d'attente. Quand j'attirai Elvira vers moi, elle résista et m'emmena dans la maison. Pour les habitants de Chio, comme pour tous les peuples de l'Orient, le plaisir est dans l'ombre, la fraîcheur, la clôture. Le grand soleil, la chaleur et l'espace sont pour eux des violences insupportables. Nous sommes restés couchés jusqu'à la nuit et ce premier soir nous avons dîné sur la terrasse d'olives noires et de pain, à la lueur d'une lampe à huile.

Le lendemain, caché sous mon déguisement, le visage dissimulé dans l'ombre d'un grand chapeau de paille, j'ai accompagné Elvira en ville. Au marché, derrière un étal de figues, j'ai aperçu de nouveau l'homme qui est là pour me tuer.

En d'autres temps, cette découverte m'aurait incité à agir : j'aurais cherché à fuir ou à combattre. Cette fois, et sans que je n'aie rien décidé, je suis resté paralysé. C'est étrange comme, au lieu de me précipiter vers l'avenir, le danger me ramène maintenant à mon passé. Je ne vois

pas ma vie de demain, seulement celle d'aujourd'hui et surtout d'hier. L'instant présent,
dans sa douceur, rappelle à lui les fantômes de
la mémoire et, pour la première fois, je sens in-
tensément le besoin de fixer ces images sur le
papier.

Il me semble que l'homme lancé à mes
trousses n'est pas seul. En général, ces tueurs
agissent en groupe. Je suis sûr qu'Elvira pourrait
en apprendre beaucoup sur eux. Elle prévient
le moindre de mes désirs. Si l'un d'eux était de
vivre, elle se dévouerait pour le satisfaire. Mais
je ne lui ai rien dit, rien fait sentir. Non pas que
je veuille mourir. Je pense confusément que ma
mort, quand elle viendra, s'inscrira dans un destin et qu'il m'importe d'abord de le déchiffrer.
Voilà pourquoi toutes mes pensées me ra-
mènent en arrière. Le temps enfui a noué dans
mon esprit une pelote serrée de souvenirs. Il me
faut lentement la dévider pour tendre enfin le
fil de ma vie, et comprendre qui doit un jour le
couper. C'est ainsi que je me suis mis à écrire
ces Mémoires.

Elvira a disposé une planche sous la treille, du
côté de la terrasse où l'ombre vient dès la fin de
la matinée. Du matin jusqu'à la fin de l'après-
midi, j'écris là. Ma main n'est pas accoutumée à
tenir la plume. D'autres l'ont fait pour moi depuis bien des années et plus pour aligner des
chiffres que des mots. Lorsque je me discipline à
former des phrases, lorsque je me force à mettre
de l'ordre dans ce que la vie a jeté pêle-mêle en

moi, je ressens dans les doigts et dans l'esprit une douleur bien proche de la jouissance. Il me semble que je participe d'une façon nouvelle au laborieux accouchement par lequel ce qui est venu au monde y retourne, en forme d'écriture, après la longue gestation de l'oubli.

Au feu du soleil de Chio, tout ce que j'ai vécu devient clair, coloré et beau, même les moments douloureux et sombres.

Je suis heureux.

*

Mon plus ancien souvenir date de mes sept ans. Jusque-là, tout est mêlé, obscur, uniformément gris.

Je suis né au moment où le roi de France perdait la raison. On m'a très tôt raconté cette coïncidence. Je n'ai jamais cru qu'il pût y avoir le moindre lien, fût-il surnaturel, entre la folie brutale de Charles VI, survenue à cheval tandis qu'il traversait la forêt d'Orléans, et ma naissance non loin de là, à Bourges. Mais j'ai toujours pensé que la lumière du monde s'était éteinte avec la raison du monarque, comme pendant l'éclipse d'un astre. De là venait l'horreur qui nous environnait.

À la maison ou au-dehors, on ne parlait que de la guerre contre les Anglais, qui durait depuis plus d'un siècle. Chaque semaine, chaque jour parfois, nous parvenait le récit d'un nouveau massacre, d'une infamie subie par des innocents. Encore, nous étions en ville et protégés. La campagne, où je n'allais pas, semblait supporter toutes les violences. Nos servantes, qui avaient de la famille dans les villages alentour, en revenaient avec des histoires monstrueuses. Mon frère, ma sœur et moi étions tenus à l'écart de ces descriptions de femmes violées, d'hommes torturés, de fermes brûlées et, bien sûr, nous n'avions pas de plus grand désir que de les entendre.

Tout cela se déroulait dans la grisaille et la pluie. Notre bonne ville semblait baigner dans un éternel crachin. Il devenait un peu plus noir l'hiver, mais jusqu'à la fin du printemps et dès le début de l'automne, il passait par tous les tons du gris. Seul l'été voyait s'établir durablement le soleil. Alors, la chaleur faisait subir à la ville une violence à laquelle elle n'était pas préparée et les rues se chargeaient de poussière. Les mères craignaient les épidémies : elles nous confinaient dans les maisons où les volets clos nous redonnaient de l'ombre et du gris, si bien que nous n'en perdions jamais l'usage.

J'avais acquis la vague conviction que le monde n'allait ainsi que parce que nous vivions sur la terre maudite d'un roi fou. Jusqu'à l'âge de sept ans, il ne m'est pas venu à l'esprit que ce malheur pouvait être circonscrit : je n'avais pas l'imagination d'un ailleurs, pire ou meilleur mais différent. Il y avait bien les pèlerins de Saint-Jacques qui partaient pour des terres lointaines et presque fabuleuses. Je les voyais remonter notre rue. La besace au côté, ils tenaient leurs sandales à la main, les pieds rafraîchis pendant des heures dans l'Auron qui coule en bas de notre faubourg. On disait qu'ils allaient vers la mer. « La mer » ? Mon père m'avait fait la description de cette étendue d'eau immense, aussi grande que des campagnes. Mais ses propos étaient confus : je n'avais pas eu de mal à comprendre qu'il répétait des paroles confiées par d'autres. Lui-même ne l'avait jamais vue.

Tout a changé l'année de mes sept ans, le soir où je découvris les yeux rouges et la toison fauve de la bête.

Mon père était pelletier. Il avait appris son métier dans un petit bourg. Quand il fut bien habile à traiter les simples peaux de renard ou de lièvre, il vint en ville. Deux fois l'an, dans les grandes foires, des marchands de gros vendaient des fourrures plus rares de vair ou de petit-gris. Hélas, les dangers de la guerre rendaient le plus souvent le voyage impossible. Mon père devait compter sur de petits négociants pour apporter jusqu'à lui les peaux achetées aux grossistes. Certains de ces marchands étaient des chasseurs qui avaient traqué eux-mêmes les animaux au fond des forêts. Ils s'étaient mis en route en usant des peaux comme d'une monnaie : ils les échangeaient en chemin contre de la nourriture ou un gîte. Ces hommes des bois étaient en général vêtus eux-mêmes de fourrure. Mais ils la portaient pelage apparent, tandis que l'ouvrage des fourreurs comme mon père était de monter les peaux retournées, le pelage vers le dedans, pour tenir chaud, dépassant à peine le bord des manches ou du col. Longtemps, je fis la différence entre le monde civilisé et la barbarie sur ce seul critère. J'appartenais à la société des hommes évolués et j'enfilais chaque matin un pourpoint doublé d'une invisible toison. Tandis que les hommes sauvages, à l'image des bêtes, paraissaient encore couverts de poils, peu importait que ce ne fussent pas les leurs.

Dans l'atelier qui ouvrait sur la courette, à l'arrière de la maison, étaient empilées par ballots d'un ou deux timbres des fourrures de vair, de martre, de zibeline. Leurs tons gris, noir, blanc, étaient à l'unisson de nos églises de pierre, de nos toits d'ardoise que la pluie rendait d'un violet tirant sur le noir. Des reflets roux, sur certaines peaux, rappelaient les feuillages d'automne. Ainsi, de chez nous jusqu'aux forêts profondes des pays lointains, la même monotonie de couleur répondait à la mélancolie des jours. On disait de moi que j'étais un enfant triste. En vérité, je ressentais plutôt la déception d'être arrivé trop tard dans un monde que la lumière avait quitté. Je nourrissais le vague espoir qu'elle pût un jour se rallumer, car je ne sentais pas en moi de disposition à la mélancolie. Il ne fallait qu'un signe pour que ma vraie nature ne se révèle...

Le signe attendu est arrivé un soir de novembre. Les vêpres avaient sonné à la cathédrale. Dans notre maison neuve, tout en bois, je partageais une chambre avec mon frère au deuxième étage sous la pente du toit. Je jouais à lancer une pelote au chien de ma mère. Rien ne m'amusait autant que de le voir plonger dans l'escalier raide, la queue en l'air, quand je lui jetais la pelote. Il remontait en la tenant fièrement dans la gueule et grognait pendant que je la lui reprenais. La soirée était morne. J'entendais la pluie crépiter sur le toit. Mon esprit vagabondait. Je lançais sa balle d'étoupe au chien, mais son manège ne m'amusait plus. Soudain, un calme inattendu se fit dans la chambre : le chien avait dévalé l'escalier mais n'était plus remonté. Je ne m'en rendis pas compte tout de suite. Quand je l'entendis japper à l'étage du dessous, je pris conscience que quelque chose d'anormal était survenu. Je rejoignis le chien. Il se tenait en haut de la volée d'escalier qui montait du rez-de-chaussée. Le museau en l'air, il semblait avoir flairé quelque chose en bas. Je reniflai, mais mon odorat d'humain ne décelait rien d'inhabituel. L'odeur du pain cuit que la servante préparait avec ma mère une fois la semaine couvrait le remugle des fourrures auquel nous étions tous habitués. J'enfermai le chien dans un réduit où ma mère entreposait des draps et des coussins et descendis doucement voir ce qui pouvait bien se passer. J'évitai de faire grincer les ais, car mes parents interdisaient que nous séjournions sans raison dans les pièces basses.

Un coup d'œil par une porte entrouverte me fit voir qu'il ne se passait rien d'anormal dans la cuisine. La cour était déserte. J'approchai de l'atelier de mon père. L'ouvroir de la boutique du côté de la rue était fermé, comme chaque soir, par des panneaux de bois plein. Cela signifiait que les compagnons étaient partis, après les derniers clients. Pourtant, mon père n'était pas seul. Tapi contre la porte qui donnait sur la cour, j'aperçus de dos un homme inconnu. Il tenait un sac de jute à la main, dans lequel s'agitait une forme. Les silhouettes de mon père et du visiteur se détachaient sur le fond blanc d'une tenture de ventres d'écureuils en cours d'assemblage. Un flambeau éclairait largement la pièce. J'aurais dû remonter tout de suite. Ma présence à cet endroit et de surcroît pendant une visite était rigoureusement interdite. Mais je n'avais aucune envie de partir et d'ailleurs il était trop tard. Tout se passa très vite.

Mon père dit : « ouvrez », et l'homme lâcha le collet du sac. L'animal qui sauta au-dehors avait la taille d'un petit dogue. Un collier le retenait à une chaîne. Elle se tendit brutalement quand la bête bondit vers mon père. Elle émit un son étranglé puis se cabra. Elle regarda dans ma direction et, la gueule largement ouverte, poussa un cri rauque, tel que je n'en avais jamais entendu. Perdant toute prudence, je me dressai et apparus dans l'embrasure de la porte. La bête tenait ses yeux dans les miens, des yeux d'un blanc de porcelaine bordés d'un trait net de poils noirs. Elle se présentait de trois quarts et me laissait apercevoir ses flancs. Jamais je n'avais vu une telle couleur et jamais je n'avais imaginé qu'un pelage de cette sorte existât. À la lumière du chandelier, la toison était dorée et, semées sur ce fond de soleil immobile, des taches arrondies brillaient comme des astres noirs.

Mon père marqua un instant de mauvaise humeur puis, au moment où je prenais conscience de la folie de mon geste, il m'apaisa.

— Jacques, dit-il. Tu tombes bien. Approche un peu et regarde.

Je fis un mouvement timide vers l'avant et l'animal bondit, rattrapé au vol par la chaîne que l'homme tenait serrée dans son poing.

— Pas plus près ! cria l'inconnu.

C'était un vieillard à la peau parcheminée, le visage maigre souillé d'une barbe courte et sans soin.

— Reste où tu es, ordonna mon père. Mais regarde bien. Tu n'en verras peut-être plus d'autres : c'est un léopard.

Mon père, son bonnet de martre sur la tête, contemplait le félin, qui clignait lentement des paupières. L'homme sourit, découvrant sa bouche édentée.

— Il vient d'Arabie, souffla-t-il.

Je gardai les yeux fixés sur la bête. La couleur dorée de sa fourrure se mêlait au mot qui venait de m'être révélé. Et l'homme scella encore davantage cette union en ajoutant :

— Là-bas désert, sable, soleil. Toujours chaud. Très chaud.

J'avais entendu parler du désert au caté-chisme, mais je n'imaginais pas à quoi pouvait ressembler le lieu où le Christ s'était retiré pendant quarante jours. Et tout à coup, ce monde venait à moi. Je vois tout cela aujourd'hui, mais sur l'instant, il n'y eut rien d'aussi clair dans ma conscience. D'autant que presque aussitôt la bête, qui s'était tenue calme, se mit à rugir et tira sur sa chaîne, au point de faire tomber mon père à la renverse dans une balle de peaux de castors. L'étranger sortit un bâton de sa tunique et se mit à frapper l'animal si fort que je ne dou-tais pas qu'il l'avait tué. Quand la bête fut allon-gée sans connaissance à terre, il la saisit par les pattes et la fourra de nouveau dans son sac. Je n'en vis pas plus, car les mains de ma mère s'étaient posées sur mes épaules et m'avaient porté en arrière. Elle m'a dit ensuite que je m'étais évanoui. Le fait est que je me suis ré-veillé dans ma chambre au petit matin, certain d'avoir rêvé jusqu'à ce que mes parents, au dé-jeuner, m'entretiennent de l'incident.

Avec le recul du temps, je sais aujourd'hui précisément ce que signifiait cette visite. L'homme était un vieux gitan qui faisait profes-sion de montrer son léopard dans les lieux où il passait. Il était parfois reçu dans les châteaux, par des seigneurs en mal de distraction. Plus souvent, il hantait les foires et les places de vil-lage. Il avait acheté la bête à un marchand, sur les chemins de la Terre sainte. Désormais, le gitan se faisait vieux et son léopard était malade. Si j'avais eu plus d'expérience, j'aurais remarqué que l'animal était affaibli, édenté et famélique. Le montreur avait tenté de le céder à un autre forain, mais aucun ne voulait lui en donner un bon prix. C'est alors qu'il eut l'idée de le vendre pour sa peau. Il était passé devant l'atelier de mon père et lui avait proposé l'affaire. Elle ne se fit pas et je n'en sus jamais la raison. Mon père n'avait sans doute pas la clientèle pour une telle pièce. Ou peut-être eut-il pitié de l'animal. Après tout, si ma mère était fille de boucher, lui ne traitait jamais que des dépouilles et n'avait pas l'âme d'un écorcheur.

L'épisode resta isolé. Je n'avais pas besoin qu'il se renouvelle pour en être définitivement marqué. J'avais entrevu un autre monde. Un monde d'ici-bas et vivant, pas cet au-delà de la mort que nous promettaient les Évangiles. Il avait une couleur, celle du soleil et un nom : l'Arabie. C'était un fil ténu mais je m'obstinai à le tirer. J'interrogeai l'abbé du chapitre de Saint-Pierre, notre paroisse. Il me parla du désert, de saint Antoine et des bêtes sauvages. Il me parla de la Terre sainte où était allé son oncle, car il était de famille noble et connaissait des chevaliers.

J'étais jeune encore pour comprendre ce qu'il me disait. Toutefois, il me confirmait dans l'idée que mon pressentiment était fondé. La pluie, le froid, l'obscurité et la guerre n'étaient pas le monde entier. Au-delà de la terre du roi fou existaient d'autres espaces dont je ne savais rien mais que je pouvais imaginer. Ainsi, le rêve n'était pas seulement la porte de la mélancolie, une simple absence au monde, mais beaucoup plus : la promesse d'une autre réalité.

Un soir, quelques jours après, mon père, à voix basse, nous confiait une terrible nouvelle : le frère du roi, Louis d'Orléans, avait été assassiné à Paris. Les oncles du roi fou allaient s'entretuer pour de bon. Jean de Berry, près duquel nous vivions et dont la cour faisait l'essentiel des clients de mon père, n'allait plus pouvoir longtemps rester neutre entre ses frères. La guerre soufflait désormais sur nous son haleine pestilentielle. Mes parents tremblaient de peur et, quelque temps plus tôt, j'aurais cédé moi aussi à la panique.

Maintenant, à l'instant où le monde faisait trop mal, la bête surgissait de son sac et me fixait en rugissant. Il me semblait que si tout s'obscurcissait, il serait toujours temps pour moi de m'enfuir vers le soleil. Et je me répétais sans le comprendre ce mot magique : l'Arabie.

*

La guerre mit cinq ans à nous rejoindre. Quand elle toucha notre ville, je n'avais plus l'âge de la craindre mais plutôt de la désirer.

J'avais douze ans l'été où l'armée du roi fou, alliée aux Bourguignons, marcha sur nous. Le duc de Berry, notre bon duc Jean comme disait mon père avec un douloureux sourire, avait été empêché d'entrer dans Paris, où il possédait une résidence. Contraint de quitter sa prudence habituelle, il avait pris parti pour les Armagnacs. « Armagnacs », « Bourguignons », j'entendais ces noms parfumés et mystérieux à table, quand mes parents parlaient entre eux. Dehors, dans nos jeux, nous prenions tour à tour le rôle d'un de ces grands personnages. Nous aussi, nous nous battions entre frères. À défaut de comprendre la politique dans ses détails, nous pensions en avoir saisi à tout le moins l'un des ressorts.

Nous sûmes que les Bourguignons approchaient par des rumeurs provenant des campagnes. Notre servante tomba sur une troupe, en allant voir ses parents. Plusieurs villages autour du leur avaient été brûlés et pillés. La pauvre fille pleurait, en racontant les malheurs de sa famille. Elle avait besoin de se confier et je la faisais parler.

Quoique ces événements fussent très proches, ils provoquaient en moi non la peur mais plutôt une intense curiosité. Je voulais tout savoir des soldats et surtout des chevaliers. Les récits de notre servante me décevaient beaucoup sur ce point. Les rapines commises dans les campagnes étaient le fait de vulgaires soudards. À aucun moment, ses parents n'avaient aperçu de véritables combattants tels que je les imaginais.

Car ma passion pour l'Orient m'avait conduit

à entendre beaucoup de récits sur les croisades. J'avais connu à la Sainte-Chapelle un vieillard devenu diacre qui, en son jeune temps, avait fait le chemin de la Terre sainte pour y combattre.

Je partageais ainsi la passion de beaucoup de mes camarades de jeu, quoique sur la base d'un profond malentendu. Eux cédaient à l'attrait pour les armes, les chevaux, les tournois, toutes formes de violence et d'exploits qui ont un grand prestige chez les jeunes gens. Pour moi, la chevalerie était plutôt un véhicule vers le monde enchanté de l'Orient. Si j'avais connu une autre façon de se transporter jusqu'en Arabie, il m'eût tout autant fasciné. À l'époque, je ne doutais pas que le seul moyen de s'y rendre et de vaincre tous les obstacles qui se dressaient sur cette route était de chevaucher un destrier caparaçonné, revêtu d'une armure et l'épée au côté.

Nous étions un groupe d'une quinzaine d'enfants du même âge, nés dans les mêmes quartiers de parents bourgeois. Quelques rejetons de domestiques ou de colporteurs se joignaient à nous ; les fils de nobles nous ignoraient. J'étais un peu plus grand en taille que les autres mais de constitution fragile. Je parlais peu et ne me donnais jamais complètement dans les jeux. Une part de moi restait à l'écart. Cette attitude détachée paraissait certainement hautaine. On me tolérait dans le groupe. Pourtant, à l'heure des confidences, des récits grivois, mes amis faisaient en sorte de me laisser de côté.

Il y avait parmi nous un chef. C'était un gros garçon appelé Éloi dont le père était boulanger. Ses cheveux bouclés, noirs et drus, évoquaient pour moi la fourrure de mouton. Sa puissance physique était déjà remarquable. Mais l'ascendant qu'il exerçait sur le groupe devait surtout à la crainte que suscitaient ses audaces verbales et ses vantardises. La victoire lui était acquise avant même le combat, du seul fait de sa réputation.

Fin juin, les Bourguignons s'annoncèrent aux abords de la ville. Il fallait se préparer à tenir un siège. Des troupeaux furent ramenés en hâte dans les faubourgs. Les places étaient encombrées de tonneaux remplis de salaison, de vin, de farine ou d'huile.

C'était un été précoce et pourri. Début juillet des orages éclatèrent. La pluie faisait jaillir à gros débit les jets de volée, ajoutant au désordre et à la panique. Pour le plus grand bonheur de notre troupe de gamins, des hommes en armes firent leur apparition dans la ville et se préparèrent à la défendre. La cour du duc Jean était jusque-là restée plus portée sur les arts et les plaisirs que sur le combat. Les grands personnages n'y paraissaient jamais en tenue de guerre. Désormais, la menace qui pesait sur la ville changeait tout. Les nobles reprenaient l'apparence qui avait fait jadis mériter à leurs ancêtres de devenir comtes ou barons. Pour la première fois de ma vie, j'approchai un jour un chevalier.

Il remontait au pas la rue pavée qui mène à la

cathédrale. Je courus à ses côtés. Il me semblait que, si je sautais en croupe, il m'emmènerait jusqu'en Arabie, au pays du soleil éternel, sur la terre des vives couleurs et du léopard. Le cheval était couvert d'un drap brodé d'or. Dans les étriers passaient les pieds articulés de l'armure. Inexplicablement, je me sentais indifférent à l'homme qui s'était glissé sous cette carapace. Ce qui m'attirait plus que tout, c'était la matière travaillée qui le rendait invulnérable, l'acier martelé dont les pièces formaient l'armure, la peinture brillante de l'écu, le tissu épais qui couvrait le cheval. Un homme simplement vêtu sur une monture ordinaire n'aurait pas eu les pouvoirs fabuleux que je prêtais à ce chevalier.

J'étais, hélas, condamné à rêver, car il me semblait impossible de parvenir un jour à quitter la condition de bourgeois dont je commençais à prendre conscience.

Mon père m'emmenait de plus en plus souvent avec lui au palais ducal quand il y traitait des affaires. Il n'espérait pas faire de moi un artisan, car j'étais fort malhabile. Il me voyait plutôt occupé de commerce. J'aimais le décor de ces visites, ces salles hautes, les gardes à chaque porte, les riches tentures, les dames que paraient des étoffes colorées. J'aimais les gemmes qui ornaient les colliers, l'éclat des pommeaux à la hanche des hommes, le chêne blond des parquets. Mon intérêt redoubla quand mon père m'expliqua, au cours d'une longue attente dans l'antichambre d'un des parents du duc, que le parfum si particulier qui s'attachait à ces lieux provenait d'essences trafiquées de l'Orient.

Cependant, ces séjours au palais avaient achevé de m'ôter tout espoir d'entrer dans ce monde. Mon père y était traité avec un mépris odieux qu'il s'efforçait de m'apprendre à supporter. Quiconque vendait à des princes devait, selon lui, se sentir honoré. Rien n'était trop beau pour cette clientèle. Tous les talents, tous les efforts, les nuits passées à coudre, à couper, à concevoir des modèles, tout cela ne prenait un sens et une valeur qu'à l'instant où un riche client s'en déclarait satisfait. Je retins la leçon et acceptai notre sort. J'appris à placer le courage dans le renoncement. Quand nous rentrions d'une visite au palais durant laquelle mon père avait été rudement traité, j'étais fier de lui. Je lui prenais la main pendant que nous marchions jusqu'à la maison. Il tremblait et, aujourd'hui, je sais que c'était d'humiliation et de rage. Cependant, à mes yeux, la patience dont il avait fait preuve était la seule forme de bravoure qui nous était réservée, puisqu'il ne nous serait jamais donné de porter les armes nobles.

Parmi mes camarades, je cultivais une réserve distante sur le modèle de mon père. Je parlais rarement, acquiesçais à ce qu'ils disaient et prenais une part modeste aux aventures que les autres avaient conçues. Ils me méprisaient un peu jusqu'à ce qu'un incident vînt tout changer.

Au mois d'août de mes douze ans, les préparatifs du siège de la ville étaient terminés. Nous étions bel et bien encerclés. Les plus anciens se souvenaient des pillages commis par les Anglais un demi-siècle plus tôt. Des récits de ces horreurs circulaient. Les enfants en sont particulièrement friands. Éloi nous impressionnait chaque jour avec des histoires atroces, que les clients abandonnaient dans la boutique de son père, en même temps que leur monnaie. Il s'était institué notre chef, attendu que, selon lui, dans ces nouvelles circonstances, nous devenions un corps de troupe parmi les autres. Il avait pour cette petite armée de grandes ambitions et d'abord celle de se procurer des armes. Dans le plus grand secret, il organisa l'expédition propre à en obtenir. Pendant quelques jours, il tint des conciliabules secrets, divisant ses connaissances et ses ordres entre les membres du groupe, afin de mieux en garder le contrôle. Peu avant le grand jour, une de ces messes basses dut me concerner car tout le monde y prit part sauf moi. Éloi vint finalement m'annoncer le verdict : j'en serais.

L'été, en temps normal, était une période libre pour les écoliers qui allaient, comme nous, suivre des cours à la Sainte-Chapelle. La guerre était une raison supplémentaire de nous libérer. Nous passions nos journées ensemble, désœuvrés, assis sous des porches. La nuit, il nous était impossible de sortir et les soldats du guet arrêtaient quiconque flânait dans les rues. Il fallait donc mener notre coup de force en plein jour. Éloi choisit une après-midi chaude et sans orage, propice à la sieste. Il nous fit descendre du côté du faubourg des tanneurs et de là, par une pente d'herbe, nous rejoignîmes les marais. Il avait repéré une barque à fond plat, près de laquelle était cachée une gaffe en bois. Nous étions sept à bord de l'embarcation. Éloi la poussa avec la gaffe et nous dérivâmes lentement. La cathédrale apparaissait au loin et nous dominait. Aucun de nous ne savait nager et je suis bien sûr que les autres étaient terrifiés. J'avais eu peur jusqu'à ce que le bateau s'écarte de la rive. Mais maintenant que nous fendions doucement les algues et les nénuphars, j'étais plein d'un bonheur inattendu. Le soleil et la chaleur d'août, le mystère de l'eau à la surface de laquelle toutes les routes sont possibles, le vol sonore des insectes me donnaient à croire que nous partions pour cet autre monde dont je savais pourtant qu'il était incomparablement plus lointain.

À un moment, la barque pénétra dans un bouquet de roseaux. Éloi, toujours debout, se pencha et nous fit signe de nous taire. Nous avançâmes encore dans le bras d'eau étroit que bordait le bout velouté des tiges et, soudain, des voix nous parvinrent. Éloi poussa la barque jusqu'à une berge. Nous sautâmes à terre. Je reçus l'ordre de rester là et de garder l'embarcation. Derrière une haie, on distinguait au loin un groupe d'hommes allongés par terre. C'étaient sans doute des écorcheurs de l'armée de Bourgogne. Une dizaine de soldats étaient étendus à l'ombre d'un orme, près d'une autre boucle de la rivière, la plupart assoupis. Les grognements que nous avions entendus tenaient lieu de conversation à ceux qui restaient éveillés. Leur campement était situé en plein soleil et assez loin du groupe. C'était un désordre de couvertures de peau, de sacoches, d'outres et d'armes, disposées autour du rond noir d'un feu éteint. Personne ne les gardait. Éloi intima l'ordre aux trois plus petits de ramper dans l'herbe jusqu'aux armes, d'en voler autant qu'ils pouvaient en porter et de revenir. Les gamins s'exécutèrent. Ils se faufilèrent jusqu'au campement et ramassèrent sans bruit des brassées d'épées et de poignards. Au moment où ils allaient revenir, un des écorcheurs se leva en titubant pour aller se soulager. Il aperçut les voleurs et donna l'alerte. En l'entendant crier, Éloi détala le premier, suivi de deux autres garçons qui ne le quittaient jamais.

— On est pris ! criait-il.

Il sauta dans la barque avec ses deux lieutenants.

— Viens, m'ordonna-t-il.

— Et les autres ?

Debout sur la berge, je tenais toujours à la main la ficelle qui servait d'amarre à la barque.

— Ils nous rejoindront. Viens, maintenant !

Comme je restais interdit, il m'arracha l'amarre des mains et, d'un violent coup de gaffe, enfonça la barque dans le couvert des roseaux. J'entendis craquer les tiges tandis que l'embarcation s'éloignait.

Quelques secondes plus tard, les trois autres arrivèrent en nage. Ils avaient mis un point d'honneur à garder chacun un ou deux des trophées qu'ils avaient dérobés près du feu.

— Où est la barque ? me demandèrent-ils.

— Elle est partie, répondis-je. Avec Éloi...

Aujourd'hui, je crois pouvoir affirmer que c'est en ce moment précis que mon destin s'est déterminé. Un calme étonnant m'envahit. Pour toute personne qui me connaissait, il n'y avait aucun changement par rapport à mon attitude habituelle de rêveur flegmatique. Pour moi, c'était bien différent. Le rêve me portait d'ordinaire vers d'autres mondes tandis qu'à cet instant, j'étais bien dans celui-ci. J'avais une conscience aiguë de la situation présente. Je voyais les dangers, situais tous les protagonistes du drame. Le privilège de savoir prendre la position surplombante de l'oiseau de proie me donnait une vision parfaitement claire, tout à la fois du problème et de la solution. Alors que mes compagnons, tremblants, désemparés, regardaient dans toutes les directions sans apercevoir une issue, avec le plus grand calme, je leur dis :

— Allons par là.

Nous courûmes le long de la berge étroite. Les soudards criaient avec des voix pâteuses. Ils n'étaient pas encore très proches. Il leur avait fallu d'abord se réveiller, prendre la mesure de la situation, s'entendre entre eux, et il était probable que ces mercenaires ne parlaient pas tous la même langue. Je voyais clairement que notre salut viendrait de notre petite taille et de notre agilité. Je conduisis ma troupe le long de la berge et découvris, comme j'en avais le pressentiment, un étroit pont de bois pour traverser le bras d'eau. C'était un simple tronc d'arbre mal équarri et déjà cintré. Nous le franchîmes tous les quatre en légèreté. Les écorcheurs auraient plus de mal à passer et, avec un peu de chance, il craquerait sous le poids de l'un d'eux. La fuite continua et j'imprimai à notre course un rythme régulier et plus lent que ne l'auraient souhaité mes compagnons. Il n'était pas question de courir jusqu'à épuisement. L'épreuve serait peut-être longue ; il fallait ménager nos forces.

Je passe sur les péripéties de notre mésaventure. Nous rentrâmes en ville au bout de deux jours et une nuit, après avoir traversé des canaux à califourchon sur des troncs flottants, volé une autre barque, croisé une troupe à cheval. Nous arrivâmes chez nous à la tombée de la nuit, griffés de ronces, affamés mais fiers. À aucun moment, le calme ne m'avait quitté. Mes compagnons avaient exécuté mes ordres à la lettre. J'avais insisté pour qu'ils conservent les armes qu'ils avaient dérobées. Ainsi n'étions-nous pas seulement saufs mais victorieux.

L'affaire avait fait un bruit considérable dans la ville. On nous avait tenus pour morts sur la foi d'un récit héroïque qu'Éloi avait cru habile de tourner à son avantage. Il prétendait nous avoir suivis pour essayer de nous retenir. « J'aurais tellement voulu les secourir, hélas... », etc. Notre retour fit éclater la vérité. Il fut sévèrement puni, et surtout, son prestige s'effondra d'un coup. Il devint le premier des nombreux ennemis que je me créai tout au long de ma vie, du simple fait d'avoir révélé leur faiblesse.

Mes parents avaient trop pleuré ma disparition pour me blâmer quand je reparus. De surcroît, le duc eut vent de notre fait d'armes et félicita personnellement mon père.

Les trois autres rescapés se chargèrent de ma réputation. Ils décrivirent fort honnêtement leur propre désarroi et ma clairvoyance. Désormais, sans que rien n'eût changé dans mon comportement, tous se mirent à me considérer autrement. On ne me jugea plus rêveur mais réfléchi, timide mais réservé, indécis mais calculateur. Je me gardai de démentir ces nouvelles opinions et m'habituai à susciter l'admiration et la crainte avec la même indifférence qui m'avait fait supporter le mépris et la défiance. J'en tirai d'utiles réflexions. La défaite d'Éloi me laissait entrevoir l'existence d'une autre autorité que la supériorité physique. Pendant toute notre aventure, je n'avais pas montré une résistance exceptionnelle. À plusieurs reprises mes compagnons avaient même dû me soutenir ou me relever. Pourtant, je n'avais pas cessé d'être leur chef. Ils s'en remettaient à mes décisions et ne discutaient pas mes ordres. Ainsi il existait le pouvoir et la force, et les deux choses n'étaient pas toujours confondues.

Si la force procédait du corps, le pouvoir, lui, était œuvre de l'esprit. Sans démêler clairement ces concepts, j'allai cependant un peu plus loin et ma réflexion m'amena en quelque sorte au bord d'un précipice. Si j'avais pris le pouvoir par l'esprit, pendant cette mésaventure, ce n'était pas grâce à des connaissances particulières. Je ne savais pas où nous nous trouvions et je n'avais l'expérience d'aucune situation analogue. Mes décisions n'avaient pas non plus procédé d'un raisonnement, sauf peut-être pour nous faire emprunter d'abord des chemins inaccessibles aux gros soudards qui nous poursuivaient. Pour l'essentiel, j'avais agi par intuition, c'est-à-dire en évoluant dans le monde habituel de mes songes. Ainsi, c'était la pratique de ce qui n'existe pas qui m'avait permis d'agir et de commander dans le monde réel. En un mot, le rêve et la réalité n'étaient pas complètement séparés. Cette conclusion me causa un certain vertige et pour l'heure je n'allai pas plus loin.

À la fin du mois, une trêve fut conclue et le siège levé. Notre ville respirait. La vie pouvait reprendre comme avant.

*

Si la guerre nous avait épargnés, elle continuait pourtant ailleurs. Je n'avais aucune idée de ce qu'étaient les autres villes et, en particulier, celle qu'on appelait la capitale. Paris me semblait être un grand corps tourmenté. On n'en parlait que pour rapporter des assassinats, des massacres, des disettes. Cette malédiction ne pouvait s'expliquer à mes yeux que par la proximité du roi fou qui y séjournait et propageait la déraison alentour de lui.

Curieusement, ce fut ma mère qui me donna l'occasion d'avoir de Paris une vue plus précise. C'était pourtant une femme timide qui ne quittait guère sa maison et n'avait jamais voyagé hors de notre ville. Elle était de haute taille et d'une grande maigreur. Ennemie des courants d'air, du froid et même de la lumière, elle vivait dans nos pièces sombres où elle entretenait toute l'année des feux. Notre maison à pans de bois, étroite et toute en hauteur, servait de décor à ses journées et lui fournissait autant de plans sur lesquels elle évoluait au fil des heures. Sa chambre était au premier étage. Elle y restait couchée assez tard et s'y préparait avec soin. La cour et la cuisine la retenaient le reste de la matinée jusqu'à l'heure de passer à table, dans la pièce voisine. L'après-midi, elle allait souvent trouver mon père dans son atelier et l'aidait à tenir ses comptes. Ensuite, quand le chanoine arrivait, elle montait suivre une messe dans l'oratoire qu'elle avait aménagé au dernier étage, près de nos chambres. Notre maison était construite à la mode du temps : chaque étage avançait sur celui du dessous, en sorte que le plus haut était aussi le plus vaste.

C'était une vie recluse, qui me paraissait infiniment monotone, mais ma mère ne s'en plaignait pas. J'appris bien plus tard qu'elle avait subi des violences dans sa prime jeunesse, du fait d'une bande de ladres et d'écorcheurs. Ils avaient pillé le village où vivaient mes grands-parents et ma mère à peine adolescente avait servi d'otage à ces misérables. Elle en avait conservé une profonde horreur pour la guerre et, en même temps, beaucoup d'intérêt pour elle. De nous tous, elle était toujours la mieux informée de la situation. Sans doute grâce aux visites qu'elle recevait, elle recueillait des renseignements précis sur les derniers événements dans la ville, la région et même au-delà. Elle disposait d'un vaste réseau d'informateurs, car elle appartenait par son père à la confrérie puissante des bouchers.

Je garde de mon grand-père maternel le souvenir d'un homme aux manières délicates, le nez rougi par le frottement perpétuel du mouchoir de batiste qu'il serrait dans sa main. Il était toujours élégant et répandait une odeur d'huile parfumée. Personne n'aurait pu l'imaginer fendre le crâne d'un bovin. S'il avait dû, peut-être, s'y résoudre dans sa jeunesse, il disposait depuis longtemps d'une troupe nombreuse de garçons d'étal et d'équarrisseurs qui se chargeaient pour lui de ces besognes.

La corporation des bouchers était strictement organisée et n'importe qui ne pouvait pas s'y affilier. Les représentants de cet ordre entretenaient une correspondance avec ceux des autres régions, ce qui leur permettait de tout savoir. Installés dans les villes, les bouchers connaissaient aussi les campagnes, pour y acheter leurs animaux. Ainsi étaient-ils informés de la moindre nouvelle avant même qu'elle n'arrivât aux oreilles des gens du roi. Ce monde de la boucherie était d'ordinaire discret. Mal considérés des autres bourgeois, les commerçants de la viande cherchaient l'honorabilité en contractant des alliances dans des corporations mieux appréciées. Mon grand-père était satisfait que sa fille n'ait pas épousé un boucher, mais il jugeait que le métier de mon père sentait encore un peu trop l'animal. Il m'aimait beaucoup, sans doute parce que j'étais d'une constitution plus délicate que mon frère, donc plus naturellement destiné à une profession de l'esprit. Sa plus grande joie aurait été de me voir dans la basoche. Ce fut à lui que je dus de fréquenter si longtemps l'école. Jusqu'à sa mort, on lui cacha que j'étais absolument rétif au latin.

Vers la fin de l'année qui suivit l'attaque de notre ville, j'entendis mes parents évoquer à voix basse les événements graves qui ensanglantaient Paris. Je compris que les bouchers s'y étaient révoltés, menés par un certain Caboche que mon grand-père connaissait bien. Encouragés par le duc de Bourgogne, les bouchers avaient mené la fronde contre les excès de la cour. Un aréopage de juristes avait rédigé une ordonnance de réformation. Sous la pression des bouchers et de la populace révoltée, le roi avait dû entendre les 159 articles de cette Constitution et l'approuver. Il se trouvait à ce moment dans une période de lucidité et avait conçu à l'évidence un grand déplaisir de devoir subir ainsi les remontrances de son peuple. La réaction n'avait pas tardé. Les Armagnacs s'étaient faits les champions de la paix contre les turbulents bouchers. C'était leur viande, désormais, qui pendait aux gibets dans les rues de Paris. Ceux qui avaient échappé au massacre s'étaient enfuis. L'un d'entre eux avait gagné notre ville. Les bouchers étant regardés avec méfiance, mon grand-père nous avait confié le fugitif.

L'homme se nommait Eustache. Nous le cachâmes au fond de la cour, dans un appentis où étaient entreposées des peaux de biques. Chaque soir, il s'asseyait devant la cuisine et nous l'entourions en rentrant de l'école pour qu'il raconte. Il nous distrayait beaucoup parce qu'il avait un parler différent et usait d'expressions imagées, inconnues de nous. C'était en vérité un simple commis de boucherie. Son travail consistait à décharger les viandes qu'une charrette conduisait chaque matin dans les cuisines des grandes maisons. Quoiqu'il n'en eût probablement vu que les pièces de service, Eustache nous fit une description détaillée des résidences princières de Paris. L'hôtel de Nesle, qui était au duc de Berry et dont portes et fenêtres avaient été arrachées par la foule pour lui interdire d'y séjourner ; celui d'Artois, propriété du duc de Bourgogne ; l'hôtel Barbette où vivait la reine et au sortir duquel Louis d'Orléans avait naguère été assassiné. Les yeux brillants de haine, Eustache se plaisait à détailler le luxe de ces maisons, la beauté des tapisseries, du mobilier et de la vaisselle. Ses descriptions étaient destinées à faire monter en nous l'indignation. Il insistait toujours sur la misère qui environnait ces lieux de luxe et de débauche. Je ne sais ce qu'en pensait mon frère ; en ce qui me concerne, ces récits, loin de m'indigner, servaient d'aliments à mes songes. En fait de richesses, j'avais pour seul exemple le palais ducal dans notre ville, et je l'admirais. Chaque fois que je m'y rendais avec mon père, j'étais fasciné par ces décors luxueux. Notre condition de bourgeois modestes me condamnait à vivre dans notre maison de guingois. Je n'étais pas malheureux d'y habiter. Mais mes rêves m'emportaient vers des séjours plus brillants, des murs ornés de fresques, des plafonds sculptés, des plats de vermeil, des tapisseries brodées de fils d'or... Je ne partageais en rien l'indignation haineuse d'Eustache à l'endroit des séjours princiers.

En revanche, je l'écoutais avec bienveillance lorsqu'il parlait avec hargne de la façon dont les puissants traitaient les autres castes, celle des bourgeois, des ouvriers, des serviteurs, sans lesquels pourtant ils n'auraient pu vivre. J'avais accepté jusque-là les leçons douloureuses que m'avait données mon père à chaque visite chez ses riches clients. Néanmoins, sa soumission à leur mépris, à leurs insultes, à leurs chantages permanents de mauvais payeurs, me révoltait profondément. C'était une révolte enfouie, une braise étouffée sous la cendre de l'amour filial et de l'obéissance. Il suffit qu'Eustache soufflât sur elle pour qu'elle s'enflammât.

Quelque temps après l'arrivée du fugitif, mon père m'emmena chez un neveu du duc de Berry. Il venait lui livrer une chambre entière en martre blanche. Le jeune homme avait à peine vingt ans. Il nous fit attendre deux longues heures dans une antichambre. Mon père avait travaillé une partie de la nuit pour achever la commande. Je le voyais tituber de fatigue sans avoir la ressource de s'asseoir, faute de siège. Quand enfin, le jeune seigneur nous fit entrer, je fus choqué de voir qu'il nous recevait en tenue de nuit. Par la porte de sa chambre, on apercevait une femme dévêtue. Il usa pour s'adresser à mon père d'un ton ironique en l'appelant emphatiquement « L'honorable Pierre Cœur ». Il se saisit de la couverture, en hochant la tête. Puis il se leva et fit signe à mon père qu'il pouvait se retirer. Celui-ci aurait obéi, comme à son habitude, mais cette fois il avait un pressant besoin d'argent pour payer une grosse commande de peaux qui venait de lui parvenir. Forçant sa nature, il osa demander le règlement de son ouvrage. Le neveu du duc revint sur ses pas.

— Nous verrons cela. Faites-moi parvenir votre note.

— La voici, Monseigneur.

D'une main tremblante, mon père tendit la facture. Le jeune seigneur la déchiffra sans plaisir.

— C'est bien cher. Vous me prenez pour un sot : imaginez-vous que je ne connais pas vos misérables artifices ? Ce ne sont pas des ventres mais des demi-dos cousus, que vous comptez me faire payer au prix fort.

La lèvre de mon père était secouée de soubresauts nerveux.

— Ces peaux, Monseigneur, sont toutes de la meilleure origine...

Je savais que mon père mettait un soin particulier à choisir ses fournisseurs et à sélectionner leur marchandise. Il s'interdisait absolument les supercheries auxquelles se livraient parfois d'autres artisans sans scrupules. Hélas, il se défendait mal, paralysé par le respect qu'il pensait devoir à ce freluquet.

— Pardonnez-moi d'insister, Monseigneur. Mais je compte sur la générosité de votre Seigneurie pour bien vouloir me régler cette pièce dès aujourd'hui car...

— Dès aujourd'hui ! répéta le neveu du duc, en faisant mine de prendre à témoin un large auditoire.

Il fixa mon père sévèrement. En l'observant, je compris en cet instant qu'il avait envie de poursuivre ses insolences mais qu'une idée le retenait soudain. Peut-être craignait-il une remontrance de son oncle. Le vieux duc n'était pas aimable, toutefois il payait bien. Il avait pour politique de développer dans sa ville un milieu d'artisans et d'artistes qui confortait sa réputation d'homme de goût et de mécène.

— Eh bien, soit! dit le jeune homme.

Il alla jusqu'à un meuble dont il ouvrit un tiroir. Il prit quelques pièces et les jeta sur une table devant mon père. Au coup d'œil, je comptai cinq livres tournois. La couverture en valait huit.

Mon père ramassa les pièces.

— Ce sont là cinq, dit-il d'une voix mal assurée. Il manque...

— Il manque?

— Votre Seigneurie a dû mal lire ma note. L'ouvrage vaut... huit.

— Huit livres, il les vaudrait peut-être s'il n'y avait aucun défaut.

— Quel défaut y a-t-il? se récria mon père, sincèrement inquiet d'avoir laissé échapper une imperfection.

Le jeune homme saisit la couverture et la brandit.

— Comment, vous ne voyez rien?

Mon père tendit le cou et son regard parcourut la fourrure. À cet instant, les deux poings qui tenaient la couverture s'écartèrent d'un coup sec et, dans un craquement, la couture qui joignait deux peaux se déchira. Mon père recula. Le neveu du duc partit d'un grand rire insolent.

— La voyez-vous, maintenant? s'exclama-t-il

avec un rire mauvais. Bastien, raccompagne ces messieurs.

Et, sans cesser de rire, il rejoignit sa chambre.

Tandis que nous rentrions à la maison en silence, je sentais monter ma colère. En d'autres temps, j'aurais admiré mon père pour la maîtrise qu'il avait gardée de lui-même. Mais Eustache m'avait appris à considérer mon indignation comme légitime. Je n'étais plus seul à penser que le travail doit être respecté, que le pouvoir de la naissance connaissait des limites, que l'arbitraire des princes n'était plus fondé. Les Cabochiens s'étaient battus pour de tels principes. Sans connaître ni comprendre dans le détail leur combat, je me sentais conforté dans des sentiments que, jusque-là, j'avais regardés comme coupables.

Je m'ouvris de ces idées à mon père, pendant que nous marchions. Il s'arrêta et me regarda. Je vis dans ses yeux qu'il était plus affecté par mes propos que par l'affront qu'il venait de subir. Je sais aujourd'hui qu'il était sincère. Il ne pensait pas qu'une autre attitude fût possible face aux puissants, dans le monde tel qu'il est. Son enseignement n'avait qu'un but : me permettre à mon tour de survivre.

Il fit immédiatement le lien entre ma révolte et les prêches qu'Eustache répandait dans la maison. Sur la requête de mon père, le boucher se vit gratifié dès la semaine suivante d'un autre refuge et il quitta la ville peu de temps après.

À vrai dire, mon père n'avait plus rien à

craindre de ce côté-là : le mal était fait. Eustache avait seulement donné droit à des idées qui étaient en moi de toute manière. Quant à suivre son exemple et, plus généralement, celui des révoltés cabochiens, il n'en était pas question. Habitué, en fils de fourreur, à classer les humains comme les bêtes selon leur toison, j'avais remarqué qu'Eustache portait sur le crâne la même tignasse dure et bouclée qu'Éloi. L'un et l'autre étaient des adeptes de la force brutale, désordonnée, exact inverse de la faiblesse, mais finalement de même nature, c'est-à-dire primitive. Je n'étais nullement tenté d'y céder. Pour forcer le respect des princes, pour faire rétribuer le travail et offrir une place dans la société à des êtres que n'avait pas distingués d'abord la naissance, il existait sûrement d'autres méthodes. Mon but serait désormais de les découvrir ou de les inventer.

*

Les filles de mon âge, sœurs de mes camarades, voisines, fidèles de la même paroisse ne m'intéressaient guère. Je laissais à Éloi et à ses semblables les récits de conquêtes où le fabuleux le disputait au sordide. Sur ce sujet comme sur les autres, je préférais rêver. Les petits personnages qu'enfants nous voyions parmi nous et que l'on appelait des filles étaient d'ailleurs dénués d'intérêt. La bienséance voulait qu'elles ne parlassent pas. Leur corps n'avait pas la force de celui des garçons et de toute façon elles n'étaient pas autorisées à se mêler à nos jeux. Leur ressemblance avec les vraies femmes, c'est-à-dire nos mères, était vague, pour ne pas dire inexistante. Si ces êtres incomplets méritaient un sentiment, c'était à nos yeux la compassion.

Puis vint l'époque où, soudain, l'une ou l'autre d'entre elles quittait cet état de chrysalide et donnait naissance à un corps nouveau. Leur taille s'allongeait, gorge et hanches se galbaient. Leur regard, surtout, perdait l'humble modestie à laquelle les avait condamnées l'attente silencieuse de cette apothéose. D'un coup, nous avions parmi nous des femmes. Elles nous toisaient à leur tour, considéraient nos joues encore lisses et nos épaules étroites avec la même pitié que nous leur avions témoignée et dont elles avaient fait provision.

Pourtant, cette petite vengeance accomplie, elles usaient de leur nouvelle puissance avec plus de discernement que nous. L'attention qu'elles accordaient à peine aux garçons en général était pondérée par le vif intérêt qu'elles portaient plus particulièrement à certains d'entre eux. Avec beaucoup de finesse, mais point trop pour que ces nuances nous fussent tout de même intelligibles, elles désignaient l'un ou l'autre comme leur préféré. Ces jeux de désir nous mettaient, elles autant que nous, en compétition.

La hiérarchie subtile qui s'était établie dans notre groupe de garçons était bouleversée. Elle était désormais soumise au classement qu'opéraient de l'extérieur les filles. Parfois, heureusement, les deux ordres coïncidaient. C'est ce qui arriva pour moi.

Depuis la mésaventure survenue pendant le siège de la ville, j'avais acquis le respect sinon la sympathie de mes camarades. Deux des rescapés de l'expédition, Jean et Guillaume, se déclaraient mes obligés et répondaient à la moindre de mes demandes. Tous les autres me craignaient. Mon silence, mon air absent, une manière calme et réfléchie d'exprimer mes pensées me donnaient bien à tort une réputation de sagesse que je me gardais de contredire. Cette sagesse ne pouvait être, à nos âges, le fruit de l'expérience : il fallait qu'elle vînt d'ailleurs. À certains regards craintifs voire soupçonneux, je comprenais que beaucoup me prêtaient des pouvoirs surnaturels. En d'autres temps, on m'eût accusé de sorcellerie. Je mesurai très tôt à quel point les qualités humaines recèlent de dangers et combien il est imprudent d'en faire étalage. Toute ma vie, je dus en faire l'expérience. Talent, réussite, succès font de vous un ennemi de l'espèce humaine qui, à mesure qu'elle vous admire plus, se reconnaît moins en vous et préfère vous tenir à distance. Seuls les escrocs, par l'origine triviale de leur fortune, l'acquièrent sans se couper de leurs semblables et même en s'attirant leur sympathie.

Cependant, la considération dont je jouissais parmi les garçons comportait bien des avantages, en particulier celui de me rendre intéressant pour les filles. Jean et Guillaume me rapportaient quotidiennement des propos tenus par telle ou telle devant son frère et qui témoignaient de l'attention qu'on me portait.

J'avais grandi, l'année de mes quatorze ans. Une barbe clairsemée, châtaine comme mes cheveux, m'imposait des soins de visage auxquels je m'astreignais trois fois par semaine. L'étrange déformation qui était visible depuis ma naissance sur le devant de ma poitrine s'accentua. On aurait dit qu'un coup de poing m'avait enfoncé le thorax. Quoique cette anomalie n'eût pas de conséquence sur mon souffle, le médecin m'avait recommandé d'éviter les efforts physiques et de ne jamais courir. Ces prescriptions me donnèrent une raison supplémentaire de faire exécuter toutes les tâches qui m'incombaient par mes lieutenants.

Les filles semblaient apprécier ma lenteur et mon immobilité. La puissance que l'on tire de son ascendant sur les autres est incomparablement plus efficace que celle qui s'exerce à travers son propre corps. Celle-ci peut susciter le désir animal et physique. Elle est précieuse pour un amant. Mais à ces âges où l'attrait de l'autre se mesure à l'aune de la durée et même de l'éternité puisqu'il est question de mariage, l'autorité d'un homme est plus séduisante que sa force. Ainsi ma faiblesse cachée, ce défaut du corps que je dissimulai sous des pourpoints rembourrés et des chemises amples, redoublait ma retenue et la réputation flatteuse qui en procédait.

Je ne me préoccupai pas beaucoup de ces questions, jusqu'à ce que l'amour me frappe moi-même et me donne passionnément envie de conquérir.

Dans notre nouveau quartier, à quelque distance de ma maison, vivait une famille que mes parents tenaient pour considérable. Avec le temps, je commençais à me rendre compte que tous les bourgeois n'étaient pas d'égale fortune. Malgré l'admiration que j'avais pour mon père, il me fallait bien me rendre à l'évidence : il était loin d'occuper les premiers rangs. Les drapiers, comme Messire de Varye, le père de Guillaume, étaient plus considérables. Certains négociants, en particulier ceux qui traitaient du vin et des céréales, avaient fait construire des maisons bien plus grandes et luxueuses que la nôtre. Au-dessus encore venaient les métiers de l'argent. Un de nos voisins était changeur. Sa richesse lui avait permis d'acquérir la charge de valet de chambre du duc. Il ne se contentait pas de venir au palais, comme mon père, pour y solliciter et se faire rudoyer. Il avait une place, modeste peut-être mais officielle, au sein du monde ducal. Cela suffisait à lui conférer à mes yeux un prestige considérable.

L'homme était veuf. Il avait trois enfants de sa première femme. D'un second mariage était née une fille qui avait à peu près deux ans de moins que moi. C'était une enfant malingre qui passait dans les rues les yeux baissés, et semblait avoir peur de tout. Le seul souvenir que j'avais d'elle était de l'avoir vue hurler de terreur un jour qu'un grand percheron noir avait brisé ses brancards, en glissant sous le poids d'une charge de bois.

Elle disparut ensuite pendant plusieurs mois. Le bruit avait couru qu'elle était tombée malade et que ses parents l'avaient envoyée à la campagne pour se soigner. Lorsqu'elle reparut, elle n'était plus une enfant. Je me souviens très bien de la première vision que j'eus de sa nouvelle apparence.

C'était un jour d'avril où le ciel hésitait entre nuages et soleil. Je ne sais plus après quelle chimère je courais ; en tout cas, j'étais plongé dans mes pensées et regardais à peine autour de moi. Guillaume était à mes côtés et nous marchions lentement. Comme d'habitude il parlait et je ne l'écoutais pas. Il ne vit pas tout de suite que je m'étais arrêté.

Nous montions de la place Saint-Pierre et elle traversait la rue, un peu plus haut. Derrière elle, le mur fraîchement crépi d'une maison en construction étincelait de chaux blanche dans une tache de soleil. Elle portait une houppelande noire et un chaperon posé sur sa nuque. Ses cheveux blonds se tordaient pour échapper au chignon qui prétendait les tenir sages et dansaient dans la lumière. Elle tourna la tête vers nous et s'arrêta un court instant. Les traits de l'enfant avaient cédé sous la pression d'une force intérieure qui bombait son front et ses pommettes, gorgeait ses lèvres de sang rouge, allongeait ses yeux autour d'un iris bleu que ses paupières toujours baissées ne m'avaient jusque-là jamais permis d'apercevoir.

Je pensais immédiatement à son nom. Pas le sien, ce prénom que j'avais oublié et que j'allais par la suite tant répéter et tant chérir. C'est le nom de sa famille qui me revint en un éclair : Léodepart. Ce nom étrange vient de Flandres. Il est, paraît-il, la déformation de Lollepop. Nous en avions parlé à table un jour avec mon père. En cet instant, Léodepart trahit d'un coup sa parenté avec « léopard ». Les deux mots si proches avaient fait irruption dans ma vie avec la même force et peut-être la même significa-tion. Ils s'attachaient à la beauté, à la lumière, à un certain éclat du soleil sur la blondeur des êtres, à un ailleurs rêvé. Le léopard était rentré dans son sac, en me laissant la matière d'un songe et un nom, l'Arabie. Mlle de Léodepart, quoique d'une essence différente, était à l'evi-dence du même monde que lui.

Elle se prénommait Macé. Je l'appris par Guillaume et ce fut la première avancée que je fis vers elle ce jour-là. Les semaines qui suivirent furent entièrement occupées par le désir de me rapprocher d'elle. Je menai cette campagne avec le même calme apparent que j'avais conservé pendant notre fugue. Mais au-dedans, j'étais dé-voré par une inquiétude bien plus grande. À force de ruses et de mauvais prétextes, je parvins plusieurs fois à me trouver sur son chemin. Bien décidé à la saluer, je sentais à chaque fois les mots s'arrêter dans ma gorge. Elle passait sans me regarder. Un matin cependant, j'eus la bouleversante impression qu'elle m'avait adressé un sourire. Les jours suivants, elle resta aussi absente et froide qu'auparavant.

Je me désespérais en pensant à l'écart qui séparait nos familles. Après avoir ignoré les différences entre la condition de mon père et celle des autres bourgeois, j'étais maintenant porté à les exagérer. Notre maison, à l'angle de deux rues, me paraissait étroite et presque ridicule. Tandis que celle de Macé me semblait à peine moins vaste et luxueuse que le palais ducal. Je déployais des ruses épuisantes pour découvrir le moyen d'être invité chez elle. Aucune ne réussissait. Les frères et sœurs de Macé étaient beaucoup plus âgés et je ne les connaissais pas. Nous n'avions pas d'amis communs. Nos parents ne se fréquentaient pas. Il nous arrivait d'assister ensemble aux offices à la cathédrale, lors des fêtes carillonnées. Hélas, nous étions toujours loin l'un de l'autre.

Ces obstacles matériels me rendaient fou. À certains moments, j'ai été jusqu'à concevoir des solutions désespérées. J'observais les fermetures de la maison des Léodepart, le nombre et les habitudes des domestiques. J'imaginais m'introduire de nuit dans la cour, monter à l'étage, me déclarer à Macé, l'enlever s'il le fallait. Je me demandais comment nous vivrions, si mes amis accepteraient de m'aider, quelles seraient les réactions de mes parents. Pas un instant je ne doutais de ses sentiments. Avec le recul du temps, c'est ce qui m'apparaît le plus extraordinaire. Nous nous étions à peine vus, jamais parlé. J'ignorais absolument son opinion et pourtant j'étais sûr de mon fait.

L'affaire trouva son dénouement par un matin d'automne, je ne devais plus l'oublier. Le marronnier, sur la petite place devant chez nous, était jaune et les passants marchaient dans les feuilles qui jonchaient le sol à son pied. Nous attendions une livraison de peaux de renard qui devaient nous parvenir du Morvan. Soudain, la haute silhouette de Messire de Léodepart s'est encadrée dans l'ouvroir. Mon père s'est précipité à sa rencontre. Je suis resté en retrait et je n'entendis pas leur conversation. Il me paraissait probable qu'il venait pour acheter une pièce de fourrure ou la faire faire sur mesure. La seule anomalie était qu'il se fût déplacé lui-même. Nos clients étaient pour la plupart des femmes et, bien souvent, elles se contentaient d'envoyer leurs domestiques. Une hypothèse folle me traversa l'esprit. Je chassai cette idée comme une manifestation du mal d'amour qui me rongeait et dont, en me raisonnant, j'étais peu à peu en train de guérir. Je montai dans ma chambre et fermai la porte. Un nouveau petit chien qu'avait ma mère depuis le début de l'année était entré avec moi. Je m'amusai à le tourmenter, en le caressant rudement. Il me mordillait les doigts et poussait des cris aigus. À cause d'eux, je n'entendis pas tout de suite mon père qui m'appelait. Je me précipitai pour descendre. Quand j'arrivai au salon, je trouvai Léodepart debout, silencieux, à côté de mon père. L'un et l'autre me dévisageaient. C'était une journée de travail ordinaire et je n'avais pas apporté beaucoup de soin à mon apparence.

— Salue Messire de Léodepart, je te prie, dit mon père. Il vient de prendre la charge de prévôt et nous autres artisans lui devons obéissance.

Je saluai gauchement. Léodepart fit signe à mon père de ne pas continuer sur ce sujet. Il semblait désireux d'atténuer tout ce qui pouvait accroître la distance entre eux, et se comportait avec une simplicité bonhomme. Il me dévisageait avec un sourire étrange.

— Vous avez un beau garçon, maître Cœur, dit-il en secouant la tête et en me souriant.

Les présentations s'arrêtèrent là et il partit.

Mon père, après l'avoir raccompagné, resta silencieux et ne me donna aucune explication. Ma mère rentra d'une visite peu avant l'heure du repas. Ils s'enfermèrent longuement ensemble puis me firent venir.

— Connais-tu la fille Léodepart ? me demanda mon père.

— Je l'ai croisée dans la rue.

— As-tu parlé avec elle ? Lui as-tu fait passer des messages par une servante ou un autre moyen ?

— Jamais.

Mes parents se regardèrent.

— Nous irons chez eux dimanche, dit mon père. Tu tâcheras d'être soigné. Je finirai d'ici là la nouvelle cotte fourrée que je t'ai promise pour Noël et tu la mettras.

Je le remerciai, mais mes désirs étaient ailleurs et je ne résistai pas à poser la question.

— Que veulent-ils, exactement?

— Vous marier.

Ce fut ainsi, par deux mots prononcés entre ses dents par mon père, que j'appris mon destin. Je m'étais trompé sur tout, sauf sur l'essentiel : Macé partageait mes sentiments. Elle avait réussi là où je m'étais heurté au mur des circonstances. Je sus par la suite qu'elle s'intéressait à moi depuis longtemps, alors qu'elle n'était encore qu'une enfant. Le récit de mes exploits pendant le siège de la ville l'avait séduite et elle s'était discrètement renseignée sur moi auprès de celles de ses camarades qui avaient des frères de mon âge. Elle avait évidemment noté mon trouble quand je l'avais enfin remarquée, cependant elle avait assez de sang-froid pour ne rien laisser paraître. Dès qu'elle fut convaincue de mes sentiments, elle prit en main les opérations, avec l'intention de nous contenter l'un et l'autre.

Elle avait d'abord convaincu sa mère. Puis, ensemble, elles avaient fait le siège du prévôt. Celui-ci avait d'autres vues pour sa fille, mais c'était dans le dessein de la rendre heureuse. Si elle faisait un choix différent et si, malgré ses mises en garde, elle s'y obstinait, il n'avait pas le cœur de la contraindre. Léodepart avait imposé ses ambitions à ses trois aînés : ils étaient tous bien mariés et malheureux. Il accepta que la dernière prît le parti du bonheur, au risque que l'objet de son amour fût un propre à rien. Au moins, si je n'étais pas un beau parti, notre famille était honorable. Nul ne pourrait parler de mésalliance.

Nous fûmes fiancés trois mois plus tard. Le mariage eut lieu l'année suivante, la semaine de mes vingt ans. Macé en avait dix-huit. Le duc envoya deux gentilshommes pour nous bénir en son nom. Ce fut, paraît-il, un mariage brillant. Tout ce que notre ville comptait de marchands, de banquiers et même plusieurs nobles qui étaient les clients de mon beau-père et en vérité ses obligés, suivit la procession. Je n'en profitai guère, car je n'avais qu'une hâte : que toute cette foule disparaisse et nous laisse enfin seuls.

Il était convenu que nous nous installerions dans l'hôtel des Léodepart où nous pourrions disposer d'une suite, à l'étage de l'aile gauche. L'appartement avait été préparé avec soin et garni de fourrures par mon père. Nous nous y retrouvâmes tard le soir. La noce battait encore son plein dans la salle que mon beau-père avait louée à la lisière de la ville, près du moulin d'Auron.

Tout ce que je savais de l'amour physique, je le tenais de l'observation des bêtes. Je n'avais pas accompagné mes camarades chez les filles et ils avaient trop de crainte de mes opinions pour me raconter ce qu'ils y faisaient. Pourtant, je n'avais pas d'inquiétude. Il me semblait que Macé nous guiderait, qu'elle exprimerait ses désirs et préviendrait les miens.

Ces incertitudes donnèrent à nos corps une retenue frémissante qui redoubla notre plaisir. Macé était aussi taciturne et rêveuse que moi, je le pressentais déjà. Nos gestes, dans le silence et la nudité de cette première nuit, furent comme la danse masquée de deux fantômes. En même temps que je la possédais, je sus que jamais je ne saurais rien d'elle. D'un coup m'était révélé ce qu'elle me donnerait toujours, son amour et son corps, et ce qu'elle me refuserait : ses rêves et ses pensées. Ce fut une nuit de bonheur et de découverte. À mon réveil, j'éprouvais la légère amertume, en même temps que le grand soulagement, de savoir que nous serions toujours deux, mais chacun seul.

*

Dans ma nouvelle famille, je découvris une activité dont j'ignorais tout : le commerce de l'argent. Jamais encore, je ne m'étais interrogé sur ces petits cercles de bronze, d'argent ou d'or qui circulent entre les marchands, en échange de leurs services. Je voyais la monnaie comme une chose inerte et, si elles avaient été plus rares, les pierres blanches des jardins eussent aussi bien pu la remplacer.

Chez Léodepart, j'appris que l'argent était une matière à part et, à sa façon, vivante. Ceux qui en font le commerce s'occupent de l'échanger selon des règles compliquées, car cette espèce commune qu'est la monnaie se divise en d'innombrables familles. Florins, ducats, livres portent la trace de leur naissance. Ils sont frappés à l'effigie du souverain sur les terres duquel ils ont été créés. Ensuite, ils cheminent de main en main, et entrent dans des pays inconnus. Ceux qui les rencontrent s'interrogent sur leur valeur, comme on le fait pour des serviteurs que l'on décide ou non de prendre dans sa maison. Les métiers de l'argent, fondeurs, banquiers, changeurs, prêteurs forment un réseau immense, réparti dans l'Europe entière. À la différence de mon père, qui était habile dans une marchandise particulière, les hommes de l'argent n'en touchent aucune mais peuvent les acquérir toutes. Ces petites pièces brillantes et usées par le frottement de doigts avides contiennent en puissance une infinité de mondes possibles. Un ducat, selon la volonté de celui qui l'a entre les mains, peut devenir repas de fête, bijou, bœuf, voiture, bonheur, vengeance...

L'argent est du songe pur. Le contempler, c'est faire défiler devant soi l'interminable procession des choses de ce monde.

Mon beau-père tenta de m'enseigner l'art du change avec beaucoup de patience. Il me fit rapidement le reproche de n'être pas assez attentif à ce que je faisais. Avec l'argent, comme devant un feu de bûches, je laissais mon esprit vagabonder. Pour cette activité précise et minutieuse qu'est le change, cette disposition au rêve n'est pas une qualité : je commettais des erreurs qui pouvaient coûter cher. Même si mon beau-père brassait d'importantes affaires, ses marges étaient faibles. La moindre négligence dans la pesée des métaux ou le calcul des proportions pouvait grever fortement ses bénéfices.

Toutefois, c'était un homme bon et indulgent. J'étais son gendre. Il voyait mes défauts, mais ne m'ôtait pas sa confiance. Sa conviction était que chacun peut découvrir l'emploi qui lui convient, pour autant qu'il connaît précisément ses aptitudes. Les miennes ne feraient certainement pas de moi un changeur. Restait à savoir si je serais bon à autre chose qu'à rien.

En évoquant cette époque, je me dis qu'elle fut obscure et douloureuse, et pourtant féconde. Je ne parvenais pas à grand-chose. Aux yeux des bourgeois de la ville, je tenais ma position de ma belle-famille, nullement de mes mérites. Mon beau-père nous avait installés dans une maison qu'il avait fait construire pour sa fille. Notre premier enfant était né l'année suivant notre mariage. C'était un beau garçon que nous appelâmes Jean. Trois autres suivirent. Macé était heureuse. Dans la maison qui sentait encore le ciment et les bois neufs, les cris des enfants et le bavardage des servantes couvraient le silence de Macé et le mien. Nous nous aimions sincèrement, avec cette

distance un peu triste qui à la fois réunit et sépare les gens qui vivent en esprit.

J'étais plein de doutes, de projets et d'espérance. Nombre de ces idées étaient des
chimères, et certaines d'entre elles décideraient
plus tard de ma vie. Ces années, entre vingt et
trente ans, furent celles où, laborieusement
mais avec force, se détermina l'image que je me
ferais du monde et la place que j'ambitionne-
rais d'y tenir.

En évoluant dans la société de mon beau-
père, je disposais d'une vue plus vaste et plus
claire sur l'état du pays et sur ceux qui y exerçaient le pouvoir. Jusque-là, dans l'humble position de mon père, je n'avais connu que des gens
auxquels il était donné de tout subir. Les péripéties de la guerre, le combat des princes ou les
révoltes du peuple, nous ne percevions jamais
ces événements que comme les effets d'un destin auquel nous n'avions d'autre choix que de
nous soumettre. Les seigneurs affirmaient tenir
leur pouvoir de Dieu, tels leurs ancêtres, à
l'époque où le laboureur s'en remettait au chevalier pour le défendre. Ils étaient encore parés
de l'immense prestige des croisades, qui avaient
fait revenir la vraie Croix au cœur de la chrétienté. Mes révoltes face aux humiliations que
subissait mon père étaient des enfantillages
d'écolier : je savais, même si je ne l'acceptais
pas, qu'en devenant adulte, je devrais moi aussi
me soumettre. L'ordre des choses nous paraissait immuable. Or, dès que je fus chez mon

beau-père, je compris qu'il n'y avait pas de fatalité à la peur ni à l'abaissement.

Quand j'accompagnai Léodepart chez des seigneurs, je mesurai la différence entre le traitement qui lui était réservé et celui qui échoyait à un simple fourreur. Mon beau-père était l'un des maillons de la chaîne solide, quoique invisible, de l'argent. Les nobles le craignaient et se gardaient bien de l'humilier.

J'étais marié depuis deux ans lorsqu'enfin le roi fou mourut. Sa disparition n'apaisa rien, tout au contraire. Il semblait que sa folie, qu'il avait tenue captive en sa personne, s'était désormais répandue dans tout le pays. Les princes se battaient entre eux plus que jamais. Personne ne semblait en mesure de recueillir l'héritage du souverain. Le dauphin Charles avait laissé assassiner Jean sans Peur, le duc de Bourgogne ; il était traqué, combattu par tous, y inclus sa mère. Enfermée à Paris en son hôtel, elle s'accordait avec les ennemis de son fils pour confier le trône de France à un souverain anglais de trois ans.

Un jour, je fis un voyage avec mon beau-père jusqu'en Anjou, pour une affaire qui requérait sa présence. Pour la première fois de ma vie, je m'éloignais de notre ville. Je fus épouvanté par ce que je vis. Comme l'éclat d'un verre qui se répand en craquelures secondaires sur une large surface, bien au-delà du point de choc, la querelle des princes se fragmentait en d'innombrables combats locaux, qui ravageaient le pays.

Nous traversâmes des villages en ruine. Les granges, les étables et même les maisons brûlées ne se comptaient plus. Des paysans faméliques cultivaient de petits lopins à la lisière des forêts pour pouvoir s'y cacher à la moindre alerte. Nous étions à la fin de l'automne et il faisait déjà froid. Un jour, nos chevaux furent arrêtés en pleine matinée par une troupe de plusieurs centaines d'enfants errants, rongés de teigne, nu-pieds dans la boue glacée. Ils faisaient moins peur que pitié. Un peu plus loin, nous rencontrâmes un petit seigneur et sa troupe en tenue de chasse. Aux questions qu'il nous posa, nous comprîmes qu'il était sur la piste de ce gibier de gamins sauvages et comptait en abattre le plus grand nombre de « pièces » possible. Il en parlait comme de sangliers ou plutôt de loups. Il n'y avait plus d'espèce humaine dans ce royaume, mais plutôt des tribus ennemies qui ne se reconnaissaient même pas la dignité d'être des créatures de Dieu.

Nous voyagions avec quatre hommes d'armes et nous nous étions gardés de transporter quoi que ce fût de précieux. Nous dormions dans des bourgs ou des châteaux forts où mon beau-père était connu. Il nous arriva de ne trouver à l'endroit attendu que des ruines.

Je rentrai de ce voyage avec dans les narines une odeur de mort et d'incendie. Au moins, j'étais éclairé sur l'état du royaume. Ma méfiance, à l'endroit des princes en particulier et de tous les seigneurs en général, d'instinctive devint raisonnable. Ce que j'avais vu d'eux, dans les antichambres où attendait mon père, m'avait bien révélé leur vraie nature. L'époque de la chevalerie était révolue. Non seulement, cette caste ne protégeait plus personne, comme elle le faisait à l'époque de mes ancêtres ; au contraire, c'était d'elle que venait désormais le danger. La folie du roi était-elle la cause ou la conséquence de ces dérèglements ? Nul ne pouvait le savoir. En tout cas plus rien ne demeurait à sa place. L'honneur était devenu un motif non de respecter les autres mais de les écraser. La supériorité de naissance n'impliquait plus de devoirs pour celui qui en avait été gratifié ; elle semblait lui donner le droit de mépriser quiconque lui était inférieur, au point de le traiter comme une bête, voire de disposer de sa vie.

Pire, non content de ruiner leur nation, les seigneurs étaient incapables de la défendre. À Azincourt, l'année de mes quinze ans, ils avaient une fois de plus combattu avec pour seul souci de se pavaner, d'illustrer leur famille, d'obéir aux règles de la chevalerie, de manier la lance avec dextérité et de déplacer avec élégance leurs lourdes montures caparaçonnées. C'est ainsi que des Anglais trois fois moins nombreux, grâce à de simples archers, vilains sans honneur, mais rusés et rapides, les avaient anéantis. Et maintenant, après avoir été défaits, voilà qu'ils acclamaient un roi étranger et mettaient le pays sous la coupe d'un régent anglais dont la seule ambition était de l'abaisser et d'en piller les ressources jusqu'aux dernières.

Quand nous rentrâmes dans notre ville, il nous sembla quitter l'enfer. Bourges n'était certes pas le paradis. La ville, plus grise que jamais, vivait à son rythme alangui. Loin s'en fallait que cette cité fût celle de mes rêves. Au moins, elle était en paix. La sagesse du vieux duc l'avait préservée de la ruine. Après sa mort, il avait laissé ses biens en apanage au dauphin. Si bien que, devenu roi, Charles continua d'y séjourner et en fit, faute de mieux, sa capitale. J'eus l'occasion d'aller au palais à plusieurs reprises, sans l'apercevoir. On disait que depuis sa fuite de Paris au moment des grands massacres, il se tenait rencogné dans des pièces sans ouverture et ne donnait audience à personne. Il ne restait d'ailleurs pas longtemps au même endroit, et contraignait sa maigre cour à pérégriner de château en château, comme un gibier traqué.

Nul ne savait ce qu'il adviendrait de ce souverain sans royaume, que toute sa famille combattait. À l'époque et malgré le rôle qu'il devait jouer par la suite dans ma vie, il n'était, à mes yeux, qu'un prince parmi les autres et je ne fondais aucun espoir sur lui. Mon père mourut quand le dauphin Charles devint le roi Charles VII. Le pauvre homme eut le temps de me dire qu'il fallait reconnaître son autorité. Jusqu'au bout, il resta inquiet du fond de rébellion qu'il sentait en moi. Et il est vrai, malgré l'affection que j'avais pour lui, que sa soumission me semblait d'un autre âge.

La méthode de mon beau-père me semblait plus séduisante. Il n'avait aucun attachement sincère à ceux qu'il servait, pas plus le roi Charles que ses ennemis. Il se contentait de tirer de chacun ce qu'il pouvait. Par sa puissance financière et le besoin qu'on avait de ses services, il était toujours considéré.

Je m'efforçai de suivre ses traces. J'y parvins pendant plusieurs années sans en retirer de grandes satisfactions. Je ne m'en rendais pas compte. Il est un âge où l'on peut forcer sa nature avec sincérité et se convaincre, jour après jour, que l'on suit un chemin nécessaire alors qu'il vous éloigne de votre volonté profonde et que l'on s'égare. L'essentiel est de garder assez d'énergie pour changer lorsque l'écart devient souffrance et que l'on comprend son erreur.

Je décidai donc, parmi tous les commerces, de choisir celui de l'argent. À cette époque, c'était une matière rare. La quantité de monnaie qui circulait suffisait à peine aux échanges. Nombre d'affaires, faute de pouvoir être réglées en numéraire, donnaient lieu à des paiements en nature ou à des lettres de crédit. Les pièces les plus courantes étaient en argent, celles qui avaient le plus de valeur étaient en or. Parmi tous les obstacles qui freinaient le commerce, le manque de liquidités était un des principaux. Ceux qui traitaient de la monnaie occupaient une place convoitée. S'ils étaient capables de prêter ou de faire parvenir de l'argent à un créancier lointain en évitant l'aléa des transports, ils disposaient d'un grand pouvoir.

Je crus d'abord qu'un tel pouvoir me satisferait. J'étais grisé par de petits succès qui, joints à la modeste somme que m'avaient léguée mes parents et surtout à l'importante dot de Macé, me conféraient la flatteuse réputation d'être un jeune homme fortuné.

L'âge adulte avait fait de moi un grand garçon mince, bombant le torse pour compenser la déformation de naissance que Macé m'avait pourtant appris à regarder sans horreur. Je m'efforçai d'être élégant en toutes circonstances publiques. J'avais aménagé un atelier de change au fond de notre cour et disposais d'une pièce forte pour y ranger les valeurs. On me consultait dans les plus grandes maisons de la ville. Nombre de nobles s'étaient assez humiliés devant moi pour que nul n'osât plus imaginer me traiter autrement qu'avec respect.

J'accomplissais très scrupuleusement mes devoirs de chrétien mais sans y voir autre chose qu'un usage obligatoire. Il ne me serait pas possible de dire quand je cessai de croire en Dieu. À vrai dire, dès notre escapade pendant le siège de Bourges, j'adressais mes prières à une force supérieure que je ne situais pas dans les images habituelles du Christ ou de Dieu le père. Il me semblait qu'on ne pouvait communiquer avec cette puissance invisible que par des moyens rares, indicibles et réservés à quelques-uns. Il était impossible, par exemple, qu'un imbécile comme Éloi, avec ses airs de fier-à-bras, pût communiquer avec Dieu et avoir seulement une idée de son existence, quand bien même il passait ses dimanches matin, vêtu d'une aube trop petite pour lui, à enchaîner autour des prêtres de la cathédrale plus de génuflexions que la liturgie n'en exigeait.

La piété de Macé m'émouvait plus, sans me convaincre davantage. Je la voyais passer de longues heures à genoux, le visage entre les mains dans des attitudes de prière. Mais ces images qu'elle vénérait, en particulier une Sainte Vierge en plâtre peint qui avait été moulée pour elle à partir d'une statue de la Sainte-Chapelle, étaient platement humaines, inertes, malgré le talent des artistes. Il me paraissait évident qu'en dépit de ses efforts, Macé ne pouvait communiquer par ce moyen avec aucune des véritables puissances qui irradiaient leur volonté à notre monde. En revanche, quand nous parlions, je reconnaissais en elle cette indépendance des rêveurs, cette intuition savamment cultivée, qui procède de la fréquentation des réalités invisibles, des forces surnaturelles.

Je ne conserve pas de ces années un souvenir très détaillé. Elles forment, dans ma mémoire, comme un bloc coulé dans un alliage composé en parts égales de routine et de bonheur. Les enfants naissaient et grandissaient. La maison en était pleine. Ils étaient bien nourris et choyés. Je gagnais honnêtement ma vie, sans que le périmètre de mes affaires dépassât de beaucoup notre ville et ses environs. Les nouvelles qui venaient du dehors nous faisaient bénir chaque jour le sort heureux qui nous tenait à l'abri de la guerre, de la famine et de la peste. Nous percevions les échos assourdis du combat opposant le roi Charles et l'Anglais qui prétendait, à Paris, régner sur la France. La Loire et ses deux rives formaient la frontière entre les deux domaines royaux. Par moments, la paix semblait proche, mais le temps que nous l'apprenions, la bataille avait déjà repris quelque part.

Pour parler net, la situation allait de mal en pis. Avec mon petit commerce de monnaie, ma petite fortune et ma petite famille, je ne pouvais espérer qu'une prospérité relative, locale et provisoire. Nous étions à la merci du moindre retournement de circonstances. Je m'étais accommodé de la situation telle qu'elle était; ma seule ambition était de continuer d'y occuper une place modeste et confortable. En apparence, j'avais renoncé à changer le monde et plus encore à en découvrir un meilleur.

Ces idées d'enfance n'avaient pourtant pas disparu. Elles étaient enfouies dans ma tête et parfois revenaient me tourmenter. C'était à elles, certainement, que je devais ces migraines qui me saisissaient de temps en temps. Des couleurs vives brillaient devant mes yeux et, quelques instants plus tard, la moitié de mon crâne battait comme un bourdon de cathédrale. Je sais aujourd'hui que c'était un signe. Mes espoirs et mes rêves se rappelaient bruyamment à moi, sous la forme de ces éclairs. Ils déchiraient la toile des choses simples et familières qui m'entouraient. Le léopard pouvait encore, si je l'y aidais, bondir hors de son sac.

Longtemps, je ne compris pas ces appels. Quand survint la catastrophe, je n'eus plus la possibilité de les ignorer.

*

J'avais conservé mes amis d'enfance. Ils étaient mariés pour la plupart. Leurs enfants jouaient avec les miens. L'ordre subtil qui s'était installé autrefois entre nous, à la faveur de notre équipée pendant le siège, continuait de me nimber auprès d'eux d'autorité et de mystère. Mais ces attributs n'exerçaient plus qu'une modeste influence sur nos vies puisqu'elles allaient chacune de son côté et que nos relations se bornaient à des visites familiales.

C'est pourquoi quand je fis la connaissance de Ravand, je ne pus utiliser mes repères habituels. L'amitié qui se noua entre nous n'eut rien de semblable avec celles que j'avais connues. Devant lui, je n'avais ni prestige ni pouvoir. Au contraire, il me parut que j'avais tout à apprendre et je me plaçai dans une posture d'admiration qui confina vite à la soumission.

Ravand était de deux ans plus âgé que moi, pour autant qu'il le sut précisément. Ses parents étaient, disait-il, danois. Il expliquait ainsi sa haute stature, ses cheveux presque blancs et ses yeux bleus. Cette apparence seule, qui dénotait dans notre pays celte où le pelage des humains comme leur regard prend plutôt des couleurs d'automne, dans les marron et jusqu'au rouge, aurait suffi à le rendre singulier. Il s'y ajoutait une histoire et une personnalité étonnantes. Il s'était établi dans notre ville au terme d'un hiver qui finissait en déluge. Tout était humide et gris. Les yeux bleus de Ravand étaient comme la promesse d'une éclaircie que nous n'espérions plus. Il arriva du Nord en grand équipage, avec cinq valets et dix hommes d'armes dont aucun n'avait la même origine, ni ne parlait le français. Il n'eut pas à rester plus de quinze jours à l'auberge. Tirant de l'or des chariots qui l'accompagnaient, il paya comptant une maison qu'un de nos amis venait à peine de faire bâtir.

Il s'installa sommairement. La ville entière s'interrogeait sur lui. J'avais entendu des conversations à son sujet sans y prêter attention. Je fus d'autant plus surpris quand, quelques jours après son arrivée, il me fit parvenir une invitation.

Sa maison n'était pas éloignée de la nôtre. Je m'y rendis à pied. Elle était située dans une ruelle sinueuse qui grimpait vers la cathédrale. Deux hommes étaient postés à l'entrée de la rue et contrôlaient les passants. À la porte, deux autres montaient la garde vêtus de cottes métalliques et bardés de cuir, avec des mines d'écorcheurs. Ce n'étaient guère des manières habituelles dans le monde des négociants. À l'intérieur, régnait une atmosphère de maison forte. Les salles du bas, chauffées par un grand feu de hêtre, étaient de véritables logis de gardes. Certains des soudards dormaient à même le sol, comme des soldats en campagne, pendant que d'autres entraient et sortaient, en parlant bruyamment. Dans la cour, à l'arrière de la maison, deux gaillards roux se lavaient sans pudeur, torse nu dans une barrique d'eau de pluie. Je gagnai l'étage par un escalier étroit, semblable à celui de ma maison d'enfance, et débouchai dans une vaste pièce éclairée par deux hautes fenêtres à vitraux blancs. Ravand me reçut en me prenant les mains et en plongeant son regard dans le mien, avec une expression de reconnaissance et d'enthousiasme.

On sentait cependant que les mêmes yeux pouvaient, s'il le décidait, se vider de toute chaleur et devenir des lames cruelles et froides. Je fus immédiatement reconnaissant à Ravand pour cet accueil, comme un voyageur peut l'être à l'endroit d'un brigand qui le dépouille de tout mais lui laisse la vie sauve.

La salle était seulement meublée d'une table et de deux chaises cannelées. La table était encombrée d'une vaisselle d'étain. Les plats empilés étaient sales, encore chargés des reliefs de divers repas. Des verres étaient renversés et leur contenu se répandait en flaques. Trois ou quatre pichets de porcelaine dominaient ce champ de bataille. Je n'avais jamais vu de maisonnée semblable, d'autant qu'elle prenait pour décor un bâtiment bourgeois presque identique à ceux où nous vivions, que nos femmes veillaient à rendre harmonieux, confortables et propres.

Ravand m'offrit à boire. Pour me servir, il inspecta le fond d'une dizaine de verres avant d'en trouver un qu'il jugea moins sale que les autres.

— Je suis heureux de faire votre connaissance, Jacques.

Pas de maître Jacques ni de Messire Cœur. Il me parlait en ami, mais d'une amitié de soldat, habitué à faire passer chaque homme sous la toise du courage et de la mort.

— Moi aussi, Ravand.

Nous trinquâmes. Je vis qu'à la surface de mon vin flottait un moucheron et pourtant je bus mon verre d'un trait. Ravand exerçait déjà sur moi son pouvoir.

Il m'expliqua qu'il arrivait d'Allemagne où il avait tenu son emploi pour plusieurs princes. La taille de leur État ne suffisait pas à ses ambitions ; il était passé en France par le Nord, avait rencontré les Anglais et s'était mis à leur service. Après avoir séjourné plusieurs années à Rouen, il avait repris la route, décidé, cette fois, à servir le roi Charles. Il ne m'expliqua pas les raisons de ce changement et je ne me sentais pas l'audace de le lui demander. La suite prouva que j'avais tort.

Ravand parlait du roi Charles comme d'un prince plein d'avenir. C'était assez rare pour m'étonner. On n'évoquait son nom d'ordinaire que pour commenter les défaites qu'il subissait.

— Puis-je savoir, s'il vous plaît, osai-je interroger, en quel talent vous vous illustrez ?

À vrai dire, j'avais cru jusque-là qu'il était à la tête d'une troupe de mercenaires. Le pays était infesté de ces gentilshommes errants qui mettaient leur épée et leurs gens au service de ceux qui proposaient la meilleure solde et les plus attirants pillages.

— Je suis monnayeur, me dit Ravand.

Les monnayeurs sont les forgerons du métal précieux. Leur art emprunte aux mystères chtoniens de la mine et du feu. Au lieu de marteler des socs de charrue ou des lames de couteau, ils fabriquent ces petites pièces d'or ou d'argent qui vivent ensuite leur vie en circulant de main en main. Le chemin des monnaies est une incessante aventure, avec ses haltes dans les poches, ses sorties dans les odeurs de foin et de bétail des marchés, ses moments de bousculade, dans les coffres pleins des banquiers, ses intermèdes solitaires, dans la besace du pèlerin. Mais à l'origine de toutes ces péripéties, il y a le moule du monnayeur.

J'étais d'autant plus étonné d'apprendre la profession de Ravand que c'était celle de feu le grand-père de Macé. Je l'avais connu quelques années avant sa mort. C'était un bourgeois discret, pondéré et craintif. Il avait exercé son métier dans notre ville grâce à une patente du roi Charles V. On pouvait difficilement imaginer personnalités plus dissemblables que ce notable replet aux mains soignées et le brutal Scandinave à la moustache dégouttant de vin.

En même temps, cet aveu m'éclairait sur les raisons qu'avait Ravand de me rencontrer. Il ne me cacha d'ailleurs pas la vérité.

— Un monnayeur doit être riche, dit-il. Je le suis. Mais pour que le roi me donne sa confiance, il faut qu'il me connaisse, or il ne me connaît pas. Vous, vous êtes né ici, dans sa capitale. Votre famille est honorable et vous êtes apparenté par votre femme au dernier monnayeur de cette ville. Je vous propose de vous associer avec moi.

Ravand n'était pas du genre à s'emparer d'une place forte par un long siège. Il était partisan d'un assaut frontal et rapide. Me concernant, il avait raison. Eût-il déployé de subtils moyens pour me convaincre, et tourné longtemps autour du pot, qu'il aurait éveillé ma méfiance et renforcé ma résistance. Tandis qu'en posant son regard pâle sur moi, dans cette salle déserte où le parquet n'était même pas encore raboté, il me gagna immédiatement à sa cause. Je m'entendis accepter et rentrai chez moi un peu grisé d'avoir plongé dans ces eaux inconnues dont j'ignorais vers quel grand large elles m'emmenaient.

La fortune que transportait Ravand, jointe à mon crédit dans la ville nous assura rapidement le succès. Nous ne vîmes pas le roi, cependant son chancelier nous fit savoir qu'il agréait notre entreprise. Nous ouvrîmes un atelier sur un des terrains que Macé avait apportés en dot. Les sicaires de Ravand en firent un camp retranché. Dans des coffres scellés aux murs, s'entassaient les métaux précieux, argent et or, qui nous étaient confiés, sous la forme de lingots. D'autres armoires fortes recueillaient les pièces que Ravand fondait en grandes quantités. On m'a prêté par la suite des talents d'alchimiste et ce fut une des explications que beaucoup de gens apportèrent à ma fortune. La vérité est que je n'ai jamais fabriqué de l'or qu'avec de l'or. Mais Ravand m'a enseigné la meilleure manière d'en tirer profit, qui est aussi la pire.

Le roi, par les recommandations de son conseil, décidait des proportions à tenir pour nos alliages. Dans une certaine quantité d'argent, qui, chacun sait, se compte en marc, nous étions tenus de fondre un nombre déterminé de pièces. Si l'alliage était plus fort, nous en produisions moins; si sa teneur était plus réduite, les pièces, de moindre valeur, étaient plus nombreuses pour un marc.

La salle où se fondaient les alliages était le cœur de notre activité. Ravand y officiait en personne, muni de trébuchets et de mortiers. Un seul homme suffisait à l'assister. C'était un vieil Allemand maigre et couvert de dartres. Il avait respiré pendant tant d'années les vapeurs méphitiques du mercure, de l'antimoine et du plomb, qu'il en était intoxiqué. Il mourut d'ailleurs peu de mois après.

Ravand m'a tout enseigné, avec patience et enthousiasme. Au début, j'étais grisé par cette aventure. Le feu rouge des forges, l'or chaud qui ronronnait dans les creusets de marbre, le brillant de l'argent pur et sa capacité à résister à l'altération par les autres métaux, en leur imposant, même en forte minorité, sa couleur et son éclat, tout cela faisait battre, dans le corps anémié de notre ville, un cœur nouveau. De lui, partaient ces flots de monnaies qui allaient ensuite circuler dans tout le royaume et au-delà. J'avais le sentiment d'être le détenteur d'un pouvoir magique.

Il ne me fallut pourtant que quelques semaines pour découvrir la vérité. Elle était moins brillante que les pièces neuves qui tintaient en tombant dans nos coffres. L'ampleur de notre activité dissimulait la petitesse de nos méthodes. Car il y avait, au cœur des secrets de fabrication que me révélait Ravand, un autre secret, mieux gardé encore : nous trichions. Quand le roi nous commandait de fondre vingt-quatre pièces au marc, nous faisions trente. Nous livrions les vingt-quatre pièces commandées et conservions le reste pour notre profit. C'était simple et très rentable.

Curieusement, je n'avais jamais été jusque-là en contact avec le crime. Mon père avait toujours mis un point d'honneur à ne pas voler sur la marchandise des clients qui, pourtant, ne l'en soupçonnaient pas moins. Tout le monde aurait d'ailleurs trouvé normal qu'il s'enrichisse de cette manière. Lui tirait satisfaction de ne jamais vendre son travail qu'au juste prix. Son profit était purement moral et sa seule récompense, l'orgueil de savoir qu'il était un honnête homme. Quant à Léodepart, il était trop riche pour courir le risque d'employer des méthodes crapuleuses. En somme, j'avais idée que les moyens déshonnêtes étaient des expédients auxquels seuls les pauvres ou les gagne-petit avaient recours. Voilà que Ravand me révélait un autre monde : on pouvait traiter de grandes affaires, fondre la monnaie d'un royaume et cependant continuer à se livrer aux misérables pratiques des filous de la plus basse extraction.

Je finis tout de même par m'en étonner : il m'expliqua que cet usage était courant. Grâce à Ravand, je découvris la guerre que se livraient les monnayeurs qui œuvraient dans les régions voisines. À Rouen ou à Paris, pour le compte de l'Anglais qui prétendait régner, comme à Dijon chez le duc de Bourgogne qui ne dépendait de personne sur ses terres immenses, les pièces fondues étaient volontairement d'un titre très bas. Quand elles passaient chez nous, dans les domaines fidèles au roi Charles, elles étaient échangées contre les nôtres, beaucoup plus riches en métal fin. Avec ces pièces fortes, les marchands repassaient dans les autres zones et s'enrichissaient à nos dépens. À fondre des pièces trop titrées, nous appauvrissions le royaume et laissions passer les précieux métaux chez les princes qui combattaient notre roi. Ravand était parvenu à me convaincre qu'en nous enrichissant à ses dépens par la fraude, nous rendions service au roi qui nous avait confié cet emploi. Je le crus jusqu'à cette après-midi de printemps au milieu de laquelle un détachement de dix hommes d'armes du roi vint nous saisir dans notre atelier et nous jeter en prison.

Ravand accueillit cette décision avec une grande sérénité. J'apprendrais par la suite, et trop tard, qu'il avait été inquiété à de nombreuses reprises. C'était pour échapper à une lourde condamnation qu'il avait fui Rouen et était arrivé chez nous.

Pour moi, cet emprisonnement fut une épreuve violente. Le plus dur fut la honte, bien sûr. On cacha le fait à mes enfants, mais ils trouvèrent des réponses aux questions qu'ils se posaient auprès de leurs camarades de jeu. J'étais désespéré de savoir que toute la ville me regarderait comme un voleur. Je devais comprendre bien plus tard que, tout au contraire, cette épreuve avait ajouté au prestige dont je jouissais. Aux yeux de la plupart, c'était comme si j'avais subi une initiation : elle m'avait permis de regarder en face et de tout près le soleil noir du pouvoir, de capter sa chaleur et de lui ravir ses secrets. Les dégâts furent plus considérables avec ma belle-famille. Pour mon beau-père, en m'alliant à un étranger, j'avais déjà commis une imprudence. Avec mon emprisonnement, cette imprudence devint une faute. J'étais persuadé qu'il me serait difficile, pour ne pas dire impossible, de reprendre en sortant, si je sortais jamais, une place honorable dans une ville qui avait assisté à ma souillure et à ma chute. Je ne concevais désormais l'avenir que dans la fuite.

Quant à l'inconfort de la détention, je le supportais mieux que les scrupules moraux qui me tourmentaient. On m'avait conduit dans une cellule du palais ducal. Elle était, comme il se doit, sombre et humide. Mais j'avais eu mon content, depuis ma naissance, d'obscurité et d'humidité, en sorte que la prison m'apparut être un simple prolongement de mon destin de grisaille et de pluie. Le dénuement ne m'apporta aucune souffrance, tout au contraire. Je pris conscience que le confort, la richesse de la chère et des vêtements, l'assistance d'une nombreuse domesticité, tout ce à quoi je croyais tenir m'encombrait et ne m'était pas nécessaire. La prison fut pour moi une expérience de liberté.

On me traita bien ou pas trop mal. J'étais seul dans ma cellule. Je disposais d'une table et d'une chaise. On me laissa écrire à Macé et même prendre des dispositions pour mes affaires. J'avais surtout beaucoup de temps pour méditer et fis un bilan lucide de ces premières années de mon âge adulte.

J'avais atteint déjà la trentaine. Peu de moments émergeaient des dix années qui venaient de passer, en dehors des instants de bonheur, comme la naissance de nos enfants ou certaines heures passées à la campagne avec Macé. Il nous était arrivé à quelques reprises de partir seuls, à cheval, dans cette couronne de villages qui entourait la ville et que l'on nommait la septaine. C'était un peu imprudent, car aucun lieu n'était sûr en ce royaume. Des bandes pouvaient avancer jusqu'à nos faubourgs. Mais nous aimions ce danger qui était, somme toute, mesuré. Mon beau-père nous avait légué une maison de campagne au milieu d'un bois de bouleaux, où nous laissions un couple de gardes. Nous allions nous y aimer et dormir.

Le reste de ces années ne m'avait laissé aucun souvenir marquant. C'était la preuve cruelle de ce que mes désirs et mes actes avaient été de peu d'ambition. Je n'avais entrepris et espéré que de petites affaires, à la mesure de notre petite ville. Capitale par défaut d'un roi sans couronne, cette cité jouait à avoir de l'importance et, en cela, je lui étais semblable. Même mon association avec Ravand, sur laquelle j'avais fondé de grands espoirs, n'était qu'une chimère. La réalité avait des couleurs moins brillantes : nous étions de petits escrocs. Nous tirions un profit personnel d'une trahison. Nous étions chargés d'une mission et nous la remplissions volontairement mal. Ce faisant, nous ne spoliions pas seulement le roi, mais tout le peuple. J'avais eu connaissance des travaux d'un moine, Nicolas Oresme. Il avait démontré que la mauvaise monnaie affaiblit le commerce et ruine un royaume. Ainsi nous n'avions pas seulement tenté de nous servir en prélevant sur la richesse commune.

Nous avions brisé les roues du chariot que l'on nous demandait de conduire. Nous étions des misérables.

Heureusement pour moi, Ravand était enfermé dans une autre cellule et nous n'avions aucun contact. Cela me permit de réfléchir par moi-même et d'établir cette conclusion avant qu'il puisse m'influencer. Car en sortant, je le trouvai souriant, plein d'optimisme et prêt à recommencer. Selon lui, la situation était plus complexe que je ne la voyais et bien meilleure. Il avait obtenu notre élargissement en payant les gens du roi. Notre seule faute, à l'entendre, avait été d'oublier quelques personnes bien placées quand nous distribuions des pots-de-vin. Il tâcha de nouveau de me convaincre que l'affaiblissement de la monnaie était une affaire profitable pour beaucoup de monde. Nous en étions les premiers bénéficiaires, mais tous ceux que nous rétribuions pour fermer les yeux, à commencer par les princes, mangeaient à cette table. Je retins la leçon par la suite.

Pour l'heure, je restai cependant persuadé d'avoir commis une grave faute et d'avoir péché tout à la fois par manque d'honneur et par médiocrité. Avec le recul, je peux dire que cette conclusion me sauva. Elle me donna l'énergie pour envisager une solution radicale. Sans elle, je n'aurais pas arrêté si facilement ma décision. Au lieu de quoi, je restai fidèle au serment que je m'étais fait à moi-même, dans le silence de ma geôle : sitôt sorti, je partirais.

La nécessité du départ n'était pas seulement le fruit de la honte que je ressentais. Elle venait de bien avant et même, je m'en rendis compte, de toujours. Du plus loin que je me souvinsse, j'avais toujours voulu quitter cette terre où la naissance m'avait jeté, la grisaille, la peur, l'injustice qui y régnaient. La malédiction du roi fou continuait malgré sa mort de s'abattre sur le pays. J'appris, pendant que j'étais prisonnier, qu'une nouvelle manifestation de cette déraison était récemment apparue. Mes geôliers me racontèrent qu'une fille de dix-huit ans, sans illustration et sans lettres, simple bergère en un village des confins de l'Est, s'était recommandée de Dieu pour sauver le royaume. Et que le souverain, acculé à la défaite et sur le point de perdre Orléans, avait mis cette dénommée Jeanne d'Arc à la tête de ses armées. La folie du père avait certainement gagné le fils, pour en arriver à convoquer des succubes et à leur confier le sort du royaume...

Fuir cette folie ! Ne plus être enchaîné au sort de ce pays ravagé par ses délires. La chevalerie était sortie du cadre ancestral qui lui avait assigné jadis un rôle sage, en parts égales avec le laboureur et le prêtre. Désormais la force n'avait plus ni limite ni raison.

J'en savais assez pour connaître une issue. Cet Orient que j'avais depuis longtemps entrevu, j'avais appris par quels chemins on pouvait le rejoindre. Ce fut peut-être le seul profit de ces premières années que de m'avoir fait recueillir d'innombrables récits de voyageurs. J'avais eu beau, pendant ces temps paisibles, ne pas imaginer autre chose que de m'enraciner là où j'étais, une part de moi continuait sa quête de l'inconnu. Le léopard entrevu jadis ne s'était réincarné ni dans Léodepart ni dans l'or fondu de Ravand. Il continuait de m'indiquer la route de l'Arabie. Plus rien ne me retiendrait de m'y engager.

*

Après l'épreuve de mon incarcération, Macé dut subir celle de mon départ. J'y avais longuement pensé. La nécessité où je me voyais de partir ne souffrirait aucun obstacle et j'étais bien déterminé à les briser tous. Le plus difficile à lever fut pourtant celui que ma femme et mes enfants m'opposèrent en silence. Pas un instant Macé ne marqua sa contrariété ni son chagrin de me voir l'abandonner pour un voyage qui pouvait être sans retour. C'était une des grandes qualités de cette femme que de porter attention non pas seulement à l'amour, mais à celui qui en était l'objet. Macé m'aimait heureux. Elle m'aimait libre. Elle m'aimait vivant et vibrant de projets et de désirs. Depuis longtemps, je lui parlais de l'Orient. Je lui en parlais le soir, au printemps, pendant les promenades que nous faisions à la campagne, au bord des étangs. Je lui en parlais au creux de l'hiver noir et boueux, dans l'air froid duquel retentissait le bourdon lugubre de la cathédrale. Je lui en parlais comme d'un rêve qui avait traversé mon enfance, mais que je m'étais accoutumé à considérer comme devant à jamais rester dans les limbes de l'imagination. Il est bien possible que je lui aie communiqué ma passion. C'était, je l'ai dit, une femme silencieuse, attentive aux autres, avec cette réserve, ce détachement, ce regard lointain qui montraient combien elle était absorbée, en elle-même, par toutes sortes de pensées et d'images qu'elle ne livrait pas.

Quand je lui déclarai, en sortant de prison, que je partirais le mois suivant pour l'Orient, elle me caressa le visage, plongea son regard dans le mien et eut un sourire qui, à aucun moment, ne parut douloureux. Je me demandai même un instant si elle n'allait pas me proposer de m'accompagner. Mais nos enfants la retenaient et elle n'était pas de ceux qui veulent à toute force mettre leurs rêves à l'épreuve du monde. Certainement, elle m'enviait et elle était trop avisée pour ne pas savoir que mon absence la ferait souffrir. Très profondément, je suis pourtant convaincu qu'elle était heureuse pour moi.

Nous préparâmes mon voyage en secret. Il ne fallait pas alarmer les enfants, ni provoquer d'émoi dans la famille. Pour préserver l'avenir, Macé me pressa de ne pas susciter non plus d'inquiétudes supplémentaires parmi nos relations d'affaires.

Nous avions débattu ensemble sur le point de

savoir en quel équipage je devais voyager. Elle était favorable à la présence d'une garde armée à mes côtés. Néanmoins, les récits de voyageurs que j'avais recueillis me portaient à croire qu'en suivant les routes du Puy-en-Velay puis en rejoignant la grande vallée du fleuve Rhône jusqu'à Narbonne, je n'avais guère à craindre. Il est vrai que des bandes d'écorcheurs passaient parfois par là. Mais une escorte était plutôt de nature à attirer leur convoitise, sans pour autant être en mesure de me protéger de leurs assauts. Un modeste commerçant allant rendre visite à un parent serait une proie de moindre intérêt. Je partis donc avec un valet pour seule compagnie. J'allais à cheval, sur une bête robuste mais rustique, à vrai dire plutôt un animal de charge qui, lui non plus, n'attirerait pas l'œil des voleurs. Gautier, mon domestique, trottait derrière sur une mule.

Nous sommes partis au petit jour, la semaine qui suivit Pâques. Les fêtes de la résurrection emplissaient les cœurs d'optimisme. Quoique le mien n'eût jamais été très ouvert à la foi, je ressentais la gaieté générale comme un présage favorable. Le temps de la résurrection est aussi celui du printemps. L'allongement des jours, la pureté des couleurs, la montée de la sève auraient pu être autant de raisons pour me retenir. Ils me firent l'effet inverse et m'encouragèrent à me mettre en route. Les enfants finirent par apprendre que je partais, mais ils étaient trop jeunes pour mesurer la quantité de temps pendant laquelle ils seraient privés de ma présence. Macé et moi nous étions fait de longs adieux pendant cette dernière nuit. Je fis des promesses de prudence et d'amour auxquelles elle répondit par des serments tout semblables.

À midi, Gautier et moi nous arrêtâmes pour rompre le pain, sur le bord d'un chemin droit qui filait vers le sud. Nous ne nous étions pas encore retournés. Quand nous regardâmes vers la ville, nous découvrîmes qu'elle avait déjà disparu derrière l'ondulation des champs couverts de froment en herbe. Seules les tours de la cathédrale étaient encore visibles. De tout le voyage, ce fut le seul moment où je m'abandonnai à des larmes.

La suite, à travers les montagnes de l'Auvergne, fut tranquille et belle. Ces régions n'étaient pas aussi éprouvées que le nord du pays, là où l'Anglais s'était battu. Elles avaient été seulement traversées par des bandes armées qui s'y étaient livrées à des destructions ponctuelles. Nous n'en rencontrâmes aucune mais, dans les fermes où nous nous arrêtions, nous entendions parfois de terribles récits à leur propos. Ces troupes étaient souvent menées par des seigneurs qui avaient mis leur épée au service des princes. Ils allaient au plus offrant et changeaient d'allégeance au gré des conditions qui leur étaient faites. Ces chevaliers sans honneur disposaient de camps retranchés dans lesquels ils résidaient avec leurs mercenaires et où ils rapportaient le butin de leurs campagnes. Certains de ces repères étaient d'authentiques châteaux forts dans lesquels ces chefs de guerre entretenaient de véritables cours et se livraient à tous les excès, sans crainte d'encourir le moindre châtiment. C'était à mes yeux une preuve supplémentaire de la folie de ce monde. En même temps, j'aurais bien aimé, sans le souhaiter pour autant, pouvoir contempler de mes yeux de tels seigneurs dévoyés. Il me semblait qu'il y avait dans ces vies de chevalier-brigand une volonté de s'affranchir de l'ordre et du destin qui n'était pas sans rapport avec les ambitions que je nourrissais moi-même. Mais nous atteignîmes le Rhône sans en avoir croisé aucun.

Notre ville est au confluent de petites rivières et je n'avais jamais vu de grand fleuve. En longeant celui-ci, sur la voie Regordane, je ne quittai pas des yeux ses eaux puissantes. Avec elles, il me semblait déjà avoir une idée de la mer. Le printemps était précoce et déjà chaud. Des arbres fruitiers en fleurs coloraient les vergers. Bientôt apparurent des espèces qui étaient inconnues dans nos régions ou y prospéraient peu : les cyprès, plantés dans les prés comme des petits clochers de verdure, les oliviers et les lauriers, d'un vert plus pâle que celui des arbres de chez nous... Tout était différent du Berry. Les bois n'étaient pas sombres ; les insectes, dans les prés, faisaient plus de bruit que les oiseaux ; les landes n'étaient pas semées de fougères et de bruyères mais de touffes sèches d'herbes odorantes. Les gens que nous croisions avaient un parler d'oc bien différent de notre langue et nous les comprenions à peine. La guerre avait répandu, comme ailleurs, la défiance et la crainte du malheur. Toutefois, le naturel souriant et débonnaire du peuple avait été préservé.

À mesure que nous avancions, Gautier et moi, nous devenions plus semblables. La chaleur nous avait fait ôter les vêtements chauds, nous étions frères en chemise. N'eût été la différence de nos montures, rien n'aurait pu distinguer le serviteur du maître. Nos longues étapes étaient silencieuses, car Gautier n'était guère bavard. Bercé par le pas du cheval, je roulais des pensées sans ordre. Quand il m'arrivait de considérer les trente-deux années écoulées de ma vie, j'étais étonné de les voir ressembler si peu à l'homme que ce voyage révélait à lui-même. Je sentais en moi, dépouillé de tout au milieu de ces paysages écrasants, un appétit pour la liberté qui rendait étonnant le peu d'usage que j'en avais fait jusque-là.

Je n'avais jamais connu que des gens de ma ville, hormis Ravand et quelques rares négociants. Je connaissais leur origine, leur famille, leurs positions et pouvais deviner leurs pensées. Avant mon départ, j'aurais dit que ces références étaient nécessaires pour les échanges humains. Pourtant, voyageur anonyme, sans aucune marque de fortune ni d'origine, j'abordais sans crainte et avec une immense curiosité des personnes que le hasard mettait sur ma route, sans rien connaître d'elles. Cet échange d'inconnu à inconnu se révélait infiniment plus riche que l'habituel commerce entre gens qui savaient déjà tout les uns des autres.

J'avais toujours dormi à l'abri de murs épais et d'huis clos ; la ville m'avait été une carapace sous laquelle j'étais né et qui paraissait nécessaire à ma survie. Or, dans les chaudes régions où nous cheminions et quoique les nuits fussent encore fraîches, nous prîmes l'habitude de coucher dehors. Je découvris le ciel. Les étoiles, chez nous, étaient la plupart du temps voilées par les nuages. Il m'était arrivé de les contempler un moment après souper pendant les nuits d'été, avant de regagner le couvert d'une maison. En voyage, j'étais livré à la nuit. Quand le feu du repas mourait en braises, la terre, entièrement obscure, laissait éclater au-dessus de nous le cri des étoiles que l'obscurité du ciel dégagé de nuées faisait briller jusqu'à les rendre aveuglantes. J'avais le sentiment d'avoir brisé ma coquille. Je n'étais peut-être que le dernier de ces astres, le plus insignifiant et le plus éphémère mais, comme eux, je flottais dans une immensité sans limites ni murs. Quand nous entrâmes dans Montpellier, j'étais devenu un autre homme : moi-même.

J'aurais pu disposer dans cette ville de nombreux appuis, en particulier dans la société des changeurs et autres facteurs de commerce. Tôt ou tard, les gens sauraient qui j'étais et je n'entendais pas le leur dissimuler. Mais je ne voulais pas que le premier abord fût celui de mes anciennes qualités. J'entendais repartir de zéro et faire de ma vie une table rase. Nous nous installâmes dans une auberge. En discutant avec des inconnus, j'appris beaucoup sur la ville et ceux qui y pratiquaient le commerce avec l'Orient. Une « muda » de navires vénitiens passait chaque année et faisait escale à Aigues-Mortes. Depuis deux ans, les Vénitiens n'avaient pas paru et il se disait que cette saison encore, ils ne viendraient pas. La ville était partagée dans ses commentaires quant à la cause de cette défection. La seule certitude était que les produits d'Orient manquaient déjà et que leur prix atteignait des sommets.

Je mis à profit ces journées pour visiter la région et me représenter la disposition et la richesse relative de ses villes. C'est au cours d'un de ces voyages que je découvris la mer.

La campagne s'était faite plate, les arbres rares et des buissons de bambous craquaient sous un vent qui rabattait des odeurs inconnues. Nous nous étions égarés et nos montures avançaient d'un pas lourd sur un chemin étroit de sable et de cailloux blancs. À un moment, une relevée de terre couverte de plantes grasses et d'herbes en touffes nous cacha l'horizon. Nous la gravîmes et, soudain, le rivage nous apparut. Toutes ces années passées ne m'ont jamais fait oublier ce premier instant. Une brume de soleil et d'eau mêlait, au lointain, la mer et le ciel.

Une bande de sable fin, très large, séparait les dernières avancées de la terre de l'assaut des vagues. Ainsi, conformément à mes rêves, j'avais la preuve que le monde solide sur lequel se déroulaient nos vies ne couvrait pas toute la terre. Il se terminait en ce lieu et cédait la place à une onde immense d'où pouvaient jaillir bien d'autres réalités. J'avais hâte de m'élancer vers elles. En même temps, si je n'avais pas entendu parler de bateaux et de marins, jamais je n'aurais cru possible de défier ce milieu liquide, battu par le vent, agité de vagues et de houle, séduisant et hostile comme la mort.

Nous restâmes longtemps sur le rivage, ce premier jour, au point que le soleil nous brûla le visage. Nous vîmes passer des voiles, à distance de la côte, et j'observai ce miracle avec plus d'étonnement encore que la mer. De toutes les industries de l'être humain, la navigation me parut la plus audacieuse. Chevaucher les flots, livrer son sort à l'errance du vent et aux turbulences des eaux, partir en direction de rien avec l'espoir, sinon la certitude, d'y rencontrer quelque chose, ces activités de marins me semblaient être le fruit de rêves plus fous encore que les miens.

Nous rentrâmes. Dès lors, je n'avais plus qu'un désir : m'embarquer, mettre cap au large et puisque le savoir-faire des capitaines rendait la chose possible, naviguer jusqu'en Orient.

Mon valet Gautier s'était montré discret pendant notre voyage. Il m'avait laissé tranquille et je lui en étais reconnaissant. Mais seule la crainte et une certaine timidité l'avaient rendu silencieux. Ce n'était pas sa vraie nature. Il était en réalité plutôt bavard et se liait d'amitié avec aisance. Cette qualité n'était pas dépendante de la langue. En cette contrée où il se faisait à peine comprendre, il tenait de longues conversations avec tous ceux que nous rencontrions. Je mis à profit ce talent pour faire de lui mon informateur. À Aigues-Mortes, il noua des amitiés avec des pêcheurs et toutes sortes d'hommes de mer. Il apprit ainsi que se préparait une expédition vers les échelles du Levant. Une galée était en train d'être chargée sur le port. Elle était la propriété d'un marchand de Narbonne qui avait pour nom Jean Vidal.

J'allais voir le vaisseau. Il était beaucoup plus grand que les barques de pêcheurs et même que la plupart des naves de commerce. Du quai, il me semblait haut comme plusieurs maisons. Un panneau de bois peint, à l'arrière, annonçait son nom : *Notre-Dame et Saint-Paul*. Sa coque était un ouvrage du même bois qui formait les murs et le toit de ma maison d'enfance. Mais ces poutres, au lieu d'être posées sur le sol ferme, s'élevaient dans les airs et dansaient au gré des vagues. Des hommes débarquaient des balles de drap d'une charrette et s'apprêtaient à les charger dans les soutes. Ils me firent comprendre que le départ était proche. Nous filâmes jusqu'à Narbonne. Dans nos bagages, je tenais, plié, un costume de velours et les accessoires propres à me faire reconnaître par un bourgeois comme l'un des siens. Je me fis annoncer par Gautier. Jean Vidal me reçut aimablement. C'était un homme de mon âge, l'œil rusé, la bouche fine de celui qui compte ses paroles et les serre en son esprit avec autant de prudence qu'il enferme son argent dans ses coffres. Avec cela, aimable et bien disposé. Il me confia que la galée était déjà armée. Un groupe de négociants de Montpellier y avait pris des parts. Le chargement était complet. J'insistai pour me joindre à l'affaire. Quand nous nous étions présentés, j'avais mis en avant la charge de monnayeur que j'avais exercée à Bourges et nous avions évoqué le nom de plusieurs gros marchands du Languedoc avec lesquels j'avais été en affaires. Vidal marquait un grand respect pour notre ville qu'il voyait, non sans raison, comme la nouvelle capitale du royaume. Ces relations le disposaient bien à mon égard et il chercha à m'agréer. Nous convînmes que j'embarquerais avec mon valet mais ne prendrais au chargement qu'une part symbolique. J'acceptai d'autant plus volontiers que j'avais seulement emporté de l'argent, et fort peu de marchandises (en tout, un ballot de fourrures précieuses dont je comptais me servir en chemin pour acquérir ce dont nous avions besoin).

Ainsi, moins d'une semaine plus tard, je gravissais la planche qui servait de passerelle et montais sur la galée. J'y rencontrai une dizaine d'autres passagers. Ils avaient fait leurs adieux aux familles et se trouvaient dans cet état d'esprit exalté et inquiet qui précède toujours les départs. Ils parlaient fort, riaient, apostrophaient des gens sur le quai pour leur remettre un dernier billet, lancer une ultime recommandation. Je compris que la plupart n'avaient jamais pris la mer. Le patron du bateau, Augustin Sicard, circulait entre les voyageurs et s'efforçait de les calmer, en prononçant des mots rassurants. Avec son teint de santé et son ventre rebondi, il me fit l'effet d'un laboureur. Je m'étais sans doute trompé sur les marins. J'avais vu en eux des rêveurs visionnaires. Sicard me laissa penser qu'ils étaient peut-être plutôt de la race antique des paysans. Frustrés par les limites de leurs champs, ils avaient décidé de prolonger à la surface des eaux les sillons qu'ils traçaient d'ordinaire dans la glèbe...

Les rameurs, à leurs bancs, n'étaient pas bien différents. Ils avaient l'air résigné des hommes qui travaillent dans la nature. Leurs mains calleuses étaient posées sur le bois rond des longues rames comme elles l'avaient été auparavant sur le manche poli de leur houe. Nous partîmes au petit matin. La plupart des passagers se tenaient à l'arrière, agitant les mains et contemplant leur ville qui s'éloignait. Moi qui n'avais personne à saluer sur le quai, je m'étais placé près de l'avant, nez au large. Tout était nouveau, effrayant et prometteur : le craquement des bois, l'agitation du plancher qui s'élevait et s'abaissait en suivant le relief de la mer, le soleil qui parut dans une trouée de nuages et d'eau. Le vent rabattait des odeurs marines et des perles d'eau salée, tandis qu'au-dedans le navire sentait la sève et la sueur, les victuailles et la poix.

Rien ne pouvait m'apporter autant de bonheur que cette naissance à une vie inconnue qui promettait tout à la fois la beauté et la mort, les privations aujourd'hui et demain, sans doute, la richesse. À rebours de la vie bourgeoise qui m'avait apporté la sécurité, l'existence d'aventures qui s'ouvrait à moi rendait possible le pire mais aussi le meilleur, c'est-à-dire l'inconcevable, l'inattendu, le fabuleux. J'avais enfin le sentiment de vivre.

II

LA CARAVANE DE DAMAS

Avant-hier, en accompagnant Elvira en ville, j'ai bien failli être découvert. L'homme qui me recherche était en grande discussion avec deux autres personnages qui semblaient eux aussi étrangers. Je les observais de loin, adossé au mur de la capitainerie du port. Soudain, je les vis avancer dans ma direction. J'avais été distrait par les manœuvres d'un bateau dans la darse et, au moment où je me rendis compte qu'ils venaient vers moi, ils étaient déjà tout près. Je n'avais pas pris garde qu'à cette heure de midi les passants s'étaient faits plus rares. Les inconnus avaient sans doute besoin d'un renseignement. Ils voulaient m'aborder parce que j'étais la personne la plus proche et une des seules à ne pas courir vers le déjeuner. Heureusement, mon chapeau me dissimulait et j'étais encore dans l'ombre du mur tandis qu'ils avançaient aveuglés par le plein soleil. Je pense qu'ils ne m'ont pas reconnu. Quand j'ai pris la fuite, ils ont ri bruyamment et n'ont pas cherché à me poursuivre. Sans doute m'ont-ils pris pour un pauvre paysan que leurs atours de riches marchands avait effrayé.

Malgré tout, j'ai manqué de peu d'être démasqué et saisi. Après cette alerte, j'ai décidé de ne plus m'aventurer en ville pour le moment. Je vais tâcher de me faire oublier. Je reste dans la maison et limite mes promenades à ses alentours.

Le matin, notre terrasse est encore dans l'ombre et la fraîcheur de la nuit empêche de s'y tenir immobile. Je choisis ce moment pour marcher sur le sentier qui descend vers la mer. La nature, ici, ne s'éveille pas avec le jour. C'est le soir, au contraire, que les couleurs flamboient et que s'exhalent tous les parfums. Avec l'apparition du soleil, les plantes semblent se tasser, pâlissent et s'immobilisent en prévision des coups que la chaleur va leur asséner jusqu'au crépuscule. Le petit matin est le moment indiscret où l'on assiste aux préparatifs de cette veillée. La mer elle-même, à cette heure matinale, bouge à peine et le clapot des petites vagues sur les rochers coupants produit un murmure régulier, apaisant comme une berceuse. J'utilise ces heures douces pour laisser remonter en moi les souvenirs du passé. Quand j'en suis plein, au point de ne plus prendre garde à ce qui m'entoure, je remonte lentement entre les buissons de lauriers et les yeuses, et je m'installe sous la treille déjà tiède, pour écrire.

Il y a beaucoup de maisons comme la nôtre

dans l'île et j'espère que mes poursuivants se lasseront de les explorer avant de m'avoir trouvé. J'ai fait passer par Elvira un billet à l'aubergiste qui m'a fourni cette cachette pour lui demander de faire courir le bruit de mon embarquement sur un navire en partance pour Rhodes ou l'Italie. J'ai ajouté à mon message une somme propre à le convaincre de s'exécuter.

Sans que rien ne puisse le justifier, j'ai confiance. Depuis le temps que l'on me traque, j'ai fini par bien connaître les méthodes de mes poursuivants. Ils se jettent sur les indices qu'on leur lâche avec bien peu de discernement. Il suffit d'attendre.

Cela change pourtant l'ambiance de mon séjour. J'étais venu chez Elvira dans l'idée de rester seulement quelques jours. Il me faut plutôt compter en semaines, voire en mois. La douceur que j'ai trouvée auprès d'elle n'est plus seulement un réconfort de passage. Notre muette affection prend la force d'un véritable attachement. Je ne sais ce qu'elle ressent mais, pour moi, quelque chose est en train de naître qui ne ressemble pas encore à de l'amour, peut-être, simplement, au bonheur.

L'écriture m'occupe de plus en plus. Depuis que j'ai commencé le récit de ma vie, mon plus grand désir, chaque jour, est de plonger dans le passé comme dans une eau claire et chaude.

J'en suis à raconter mon voyage en Orient, et le décor où le sort m'a placé en ce moment est bien le meilleur que je puisse imaginer pour m'inspirer. Chio, avec sa chaleur et ses couleurs, est déjà tout entière au Levant...

*

Ce fut un voyage extraordinaire. J'en conserve un souvenir si détaillé et si précis qu'il me serait possible de vous en entretenir pendant des jours. Pourtant, sur l'instant, la richesse de cette expérience m'apparut d'abord comme un chaos de nouveautés qui troublait mon entendement. Je n'exagère pas en disant qu'il m'a fallu le reste de ma vie et tant d'autres expériences pour mettre de l'ordre dans ce qui fut d'abord un choc et me laissa presque sans connaissance.

Sur le bateau, nos journées se passaient dans la chaleur du pont. L'ahan des rameurs, les craquements du bateau, la nausée et les battements sourds du mal de tête me troublaient l'esprit. Mes compagnons n'étaient pas en meilleur état. Les fiers bourgeois du départ avaient remisé leurs beaux vêtements dans les coffres de l'entrepont et ils passaient leurs journées couchés, alentour du bastingage, livides et breneux. Du coup, nous en oubliions les dangers du dehors, en particulier les corsaires. À plusieurs reprises, Augustin Sicard nous dérouta vers des ports ou nous fit mouiller au vent d'îles qui nous dissimulaient, pendant qu'une voile suspecte traversait l'horizon. Nous fîmes eau à Agrigente, puis en Crète. Enfin, par une longue, ultime et périlleuse traversée en haute mer, nous atteignîmes

Alexandrie d'Égypte. Une partie du déchargement se fit dans ce port. Certains de mes compagnons en profitèrent pour descendre par voie de terre jusqu'au Caire où régnait le sultan. Malgré l'envie que j'avais de me joindre à eux, je dus rester à bord avec deux autres voyageurs qui souffraient, comme moi, d'un flux de ventre et de fièvre.

La galée presque vide devait poursuivre le voyage vers Beyrouth puis revenir à Alexandrie chercher ceux qui y avaient débarqué. Les malades, dont j'étais, continuèrent donc sur le bateau pour cette courte traversée. Mon état s'améliora peu à peu. J'avais repris mes esprits et, pendant ce bref voyage, j'interrogeais l'équipage sur la Terre sainte. Quelques marins, qui s'y étaient déjà rendus, me firent le récit de ce qu'on y trouvait. Tous insistèrent pour dire que j'allais être émerveillé. Sitôt débarqué à Beyrouth, je le fus. Mais un curieux sentiment se mêlait à cette admiration. J'étais étonné de mon émerveillement. Je parvenais mal à discerner ce qui me semblait en ces lieux si digne de louange.

Bien sûr, il y avait les couleurs de cette côte escarpée : la mer y prend des teintes émeraude et, au loin, de hauts sommets dominent la ville, couverts par plaques du vert sombre des forêts de cèdres. Le site est splendide, mais d'autres escales nous avaient déjà réservé d'aussi beaux spectacles.

Beyrouth est une ville ouverte qui conserve les traces d'édifices bâtis par les chevaliers de la croisade mais la plupart sont détruits. Cette ruine est tristement semblable à celle qui frappe nombre de villes et villages de France. On y voit se côtoyer, comme chez nous, riches et pauvres, notables et petit peuple. Et il ne semble pas que les conditions inférieures soient plus enviables en Orient que dans nos bourgs.

L'émerveillement ne venait pas non plus des références à l'Évangile. Les pèlerins que je croisai à Beyrouth vivaient dans une perpétuelle émotion car ils allaient d'un lieu sacré à un autre. Une place pelée, couverte de cailloux, les mettait en transe dès lors qu'ils y avaient cru reconnaître le lieu où la femme adultère avait été lapidée. Mais j'ai déjà confessé mon peu d'appétit pour ces nourritures célestes.

Pour mes compagnons, commerçants avant tout, le plus grand émoi naissait des découvertes que nous faisions dans les souks. La ville regorgeait de marchandises précieuses : poteries vernissées de Martaban, soies d'Asie Mineure, porcelaines de Chine, épices des Indes... Cependant, ces trésors n'étaient pas produits sur place. On trouvait bien dans la ville des artisans qui émaillaient le verre, incrustaient de nacre le bois de cèdre ou martelaient le cuivre, mais leurs ouvrages étaient somme toute modestes. Quant à la contrée alentour de la ville, écrasée de chaleur, elle avait l'air de tout sauf d'un jardin des Hespérides. Il fallait se rendre à l'évidence : la Terre sainte n'était pas un paradis. D'où provenait alors le caractère particulier de ces terres, qui forçait l'admiration ? Je le compris au bout d'une semaine.

La galée avait été déchargée de nos dernières marchandises. Sicard les avait remplacées par des biens achetés sur place et destinés au Caire. Le bateau repartit pour Alexandrie. Il était prévu qu'il revienne dans un petit mois. Je décidai de rester à terre avec quelques compagnons. Nous nous rembarquerions au prochain passage. En attendant, je voulais m'enfoncer plus avant dans les terres et percer le mystère de cet Orient au goût étrange.

Nous louâmes des ânes à un moucre et partîmes en direction de Damas. Le chemin serpentait dans la montagne. Malgré la chaleur des journées, les nuits étaient glaciales. Nous nous réveillions couverts d'une abondante rosée qui glissait sur la peau et s'infiltrait dans le col. Ensuite, nous descendîmes par une large vallée que les pèlerins nomment la vallée de Noé. Ils croient que c'est précisément en ce lieu que Noé construisit son vaisseau, en attendant le déluge. Par des gorges, nous pénétrâmes dans un vaste espace de désert qui mène à Damas. C'est là qu'une rencontre me fit découvrir ce que je cherchais.

Une caravane de chameaux arrivait lentement du Levant. Assoupis par le branle majestueux de ces animaux, les chameliers nous regardèrent à peine. Les bêtes étaient chargées d'énormes ballots dans lesquels on distinguait des jarres de terre, des tapis, de la vaisselle de cuivre. Le moucre nous expliqua que la caravane arrivait de Tabriz, en Perse, et qu'elle convoyait des marchandises venues de toute l'Asie. La caravane passa lentement devant nous, et soudain, je compris ce qui m'émerveillait dans ce pays : il était le centre du monde. En lui-même il ne disposait pas de qualités exceptionnelles, mais l'histoire avait fait de lui le lieu vers lequel tout convergeait. C'était là qu'étaient nées les grandes religions, là que se mêlaient les peuples les plus divers que l'on croisait dans les rues : arabes, chrétiens, juifs, turcomans, arméniens, éthiopiens, indiens. Surtout, c'était vers lui que les richesses du monde entier étaient attirées. Ce qu'on produisait de plus beau dans la Chine, l'Inde ou la Perse y rejoignait les meilleures fabrications de l'Europe ou du Soudan.

Cette découverte nourrit mes pensées tandis que nous cheminions vers Damas. Elle bouleversait l'image que je m'étais faite jusqu'ici du monde présent. Si la Terre sainte en était le centre, cela signifiait que notre pays de France était relégué très loin sur ses marges. Les querelles interminables du roi de France et de l'Anglais, les rivalités entre le duc de Bourgogne et Charles VII, tous ces événements que nous regardions comme essentiels n'étaient que détails sans importance et même sans réalité quand on les considérait d'où nous étions. L'Histoire s'écrivait ici ; nous en découvrions les traces à tout instant sous la forme de temples recouverts par les sables. Les croisés avaient cru pouvoir conquérir ces terres. Ils y avaient été défaits après tant d'autres et leurs ruines s'ajoutaient à celles des civilisations que le centre du monde avait attirées et qui s'y étaient abîmées.

J'étais heureux d'avoir démêlé l'écheveau de mes pensées. Mais à quelle conclusion cela m'amenait-il ? Avais-je trouvé pour autant ce que j'étais venu chercher ? Ma mélancolie était la preuve que non. Cet Orient était encore trop réel, trop semblable. En découvrant le désert aux teintes dorées, j'avais songé de nouveau au léopard de mon enfance. Il venait de là et m'indiquait la direction à suivre. Peu avant d'entrer à Damas, je traversai une crise que mes compagnons ne comprirent pas.

Nous avions fait halte dans une oasis où s'était arrêtée une autre caravane, immense celle-là, incomparablement plus nombreuse et riche que toutes celles que nous avions rencontrées. C'était un véritable monde à elle seule. Elle comptait près de deux mille chameaux, richement sellés. Ils étaient agenouillés et débâtés quand nous arrivâmes. Disséminés dans toute l'oasis et même le désert alentour, ils formaient une masse immobile, grouillante de chameliers mais aussi de femmes et d'enfants, affairés autour des feux qui fumaient dans des trous de sable. Quand, au petit matin, le signal fut donné, cette multitude se leva d'un coup, pour se préparer au départ. On aurait dit qu'une ville entière s'était dressée et s'apprêtait à se mettre en mouvement. Les montures, laborieusement, s'assemblèrent en groupe, par famille et tribus, et se placèrent en file. À l'avant, la caravane était précédée par les timbaliers qui battaient d'énormes tambours, cependant que derrière chevauchaient des hommes en armes. On me dit qu'elle avait pour destination les déserts de Scythie. Là, elle devait faire jonction avec d'autres convois encore, qui allaient jusqu'en Chine.

Je ressentis un puissant appel intérieur à me joindre à cette caravane. Je ne suis pas d'un caractère mystique. Mon habitude est plutôt de rester maître de mes sentiments. Pourtant, cette fois, je me sentis submergé. J'avais la conviction, à laquelle rien ne m'avait préparé, de croiser mon destin en cet instant. J'avais déjà beaucoup sacrifié pour me rendre en Orient, lieu de tous les possibles, terre promise de mes rêves, mais je n'étais encore, pour ainsi dire, qu'à mi-chemin. Je pouvais encore trancher les derniers liens qui me rattachaient à ma vie d'avant, abandonner la galée, partir vers le complet inconnu et me livrer à ses décrets. Cette caravane, tout à coup, venait m'indiquer la direction à suivre.

J'errai parmi les chameaux, effleurant leurs crins du bout des doigts, soumis à une effroyable tentation. Je m'enfonçai dans la masse compacte des bêtes qui piétinaient la poussière en attendant le signal du départ. Il serait donné à la tombée du soir. Mes compagnons me cherchèrent pendant toute la journée, car notre petite troupe devait, elle, partir au même moment pour Damas dont nous étions à peu de distance. Quand ils me retrouvèrent, je refusai d'abord de les suivre et restai sourd à leurs questions. Ils crurent à une maladie mystérieuse qui m'aurait ôté la raison et peut-être l'entendement. Finalement, je les rejoignis mais restai prostré encore de longues heures, hagard, perdu dans mes pensées, le visage déformé par un rictus de douleur.

Finalement, le souvenir de Macé et de nos enfants eut le dessus et je rassemblai assez de force pour repousser la tentation de partir sans retour. Mes camarades se réjouirent que je revienne à moi et que j'accepte finalement de les suivre. Mais ils n'avaient rien compris au combat qui s'était déroulé en moi. Comment leur expliquer que je venais de rejeter les mille vies que j'aurais pu vivre au profit d'une seule, à laquelle se bornerait désormais mon horizon ? Je portai en moi le deuil douloureux de ces destins imaginaires. Cet instant fut le plus grand tournant de mon existence. J'étais parti pour Damas en ayant des désirs innombrables et j'y arrivai privé de ces promesses. Il me restait une seule chose à faire : rendre la seule vie qui m'était donnée riche et heureuse. Ce serait déjà beaucoup mais ce serait peu.

J'avais remis pour longtemps le léopard dans son sac.

*

Par chance, cette crise est survenue aux environs de Damas. Entrer dans une telle ville au moment où je me sentais commencer une nouvelle vie, dépouillée de toutes les autres, fut une consolation et un bonheur. Ce que j'avais ressenti à Beyrouth était encore plus manifeste à Damas : cette ville était vraiment le centre du monde.

Elle avait pourtant subi de graves destructions, qui n'étaient pas seulement le résultat des guerres contre les Francs, mais aussi des incursions turques. La dernière en date, quelques années avant mon passage, était celle de Tamerlan. Il avait incendié la ville. Les poutres d'ébène et les vernis de sandaraque avaient brûlé en torche. Seule la Grande Mosquée des Omeyyades avait échappé au désastre. La ville n'était pas encore complètement reconstruite quand j'y arrivai. Pourtant, elle dégageait une impression de puissance et de richesse inouïe. Les caravanes s'y dirigeaient d'abord et ses marchés étaient encombrés de toutes les merveilles que l'industrie humaine peut produire. Le mélange des races y était encore plus étonnant qu'à Beyrouth. Les chrétiens avaient été, disait-on, passés au fil de l'épée jusqu'au dernier par les Mongols. Mais de nombreux marchands latins étaient revenus et circulaient dans les rues. Des Cordeliers nous accueillirent dans un monastère qu'ils tenaient à disposition des pèlerins et des chrétiens de passage. Damas était reliée au Caire et à de nombreuses villes par un service de courriers rapides montés sur des chameaux. Nous reçûmes des nouvelles de nos compagnons restés en Égypte et pûmes leur en envoyer.

Surtout, Damas comptait de fabuleux jardins. Cet art, poussé à l'extrême de son raffinement, me parut être, autant que l'architecture, le signe d'une haute civilisation. Enfermés dans leurs châteaux forts, menacés sans cesse de pillages, les nobles de chez nous n'avaient pas le loisir d'ordonner la terre comme ils le faisaient de la pierre. Nous ne connaissions que deux mondes : la ville ou la campagne. Entre les deux, les Arabes avaient inventé cette nature réglée, hospitalière et close qu'est le jardin. Pour cela, ils avaient simplement inversé toutes les qualités du désert. À l'immensité ouverte, ils substituaient la clôture de hauts murs ; au soleil brûlant, l'ombre fraîche ; au silence, le murmure des oiseaux ; à la sécheresse et à la soif, la pureté des sources glacées qui coulaient en mille fontaines.

Nous découvrîmes à Damas bien d'autres raffinements, en particulier, le bain de vapeur. J'en usais presque chaque jour et y ressentais un plaisir inconnu. Jamais, jusque-là, je ne m'étais laissé aller à penser que le corps pût être en lui-même un objet de jouissance. Nous étions accoutumés depuis l'enfance à le tenir couvert et caché. L'usage de l'eau était une obligation pénible sous nos climats, car elle était le plus souvent froide et toujours rare. Le contact des sexes

se faisait dans l'obscurité de lits fermés de courtines. Les miroirs ne reflétaient que les atours
qui couvraient les corps habillés. À Damas, au
contraire, je découvris la nudité, l'abandon à la
chaleur de l'air et de l'eau, le plaisir d'un temps
occupé à rien d'autre qu'à se faire du bien.
Puisque je n'avais qu'une vie, tant valait qu'elle
fût pleine de bonheur et de volupté. Je me rendis compte, en suant dans les bains de vapeur
parfumée, combien cette idée était nouvelle
pour moi.

C'était peut-être la plus étonnante particularité de Damas, qui complétait ma compréhension de l'Orient. Elle était le centre du monde,
mais elle faisait usage de cette position pour accroître le plaisir et non pas seulement la puissance de ceux qui y vivaient. La raison d'être des
caravanes qui convergeaient vers la ville était
certes le commerce. Les biens entraient et sortaient, s'échangeaient et apportaient des profits.
Mais la ville prélevait sa part sur toute chose de
valeur et ceci à une seule fin : servir à son bien-
être. Les maisons étaient ornées de tapis précieux. On mangeait dans les plus rares
porcelaines. Partout flottaient des odeurs suaves
de myrrhe et d'encens ; les nourritures étaient
choisies et l'art des cuisiniers les assemblait avec
talent. Des lettrés et des savants étudiaient en
toute liberté et disposaient dans leurs biblio-
thèques d'ouvrages de toutes provenances.

Cette conception du plaisir comme fin ultime
de l'existence était une révélation pour moi. En-

core avais-je conscience de ne pas en mesurer toute l'étendue car, nous autres chrétiens, n'avions pas accès à celles qui étaient à la fois les bénéficiaires et les dispensatrices suprêmes de ces plaisirs, c'est-à-dire les femmes. Nous étions sévèrement surveillés sur ce point et toute intrigue menée avec une musulmane nous eût valu la décollation. Cependant, nous les apercevions. Nous les rencontrions dans les rues, nous croisions leurs regards à travers leurs voiles ou les grilles de leurs fenêtres, nous distinguions leurs formes, nous humions leurs parfums. Quoique recluses, elles nous semblaient plus libres que nos femmes d'Occident, plus dédiées à la volupté, et promettaient des plaisirs que le corps révélé au hammam nous donnait l'audace d'imaginer. Nous sentions que l'intensité de ces plaisirs pouvait nourrir des passions violentes. Les étrangers se répétaient des histoires sanglantes de jalousies ayant conduit au meurtre et parfois au massacre. Loin de provoquer une répulsion, ces excès ne faisaient qu'accroître le désir. Plusieurs marchands avaient payé de leur vie l'incapacité où ils avaient été de résister à ces tentations.

Revenu à ma seule vie, j'étais, moi, habité par le souvenir de ma seule femme, à laquelle je pensais beaucoup. Je l'imaginais partageant ces plaisirs avec moi et je me promis de lui en rapporter les instruments. J'achetai des parfums, des tapis et des rouleaux de bocassin, cette étoffe semblable à de la soie, que les artisans de la ville fabriquent eux-mêmes avec du coton.

Un mois passa ainsi, et nous allions repartir quand nous fîmes une étonnante rencontre. Nous étions allongés sur des coussins de cuir, occupés à goûter des gâteaux très sucrés et de toutes les couleurs, quand notre guide, un Maure qui nous accompagnait depuis Beyrouth, nous annonça la visite de deux Turcs. Il avait prononcé ces mots en riant et nous ne comprîmes pas tout de suite ce qui motivait son ironie. Le mystère se dissipa dès qu'apparurent les Turcs en question. C'étaient deux géants mal peignés, le visage couvert d'une barbe négligée. À la manière dont ils portaient leur accoutrement, il n'était que trop apparent qu'il ne leur était pas naturel. Dès qu'ils ouvrirent la bouche, il n'y eut plus aucun doute : c'étaient des Francs déguisés.

Le plus âgé, un rouquin aux cheveux dégarnis, se présenta avec la morgue que je connaissais si bien depuis qu'en mon enfance je faisais antichambre avec mon père chez les nobles.

— Bertrandon de la Broquière, premier écuyer tranchant de monseigneur le duc de Bourgogne, lança-t-il.

Nous n'étions que des marchands et il s'estimait en droit de décliner ses noms et titres avec hauteur. Cependant, le ridicule de son accoutrement, et l'attitude relâchée que nous n'avions pas corrigée malgré son arrivée, mêlait à cette assurance un peu de gêne, voire de crainte.

Nous nous présentâmes à notre tour sans marquer de déférence et il prit place de mauvaise grâce avec son compagnon sur un coussin.

Nous attendions les sorbets que notre truchement avait commandés pour nous. Un serviteur discret, à l'air grave, les déposa devant nous, sur un plateau de cuivre finement ciselé. Nous en proposâmes à l'écuyer tranchant mais celui-ci se récria.

— Jamais je n'absorberai de telles ordures ! Vous prenez des risques, croyez-moi.

Et il nous expliqua comment la neige qui servait à les préparer descendait à dos de chameaux des montagnes du Liban.

— J'ai entendu dire qu'ils en envoient jusqu'au Caire, m'écriai-je avec admiration.

Notre interprète le confirma. La neige était jadis acheminée par bateau jusqu'à Alexandrie mais désormais le sultan Barsbay faisait régner l'ordre sur ses routes : de petites caravanes de cinq chameaux pouvaient porter la précieuse glace jusqu'à la capitale.

— C'est étonnant qu'elle ne fonde pas...

— Dans chaque caravane, un homme est instruit des techniques propres à la conserver intacte pendant le voyage.

Nous nous émerveillions de cette nouvelle preuve du savoir-faire des Arabes. Mais Bertrandon haussa les épaules.

— Fadaises ! Ils en perdent les trois quarts et le reste est corrompu. Ce sont des maladies à l'état pur qu'ils transportent, pas de la glace.

Et il eut un rire mauvais. Il ne put cependant nous dégoûter de nos sorbets. Le mien était parfumé à la fleur d'oranger.

Pendant que nous nous régalions, l'écuyer tranchant se mit à pérorer. Cependant, il jetait des coups d'œil mauvais en direction du Sarrasin qui nous servait d'interprète. Celui-ci, avec beaucoup de tact, prétexta d'une commande à passer pour nous laisser seuls. L'écuyer ne mit alors plus de bornes au déchaînement de ses critiques à l'endroit des Arabes. Il exaltait leur fourberie, leur violence, leur immoralité. Son prêche avait pour effet et sans doute pour but de nous faire sentir combien nous étions des misérables de nous complaire dans la compagnie de tels sauvages.

— Mais pourquoi, osai-je lui demander, partagez-vous alors leur accoutrement ?

Car, enfin, si nous nous laissions séduire par la vie damascène, au moins avions-nous le courage de proclamer par nos atours que nous restions des chrétiens.

L'écuyer baissa d'un ton et, en se penchant vers nous, confia que ce travestissement était nécessaire à l'accomplissement de ses desseins. Nous comprîmes alors qu'il entendait mener une mission secrète pour le compte du duc de Bourgogne, son maître. Cette supposée discrétion était d'autant plus ridicule que les mahométans ne pouvaient ignorer dès le premier coup d'œil à qui ils avaient affaire. Néanmoins, fort de son invisibilité supposée, Bertrandon rassemblait le plus d'informations possible sur les contrées qui l'accueillaient. Il nous fit des demandes nombreuses sur les villes et villages que nous avions traversés. Il insistait sans la moindre vergogne sur les détails militaires : avions-nous rencontré des troupes ? Qui gardait tel pont, tel bâtiment ? Combien d'hommes en armes accompagnaient la grande caravane à laquelle — mais je me gardai de lui dire — j'avais hésité à me joindre ? À mesure que l'interrogatoire avançait, nous comprenions plus clairement la nature de la mission qui lui avait été confiée. Il s'agissait ni plus ni moins de préparer une nouvelle croisade. De tous les princes d'Occident, le duc de Bourgogne était celui qui continuait de former les projets les plus concrets de reconquête de l'Orient. Il avait d'ailleurs financé une expédition quelques années plus tôt qui s'était soldée par un échec.

Dès que j'eus pris conscience des intentions véritables de Bertrandon, je le regardai autrement. Ce qui m'avait diverti en lui me fit soudain horreur. Nous étions là tous les six, allongés en ce jardin dont les couleurs, l'ombre, la fraîcheur étaient harmonieusement combinées pour flatter nos sens. Nous dégustions ces divins sorbets, une des plus ingénieuses inventions humaines qui supposait de s'être rendu maître de nombreuses autres. Nos vêtements étaient neufs, cousus dans le bazar sur le modèle de ceux que nous avions apportés, mais faits de tissus finement tissés et imprimés de motifs subtils.

Notre peau exhalait les huiles parfumées dont les bains quotidiens nous oignaient. Et voilà que, devant nous, ce rustaud aux cheveux gras, qui se démangeait de vermine sous ses vêtements maculés, et nous gratifiait malgré la distance d'odeurs écœurantes de corps et de bouche, venait proclamer son intention d'apporter ici, par le feu et par le glaive, la civilisation.

Jamais encore, je n'avais eu l'occasion de contempler devant moi, à l'état naturel et coupé de son milieu nourricier, un spécimen de ces chevaliers qui, après avoir été notre gloire, étaient désormais les instruments et les symboles de notre ruine. Leurs aïeux pensaient à Dieu : eux ne pensaient qu'à eux-mêmes, à cet honneur qui leur venait en héritage et qu'ils chérissaient plus que tout.

Leur désir n'était que de se battre, mais ils s'en montraient incapables. Dans les batailles, qu'ils avaient toutes perdues, ils ne se souciaient pas de discipline, de tactique ni de victoire. Ils mouraient en gloire et cela seul comptait. Peu leur importaient les princes prisonniers, les rançons à payer, les terres perdues, les peuples ruinés. Peu leur importait que pour nourrir leur oisiveté guerrière, il faille que les bourgeois se saignent, que les paysans jeûnent, que les artisans travaillent à perte. En France, cet entêtement passait pour de la noblesse d'âme.

Mais dans ce jardin, devant ces deux individus grossiers, dépouillés de leur armure et de leur prestige, qui se curaient les dents avec le tranchant de leurs ongles sales, la vérité éclatait. Une pensée me traversa l'esprit, que j'aurais chassée en France avec épouvante mais qui m'apparut comme une évidence incontestable. Il était heureux que les croisés n'aient pas réussi à conquérir l'Orient. Et il était nécessaire qu'ils n'y parviennent jamais.

Par contraste, notre position de marchand, que j'avais toujours accepté de regarder comme la regardaient les nobles, c'est-à-dire triviale, matérielle et sans honneur, m'apparut tout autre. Nous étions les agents de l'échange et non de la conquête. Notre vocation était d'apporter à chacun le meilleur de ce que produisait l'autre. Nous avions, nous aussi, à notre manière, l'ambition de nous approprier la civilisation des autres, mais en contrepartie de ce qu'ils pouvaient désirer de la nôtre. La destruction, le pillage, l'asservissement nous étaient étrangers. Nous n'entendions capturer que des proies vivantes.

Après avoir tiré de nous tout ce qu'il pouvait, Bertrandon se mit à discourir interminablement sur la situation de Constantinople, réduite à rien et qui payait le tribut aux Turcs, sur les Ottomans, qu'il respectait et opposait aux Arabes dont il avait horreur, sur la politique des villes latines, Venise et Gênes, que leur rivalité n'empêchait pas d'empiéter chaque jour un peu plus sur les territoires byzantins ou les possessions arabes.

Je ne l'écoutais déjà plus. Cette rencontre, pour déplaisante qu'elle eût été, m'avait ramené en Occident. De toute façon, notre séjour prenait fin. Il nous restait deux courtes journées avant de repartir vers Beyrouth pour retrouver la galée.

Avant de voir Bertrandon, j'aurais regretté ce départ. Désormais, je le désirais.

*

Le retour fut un bonheur. Je regardais chaque journée qui me rapprochait de chez moi comme un don précieux. Pourtant, le voyage se révéla bien plus pénible qu'il ne l'avait été dans l'autre sens. Nous essuyâmes de gros orages qui mirent le bateau à mal. Finalement, devant l'île de Corse, un dernier grain nous drossa contre des rochers. Je faillis me noyer, emporté par les rouleaux. En me débattant dans l'écume, ma main gauche se planta contre ces animaux de mer semés d'épines qui prolifèrent sur les fonds et les rochers. Plusieurs dizaines de petites pointes noires se plantèrent dans ma chair. Nous ne fûmes secourus par les habitants de l'île que pour tomber dans une infortune plus grande. Un soi-disant prince, bandit sans honneur qui règne sur ces côtes, s'empara de tous nos biens et nous jeta en prison. Nous y restâmes plusieurs semaines, en attendant qu'une rançon fût payée par Vidal.

Finalement, nous sommes arrivés à Aigues-Mortes au commencement de l'hiver. Ma main avait enflé et l'infection s'y était mise. À un moment, je craignis de la perdre, et même la vie. Quand je parvins à la guérison, je compris que ces craintes m'avaient préservé du regret d'avoir été délesté de tout. Avant la Noël, je repris avec Gautier la route du Rhône pour rentrer dans notre ville et j'étais sans le sou. Vidal espérait être payé de nos pertes par une lettre de marque. Dès qu'il l'aurait obtenue, et il l'obtint, des corsaires pourraient attaquer des bateaux appartenant à la nation qui nous avait dépouillés. Le butin nous servirait de compensation. Ce procédé était efficace et atténuait les risques de la navigation. Cependant il était lent et n'empêchait pas que, dans l'immédiat, nous fussions ruinés.

Le plus étrange est que ce dénuement, loin de m'accabler, me remplit d'un plaisir inattendu. Je me sentais nu comme un nouveau-né. Et, en effet, c'était à une nouvelle vie que je naissais. J'avais fait le deuil de mes rêves et je les avais remplacés par des souvenirs. Je revenais plein de projets ambitieux, plus riche que si j'avais porté avec moi quelques pièces de soieries ou des ballots d'épices. Ma richesse était encore invisible, en devenir. Je celai en moi ce bien précieux, monnaie dont je ne savais encore ce qu'elle me permettrait d'acquérir. Mais j'avais confiance.

De Montpellier, j'avais envoyé par un courrier un message à Macé. Je savais qu'elle m'attendait. Les dernières semaines, le désir d'elle me brûlait. Ma main grêlée de cicatrices me laissait le souvenir d'avoir caressé le diable. La pensée de cette épreuve donnait d'autant plus de prix à la douceur. Je criais dans mon sommeil. Ma main valide se tendait vers la peau blanche et douce de Macé, cherchant à échapper à la fourrure blessante de la bête qui me poursuivait dans l'eau des songes.

Le vent sur la plaine était contraire et nos montures luttaient d'un pas fatigué. L'arrivée fut un interminable calvaire pendant lequel la cathédrale, dont les tours affleuraient à l'horizon, semblait ne jamais devoir approcher. Enfin, il y eut notre pas sonore dans les rues obscures et vides, les coups frappés à la porte, le judas qui s'ouvrit puis les larmes, les cris, les caresses. La nuit fut pleine d'un plaisir si longtemps attendu qu'il en devenait douloureux.

Il nous fallut près d'une semaine pour tresser de nouveau nos vies l'une à l'autre. Je racontai tout et Macé fit revivre pour moi les mille événements du petit monde immobile qui m'avait attendu...

*

Je ne reconnus pas ma ville. Dans mon souvenir, elle était noire et grise, perpétuellement obscure. J'arrivai par un jour de la fin du printemps, lumineux et ensoleillé. À l'ardeur du soleil, en ces parages, se mêlait une humidité aigrelette qui donnait à la chaleur une qualité bien différente de celle qu'elle avait en Orient.

Le mot de douceur venait immédiatement à l'esprit pour désigner ce bien-être ensoleillé.

Les premiers jours, avant d'affronter la cité, je fis de longues promenades dans les marais. J'y vis le moyen de reprendre pied doucement dans la ville, de m'habituer à elle. En cheminant à l'ombre des saules, parmi les barques noires, je voyais danser la lumière sur le courant et des touffes d'algues longues battre au fond de l'eau, comme des drapeaux. Avant de retrouver ma maison et ma famille, j'avais besoin de reconnaître la terre où j'étais né et d'éprouver le besoin de m'y arrêter, au point d'être reconnaissant à la Providence de m'y avoir fait venir au monde.

Après l'arrivée et ses effusions, l'effet véritable du voyage apparut : tout m'était de nouveau familier et tout, pourtant, me semblait méconnaissable. Rien n'allait plus de soi. Malgré moi, je comparais. Nos maisons, par exemple, qui avaient fait auparavant ma fierté comme tout citoyen de cette grande ville, me parurent modestes, rudimentaires, petites. Avec leurs poutres apparentes sur les façades, leurs losanges de bois et leurs larges piliers corniers, elles sentaient encore la cabane. J'avais vu en Orient des palais de pierre, des villes denses que perçaient à grand-peine des rues étroites bordées de maisons à étages. Notre richesse me sembla pauvre.

Une autre réalité qui s'était révélée pendant ce voyage était la longue présence du temps.

Jusque-là, je n'avais remarqué autour de moi que les traces d'un passé relativement proche. La cathédrale et les principaux monuments de notre ville dataient d'un siècle, de deux tout au plus. L'Orient m'avait fait rencontrer des vestiges beaucoup plus anciens. J'avais eu le loisir, à Palmyre, de visiter les ruines laissées par Rome et, au cours du voyage, il m'était arrivé à plusieurs reprises d'apercevoir des temples grecs. En rentrant, je remarquai pour la première fois que notre ville était elle-même semée de restes antiques. Le plus impressionnant d'entre eux était ce rempart qui entourait la colline sur laquelle était bâtie la cathédrale. J'étais passé mille fois sous ces grosses tours édifiées de loin en loin, mais je ne les avais jamais reliées à ces Romains dont nous parlaient les Évangiles. Cette découverte, si insignifiante qu'elle puisse paraître, eut sur moi une grande influence. Je n'avais conçu l'ailleurs que dans l'espace : pour voir bouger les choses, il fallait bouger soi-même. Je compris que le temps opérait lui aussi sur les choses. En restant au même endroit, on pouvait assister à la transformation du monde. Ainsi les remparts réputés imprenables avaient fini par être pris ; des rues couraient maintenant à leur pied et des quartiers de maisons neuves qui s'appuyaient sur eux dévalaient jusqu'aux ruisseaux en contrebas. Un jour, peut-être, ces maisons disparaîtraient ou seraient dominées par de plus hauts édifices. Cela s'appelait le temps et, quand on y jouait un rôle, il devenait l'Histoire. Il appartenait à chacun d'y prendre sa part. Les palais que j'avais découverts ailleurs, nul ne savait s'ils ne pourraient un jour être édifiés ici. En somme, j'étais parti de cette ville en la tenant pour un héritage immobile ; je revenais en y voyant le matériau d'une histoire qui ne dépendait que des humains.

Mon voyage avait fait grand bruit et je reçus de nombreuses invitations à venir le raconter. Beaucoup de commerçants, grands ou petits, offrirent de s'associer à moi, si j'entreprenais, comme ils l'imaginaient, de renouveler l'expérience. Je n'acceptai aucune de ces propositions. Mes idées étaient étrangement claires. Je savais ce que je voulais faire et comment. Le problème était surtout de savoir avec qui.

Pour servir mes desseins, il me fallait m'associer à d'autres. Mais le secret de mes ambitions ne pouvait être partagé qu'avec des personnes en qui je pusse avoir une entière confiance. Je passai en revue mes connaissances et n'en trouvai aucune sur laquelle j'aurais pu m'appuyer sans réticence. C'est alors que je pensai à notre équipée de gamins pendant le siège de la ville. Peut-être par superstition, pour renouer avec cet épisode qui m'avait révélé à moi-même et aux autres, j'éprouvai le besoin de rechercher les camarades qui m'avaient accompagné pendant cette aventure et qui m'avaient témoigné par la suite une fidélité sans défaut.

J'allai voir d'abord Guillaume de Varye. Il vivait à Saint-Amand et ne m'avait pas fait signe après mon retour. Je compris pourquoi. Il avait honte. Son commerce de draps avait subi de graves préjudices. Plusieurs convois pillés, un entrepôt détruit par un incendie, un gros client tué par une bande armée et sa veuve qui refusait de payer... Ses affaires étaient mauvaises. Guillaume m'accueillit dans une maison affamée. Sa femme était amaigrie, livide, et toussait. On voyait dans ses yeux qu'elle se savait mourante. Sa plus grande angoisse était d'ignorer si ses enfants lui survivraient. Toujours actif, sérieux, infatigable, Guillaume me raconta tout ce qu'il avait entrepris pour contrarier le sort. Mais les vents lui étaient décidément contraires. La veille encore, il avait appris qu'une affaire dont il espérait beaucoup lui échappait. Je l'observais pendant qu'il me parlait, les yeux baissés. Il était toujours aussi petit de taille, maigre et nerveux. L'énergie qui était en lui ne pouvait désormais s'exprimer qu'en désespoir ou en maladie. Il était à l'image de ce pays : plein de courage, de talent, de volonté, mais sans que ces qualités puissent se donner carrière à cause des circonstances. Je n'étais pas différent de lui, à ceci près que je savais, moi, qu'existaient ailleurs les conditions favorables à l'emploi de ces dons.

Je proposai à Guillaume que nous travaillions ensemble et, en premier acompte de son salaire, j'offris de solder ses dettes séance tenante. Il se mit à trembler de tous ses membres. D'un autre que moi, il aurait craint une offre semblable et aurait hésité à se livrer à une volonté inconnue.

Mais j'étais celui qui l'avait sauvé une première fois et il ne m'avait pas oublié. Il s'agissait seulement de reprendre notre ancienne équipée. Il se leva, m'embrassa puis fléchit un genou devant moi comme un seigneur qui fait allégeance. La chevalerie était encore à cette époque notre seule référence. Quand, par la suite, nous évoquions ce premier contrat, nous en riions. Il n'empêche qu'il était plus fort qu'une signature et que nul ne l'a jamais contesté.

Le deuxième homme qu'il me fallait était Jean que nous appelions le petit Jean dont le nom véritable était Jean de Villages. L'affaire était autrement plus délicate. Jean était plus jeune que moi. Il faisait partie de cette troupe de gamins que fascinait Éloi, notre ancien camarade prétendument chef de bande. La mésaventure du siège de Bourges l'avait détourné d'Éloi, mais ce fut pour lui donner des modèles encore moins recommandables. Jean s'était d'abord tourné vers moi. Malheureusement je n'avais aucun goût, à l'époque, pour la direction des consciences et j'avais refusé. Je ressentais chez lui une énergie mauvaise, un enthousiasme destructeur qui le portait à vouloir s'en prendre à toute autorité. C'était par nature un rebelle. Il était l'un de ces êtres, j'en ai rencontré quelques-uns par la suite, qu'une plaie invisible, jamais cicatrisée, ouverte dans l'enfance par la violence d'un proche, conduit leur vie durant à hurler une haine indistincte. La violence qu'ils pratiquent n'est en rien nécessaire pour ses résultats, elle a pour vertu de donner issue à l'humeur mauvaise qui s'accumule avec douleur dans leur âme blessée. Il avait tué son premier homme à quinze ans.

C'était dans le tumulte de la guerre, pour le compte d'un capitaine, et nul ne lui en avait tenu rigueur. Il avait suivi ce chef de bande et rejoint les armées du roi Charles. On l'avait vu à Orléans quand la Pucelle avait repris la ville. Il était au sacre du roi à Reims. Mais dès le lendemain, comme s'il lui répugnait de servir un homme qui était désormais légitime, comme s'il n'avait trouvé sa place que dans la résistance et les causes perdues, il avait quitté l'armée. On disait qu'il était revenu dans le pays. Il avait monté une affaire de commerce de vin et avait envoyé quelques convois auprès de ses anciens compagnons d'armes pour les désaltérer. Hélas, l'entreprise avait périclité. Il avait disparu. Guillaume, qui était resté son ami — et c'est en cela qu'il me serait d'abord utile — croyait savoir que Jean avait rejoint dans le Lyonnais un seigneur fou du nom de Villandrando. Il y avait gagné une blessure à la cuisse qu'il était revenu soigner en Berry. Il vivait sous la protection des seigneurs d'Aubigny, à qui il avait dû rendre des services inavouables. J'allai le rencontrer là-bas. Guillaume l'avait prévenu de ma visite. Je m'attendais à trouver un écorcheur et, à vrai dire, je craignais que le vin et la débauche propre aux gens de guerre ne l'eussent perdu.

À ma grande satisfaction, je découvris un

homme en parfaite santé. Il me dépassait de plus d'une tête. Son corps, que moulait une chemise serrée, était svelte et musclé. La vie au grand air l'avait hâlé et il avait sur les joues la trace brillante d'une barbe blonde. La blessure de sa jambe était presque guérie et donnait seulement un peu de raideur à sa démarche. De l'enfant qu'il avait été et que j'avais connu restaient seulement deux yeux bleus, joyeux comme le sont ceux des gens qui souffrent, infirmes du corps ou de l'âme. Les premières minutes seraient décisives, je le savais. Soit nous étions devenus des étrangers et je n'aurais rien à espérer de lui. Soit, conformément à ce que j'avais imaginé, l'ancienne amitié était encore là et il serait l'homme qu'il me fallait.

Une servante rôdait dans les parages. Jean lui parlait avec douceur et je le notai comme un présage favorable. Rien ne m'aurait gêné comme de le retrouver brutal de manières, ainsi que le sont trop souvent les soudards.

— Donc, lui dis-je, tu es devenu homme de guerre ?

— Je l'ai voulu, Jacques, je l'ai voulu, me répondit-il pensivement, sans cesser de sourire avec ses yeux tristes.

Il me raconta longuement ce qu'était la guerre dans les troupes de France. Seuls les nobles y tenaient un rôle. Ils décidaient de tout, fût-ce pour imposer leurs erreurs. Les autres n'étaient que des carcasses engraissées pour le sacrifice.

Il n'avait aucun goût pour l'art de la guerre, à la différence d'autres roturiers que j'ai rencontrés par la suite.

Je compris que Jean avait cherché un chef et n'en avait jamais trouvé. Il me parla du siège d'Orléans, seule mêlée où il avait pu donner la pleine mesure de son énergie. Il avait combattu derrière cette Jeanne d'Arc dont il ne savait rien sinon qu'elle se prétendait envoyée par un Dieu en qui il ne croyait pas. Il l'avait croisée au camp tandis qu'on ôtait son armure. Il avait vu sa jambe nue, maigrichonne, et elle avait baissé les yeux. Je compris qu'il aurait pu la suivre jusqu'à la mort. Il aimait les chefs plus faibles que lui. Les autres, tôt ou tard, il dirigeait sa violence vers eux et les quittait pour ne pas avoir à les mettre en pièces.

Je m'assis devant lui, pour paraître encore plus petit, et j'étalai sur la table mes deux mains blanches aux ongles toujours soignés, mains de femme m'avait-on dit souvent, désarmées et qui, au moment où je cherchais à avoir prise sur lui, témoignaient de ma faiblesse.

Il s'approcha et les saisit. Son visage s'éclaira et j'eus presque l'impression que des larmes venaient au bord de ses paupières.

— Jacques, me dit-il, c'est la Providence qui t'envoie.

L'amitié d'enfance était bien là, celle qui avait une fois pour toutes réparti les rôles entre nous. Il était prêt, de nouveau et pour toujours, à me suivre. C'était gagné.

*

Les deux années qui suivirent furent étranges. Intérieurement, je savais exactement où j'allais et je ne doutais pas un instant du succès de ce que j'entreprenais. Pourtant, du dehors, ma situation était plus que précaire. J'avais été en prison. Ensuite, sans explication, j'avais tout quitté pour partir en Orient. La seule excuse eût été que j'y fisse fortune ; j'étais rentré sans un sou. La trentaine largement dépassée, je n'avais en somme rien accompli par moi-même. Le mot de « bon à rien » ne fut jamais prononcé, mais je devinais sa présence dans l'esprit de ceux qui m'entouraient. Sauf Macé, qui eut toujours confiance en moi à sa manière, silencieuse et absente. Elle souhaitait sincèrement mon succès, même si je la soupçonne d'avoir toujours su qu'il m'éloignerait d'elle. Aux enfants, elle racontait de merveilleuses histoires dont j'étais le héros. Mais mon fils Jean avait déjà treize ans. Il pouvait juger par lui-même. Et quand, malgré sa réserve naturelle, il me posait des questions sur ma vie, j'avais la nette impression qu'il doutait de moi.

Mon beau-père ne vieillissait pas. Tout en se plaignant sans cesse, il était secrètement heureux d'être toujours, et peut-être pour longtemps encore, celui sur lequel reposerait la survie de la famille. J'étais assez sûr de mon fait pour ne pas craindre son jugement. Je voulais seulement qu'il consentît une dernière fois à m'avancer de l'argent. C'était nécessaire pour mettre en route l'entreprise dont j'avais l'idée. Je renonçai à le convaincre du bien-fondé de ma démarche. Quelque argument que je puisse employer, il avait son opinion faite : il n'attendait de moi que des revers. Je fis intervenir Macé et, finalement, il céda.

Nous louâmes un entrepôt, dans le faubourg des tanneurs. La première réunion se tint à la mi-juin, par une journée caniculaire. L'odeur des peaux entrait par les croisées ouvertes et nous comprîmes pourquoi le loyer qu'on nous avait consenti était si bon marché. Autour d'une méchante table en bois de sapin dont chacun se tenait éloigné, par peur d'y ramasser des échardes, Guillaume, Jean et moi entourions le jeune notaire qui avait rédigé le premier contrat. Nous le signâmes et le robin, qui retenait sa respiration depuis qu'il était entré dans la pièce, sortit en suffoquant. Notre conciliabule dura jusque tard dans la nuit. Jean sortit pour faire livrer du vin et un souper. Je fus pratiquement le seul à parler. Toutes les notations, les références, les idées que j'avais emmagasinées pendant ces mois de voyage remontaient d'un coup. Le temps les avait ordonnées, mises en forme. Mes compagnons adoptèrent le projet tel quel. Leurs seules questions étaient d'ordre pratique. Qui ferait quoi ? Et comment ? Et avec quel moyen ? La complémentarité de leurs caractères guida immédiatement la répartition des tâches : à Guillaume l'administration, les papiers, les comptes ; à Jean le soin de courir les routes, de convaincre nos partenaires et au besoin de briser les obstacles.

De quoi s'agissait-il ? Tout simplement d'une maison de négoce. Sa particularité était d'être dirigée vers l'Orient et ouverte à toute l'Europe. En première approche, rien n'était original. Après ces années de guerre et d'insécurité, vouloir acheter et vendre loin était seulement la preuve d'un optimisme de bon aloi. Pendant tout mon voyage, j'avais accumulé des notes. J'avais consigné les noms et les adresses de tous ceux qui pourraient nous être utiles. Le rustre corse qui nous avait dépouillés après notre naufrage n'avait pas jugé utile de s'emparer de ces gribouillages. À ces notations concernant l'activité des ports méditerranéens, s'ajoutaient de nombreuses informations que j'avais glanées pendant ces années sans gloire. Avec mon beau-père puis avec Ravand et jusque dans les geôles où j'avais séjourné, je n'avais fait qu'écouter, interroger, apprendre.

Tout cela prenait un sens en cet instant. Au lieu de concevoir une activité modeste que la fortune, peut-être, parviendrait peu à peu à étendre, j'avais l'idée d'un réseau créé d'emblée à la dimension de la France, de la Méditerranée, de l'Orient... Pour que la pêche fût miraculeuse, il fallait jeter le filet d'un seul coup loin et très vite. Cela supposait un énorme effort d'organisation et mes deux camarades le comprenaient.

À la différence des négociants ordinaires qui m'avaient proposé de m'associer à eux dans l'espoir de profiter de mon expérience, Jean et Guillaume n'étaient pas des bourgeois prospères. Ils avaient tout à gagner, rien à perdre. Surtout, c'étaient des caractères à s'exalter de l'énormité de la tâche.

Le seul moment où je les sentis accessibles au découragement fut quand je leur révélai la somme exacte dont je disposais pour lancer l'affaire. J'avais prévenu leur objection. Il n'était pas question de procéder comme les autres maisons, avec des succursales ou des représentants attitrés. Nous ne signerions jamais que des contrats provisoires, liés à une transaction en cours et prenant fin en même temps qu'elle. Si des gens souhaitaient nous rejoindre et nous servir de facteur dans les villes avec lesquelles nous trafiquerions, libre à eux, en revanche qu'ils ne comptent pas sur nous pour les payer. Ils se rémunéreraient sur les affaires qu'ils apporteraient. L'essentiel, en somme, était de nous faire connaître partout, d'inspirer confiance, de construire une réputation qui serait au départ largement surfaite. Elle prendrait corps sitôt que croîtrait le nombre de ceux qui nous feraient confiance. Jean s'enthousiasma pour cette tâche. Lui qui aimait parler, paraître, séduire, il trouvait là un rôle à sa mesure. Il se mit à décrire la garde-robe qu'il lui faudrait et j'applaudissais à tout. J'avais voyagé humblement pour être meilleur observateur. Cependant je savais qu'à l'heure de mettre en place notre système, il nous faudrait souvent perdre toute modestie et en imposer par tous les moyens possibles.

Il fut convenu entre nous que Guillaume irait rapidement se fixer à Montpellier d'où il organiserait les expéditions vers l'Orient. Pour commencer, il nous faudrait nous appuyer sur les négociants qui pratiquaient ce commerce et employer leurs bateaux. Jean, dès qu'il aurait fait coudre un trousseau de gentilhomme, tenterait de gagner la Flandre, qui était au duc de Bourgogne. Il verrait s'il était possible d'en faire venir des draps. Une partie de ses convois serait vendue sur place, dans les terres du roi, et les bénéfices financeraient l'envoi du reste jusqu'en Orient. Dès qu'il le pourrait, Jean irait en Allemagne et même à Rouen, dans cette dernière partie de France qui restait à l'Anglais, pour y quérir une liste de marchandises que nous établîmes ensemble. Il lui faudrait sans tarder se rendre aussi à Lyon, à cause des grandes foires qui s'y tenaient et s'assurer du concours d'un facteur sur place.

Pour le seconder dans ces entreprises, Jean fit valoir qu'il devait recruter une troupe. Un gentilhomme ne voyageait pas seul et encore moins des marchandises. Guillaume, déjà dans son rôle de comptable, protesta que nous n'avions pas les moyens de payer la solde de gens armés. Jean lui représenta avec un peu de mépris qu'il connaissait mieux que lui cette sorte de gens. Il n'était pas nécessaire de les payer d'abord pour les engager. Les bandes qui ravageaient le pays pour le compte des princes et nobles de tout acabit n'étaient rétribuées que sur les butins à venir. Leurs membres attendaient parfois long-temps de pouvoir se partager quoi que ce fût. Mais cette attente leur suffisait, pourvu qu'en s'endormant le soir, saouls et consolés par une catin, ils pussent voir en rêve ce que la Provi-dence, toujours bonne avec les cœurs simples, leur réserverait.

— Et quel butin leur offriras-tu ? objecta Guillaume.

— Nos bénéfices, quand il y en aura.

Je sentais que s'étaient déjà mises en place entre eux ces relations d'émulation et de jalou-sie, de fraternité et d'incompréhension qui ren-draient leur attelage irremplaçable. Sans avoir jamais cherché à diviser pour régner, j'ai tou-jours pensé que l'union des contraires était le secret de toute entreprise réussie.

Quand on en vint à définir mon rôle dans l'affaire, je leur déclarai simplement que je comptais rester monnayeur. Notre commerce, comme tous les autres à cette époque, serait perpétuellement entravé par le manque de métal précieux qui affectait le royaume. Nous ne pourrions pas recourir au troc, tant que nous ne disposerions pas de marchandises en réserve. Il nous fallait contrôler les voies de la monnaie et disposer d'un crédit chez tous les changeurs de France. Ce serait ma tâche.

Voilà ce que je leur dis et ils l'acceptèrent.

Mais ils étaient bien conscients qu'il y avait d'autres choses, que je ne disais pas. La première était inutile à formuler car elle allait de soi, à savoir que j'étais leur chef. L'entreprise porterait mon nom. Ils l'invoqueraient auprès de leurs interlocuteurs tel un sésame, une mention divine que l'on prononce à voix basse, pénétré de respect. Il était entendu, cela allait sans le dire, qu'à compter de ce jour, ils avaient pour tâche, dans l'intérêt de nous tous, de bâtir ma légende, de faire de mon nom une marque, un mythe. Ils seraient pour moi ce que Pierre et Paul avaient été pour le Christ : les créateurs, soumis, de sa gloire universelle. Je mesure à quel point cette comparaison est ridicule et grandiloquente et je rassure ceux qui seraient tentés de croire que je me prenais pour un dieu. Nous étions pleinement conscients que tout cela reposait sur un mensonge. Nous savions mieux que quiconque combien j'étais faible, mortel et faillible. Cependant, l'activité que nous créions devait se distinguer du simple commerce, activité nécessaire mais sans gloire et sans espérance. Nous voulions lui donner un souffle, une envergure, un horizon qui fussent à la mesure d'une ambition entièrement nouvelle. Pour cela, notre entreprise devait apparaître, non comme la propriété d'un marchand mais comme la secte d'un prophète. Et ce prophète, puisqu'il en fallait un, ce serait moi.

La soirée était venue et nous étions toujours au travail. Nous avions retroussé nos manches, la sueur perlait à nos fronts. Par les croisées ouvertes, nous avions entendu sonner les vêpres des deux clochers voisins.

L'écart était total entre nos idées, nos projets et notre situation présente. Ce qui nous caractérisait le mieux à ce moment de notre vie, c'était l'échec, et c'était peut-être aussi ce qui nous réunissait. Ceux qui nous regardaient avec la pitié que l'on éprouve pour les perdants auraient haussé les épaules en nous entendant bâtir notre chimère. Parce que je les savais conscients, au fond d'eux, de ce ridicule, je m'abstins de révéler à mes associés la dimension réelle du projet qui m'habitait. Ils me connaissaient assez, depuis le siège de Bourges, pour sentir que, derrière les dispositions pratiques que nous prenions et au-delà de l'entreprise que je leur avais révélée, j'avais certainement d'autres idées, une vision plus haute du but que je voulais atteindre. Ils ne m'interrogèrent pas plus avant. Peut-être cette part de mystère était-elle nécessaire pour qu'eux-mêmes se convainquent que j'étais bien le prophète dont ils allaient répandre la parole de par le monde. Peut-être savaient-ils surtout qu'il était inutile de m'en faire dire plus que je ne le voulais.

Et, en effet, mon attitude n'aurait pas changé, quand même ils m'auraient interrogé. Car j'étais convaincu de ne pouvoir livrer le fond de ma pensée qu'à une seule personne. D'elle dépendait que tout fût possible, et si elle ne le voulait pas, il était inutile de publier mes intentions.

Cette personne, c'était le roi Charles.

*

Pendant deux ans, je n'eus de cesse de découvrir le moyen d'être présenté au roi. Les obstacles pour y parvenir étaient de deux ordres. D'abord, il bougeait sans arrêt. Les pourparlers de paix avec l'Anglais et Bourgogne l'accaparaient beaucoup. Mais il ne renonçait pas pour autant à suivre ses armées en campagne. D'après ce que je comprenais, il tenait ouverte la voie de la négociation, tout en exerçant une pression militaire continue sur ses adversaires. Les mauvaises langues voyaient dans ces contradictions l'effet de son indécision et des conseils opposés que lui prodiguaient les membres de son entourage. Je préférais considérer qu'il y avait là une preuve de son adresse et de son sens politique. Quoi qu'il en soit, ce perpétuel mouvement du souverain rendait difficile une rencontre. J'en vins à la conclusion que le mieux était encore de rester fixe et d'attendre qu'il passe dans notre ville pour me faire présenter. Je disposais là de certains appuis et mon existence, si insignifiante fût-elle, n'y était pas égale au néant.

Restait à découvrir comment obtenir un entretien seul à seul, condition essentielle à la réussite de mon projet. Devais-je en révéler la teneur à ceux qui pouvaient m'aider à rencontrer le roi?

Ou devais-je saisir un autre prétexte mais, en ce cas, lequel ? La seule affaire que le souverain, sans me voir, m'avait confiée, était de sinistre mémoire. C'était cette triste expérience de monnayage menée en association avec Ravand. Je pensai d'abord qu'il valait mieux ne pas l'évoquer. Mais, faute de découvrir un autre moyen, j'en vins à me dire que l'affaire du monnayage était peut-être la meilleure entrée en matière possible, d'autant que je souhaitais reprendre un office dans ce domaine. Je retournai voir Ravand.

Il vivait à Orléans où il exerçait les mêmes fonctions depuis la libération de la ville. Au premier coup d'œil, on voyait qu'il prospérait. Il avait pris de l'embonpoint. Ses joues et son nez commençaient à se couperoser. Cependant, son énergie était intacte, puisée à la chaleur de la forge.

Je lui fis part de mes scrupules à reprendre la charge de monnayeur après le scandale de notre fraude et notre condamnation. Il avait si bien dépassé l'événement qu'il dut réfléchir un instant pour comprendre de quoi je voulais parler.

— Bah, dit-il en se frappant les cuisses, c'est le métier ! Un monnayeur qui n'est jamais allé en prison, c'est un maître de manège qui n'est jamais tombé de cheval. On ne peut pas lui faire confiance.

Il m'expliqua alors de nouveau les choses que je n'avais pas voulu entendre trois ans plus tôt. Et cette fois, je l'écoutai. Selon Ravand, un monnayeur était payé pour faire le contraire de ce que l'on prétendait attendre de lui. Il était là pour garantir la teneur des pièces qu'il fondait, mais tout le monde savait qu'il les fabriquait dans des alliages plus légers. Ce marché de dupes était possible parce que le monnayeur payait. Il partageait les bénéfices de sa fraude avec tous ceux qui avaient le pouvoir de le condamner. En quelque sorte, il prenait la responsabilité d'une faute collective. Il était le garant de l'ordre des choses. Si par malheur, et cela arrivait de temps en temps, la rivalité de ses protecteurs les conduisait à se mésentendre, il en subissait les conséquences. On l'arrêtait, les profits cessaient et, rapidement, ceux-là même qui, par leur querelle, l'avaient fait jeter au cachot jugeaient préférable de s'entendre à nouveau et se liguaient pour le faire élargir.

— Le plus sûr pour éviter pareille mésaventure, conclut-il, est toujours de traiter avec quelqu'un dont nul ne peut remettre en cause le pouvoir.

— Le roi ?

— Bien sûr !

Il sourit et souleva son verre. J'étais heureux qu'il en fût venu si vite à ce sujet car c'était celui que je voulais évoquer.

— Précisément, Ravand, je voudrais que tu m'aides à le rencontrer...

Le Danois plissa les yeux. Il évalua un instant la teneur en fourberie de ma proposition. Allais-je tenter de le doubler ? Ne pouvais-je prétendre

obtenir du souverain des avantages qui lui seraient retirés ?

J'attendis très tranquillement, les yeux bien
ouverts. Il put se convaincre que rien ne troublait l'alliage de naïveté et de sincérité dont il
pensait que j'étais fait.

— Tu veux le voir... en personne.

— En personne et seul.

— Diable !

Un homme des feux et des métaux n'avait pas
peur de jurer.

— C'est ainsi qu'il me reçoit, poursuivit-il.
Mais il me connaît de longue date. C'est qu'il
est méfiant, vois-tu. Quand même quelqu'un lui
est recommandé chaudement, il s'en méfie, tant
qu'il ne l'a pas flairé lui-même. Et quand je dis
flairé... tu verras.

Nous passâmes à table quoiqu'il fût encore
très tôt. Quand la servante posa un plat devant
nous, je compris qu'il était toujours l'heure de
manger pour Ravand et qu'il ne repoussait jamais la nourriture qu'elle montait, d'heure en
heure, de la cuisine.

— Sais-tu où il se trouve en ce moment ? demandai-je pour différer le moment d'avoir à
mordre dans une cuisse de poulet grasse.

— Difficile à dire. Il conduit la négociation
avec ce roué de Bourgogne. Il paraît qu'il a ra-
meuté tous ses anciens compagnons, même
ceux qui étaient en disgrâce. Je l'ai connu entouré de plusieurs coteries selon les époques.
Tel qui est en cour aujourd'hui sera en prison

demain ou même cousu en un sac et jeté à l'eau. Mais, en ce moment, c'est le pardon général ! Charles veut en finir. S'il laisse quelqu'un de côté, Bourgogne ou l'Anglais pourraient l'acheter. Il ne veut plus de traître.

Ravand parlait en mangeant. L'appétit qui me manquait déjà m'abandonna tout à fait quand j'aperçus ses dents ébréchées.

— On m'a dit qu'il continuait de faire la guerre...

— Tout juste. Il se partage entre les deux, la négociation et le combat. À ce que je sais, il doit tenir conseil à Tours en ce moment. Tôt ou tard, il repartira vers l'est. Il se peut qu'il passe par ici ou par Bourges.

— Peux-tu lui faire parvenir un message ?

— Par écrit certainement pas. Pour ce que j'ai à lui dire, il est préférable de ne laisser aucune trace. Cependant...

Il hésitait. Était-ce sur la partie de viande qu'il allait mordre ou sur les paroles qu'il comptait prononcer.

— Je dois le voir, de toute manière. J'arrive au terme de la mission qu'il m'a confiée et il faut que nous discutions de la suite. La paix lui coûte cher et la guerre encore plus. Le gain que je fais sur la monnaie lui est plus que jamais nécessaire.

Il se leva, essuya sa main aux ongles noirs sur les pans de son pourpoint.

— Tu m'as décidé, tiens. Et je te remercie. Je vais partir dès demain pour Tours, tant qu'il y est. Et je te ferai savoir s'il accepte de te rencontrer.

— Seul, tu as compris?

— Oui... oui, seul.

Il me saisit aux épaules et me donna une accolade. Ravand brûlait la vie comme il fondait l'or. Dans cette combustion il jetait pêle-mêle la nourriture et les boissons, les femmes et le danger. Mais ce qui donnait du goût à tout cela, c'était l'amitié, récoltée avec soin et en petites quantités, car c'est une denrée rare et précieuse, une épice dont il n'était jamais rassasié.

Ravand tint parole. Un des soudards de sa garde vint dans notre ville m'annoncer la bonne nouvelle. Le roi passerait par Bourges et me recevrait. Il arriverait le jeudi saint, suivrait la messe de Pâques à la cathédrale et repartirait le lundi. L'heure et le jour de l'audience me seraient communiqués par ses gens. Je devais me tenir prêt pendant tout son séjour, de jour comme de nuit. Il arrivait que le souverain fasse quérir ses visiteurs à des heures tardives et il ne souffrait pas d'attendre.

Il me restait deux journées avant l'arrivée du roi. C'était à la fois très long et fort court. Il me fallait tout penser, tout prévoir. J'avais pleinement conscience que ma vie entière dépendait de cet entretien. Ce n'était pas une audience ordinaire. Ce que j'avais à dire ne se bornait pas, comme le souverain l'imaginait sans doute, à une minuscule supplique, à la requête d'une faveur ou d'une charge. J'espérais, d'ailleurs, qu'il avait compté assez de temps pour me laisser exposer mon propos. De toute manière, il me faudrait, dès le début, me saisir de lui et le tenir captif de mes paroles.

Quand j'y pensais, je me convainquais facilement que je n'avais aucune chance de réussir. Mais sitôt rencontré ce désespoir, un grand calme m'envahissait. Je me sentais maître de moi, lucide et déterminé. Le carême que j'observais scrupuleusement, comme toute action propre à convaincre les autres d'une foi que je n'avais plus, me faisait prendre la mesure de ma nullité. Je n'étais rien. Je n'avais rien à perdre. Mais si je gagnais quelque chose, ce serait tout.

Le roi arriva le jour dit et s'établit au palais ducal. Je me tins prêt. Macé, qui connaissait toute l'affaire, redoubla d'attention pour moi. Entre mon retour de voyage et ce qui allait suivre, ce fut sans conteste la période la plus heureuse de notre mariage. Je regrette aujourd'hui de l'avoir vécue absent, tout entier tendu vers ce que je devais accomplir. Macé sentait que je n'étais pas vraiment là et elle dut beaucoup en souffrir. Nous n'en parlâmes jamais.

Le soir, je me couchais tout habillé, comme un moine qui doit pouvoir répondre à tout instant à l'ultime appel. J'épiais les pas dans la rue, les bruits de la maison. C'était un mois de mars humide, perpétuellement sombre. Des pluies glacées tombaient au petit jour.

Le message attendu me parvint avant l'aube

du samedi. Trois hommes se présentèrent à la maison et tambourinèrent à la porte. On aurait dit qu'ils venaient procéder à une arrestation. Cependant, jamais condamné ne fut plus empressé à se livrer. En un instant, j'étais en bas.

Je les suivis sous la pluie. Des gouttes froides ruisselaient dans mon dos et je préférai penser que c'étaient elles qui me faisaient frissonner. Il pouvait être cinq heures. Nous croisâmes une patrouille du guet, assommée de fatigue, sinon les rues étaient désertes. Au palais ducal, cependant, plusieurs fenêtres étaient vivement éclairées. Il était impossible de savoir si on venait de les allumer ou si les chandeliers avaient brûlé toute la nuit. Je me demandai si le roi m'avait réservé sa première audience du matin ou la dernière de la nuit. Dans le premier cas, il serait peut-être mal réveillé, dans le second, il n'aurait envie que de dormir. Je me forçais à ne pas y voir un mauvais signe.

On m'introduisit d'abord dans des pièces que j'avais déjà visitées, au temps du duc Jean, en accompagnant mon père. Mais les gardes me firent pénétrer plus avant dans le bâtiment. Je découvris des escaliers, des corridors et des antichambres innombrables. La caravane du roi avait pris possession des lieux dans le plus grand désordre. Des coffres encombraient les couloirs, d'où l'on avait dû tirer en hâte les tentures ou la vaisselle. Des valets dormaient dans des encoignures. Sur des plateaux, posés à même le sol, s'entassaient les reliefs du souper que les seigneurs de la cour avaient pris à la hâte dans leur chambre. Nous montâmes un étage et, par un étroit passage, nous parvînmes à une porte basse que gardaient deux jeunes soldats. Ils se concertèrent avec mon escorte. L'un d'eux ouvrit la porte, entra et la referma derrière lui. Au bout d'un long moment il revint et me fit signe de me préparer à entrer. Un des gardes me proposa de lui confier mon manteau trempé et j'acceptai avec reconnaissance. Enfin, la porte s'ouvrit et, en baissant légèrement la tête, j'entrai seul.

*

Ma première impression fut d'être projeté dans l'espace sidéral. La pièce où je venais de pénétrer était obscure, sans limite ni repère, à l'exception en son centre d'une table sur laquelle était allumée une simple bougie. La faible lumière qu'elle répandait se perdait dans le noir. À une certaine qualité du silence, au bruit sonore de mes pas, je compris que la salle, de dimensions gigantesques, devait être déserte.

Mon père m'avait souvent parlé d'une pièce d'apparat, propre à contenir toute la foule des états du Berry. Elle avait fait l'admiration du pays au moment de sa construction, car il avait fallu employer des troncs d'une exceptionnelle hauteur pour y tailler les poutres du plafond. Je scrutais l'obscurité, mais mes yeux n'y distinguaient rien et la salle était silencieuse. Aussi, je m'approchai de la table et entrai dans le halo clair que traçait la bougie. Je m'y tins debout et attendis. Sur la table étaient étalés des papiers. Je résistai à l'idée de regarder ce qu'ils contenaient. Si le but était de me désarçonner, il fallait convenir que c'était réussi. Je me sentais comme un homme désarmé qui traverse une forêt obscure, sans savoir de quel côté va venir le danger. L'attente se prolongea de longues minutes. Tout à coup, derrière moi, sans rien distinguer dans l'obscurité, j'entendis un léger bruit. Il se répéta un peu plus tard. C'était une sorte de souffle ou plutôt une inspiration répétée. J'eus la pensée stupide qu'un dogue pouvait se dissimuler dans l'ombre épaisse. Le bruit s'approcha. Et tout à coup, les paroles de Ravand me revinrent en mémoire : « il te flaire ». Alors que je me tournais dans la direction du bruit, je reculai de surprise. Un homme se tenait à la limite de l'obscurité. Quelques lambeaux de lumière, perdus dans l'espace sombre, rebondissaient sur lui et sculptaient sa forme sur le fond noir, semblable au dessin en bas-relief d'une plaque de cheminée. L'homme immobile me fixait et c'était lui, par de courtes inspirations nasales, qui émettait le bruit qui m'avait alerté.

Il s'avança et parut dans la lumière. D'après les descriptions qu'on m'en avait faites, c'était le roi. Je le savais, mais ma surprise était telle que j'eus du mal à m'en convaincre. Ce qui me gênait pour y parvenir, ce n'était ni son extrême simplicité de mise, ni sa laideur, ni son air craintif. Je ne m'étais seulement pas attendu à rencontrer un homme de mon âge.

— Bonsoir, Cœur, me dit-il doucement.

— Bonsoir, Sire.

Il alla s'asseoir sur une chaise de bois derrière la table et me fit signe de m'installer en face de lui. Il avait pris soin de se placer un peu en retrait, en sorte que je pusse le voir tout entier. Il marqua un temps, comme pour me donner le loisir de faire pénétrer cette vision jusqu'à mon cerveau et d'en tirer quelques conclusions. Quand je pense aujourd'hui à cette manière d'agir, j'en conçois aisément les raisons. Charles VII, plus que quiconque, sait faire usage de son apparence mieux que de sa parole. En se montrant tout entier à ses interlocuteurs, il établit d'emblée sur eux son autorité qui est d'une nature très particulière. Pour avoir rencontré bien des hommes de pouvoir dans ma vie, je sais qu'on peut les ranger en deux grandes catégories. Il y a ceux qui exercent leur autorité par la force qu'ils dégagent. Ceux-là sont souvent chefs de guerre ou de parti, mais on trouve parmi eux aussi bien des hommes d'Église. L'énergie, l'enthousiasme, l'audace qui s'attache à leur personne donnent à quiconque est mis en leur présence l'envie de tout quitter et le courage de tout affronter pourvu que ce soit en les suivant. Leur pouvoir, c'est la force. Mais il est une deuxième espèce, beaucoup plus rare et surtout plus redoutable, qui tire son pouvoir de sa faiblesse. Les êtres de cette sorte se présentent désarmés, vulnérables, blessés. Placés par la destinée à la tête d'une nation, d'une armée ou d'une quelconque entreprise, de tels hommes font l'aveu, par leur apparence, qu'ils sont impuissants à remplir leur tâche, mais ne peuvent se résoudre à l'abandonner. L'acceptation du sacrifice est si manifeste chez eux qu'elle déclenche l'admiration et l'envie sincère de se mettre à leur service. Plus ils sont faibles, plus ils recrutent de force autour d'eux. Chacun fait assaut de bravoure pour les satisfaire et ils acceptent cet hommage sans se départir de leur air misérable. Ces rois fatigués sont les plus dangereux.

Je n'en savais pas autant à l'époque et il ne m'avait jamais été donné d'être en présence d'un homme tel que celui-là. Le piège fonctionna à merveille et je le pris immédiatement en pitié.

Ce qui me frappa et me le rendit agréable, c'était sa grande simplicité. J'avais rencontré dans ces lieux mêmes des nobles bien moins illustres et qui, pourtant, faisaient un usage odieux de leur supériorité de naissance. Charles, lui, semblait avoir reçu ses titres de prince, de dauphin puis de roi comme des malédictions. Ils lui valaient quelques honneurs, certes, mais surtout beaucoup de jalousie, de haine et de violence. Il voyait la charge royale comme une fatalité, presque une infirmité. Il ne s'en déferait qu'avec la vie et, en attendant, elle le privait de la vie même. Ce que je savais de lui éclairait cette malédiction d'une façon douloureuse. Il avait vu régner son père fou ; sa mère avait cédé aux violences de ses ennemis, au point d'épouser leurs intérêts et de renier son propre fils ; un roi étranger, dans sa capitale, lui disputait sa couronne : aucun destin n'était aussi tragique que le sien. Ce petit homme de guingois, qui avait comme seule arme ce nez trop long dont il faisait usage pour flairer ses visiteurs et déceler parmi eux ses ennemis, provoqua, en moi, un élan de dévouement total. Un petit sourire, au coin de sa bouche, aurait pourtant dû m'alerter. Plus fort qu'il ne voulait le laisser paraître, le chasseur déguisé en proie souriait toujours de voir une nouvelle victime se prendre dans ses rets.

Cependant, le roi se livrait de son côté à un examen muet de ma personne. Son calme et son silence me troublaient. Dans les moments critiques j'étais accoutumé à asseoir mon autorité sur les autres en prenant du recul et en affichant une froideur qui contrastait avec leur excitation. Avec un personnage comme celui que j'avais en face de moi, cette méthode n'était pas la bonne. Je fus un instant tenté d'inverser les rôles et de me montrer passionné et volubile. Mais ce n'était pas ma nature profonde et, en improvisant une telle transformation, je risquais de tomber à plat, voire de donner une fâcheuse impression de fausseté.

Je fis le vide en moi, respirai profondément et attendis. Charles n'étant pas plus disert, la

157

conversation débuta par un interminable silence. Enfin, très prudemment, il avança le premier pion.

— Ainsi, vous rentrez de l'Orient ?

Je compris que Ravand l'avait appâté avec mon voyage. Qui disait « Orient » entendait plutôt « Or ». De nombreux récits avaient accrédité l'idée que les terres du Levant regorgeaient de ce métal, au point qu'il y valait moins cher que l'argent chez nous.

— Oui, Sire.

Cette défense assez courte mais solide sembla désarçonner le souverain. Il fronça le nez et fit un geste avec son index recourbé comme s'il avait voulu le remettre dans l'axe. Je constatai bientôt que ce mouvement n'était qu'un des nombreux tics dont il était affecté.

— Il paraît que mon oncle Bourgogne s'apprête à lancer une croisade ?

C'était une phrase bien longue pour le souffle dont il semblait disposer. Il la termina dans un murmure, puis inspira profondément par la bouche, comme s'il avait manqué se noyer.

— En effet, j'ai rencontré à Damas son premier écuyer tranchant qui s'informait à cette fin. Il était déguisé en Turc.

— Déguisé en Turc !

Charles éclata de rire. C'était un rire torturé comme le reste de ses expressions. À vrai dire, on aurait pu croire qu'il se tordait de douleur, et le son qui sortait de sa bouche à peine ouverte tenait du cri de la perdrix quand elle

prend la fuite au ras des blés. Ses yeux pleuraient. Il faisait peine à voir. Quand même,
j'étais heureux d'avoir pu susciter en lui une
réaction, peut-être contre son gré.

— Pensez-vous qu'il réussira?

— Je ne le souhaite pour personne, Sire.

— Que voulez-vous dire?

— Il y a bien d'autres choses à faire en Orient
que de mener des croisades qui ne sont plus nécessaires.

Charles plissa les yeux. Mon audace semblait
l'épouvanter. Il lança des coups d'œil à droite et
à gauche. Je me demandai si quelqu'un d'autre
était présent dans la pièce. Ma vue s'était un
peu accoutumée à l'obscurité et je ne distinguais personne. Mais il se pouvait que dans les
recoins les plus sombres d'invisibles personnages nous observassent.

— N'est-il pas, selon vous, nécessaire de rétablir la vraie foi en Terre sainte... et de tenir en
respect... les mahométans... qui y imposent leur
loi?

Il avait déroulé sa phrase par petits morceaux,
laborieusement. Le manque de souffle n'était
pas la seule cause de cette lenteur. Il cherchait
ses mots comme s'il récitait une leçon. J'en
conclus que ces idées n'étaient pas les siennes et
qu'il m'encourageait à les contredire. En même
temps, c'était un pari risqué. Je commençais à
mesurer, quoique sans en évaluer l'étendue, la
perversité de mon interlocuteur et le danger
mortel que recelait tout échange direct avec lui.

— Il me semble qu'aujourd'hui notre attention doit se porter d'abord sur les terres de la chrétienté. Il y a deux siècles, nous construisions des cathédrales, nos campagnes étaient riches et nos villes prospères. Nous avions les moyens de lancer des expéditions vers l'Orient pour y rétablir la vraie foi. Mais aujourd'hui, notre premier devoir de chrétien est de restaurer la prospérité de nos peuples. Un jour viendra, peut-être, où nous serons assez puissants pour reprendre la conquête.

Le roi se figea et je crus un instant en avoir trop dit. Tous ses tics disparurent pendant qu'il me scrutait. Il ne souriait pas ni n'avait l'air indigné. C'était seulement un regard glacial, avide. J'appris bien plus tard à reconnaître cette expression. Elle apparaissait sur son visage lorsqu'il captait quelque chose qui stimulait sa convoitise, une idée qu'il voulait s'approprier, une femme qu'il désirait, un ennemi qu'il venait de condamner, un talent qu'il pensait nécessaire de mettre à son service. Je restai immobile, cherchant à cacher le doute qui m'étreignait. Enfin, la tension se relâcha d'une manière inattendue : il bâilla bruyamment.

Sur la table étaient disposés une carafe d'eau et un verre. Il se servit, but deux gorgées, puis, bizarrement, me tendit le verre. Je voyais à ce point des pièges partout que j'hésitai un peu trop longtemps. Était-il pire de boire dans le verre d'un roi ou de refuser son offre ? Je le vis sourire et j'optai pour la fraternité. Au fond, ce n'était qu'un homme de mon âge qui me proposait à boire et j'avais soif. Il parut satisfait de me voir saisir le verre. Par la suite, je devais constater avec quel naturel il partageait les gestes quotidiens. Cette simplicité était la conséquence d'une enfance rude et pauvre. En même temps, je l'ai vu condamner des hommes pour avoir usé avec lui de libertés moins grandes.

— Et comment, poursuivit-il, devons-nous nous y prendre pour assurer, comme vous dites, la prospérité de nos peuples ?

Il avait prononcé ces mots avec une infinie tristesse qui paraissait sincère. Une souffrance invisible soulevait sa poitrine et lui donnait la force de continuer d'une voix presque forte.

— Avez-vous voyagé dans mon royaume ?... Des ruines... Des villages brûlés, la guerre. La mort. Les Anglais qui nous pillent. Bourgogne qui a pris la meilleure part... Ceux qui me servent tuent et violent partout où ils passent. Oui, je suis bien d'accord... Vous avez cent fois raison. Nous n'avons rien à faire en Orient. Mais ici. Ici même. Comment faire revenir la richesse ? La richesse ! Que dis-je ? Comment donner à manger à tous ? Rien que cela. Comment ?

Il s'effondra sur sa chaise, épuisé par cette tirade décousue. La même question me traversa l'esprit : avait-il déjà dormi ou m'avait-il reçu avant d'aller se coucher ? Et tout à coup, en le voyant affalé sur son siège, je pensai que mon interrogation n'avait de sens que pour quelqu'un qui vivait normalement. Il ne devait y avoir pour lui ni heures du sommeil ni réveil franc. Son existence devait se passer dans cet état d'angoisse qui mêlait la veille et le repos. Sur ce point au moins, je ne me trompais pas.

Il reprit la carafe sur la table, versa de l'eau dans sa paume et s'aspergea le visage. Il parut alors sortir tout à fait de sa torpeur et me regarda avidement.

— Alors, votre réponse?

— Celui qui apportera la prospérité à ce royaume, c'est vous, Sire.

Je tenais à commencer par une évidence. Dans mon esprit était présent depuis le début de cet entretien le souvenir de Jeanne d'Arc. Ce même homme l'avait interrogée, comme il le faisait avec moi. Elle avait bien moins de titres à inspirer sa confiance, et pourtant, il l'avait écoutée. Pourquoi? Parce qu'elle avait touché en lui la corde de l'orgueil et de la faiblesse, ce ressort caché et mystérieux qui persuadait cet homme étrange qu'il était tout mais qu'il ne pouvait rien. Elle lui avait dit simplement ceci : vous êtes le roi de France. Et cette seule évidence les avait conduits jusqu'à Reims, pour le couronner.

— Oui, répétai-je, vous apporterez la prospérité à ce royaume.

Je marquai un temps de silence. Le roi déglutit bruyamment, comme s'il venait d'absorber le dictame de mes paroles et qu'il en attendît l'effet. Je le vis se redresser, fixer l'obscurité devant lui et, sur le ton de quelqu'un qui est déjà en route vers ses rêves, il me demanda :

— Comment?

Alors je lui expliquai. Je lui dis tout ce que j'avais caché à mes associés car ils étaient, eux, impuissants à rien changer en ces affaires. Je lui parlai de la France coupée en trois, les terres de l'Anglais où s'incluait Paris, celles du duc de Bourgogne et les siennes du Berry au Languedoc. Chaque zone tournait le dos aux autres et le mouvement des hommes et des choses ne se faisait pas entre elles. Il était le seul, en acceptant la paix, à pouvoir rétablir les communications de ces trois morceaux de France. Le pays allait alors redevenir un lieu d'échange vers lequel convergeraient les produits du monde entier, de l'Écosse comme de Florence, d'Espagne comme de l'Orient.

— Cette guerre qui dure depuis plus d'un siècle, Sire, vous allez la terminer. Ce ne sera pas une trêve de plus. La paix n'est pas la suspension de la guerre. La paix, c'est l'industrie des hommes, c'est le mouvement des marchandises, c'est l'essor des villes et des foires.

— Vous parlez en marchand que vous êtes, coupa-t-il, soudain méprisant.

Pour la première fois, et ce fut la seule, j'eus un mouvement d'humeur.

— Je déteste les marchands, Sire ! Ils ne pensent qu'à leur profit en toutes circonstances et s'accommodent de la pénurie, pourvu qu'ils puissent augmenter leurs prix. Moi, ce que je veux, c'est l'abondance. Je veux créer la richesse par le mouvement, par l'échange. Je veux que convergent vers nous les caravanes qui apportent les meilleurs ouvrages de toutes les contrées du monde.

Il se tassa dans son siège, en prenant l'air boudeur d'un élève réprimandé. Il recommença à froncer le nez et à en titiller le bout avec son doigt.

— À l'heure actuelle, poursuivis-je, c'est vers l'Orient qu'elles convergent. Je les ai vues. La disposition de ces richesses a créé une civilisation raffinée là-bas. Plus raffinée que la nôtre, et nos chevaliers qui pourrissent de crasse sous leurs armures ne l'ont pas compris.

— « Qui pourrissent de crasse. » Hé, Hé ! C'est bien dit.

Mais je ne portais plus d'attention aux réactions du roi. Il fallait que je continue jusqu'au bout.

— Ils allaient là-bas pour prendre alors qu'il leur fallait plutôt apprendre. L'Orient est riche et savant. Nous pouvons nous enrichir à son imitation. Il n'est pas seulement question de l'égaler : nous pouvons faire mieux. Je suis convaincu que l'Orient est en déclin. Il est immobile dans sa prospérité. Si nous étudions ses méthodes, si nous rapportons ses techniques et son savoir, et si nous avons la paix, je ne doute pas que nous puissions le dépasser.

Malgré moi, je m'étais un peu exalté et le roi éprouva le besoin de me remettre sur la main.

— Messire Cœur, qu'êtes-vous exactement venu me proposer ?

Je posai mes paumes sur mes genoux et pris une profonde inspiration.

— J'ai créé une maison de négoce avec l'Orient. Nous avons des relais dans de nombreuses régions y compris en Bourgogne, en Flandres et jusqu'à Rouen. Que la paix arrive et les difficultés de communication vont s'atténuer.

— C'est fort beau et en quoi cela me concerne-t-il, à part la question de la paix, dont j'ai bien pris la mesure ?

— Sire, cette maison est à vous. Donnez-lui votre protection et elle prendra la dimension du royaume. Ce que nous faisons en petit, vous nous donneriez la possibilité de l'accomplir en grand.

Le roi éternua et s'essuya le nez dans le revers de sa manche. Ses yeux brillaient sans que je susse si c'était la mention du profit qui l'excitait ou s'il se moquait méchamment de moi.

— En somme, vous voulez que je devienne votre associé ?

— Non, Sire, mon intention est seulement que Votre Majesté puisse vivre sans faire la guerre.

Cet argument avait porté. Je le vis à l'ombre qui obscurcit un instant son regard. Le roi était mieux placé que quiconque pour savoir ce que lui rapportait la guerre. C'est pour la mener qu'il exigeait des seigneurs et des villes du royaume le paiement d'une contribution qu'ils négociaient âprement. Mais il savait aussi ce que lui coûterait la paix. Privé de ces concours exceptionnels, il n'avait que peu de ressources, d'autant qu'il avait décidé en se proclamant roi, pour complaire aux princes et les engager à combattre avec lui, de supprimer les impôts. Il était enfermé dans un terrible dilemme : la guerre perpétuelle ou la pauvreté. Tout à coup, je lui faisais entrevoir une autre source de gain : celle qui pouvait provenir du commerce. Jusquelà, elle avait pris la forme de taxes difficiles à percevoir. Ce que je lui proposais, c'était d'engager l'État dans ces activités, de les contrôler, de les étendre, de les pratiquer lui-même. L'instrument que je construisais avec Guillaume et Jean n'était pas destiné à rester notre propriété. J'y voyais l'embryon d'une organisation qui serait la chose du roi et à laquelle il apporterait sa puissance.

Cette intuition était claire dans son principe mais recelait encore de nombreux points à préciser. Comment se ferait le lien entre le souverain et un tel dispositif ? Qui administrerait ce réseau ? Comment se partageraient les profits entre les différents facteurs qui seraient requis ?

Pendant un long silence, je le sentis mesurer à part lui ces difficultés et établir sans doute la liste des questions à résoudre. Comme toujours lorsque la solution d'un problème ne lui apparaissait pas clairement ou quand il avait besoin d'aide pour parvenir à ses fins, il se composait un visage misérable. Ses traits s'affaissaient et il semblait même que ses yeux divergeaient légèrement. Il courbait le dos, joignait le bout de ses doigts, et ses mains osseuses prenaient l'aspect de deux araignées. Il était impossible pour son interlocuteur de ne pas être ému par cette apparence de faiblesse, d'incertitude et de souffrance. Et moi, nigaud, je courus à son secours.

— Sachez, Sire, que je serais entièrement dévoué à cette entreprise si Votre Majesté jugeait bon de la mener.

Il cligna des paupières en signe d'avertissement mais peut-être aussi parce que la fatigue le gagnait. Brusquement, il changea de sujet.

— Vous souhaitez reprendre une charge de monnayeur, à ce qu'on m'a dit?

Ravand avait dû donner cette précision en formulant ma demande d'audience. C'était une bonne chose mais de peu d'importance par rapport aux grandes perspectives que nous étions en train d'ébaucher. J'eus la tentation d'éluder la question, mais je sentis que le roi ne poursuivrait pas notre conversation précédente. Tant valait obtenir au moins quelque chose.

— C'est exact, Sire.

— Ce sont des charges qui rapportent beaucoup, surtout si on les pratique comme vous avez fait jadis.

— Sire, croyez que je regrette...

Il leva la main d'un geste las, sans parvenir même à étendre les doigts.

— Ce qui compte, c'est l'usage que l'on fait de ses profits, n'est-ce pas? Je ne doute pas que cette fois vous serez plus avisé.

C'était allusif dans la forme mais très clair.

— Votre Majesté pourra toujours compter sur moi.

Au même instant, tandis que je baissais la tête pour accompagner mon propos, il se leva.

— Bonne nuit, Messire Cœur, dit-il, à la lisière de l'ombre en tournant la tête pour me regarder une dernière fois.

Il avait l'air épuisé. Dans l'immensité de la salle, sa silhouette paraissait minuscule et l'obscurité ne fit qu'une bouchée de lui.

Je me sentais triste et désemparé comme quelqu'un qu'un ami vient de quitter. L'aube pointait, salie de gris, quand je rentrai chez moi.

*

Cette entrevue me laissa perplexe. Quand Macé me demanda comment elle s'était déroulée, je ne sus quoi lui répondre. Je repassais sans cesse dans mon esprit les différents propos que nous avions échangés et me faisais à moi-même mille reproches. Il était évident que j'avais été trop abstrait, trop passionné, et surtout trop direct. Le roi avait sûrement conçu du déplaisir en m'entendant lui faire la leçon de la sorte.

Mais ce qui était le plus troublant, c'était l'absence de conclusion, l'éclipse brutale du souverain à la fin de l'entretien, sans qu'il laissât rien paraître de ses opinions à mon égard.

Ces inquiétudes étaient néanmoins tempérées par quelques constatations encourageantes.

D'abord, le roi m'avait reçu seul, ce qui était extrêmement rare. Il m'avait donc été donné de le voir sans les habituels courtisans qui le flanquaient et répondaient à sa place. Dès qu'il paraissait en public avec eux, le roi gardait une attitude effacée, presque craintive. Ses tics le desservaient. Il formulait rarement une idée par lui-même et se contentait d'opiner à celles qu'exprimaient ses conseillers. Comme elles étaient souvent contradictoires, il avait acquis une fâcheuse réputation d'indécision. On le croyait influençable, faible, et pour tout dire, rares étaient ceux qui pensaient qu'il gouvernait lui-même.

Il m'avait montré un tout autre visage, le sien, avec ses doutes, ses interrogations, ses débats intérieurs face aux événements. Je devais retenir la leçon et jamais je ne me laisserais aller à le voir comme un pantin. L'autre donnée favorable, quoique d'interprétation difficile, me vint de Ravand. Celui-ci me raconta quelques semaines plus tard que le roi l'avait longuement questionné à mon sujet avant de me recevoir. Connaissant le souverain comme je le connais aujourd'hui, je sais bien ce qu'il avait en tête. Sa soumission aux coteries qui l'entouraient n'avait d'égale que la brutalité avec laquelle il congédiait ses favoris et retirait sa confiance à ceux qui s'étaient crus libres d'en faire un trop grand usage. En préparation de ces revirements, Charles observait. Il était curieux de personnages nouveaux et s'employait dans le plus grand secret à les mettre à l'épreuve. Ravand, par ses confidences, me laissa espérer qu'il en avait été ainsi avec moi. Mais les jours passèrent, puis les mois et rien ne vint. J'en conclus que l'épreuve ne m'avait pas été favorable. Les mille critiques que je m'adressais en repensant à cette entrevue nocturne me convainquaient que je portais l'entière responsabilité de cet échec.

Heureusement, la mise en route de notre affaire sollicita toute mon énergie et me laissa peu de temps pour remâcher mes erreurs. Jean me faisait passer des messages par des hommes de sa bande et Guillaume avait installé une véritable poste privée entre Montpellier et Bourges. Ne négligeant aucun gain, il l'avait rendue tout à fait rentable en acceptant de transporter des plis pour le compte de riches clients du Languedoc.

L'entreprise prenait forme rapidement. Après ces années de dévastations les besoins étaient immenses. Les premières cargaisons, envoyées pour inaugurer le réseau que nous étions en train de créer, dégagèrent d'importants bénéfices. Guillaume put s'associer à l'affrètement d'une nave pour Alexandrie et y prendre une part importante.

Les perspectives étaient d'autant plus favorables que le roi avait finalement signé la paix avec son oncle le duc de Bourgogne, à Arras. Cette nouvelle fit revenir mes pensées vers lui. Si curieux que cela pût sembler, car nous nous étions vus à peine une heure, le roi me manquait. Je me sentais profondément attaché à ce petit frère malheureux.

La paix avec Bourgogne facilita beaucoup les échanges avec les terres du duc. Contrairement aux régions dont Charles avait dû se contenter, celles de Philippe le Bon étaient prospères et relativement épargnées par les bandes. La part des provinces d'empire que contrôlait le duc, les Flandres et le Hainaut, était une zone de grande industrie. Privées de débouchés commodes par la guerre, elles se montraient bien disposées à l'égard de ceux qui, comme mes associés et moi, offraient de vendre leurs produits sur de nouveaux marchés.

J'étais très occupé à cette époque et ne pris pas garde que j'étais en train de devenir riche. Il faut dire que l'affaire engloutissait tout. Chaque vente entraînait un nouvel achat, un nouvel échange, un nouveau gain et chaque gain, immédiatement investi, entrait lui-même dans le cycle des mouvements incessants auquel nous étions en train de donner le branle. Le manque de numéraires et la croissance rapide de nos activités ne nous permettaient pas le luxe un peu inutile qu'aurait été la thésaurisation monétaire. Parfois, quand les convois passaient par notre ville, je distrayais des pièces de soie ou d'orfèvrerie pour les offrir à Macé. J'avais presque l'impression de nous voler et nous n'en profitions que mieux. Plus tard, quand la richesse a mis à ma disposition permanente plus d'objets précieux que je n'aurais jamais pu en

désirer, j'ai regretté parfois ces premiers moments de prospérité. Ils allaient de pair avec
une sorte d'incrédulité, et presque de culpabilité, qui rendait l'acquisition des objets plus voluptueuse encore que leur possession.

J'étais souvent en voyage, et de cette époque
datent mes premières longues absences. Viendrait — vite — le temps où mes séjours chez moi
seraient l'exception. J'eus souvent l'occasion de
le déplorer mais, à ces débuts, tout n'était encore que plaisir, risque et découverte.

Un an et demi s'était écoulé depuis mon
entrevue avec le roi et je n'avais reçu aucune
nouvelle de lui ni directement ni par l'intermédiaire de Ravand, qui l'avait pourtant rencontré
plusieurs fois depuis. Notre affaire nous accapa-
rait et j'avais fini par oublier le roi même si,
dans un recoin de mon esprit, j'espérais toujours quelque chose de lui. Ce fut au retour
d'un déplacement à Angers que je trouvai ses
messagers.

Ils étaient deux, venus à cheval tout exprès de
Compiègne. Ils se présentèrent comme gens du
roi mais rien, à part leur arrogance, ne venait à
l'appui de leurs dires. Je fus tenté un instant de
contester leur identité, mais l'un d'eux me dit
en riant :

— Ma parole, vous êtes mieux réveillé que
l'autre fois !

C'était un des hommes de la garde qui m'avait
conduit à l'audience au palais ducal.

Dès lors, je n'eus plus de doute.

— Quel message Sa Majesté me fait-elle tenir cette fois-ci?

— Aucun, répondit le garde avec un sourire insolent. Il faut faire votre malle et nous suivre, c'est tout.

— Elle est faite, je rentre de voyage.

— En ce cas, nous pouvons partir sur-le-champ.

J'eus à peine le loisir d'embrasser Macé et les enfants et repartis à cheval avec les deux hommes. En route, ils me donnèrent quelques nouvelles de la situation. Paris était acquise au roi. Les bourgeois qui, hier encore, juraient fidélité à Bourgogne, avaient attaqué la garnison anglaise et ouvert les portes au roi de France. Il n'y avait pas encore pénétré lui-même mais s'apprêtait à le faire. Je me demandais quel rôle je pouvais bien tenir dans une telle pièce. Pendant les trois journées du voyage, je me faisais tantôt l'effet d'être un prince suivi de son escorte, tantôt d'un prisonnier entre ses gardes. À vrai dire, j'ai toujours aimé au plus haut point ces instants de crête où l'on ne sait de quel côté la fortune va nous entraîner. Et si je n'avais pas eu de goût pour cet équilibrisme, je serais tombé plus bas et surtout plus tôt.

C'était un automne tardif et quoiqu'on fût déjà à la fin d'octobre, les arbres portaient toutes leurs feuilles et elles étaient à peine rousses. À mesure que nous avancions vers Compiègne, nous rencontrions de plus en plus de monde sur les routes. On sentait que la guerre était encore proche, car on remarquait un va-et-vient de troupes en armes. En même temps, à leur air débandé, nonchalant, à l'allégresse des civils, hommes, femmes et enfants qui goûtaient pour la première fois depuis longtemps le bonheur de pouvoir se déplacer sans crainte, on comprenait que le temps de la paix était venu.

L'armée royale campait sous les murailles de Compiègne, à l'endroit même où Jeanne, par imprudence ou trahison, avait été capturée. Le roi et la cour se terraient dans un palais de la ville. Nous entrâmes par des portes grandes ouvertes, que surveillait à peine un vieux garde à la mine débonnaire. Mon escorte avait besoin d'ordres et ne savait visiblement pas quoi faire de moi. Je suivis mes anges gardiens dans plusieurs maisons. À chaque fois, l'un d'eux attendait dehors avec moi, tandis que l'autre allait aux nouvelles. La nuit tomba. Ils arrangèrent un couchage dans une maison particulière. Le propriétaire était un grave bourgeois partagé entre la joie de la victoire royale et le souci de préserver ses biens. Avec force grimaces, il nous installa dans un grenier, entre les tas de bois préparés pour l'hiver. À des froufroutements, des murmures et des rires étouffés venus des étages, nous avions compris qu'il avait garé sa nichée féminine, son épouse, ses deux filles et les servantes, par peur d'un attentat. Le lendemain, en me lavant dans la cour, je fis semblant de ne pas remarquer le petit visage rose qui me regardait par une meurtrière de l'escalier. Notre présence attisait la curiosité. Moi qui avais été jusqu'ici fidèle à Macé, je découvris de troubles désirs sur lesquels la peur et l'incertitude agissaient comme une puissante fumure. Si nous étions restés plus longtemps, je ne pense pas que notre hôte eût pu protéger la vertu de son gynécée. Hélas ou heureusement, dès le deuxième jour, mes gardiens reçurent l'ordre de me conduire au palais.

Je ne connaissais pas le motif de ma convocation ni la qualité du personnage qui allait me recevoir. L'espoir continuait de m'habiter que ce serait le roi et j'en eus confirmation lorsque les messagers me confièrent à un garde en tenue d'apparat. Cette fois, point de corridors obscurs ni de portes dérobées. Je passai par de grands escaliers pleins de monde, des antichambres sonores qui retentissaient de bruyantes conversations. Enfin, les gardes m'introduisirent dans une vaste salle, de moindres proportions cependant que celle de Bourges. Deux lustres entièrement allumés dissipaient la pénombre de la fin de l'après-midi et réverbéraient leur éclat sur les armures. Dans la foule qui occupait la pièce se comptaient nombre de capitaines et de chevaliers en cotte, l'arme au côté. Je remarquai aussi un groupe de prélats qui formaient comme un gros bouquet de corolles violettes et de calottes pourpres. Dentelles des surplis, fines doublures de fourrure qui apparaissaient aux manches, soie moirée des chapeaux, l'œil était affolé de luxe mais sans trouver le secours d'une ordonnance qui eût permis de ranger ces impressions en un ensemble intelligible. C'était un brillant désordre que rien ne paraissait contraindre. Pourtant, ce chaos devait receler une logique pour ceux qui y étaient habitués, car ma présence ne passa pas inaperçue. Quoique je fusse vêtu avec un soin qui ne permettait pas de me distinguer, la plupart des personnages présents me repérèrent sur-le-champ comme un inconnu. Les conversations s'arrêtaient sur mon passage et des regards curieux, plutôt hostiles, m'accompagnaient tandis qu'à la suite des gardes je pénétrais plus profond dans la salle. Plus nous avancions, plus les groupes étaient compacts et laissaient le passage de mauvaise grâce. Enfin, nous fendîmes avec difficulté une dernière rangée et nous débouchâmes dans un cercle étroit, presque désert, occupé par une estrade. Sur ce plancher était posé un fauteuil de bois dont le dossier, haut et raide, était sculpté de fleurs de lys. Le roi se tenait recroquevillé dans ce siège. L'inconfort de sa position était manifeste comme en témoignait l'angle que ses jambes croisées formaient avec son tronc, l'inclinaison de ses épaules qui l'entraînait vers la gauche et l'obligeait à soutenir sa tête d'une main lasse. Ce n'était plus l'homme que j'avais vu à Bourges. Muet, les yeux mi-clos, occupé à lutter sans succès contre des tics nerveux qui lui déformaient le visage, il était l'image même de la souffrance et de la faiblesse. J'avais eu le temps la veille d'entendre des bruits dans la ville qui célébraient l'héroïsme du souverain lors de la prise de Montereau. Cette légende avait couru pour susciter l'admiration du peuple. Mais la réalité que j'avais devant moi était tout autre. Le roi continuait plus que jamais de régner par sa faiblesse. Ayant rassemblé autour de lui tous les personnages influents qui avaient à un moment ou à un autre orienté son règne, il était de plus en plus assiégé par cette redoutable compagnie. En quelque sorte, ils le tenaient en otage. En tout cas, il lui plaisait de le leur faire croire.

Je commis l'imprudence de penser que le roi s'adresserait à moi. Après l'avoir salué de manière convenable, je gardai le visage tourné vers lui, en attente des paroles qu'il voudrait bien prononcer. Un seigneur dont j'ignorais le nom et qui se tenait en bas de l'estrade, un pied posé sur elle, penché vers le roi, m'interpella.

— Vous êtes Jacques Cœur ?

— Oui, Monseigneur.

— Le roi vous a fait quérir pour l'accompagner à Paris. Nous nous mettons en route demain.

Je saluai respectueusement pour marquer ma totale soumission à ces désirs. Autour de moi, les visages étaient hautains. Avec l'énoncé de mon état civil, j'avais devoilé ma condition de bourgeois et de négociant, et ces grands personnages me payaient d'un poids de mépris équivalent à ma valeur.

— Le roi souhaite que vous preniez, sitôt à Paris, la ferme des monnaies de cette ville.

Je ne pus m'empêcher de jeter un coup d'œil vers le roi. Il me lança un regard de connivence mais si bref qu'il n'apparut qu'à moi, puis reprit son air absent et morne.

Mon interlocuteur s'était tourné vers d'autres personnes et avait entamé avec elles une conversation. Il me revenait de me retirer. Je saluai le roi et repartis à la suite des gardes.

*

Sitôt dehors, je m'enquis du moyen de faire partir séance tenante des missives pour Montpellier et Lyon où devait séjourner Jean. Nous devions évaluer au plus vite les conséquences qu'aurait ma nouvelle charge sur notre entreprise. Je demandais aussi à mes associés de me faire tenir de l'argent pour m'équiper conformément à ma nouvelle dignité. Je disposais d'assez de moyens pour m'acheter un cheval et prendre à gages deux valets. Je retournai dans la maison où nous avions dormi pour y prendre mes effets et mon entrée à l'improviste fit s'envoler une nichée de jolies femmes dont le parfum m'émut douloureusement.

Jusque-là, les grands changements s'étaient préparés dans le rêve et le silence ; l'heure était maintenant venue de la métamorphose. Je ne me contentais plus d'*imaginer* des entreprises ou d'espérer des événements, il m'était désormais donné de les *vivre*. Cet inconnu suscita en moi diverses réactions, certaines familières, d'autres nouvelles. Parmi celles auxquelles j'étais accoutumé, il y avait ce calme presque glacial qui me faisait voir tout ce qui m'entourait et moi-même depuis la haute altitude d'un oiseau de proie. Parmi les sensations nouvelles, il y avait cet appétit des sens qui ne s'était jamais manifesté à ce point. Le lien charnel avec Macé était amolli de tendresse. Nous ne nous rapprochions que dans l'obscurité, sans avouer d'autres désirs que ceux qu'exprimaient pudiquement les corps. Or, dans ce tumulte d'hommes malodorants et de chevaux de guerre, dans cette confusion d'une cour qui s'apprêtait à revoir sa capitale, je ressentais le crucifiant besoin d'une relation charnelle, en plein jour et en plein vent, comme si mon corps se fût chargé de toute l'angoisse que mon esprit avait évacuée. Peut-être la violence de ma nouvelle condition exigeait-elle surtout un apaisement d'égale force, que seule une femme aurait pu me procurer. Cependant, la situation, tout en rendant infiniment désirable une telle passion, interdisait absolument de m'y livrer dans l'immédiat. Je saluai notre hôte et partis avec le grand convoi de la cour.

Nous sommes entrés dans Paris quelques jours après la Toussaint. Je n'étais pas aux premières places du cortège, loin s'en faut. Aussi n'ai-je pas vu les cérémonies que la population de la capitale avait préparées pour le roi qu'elle avait si longtemps combattu. On m'a parlé d'une remise officielle des clefs de la ville, de chants et de danses organisés sur diverses places. Au moment où j'arrivai, il y avait encore çà et là des troupes d'hommes et de femmes déguisés qui rentraient tristement chez eux. La fête, à vrai dire, était surtout une manière d'implorer la pitié du nouveau maître. On se forçait à rire de peur d'avoir de nouveau à souffrir et à pleurer.

Paris faisait peine à voir. Je ressentis le même choc qu'en traversant, pour me rendre en Orient, les campagnes dévastées du Midi. Encore, les campagnes, entre les villages détruits, offraient le spectacle reposant d'une nature redevenue sauvage mais éclatante de vie. Les plaies de Paris étaient béantes et stériles. Les émeutes, les pillages, les incendies, les épidémies, les exodes successifs avaient outragé le corps de la ville. De nombreuses maisons étaient à l'abandon, des ordures s'accumulaient dans les terrains vagues. Sur le Pont-au-Change, la moitié des boutiques étaient fermées. Les rues, étroites et sombres, étaient encore encombrées de tout ce que le peuple avait jeté sur les Anglais pour les faire partir et des porcs fouaillaient ces débris pour s'en repaître. Le roi s'installa au Louvre. Je pris pension dans une auberge de la rue Saint-Jacques, en attendant de savoir où se situait l'hôtel des monnaies dont j'aurais la charge.

Ma situation était paradoxale. Dans cette cour, je ne connaissais personne à l'exception du roi lui-même, qu'il m'était impossible d'approcher. En glanant des renseignements ici et là, j'avais appris que l'homme qui s'était adressé à moi à Compiègne était Tanguy du Châtel. C'était un nom fameux, le plus ancien compagnon de Charles, encore enfant. Il l'avait enveloppé dans une couverture et emmené à la hâte quand les Bourguignons avaient occupé la capitale vingt ans plus tôt. Son retour était une revanche éclatante et il avait insisté pour reprendre son ancien titre de prévôt des marchands. C'était aussi un homme encombrant, à l'heure de la réconciliation. On l'accusait, sans preuves, mais avec de fortes présomptions, d'avoir tenu le poignard qui avait tué, naguère, le père du duc de Bourgogne sur le pont de Montereau. Cette tache n'avait été lavée qu'au prix de l'humiliation du roi à Arras, qui avait endossé la faute. Il ne pouvait pas favoriser l'ancien criminel sans provoquer la colère de ses nouveaux alliés. J'appris que Tanguy du Châtel, malgré le titre de prévôt qui lui avait été rendu, n'était pas autorisé à s'installer au Châtelet. En somme, on le cachait. Je le trouvai finalement dans un recoin du Louvre. Il tenait audience dans une salle voûtée, crypte humide dont les murs, du côté du fleuve, étaient tapissés de salpêtre. Il me reçut sans égards et je compris que ma nomination à la ferme des monnaies lui avait été imposée par le roi. Il me demanda si j'étais habile en cette matière et je lui dis que j'avais tenu la monnaie de Bourges plusieurs années. Il ne parut pas être au courant de mes démêlés avec la justice. Il me délivra une lettre qu'un secrétaire écrivit sous sa dictée et qui authentifiait ma nouvelle fonction.

Muni de cette accréditation, je gagnai à pied l'atelier des monnaies. C'était, au fond d'une cour, un ensemble de quatre salles quasiment vides. Les fuyards, non seulement avaient emporté tout le numéraire, laissant les coffres béants, mais ils avaient pris avec eux l'outillage, et brisé les moules.

Un vieil artisan, trop âgé pour fuir, était assis dans un recoin et mâchait des noix. Je reconnus sur son visage émacié les traces du mal que causaient les vapeurs métalliques. Il m'expliqua que l'atelier n'avait jamais été très actif, l'Anglais préférant fondre ses monnaies à Rouen et le duc de Bourgogne à Dijon. La qualité des pièces produites à Paris était médiocre et, vers la fin, ils ne produisaient plus que des billons noirâtres. Ils suffisaient bien, car il n'y avait, de toute façon, rien à vendre.

Je rentrai à mon auberge passablement abattu. Il faisait déjà froid et, malgré mes offres généreuses de rétribution, le tenancier n'avait pas trouvé de bon bois. Le feu qui brûlait dans la seule cheminée en état de fonctionner faisait plus de fumée que de flammes et ne chauffait rien.

Le lendemain, dans l'espoir de m'approcher du roi, j'allai traîner au Louvre. Avec ma lettre officielle, on me laissa entrer dans les pièces où se tenaient les courtisans. Je n'y découvris pas un seul visage connu et circulai sans but entre les groupes. Au moins, il faisait chaud et je restai un peu en attendant que mes mains bleuies par le vent glacial eussent repris leur couleur. Je me tenais près d'une fenêtre à souffler dans mes poings quand un homme assez jeune m'aborda. Il était grand et se tenait un peu cambré comme s'il vous toisait. Pour autant, il était aimable et avait les simples manières d'un homme de guerre. Il avait entendu qu'on me confiait la charge des monnaies et que j'étais un négociant.

Je compris immédiatement que sa sollicitude était intéressée. Il avait sans doute besoin d'argent et comptait sur moi pour lui procurer des objets ou des services qu'il ne paierait pas. C'était une pratique que je connaissais depuis ma naissance. Elle me paraissait encore, quoique beaucoup moins qu'avant, dans l'ordre des choses. Après tout, il était noble. Dans l'immédiat, de toute manière, j'étais trop démuni pour pouvoir faire quoi que ce fût en sa faveur. En revanche, il pouvait m'aider. Je l'interrogeai sur la cour, la situation politique dans la capitale et la suite des opérations de guerre. Il m'expliqua que les Anglais n'étaient pas partis très loin, qu'ils avaient attaqué Saint-Germain-en-Laye et qu'il allait falloir se battre encore. Sur la capitale, il portait un jugement sévère et ne paraissait pas accessible à la pitié que me semblait mériter cette ville martyrisée.

— Ils vont payer, maintenant, me dit-il, en parlant des Parisiens.

Quant à la situation politique, elle suscitait en lui beaucoup d'amertume.

— Nous sommes désormais amis des Bourguignons, grinça-t-il. Tout est oublié, n'est-ce pas ? Même l'assassinat de mon père.

Je compris à cet instant qu'il était le fils de Louis d'Orléans dont mon père nous avait rapporté le meurtre pendant l'hiver du léopard.

— Mon frère est toujours aux mains des Anglais, mais cela ne semble préoccuper personne.

Charles d'Orléans avait pris les armes pour venger son père et il était prisonnier depuis le désastre d'Azincourt.

Ainsi l'homme avec lequel je venais de faire connaissance était le fameux bâtard d'Orléans, compagnon de Jeanne d'Arc et vaillant capitaine dont les faits d'armes étaient célèbres dans tout le pays. Avec ses yeux bleus et son air de jouvenceau, il me plut. Il y a toujours chez les hommes de guerre quelque chose de direct qu'ils tiennent peut-être de leur habitude de donner la mort. Il faut, pour frapper quelqu'un, même au combat, se libérer d'un poids de civilisation qui enferme la plupart d'entre nous dans la fausseté et une douceur forcée. Cet écran ôté, c'est la vraie nature de l'homme qui se révèle. La plupart du temps, ce sont des âmes frustes qui sortent de cette bogue, des caractères violents de soudards. Mais il arrive que, dépouillé de tout artifice social, apparaisse une nature simple et presque tendre, un être pur avec des émois d'enfant et des délicatesses de manières que dicte un respect sincère des autres. Ainsi m'apparut celui qu'on appelait pour peu de temps encore le bâtard d'Orléans. Quand il prit congé, j'eus le sentiment d'avoir découvert une pierre précieuse dans toute la boue de cette cour.

*

Je n'étais guère plus avancé pour autant. Passé le temps des festivités, la vie était redevenue ce qu'elle avait été à Paris ces dernières années : difficile et violente. Tout était cher et rare, à commencer par la nourriture, et ceci d'autant plus que les opérations militaires continuaient autour de la capitale comme me l'avait dit le bâtard d'Orléans. J'avais écrit à Ravand pour lui demander de m'envoyer du matériel de monnayage, mais je n'avais pas encore reçu de réponse. J'espérais au moins disposer d'un peu de temps avant qu'on réclame de moi la première production monétaire. Je n'étais pas installé depuis quatre jours qu'un matin deux charrettes escortées par des gardes du prévôt s'arrêtèrent devant mon atelier. Elles étaient remplies d'objets à fondre. Chandeliers, vaisselle, bijoux étaient entassés dans les tombereaux et les gardes les déchargèrent en vrac au milieu de ma cour. Une haie de badauds aux visages hostiles observaient les opérations. J'appris un peu plus tard qu'en remerciement de l'accueil triomphal qui lui avait été réservé, le roi avait ordonné que les confiscations prennent effet immédiatement. Les églises étaient pillées, les demeures particulières visitées, et quiconque était pris à cacher ses richesses risquait sa tête.

Tout ce que je pouvais espérer, c'était que cette ville exsangue n'eût plus grand-chose à réquisitionner. Quant à ce qui était déjà pris et s'entassait chez moi, il me fallait le fondre au plus vite.

Heureusement, il s'avéra que Roch, le vieil ouvrier, était un habile contremaître. Il connaissait beaucoup d'anciens employés de l'atelier qui l'avaient déserté faute d'ouvrage. Au bout d'une semaine, nous étions près de quinze, y compris les commis et les gardiens. Nous réutilisâmes d'anciens moules en retouchant les inscriptions : Charles VII remplaça Henri VI. Le bricolage donnait *Chenrl VII* mais nul ne s'en formaliserait.

Nos alliages n'étaient guère précis et les monnaies que nous produisions n'avaient pas très bonne mine. Le négociant que j'étais se serait volontiers laissé aller à fabriquer un numéraire de meilleur choix. J'étais bien convaincu que la qualité de la monnaie est nécessaire à un pays pour inspirer confiance et attirer les meilleures marchandises. Mais du Châtel m'avait laissé entendre qu'il comptait me voir dégager rapidement des profits de cette activité et je ne pouvais y parvenir qu'en employant les recettes déloyales de Ravand.

En un mois, mon atelier fut en état de

marche. Je remettais d'importantes quantités de pièces au trésor royal et en conservais assez pour payer mes gens et moi-même. J'étais devenu un personnage considérable. J'évitais de me rendre à la cour pour ne pas être assailli de demandes de prêt ou de secours. Cela n'empêchait pas qu'on me rendait visite pour les mêmes motifs.

Nulle part comme à Paris, je n'avais vu autant de riches, pauvres. La haute société était tenue de paraître dans cette ville qui s'honorait d'être la capitale. Malgré la saleté et les misères des alentours, on continuait de mener grand train dans les palais que m'avait jadis décrits Eustache. Mais pour avoir la fierté de s'illuminer de flambeaux et de lustres les soirs de fêtes, on se privait de dîner cinq jours par semaine. Les femmes étaient mieux fardées qu'elles n'étaient nourries. La soie et le velours enveloppaient des carcasses affamées. Malgré les appétits que faisait naître en moi cette vie, je renonçais sans effort à nombre de bonnes fortunes. Il me suffisait, au moment où s'approchait de moi une femme empressée, d'apercevoir un sein flétri, une denture déficiente, l'auréole d'une dartre sur un décolleté couvert de poudre pour me détourner de toute tentation. Je n'avais pas connu jusque-là cet étrange mélange d'un luxe extrême et d'une déchéance si profonde. Chez nous, on était plus ou moins riche, mais nul n'aurait renoncé à la santé pour le seul bénéfice du superflu.

Je me fis ainsi, malgré moi, une rapide réputation de vertu.

Roch, mon vieux contremaître, ne quittait pas l'atelier. Il dormait dans un appentis au fond de la cour. Pourtant, et nul ne sait comment, il était au courant de tout ce qui se passait dans la ville. Ce fut lui, un matin, qui m'annonça la dernière rumeur : le roi allait repartir. Les Parisiens ne savaient trop quoi penser de cette décision. D'un côté, ils étaient fiers d'être redevenus la capitale et le séjour du monarque. De l'autre, Charles et son entourage les avaient traités non en sujets loyaux mais en vaincus avec une dureté dont même les Anglais n'avaient pas fait preuve.

En ce qui me concernait, je ne savais pas non plus ce que ce départ signifiait. Allais-je suivre le roi et pour aller où ? Devrais-je plutôt demeurer seul dans cette ville hostile où je me sentais étranger ? J'en étais là de mes conjectures quand, un soir peu avant la tombée de la nuit, je reçus la visite d'un étrange personnage. C'était un nain affreusement contrefait qui circulait dans une tenue de carnaval. Il était suivi dans la rue par une troupe d'enfants qui lui lançaient des quolibets. Il me fit chercher et se présenta avec une assurance étonnante pour quelqu'un d'aussi accablé par la nature. À vrai dire, si l'on faisait abstraction de sa taille et de la déformation de ses membres, il ne manquait ni de prestance ni de noblesse. J'avais déjà entendu parler de ces nains de cour qui vivent auprès des plus grands personnages et en prennent les manières, mais c'était la première fois qu'il m'était donné d'en rencontrer un. Il me dit qu'il se nommait Manuelito, qu'il venait de l'Aragon, et qu'après avoir servi divers maîtres, il était aujourd'hui attaché au roi Charles. Sans doute sa fonction était-elle de le distraire mais, à moi, il parlait avec gravité. Il se hissa sur une chaise et nous eûmes une conversation tout à fait sérieuse.

Il m'annonça d'abord l'essentiel : le roi voulait me recevoir cette nuit même. Manuelito me fit comprendre que son maître désirait que cette audience restât secrète. Il était entouré de nobles personnages qui, sous couvert de le servir, le gardaient en quelque sorte prisonnier et surveillaient ses faits et gestes. Il m'expliqua comment nous procéderions pour que ma visite fût ignorée de tous.

Nous parlâmes ensuite de Paris et il me confirma que le roi comptait quitter la ville. Il n'avait jamais aimé cette cité. La mémoire de la nuit funeste où il avait dû la fuir pour échapper au massacre que perpétraient les Bourguignons continuait de le hanter. Depuis son arrivée, il ne dormait quasiment plus et il était saisi d'angoisses affreuses. Manuelito, avec une grande liberté, me fit ensuite un tableau de la cour. Il m'expliqua que les princes exigeaient maintenant du roi la rétribution de leur soutien. S'ils l'avaient fait vainqueur contre l'Anglais, c'était d'abord pour leur profit. À supposer qu'il leur accorde ce qu'ils demandaient, le royaume qu'il venait de réunifier se démembrerait aussitôt. Ces féodaux voulaient être maîtres chez eux et le souverain devait être soumis à leur bon vouloir.

— Et lui, que veut-il ?

— Régner.

— Mais il est si faible, si indécis.

— Ne vous y trompez pas ! Il est peut-être faible, et encore, cela mériterait d'être discuté. Mais il n'a rien d'indécis. Cet homme a une volonté de fer. Il est capable de briser tous les obstacles.

Je sus gré à Manuelito de me confirmer ce que mon intuition commençait à me souffler. Il conclut en m'invitant à me défier de tous. Je ne sais pas si ce diable d'homme avait une police et savait quelque chose. Il fit allusion aux nobles qui ne manqueraient pas de venir me solliciter, et me mit en garde contre la tentation de les aider.

— Tout ce qui les renforce affaiblit le roi. S'ils ont tant de besoins aujourd'hui, c'est qu'ils se préparent à l'attaquer.

J'avais ma conscience pour moi et répondis tranquillement que je refusais toute compromission. Il acquiesça sans mot dire.

La nuit, à l'heure prévue, je me rendis au Louvre par le Pont-Neuf. En longeant le fossé, je parvins à la porte que Manuelito m'avait indiquée. Le garde me fit entrer sans rien me demander. Je n'eus pas à circuler longtemps dans le palais. Le roi m'attendait dans une petite pièce proche de l'entrée. C'était une dépendance de la salle des gardes, chauffée par l'envers de sa grande cheminée. La pièce ne comportait aucun meuble, et Charles se tenait debout. Il me serra les mains. Il était de ma taille mais paraissait plus petit, car ses jambes que moulait son vêtement étaient tordues et restaient un peu pliées.

— Je vais partir, Cœur. Vous devrez rester.

— Comme il vous plaira, Sire. Mais...

Il agita la main.

— Je sais. Je sais. Ça ne durera pas. Attendez. Soyez patient. Je ne suis pas plus satisfait que vous de voir les choses se passer ainsi. Il se fait que, pour l'heure, je dois parer au plus pressé. Il me faut beaucoup d'argent. Je ne dois plus dépendre d'eux.

À la façon entendue dont il avait prononcé ce dernier mot, il était clair qu'il savait que je savais, à propos des princes. Manuelito n'avait pu me parler que sur son ordre.

— Vous faites un sale travail, j'en suis conscient. Plus tard, pour le royaume, si Dieu m'en accorde la force, je procéderai autrement : nous aurons une monnaie forte et stable. Pour le moment, ce qu'il me faut, c'est tirer de cette ville que je déteste et qui me le rend bien tout ce qu'elle peut me donner pour survivre. Continuez. Ne cédez à aucune menace. Vous aurez des nouvelles en temps et en heure. Allez, mon ami.

Il me serra de nouveau les mains. J'eus l'impression qu'il était au bord des larmes. Quoi qu'eût dit Manuelito, j'étais encore certain à l'époque de sa faiblesse. Elle était d'autant plus révoltante que sa volonté, comme l'avait dit le bouffon, était grande. J'aurais tout donné pour le protéger, lui fournir les moyens de résister, de vaincre. C'est ainsi que j'acceptai de rester à Paris tandis qu'il partirait.

*

Le roi et sa suite quittèrent la ville la semaine suivante. Il y laissait une petite garnison. Mais il était évident qu'en l'absence du souverain et de son armée, ceux qui le représentaient à Paris étaient en grand danger. Dans cette cité sujette aux émeutes, aux grands emballements populaires et aux complots des bourgeois, le calme était toujours précaire et trompeur. La charge que j'exerçais suscitait les convoitises individuelles. Collectivement, elle me désignait à la haine générale. N'était-ce pas chez moi qu'on livrait chaque jour le tribut que l'on prélevait sur la ville au nom du roi ? Je dus faire renforcer la garde de l'atelier et organiser des escortes fortement armées pour accompagner les coffres remplis des pièces que je faisais parvenir au roi, là où il se trouvait. Nous eûmes à repousser une attaque en pleine nuit sans parvenir jamais à savoir qui l'avait organisée. Je n'eus aucun mal, compte tenu du nombre de maisons vides et fermées, à en trouver une à louer dans les parages immédiats de l'atelier. Je m'y faisais servir par une vieille cousine de Roch. Deux dogues, dans la cour, goûtaient ma nourriture pour m'éviter le poison.

Ce fut le moment d'un douloureux retour sur une situation présente. Cette réflexion fut hâtée par la visite surprise de Jean de Villages. Entre deux déplacements il vint à Paris m'apporter des nouvelles de notre affaire. Elle prospérait. Jean avait installé des facteurs ou de simples correspondants dans une quinzaine de villes. Il était capable de faire circuler des cargaisons de draps, d'orfèvrerie, de peaux et de bien d'autres choses à travers tout le royaume et jusqu'à l'Angleterre et aux villes de la Hanse. Guillaume avait expédié un deuxième chargement vers l'Orient et il attendait sous peu le retour du premier. Les profits étaient considérables. Les facteurs, après s'être payés, avaient ordre de les réinvestir. Jean était hâlé par ses chevauchées au grand air entre les villes. Je le voyais excité par l'aventure, le risque et le succès. Malgré l'incertitude des chemins, il n'avait perdu qu'une seule livraison et encore, avec ses soudards, il s'était mis en chasse des voleurs et avait récupéré sur eux un butin équivalent à ce qu'ils avaient dérobé. Je lui donnai tout le surplus de numéraire que nos activités de monnayeur m'avaient permis d'épargner afin qu'il s'en serve pour accroître notre capacité d'achat, et il repartit. Il me laissa très abattu. J'avais le sentiment d'avoir fait un marché de dupes. En m'approchant du roi, je comptais placer notre entreprise sous sa protection et la hausser jusqu'à l'ambition que j'avais pour elle. Au lieu de quoi, il m'avait fait une faveur partielle qui, pour être provisoire, ne m'en éloignait pas moins de mes affaires. Tandis que mes associés sentaient le vent des routes ou les embruns de la mer, j'étais enfermé dans cette ville malade à fondre des cuillers et à partager ma nourriture avec des dogues.

J'étais loin de ma famille. Macé m'écrivait. Elle était tout absorbée par les enfants dont elle me donnait des nouvelles. Je lui faisais tenir de l'argent en quantité. Ce fut le début d'un échange inégal et mortel : je payais mon absence et mon éloignement à un prix qui me semblait suffisamment élevé pour racheter mes fautes. Ainsi le matériel prenait peu à peu la place du sentiment. Mais si, en quantité, les poids pouvaient peut-être se comparer, en qualité il n'en était rien. À cette époque pourtant, je m'en rendais encore compte et je me sentais coupable. À mesure que d'autres présences allaient combler, si imparfaitement que ce fût, l'absence de ma famille, je m'en soucierais moins.

J'ai dit que les occasions de trahir Macé ne me manquaient pas. Le désir non plus. Mais ils ne se réunissaient pas. Jusqu'au jour où je reçus la visite de Christine.

Elle arriva à l'atelier par hasard, du moins

c'est ce qu'elle déclara. Son histoire était bouleversante. Fille d'excellente famille, élevée avec soin, elle s'était trouvée orpheline après l'épidémie de petite vérole qui avait frappé la ville quelques années plus tôt. Au désespoir, elle avait cédé aux avances d'un de ses lointains cousins qui voulait l'épouser. Elle accepta quoiqu'il ne lui plût pas. Elle mentionnait son goût propre en baissant les yeux de façon charmante et en rougissant. Avouer qu'elle pût avoir en cette matière des préférences, c'était révéler qu'elle avait des désirs, et les sœurs lui avaient persuadé que c'était mal...

Le couple s'était installé dans la rue voisine de l'atelier. Hélas, son mari s'était beaucoup compromis avec les Anglais et avait fui avec eux, en promettant de lui envoyer des secours. Il lui avait demandé de rester à Paris pour veiller sur leurs biens. Elle devait bientôt découvrir qu'il avait menti. Des créanciers s'étaient présentés qu'elle ne pouvait honorer. Sa maison était sur le point d'être saisie ainsi que ses effets. Elle déclarait tout cela avec une grande dignité ou plutôt devrais-je dire aujourd'hui une grande maîtrise. Je lui donnai tout au plus une vingtaine d'années. Elle était d'une beauté parfaite, humble et pudique mais quand il lui arrivait de relever les yeux et de les plonger dans les miens, elle y allumait un feu que ma vanité me poussait à croire partagé.

J'occupais seul une maison entière et lui proposai en bredouillant de s'installer à l'étage en attendant que sa situation s'éclaircisse. Elle accepta après un temps d'hésitation convenable.

Deux jours après, un orage de fin d'hiver secoua la maison en pleine nuit. Le vent ouvrit des fenêtres et précipita des tuiles dans la rue. Vers le milieu de la nuit, Christine poussa un grand cri. Je crus que quelque chose de grave lui était arrivé et je me précipitai dans sa chambre. Je la trouvai prostrée, tremblante, en proie à une vive terreur. Elle m'expliqua en sanglotant que le tonnerre lui rappelait des souvenirs atroces. Je restai près d'elle. Je crus comprendre par moi-même, sans prendre garde qu'elle faisait de grands efforts pour me le laisser deviner, qu'elle ne trouverait l'apaisement que dans mes bras. Toujours prompt, comme la plupart des hommes, à juger naturel qu'on pût souhaiter ma protection, je puisai dans cette vanité la force de m'exécuter. Christine, aussitôt que je l'enlaçai, se calma, sa respiration devint plus régulière, avant qu'un autre émoi ne l'accélère à nouveau. Tout à l'orgueil ridicule de l'avoir sauvée, je me sentis moi-même envahi par le désir. Nous devînmes amants, et bien qu'il n'y eût plus d'orage, je devais revenir chaque nuit dans sa chambre.

Je découvris dans cette relation un plaisir charnel que je n'avais jamais éprouvé avec Macé. La clandestinité de notre situation y était sûrement pour quelque chose. Mais il faut avouer que Christine, malgré son âge, faisait preuve d'une expérience à laquelle Macé, mariée vierge avec moi qui n'avais pas vécu, ne pouvait prétendre. Par-delà les délices charnelles, Christine m'apportait beaucoup aussi au moral. J'étais jusque-là empli de rêves grandioses mais c'étaient des rêves; quant à moi, je n'étais rien et j'en avais conscience. Ma belle-famille m'avait dès le début fait sentir qu'elle consentait de mauvaise grâce à m'accueillir et que ma condition était inférieure. Rien de ce que j'avais réalisé ne me conférait des mérites qui eussent pu contrebalancer les insuffisances de ma naissance.

Or voilà que pour la première fois, avec mon retour d'Orient, la création de notre affaire et la faveur du roi, se dessinait un autre destin qui, sans prendre encore l'ampleur de mes rêves, m'arrachait à la modestie de ma vie première. Je percevais une considération nouvelle dans le regard de tous ceux qui ne m'avaient pas connu auparavant et qui m'approchaient à Paris. Christine fit entrer cette admiration dans la sphère intime. Elle s'entendait avec sa jeune simplicité à me faire sentir en quelle haute estime elle me tenait. Il n'était pas jusqu'à mon inexpérience en amour qu'elle ne parvînt à tourner à mon avantage, en vantant la rapidité de mes progrès et l'instinct naturel qui me faisait combler ses désirs les plus inavouables. Bref, j'étais heureux ou du moins le croyais-je. Grâce à Christine j'oubliais la stupidité de ma charge et supportais la capitale, avec ses désagréments. Je trouvais l'énergie de repousser toutes les invitations intéressées qui m'étaient adressées. En un mot, j'avais l'impression que, de tous les bienfaits dont la fortune commençait à me couvrir, Christine était le plus précieux.

L'affaire changea de tournure à l'occasion d'un événement en apparence secondaire mais qui se révéla capital : j'engageai un nouveau valet. Depuis mon retour d'Orient, je n'avais plus de serviteur direct. J'employais des gardes, un cuisinier et des femmes de chambre. Mais un valet qui partage votre quotidien, connaît vos affaires les plus secrètes et se charge des commissions délicates, je n'en avais plus depuis le départ de Gautier. Le brave garçon jugeait qu'il avait assez voyagé et il était rentré dans son village. Il me fallait quelqu'un d'autre. Comme d'habitude, je consultai Roch, mon chef d'atelier. Il réfléchit et me recommanda Marc, un de ses neveux.

Ledit Marc se présenta un matin, les yeux bouffis et le teint cireux. Il était apparent qu'il n'avait pas passé une nuit tout à fait honnête. Je ne me suis jamais arrêté à la première impression, surtout quand il s'agit de filous. C'est une espèce variée dans laquelle on découvre, pourvu qu'on y prête attention, les meilleurs éléments de l'humanité. Le monde du crime concentre beaucoup d'intelligence, d'audace, de fidélité, et j'oserai dire d'idéalisme. À condition que ces qualités ne soient point gâtées par une part trop importante de mensonge, de violence et d'affabulation, elles peuvent être extrêmement utiles.

J'ai, pour ma part, été mieux servi dans ma vie par des gens que j'ai pêchés dans les bas-fonds que par beaucoup de personnages prétendument honnêtes : la couardise seule les retenait de se livrer aux pires crimes et leur seul mérite était souvent de tempérer le vice par la peur.

Marc ne chercha même pas à me dissimuler qu'il avait sa place chez tous les coupe-jarrets de la ville. La seule véritable question était de savoir pourquoi il voulait embrasser un autre état. Je la lui posai. Il m'expliqua, avec beaucoup d'à-propos, que les temps avaient changé. Paris n'était plus le lieu des émeutes, des massacres et de l'usurpation — je compris qu'il ne tenait pas les Anglais en haute estime. Désormais, dans la capitale, il y aurait plus de profit à être honnête. Il laissait entendre que je représentais à ses yeux la nouvelle fortune que permettait d'espérer le pouvoir royal. J'aurais été en droit de craindre qu'il ne veuille entrer chez moi pour me dévaliser. Après tout, s'il était encore lié à un groupe de malfrats, il serait leur homme dans la place et pourrait leur ouvrir toutes les portes. Je fis le pari contraire, escomptant que, s'il avait vraiment décidé de faire allégeance à ma personne, il y mettrait tout le sérieux de son âme de bandit et que je ne pourrais rêver de serviteur plus fidèle. Il s'avéra que mon pari était raisonnable. Marc resta avec moi jusqu'à mon évasion, et si je lui dois la vie aujourd'hui, c'est qu'il accepta, pour me sauver, de perdre la sienne.

Il entra à mon service le jour même. Christine, quand elle le croisa, ne laissa rien paraître. Mais le soir, dès que nous fûmes seuls dans sa chambre, elle me conjura de ne pas l'engager. Elle mit à me convaincre un peu trop de cris et de larmes, et cet excès me fit penser qu'elle avait contre cet homme inconnu d'autres griefs qu'elle préférait tenir secrets. Je décidai pour une fois de ne pas lui céder. Marc resta.

J'ai eu, par la suite, de nombreuses années pour l'observer et le comprendre. Ses actes étaient toujours pertinents, son jugement clair-voyant et ses intuitions justes. Mais je découvris peu à peu que toutes ces qualités procédaient d'une vision du monde extrêmement simple. Pour Marc, tout homme était un homme et toute femme était une femme. Je veux dire qu'il n'était à ses yeux aucun homme si sérieux, puis-sant, dévot fût-il, qui ne puisse perdre la tête pour une jolie fille, pourvu qu'elle sache quelle arme utiliser pour le réduire à merci. Et il n'était pas une femme si honnête, fidèle et vertueuse fût-elle, qui ne soit capable des pires folies pour un homme qui saurait éveiller en elle le volcan de désirs qu'elle s'emploie contre son gré à cou-vrir de cendres. De cette certitude lui venait une manière bien à lui de considérer les êtres hu-mains, à travers leurs désirs et leurs faiblesses. Il ne se laissait jamais arrêter par l'apparence et n'était guère impressionné par les remparts de sérieux ou de vertu que les gens honnêtes dressent autour d'eux. Je compris que, dans ses anciennes fonctions, il n'était sans doute ni un malandrin ni un détrousseur mais qu'il s'était plutôt spécialisé dans le commerce des filles.

Au premier coup d'œil, il avait repéré en Christine tout ce que ma niaiserie m'avait empêché de voir, et elle avait senti la menace. J'attendais ce qui sortirait de leur confrontation. Chacun fit son enquête et, les jours suivants, me révéla des horreurs sur l'autre. Christine attaqua la première et me livra des renseignements précis sur l'ancien emploi de Marc. Elle les avait obtenus, disait-elle, en soudoyant la femme d'un aubergiste du quartier, dont l'établissement se transformait la nuit en maison de jeu. Tout ce qu'elle me dit sur mon valet était exact. Mais il m'en avait fait l'aveu lui-même. Elle fut très déçue de voir que mon opinion sur lui ne changeait pas.

Il mit un peu plus de temps à me parler d'elle. Ce qu'il m'apprit était grave, mais le fait qu'elle me l'eût caché l'était plus encore. D'après l'enquête de Marc, Christine n'était pas une fille de famille mais la bâtarde d'un duc. Élevée par sa mère qui exerçait les fonctions de camériste chez la duchesse de Bourgogne, elle avait acquis par imitation les manières d'un monde auquel elle n'appartenait pas. Après la mort de sa mère, elle avait préféré faire usage de ses charmes plutôt que d'entrer dans la domesticité. Elle était tombée dans la dépendance d'un filou dont elle avait eu une fille. L'enfant était chez une nourrice à Pontoise. Sa jeunesse, sa beauté et son éducation permettaient à Christine de chasser des gibiers de prix. Au début, son protecteur l'avait cédée à des hommes riches qui en usaient en pleine conscience de son état et payaient. Par la suite, elle avait jugé plus lucratif de dissimuler sa véritable identité et de feindre la passion auprès d'hommes capables de se ruiner pour elle. Un magistrat du Parlement s'était pendu deux ans auparavant, en lui laissant une grosse somme. Grâce aux troubles qui perturbaient la ville, elle parvenait toujours à disparaître et revenait bientôt sous une identité nouvelle. Son nom véritable était Antoinette.

Je reçus cette révélation comme un coup de poignard. Il m'est difficile de dire ce qui fut le plus douloureux. La conscience d'avoir été trahi ? La métamorphose de l'objet aimé ? La banalité d'une histoire que je croyais unique ? Ou peut-être, surtout, la déception de voir disparaître l'estime de soi que l'amour m'avait donnée ?

Ma première réaction fut, évidemment, de mettre en doute les révélations de Marc. Il s'y attendait.

— Ne vous abaissez pas à vérifier mes dires, me conseilla-t-il. Tout est vrai. Si vous voulez savoir vraiment à qui vous avez affaire, il existe un moyen très simple.

Pour en avoir le cœur net, j'organisai sur ses conseils une ultime épreuve qui me permettrait de porter sur Christine-Antoinette un jugement définitif. Je l'informai de mon prochain départ pour un voyage de quatre jours. Elle me posa quelques questions sur la maison et je lui laissai toutes les clefs, y compris celles des coffres. C'était une manière un peu perfide de la tenter, mais je voulais que l'épreuve fût complète. Pour lui laisser les mains tout à fait libres, j'annonçai que Marc m'accompagnerait. En réalité, si je m'éloignai effectivement jusqu'à Versailles, mon valet resta sur place pour organiser une souricière. La deuxième nuit qui suivit mon départ, le protecteur d'Antoinette apparut avec une charrette et trois hommes armés. Marc avait disposé toute une garde autour de la maison et, fort pour une fois de son bon droit, il avait mis en alerte les hommes du guet. Ils attendirent que les coffres soient ouverts et qu'en sortent les premières caisses de monnaie pour intervenir. Tous les malfrats finirent en prison. Mais Marc, sur ma demande, s'arrangea à regret pour que Christine puisse disparaître sans être inquiétée. Ensuite, il invita ses compagnons à boire à ma santé.

Je ne revis jamais Antoinette.

III

L'ARGENTIER

Mon aventure avec Christine se termina ainsi, par cette farce tragique. Mais elle me marqua plus que je n'aurais cru. J'en gardai pour longtemps une méfiance instinctive à l'endroit des femmes. J'avais cru détester celles qui me recherchaient pour des raisons vénales; j'en vins à les préférer. Rien, désormais, ne me parut plus suspect que l'amour désintéressé. Il fallait me rendre à l'évidence : j'étais devenu par ma prospérité, surtout en un temps de grande misère, un objet de convoitise et d'intrigue. Quiconque essaierait de me faire accroire le contraire déclencherait pour longtemps ma méfiance et presque ma haine. Ce fut injuste, sans doute, pour plusieurs femmes que je croisai dans le reste de ma vie et qui eurent peut-être pour moi des sentiments sincères. Toutefois, le dommage que je leur causai en les repoussant me parut toujours moins grave que celui que j'aurais subi en me laissant berner par une nouvelle Christine.

J'en tirai une autre leçon qui m'arrêta un instant sur le bord de l'avenir et me poussa à remettre en question mes projets. Tant que j'avais vécu dans mes rêves, j'avais été préservé de toute médiocrité. Je n'avais que de hautes ambitions et je calculais le moyen de mobiliser, pour les atteindre, des forces plus hautes encore. Depuis que j'avais entrepris d'inscrire ces rêves dans la réalité, je devais m'habituer à patauger dans la boue du quotidien, dans le trouble marécage des jalousies et des convoitises. Jean et Guillaume prenaient leur part, et très largement, de ces contraintes, mais il m'en restait beaucoup. J'avais une grande envie de tout abandonner, de reprendre la vie humble que, somme toute, je méritais, auprès de ma femme et de mes enfants.

À vrai dire, ce que je souhaitais surtout, c'était de quitter la capitale et la charge qui m'y retenait. Le faire, cependant, eût été trahir la parole donnée au roi et donc ne plus rien espérer ensuite de lui, sinon sa rancune.

Alors, j'attendis. Christine m'avait seulement fourni de nouvelles raisons de détester Paris. Comme cette ville, elle était un mélange de raffinement et de brutalité, de plaisir et de danger, de beauté et de trahison, de civilisation et d'ordure. Pour m'en délivrer, je ne quittai plus l'atelier et m'absorbai dans mon travail. J'excitai les fourriers du roi à rapporter toujours plus de métal à fondre, sachant que cela signifiait plus de pillages dans la ville, plus de tribut prélevé sur sa population, plus de plaies sur son corps déjà supplicié. Et, malgré moi, j'en ressentis de la douleur car, pas plus que je ne parvenais à regretter d'avoir connu Christine, je ne pouvais me défendre d'une trouble et paradoxale tendresse pour cette ville que pourtant je voulais fuir.

Il n'aurait pas fallu, si je ne voulais pas y laisser la santé de mon esprit, que cette situation se prolongeât trop. Fort heureusement, au début du mois de juin, un message du roi me fit savoir qu'il me nommait commis à l'Argenterie. Il fallait que je rejoigne Tours au plus vite. La bonne nouvelle était que je devais quitter Paris. Peu m'importait de savoir que c'était pour occuper une fonction inconnue et qui me paraissait subalterne. À rechercher les faveurs royales, n'étais-je pas entraîné sur la voie de la soumission? J'eus un instant la tentation de repousser cette offre et de rejoindre mes associés. Mais une intuition me poussa à ne pas rompre et à attendre. Après tout, le roi connaissait ma situation et mes projets.

Huit jours plus tard, je sortis de Paris par la porte Saint-Jacques. J'emmenai deux gardes comme escorte et Marc. Il n'avait peur de rien dans la vie, sauf des chevaux. C'était un vrai bonheur de le voir, tremblant et livide, agripper le pommeau de sa selle dès que sa monture allait au trot...

Je pris mon temps pour rejoindre Tours, où se trouvait l'Argenterie. Je profitai même de l'occasion pour passer par Bourges. Macé et les enfants m'accueillirent avec tendresse. Jean avait beaucoup grandi. Il était excessivement sage et pieux. Dès cette époque, il était résolu à entrer dans les ordres. C'était évidemment sous l'influence, volontaire ou non, de sa mère. Il ne pouvait avoir hérité de moi la foi entière, sans faille, qui lui donnait cet air grave. Il avait perpétuellement au coin de la bouche un petit sourire à la fois bienveillant et hautain. Ce n'était pas le rictus extatique des saints, ni l'absence rêveuse que je connaissais si bien, plutôt la mimique à la fois charitable et méprisante des dignitaires religieux. C'est sans doute pour suivre la même intuition que Macé avait décidé d'en faire, s'il était possible, un évêque voire un cardinal. Avec le temps et mon absence, elle avait peu à peu changé. Ce qu'il y avait en elle de secret et de taciturne, comme un vin jeune qui peut soit se bonifier, soit tourner en vinaigre, était devenu non pas bonté et simplicité mais, au contraire, désir de paraître et vanité sociale. Mes fonctions à Paris, l'argent que je lui envoyais et qui coulait maintenant à flots, tant par les bénéfices de ma charge que par l'activité de notre entreprise, Macé transformait tout en signes de dignité et de réussite. Dans le succès et la façon de le laisser paraître, il y a un aspect plaisant et généreux : les fêtes, les parures, la bonne chère. Ce n'était pas la voie que Macé avait choisie. Elle était tout entière du côté de la gravité et de la rigueur austère. Le luxe, pour elle, c'était de faire célébrer des messes, de se rendre aux enterrements en grand deuil, de recevoir pour Pâques ou à la Noël des processions de gens ennuyeux et riches, dans le secret espoir de parvenir à se montrer à leurs yeux encore plus sinistre et largement aussi prospère.

Elle entretenait une correspondance avec mon frère qui était finalement entré dans les ordres et poursuivait à Rome une carrière qui allait faire de lui un évêque.

Je me rendis compte combien ma vie de labeur à Paris m'avait éloigné de ma famille. L'aventure avec Christine m'apparaissait avec le recul de plus en plus bénéfique. Elle m'avait ouvert les yeux sur un autre monde, dans lequel le luxe vient au secours du plaisir et forme avec lui un couple éphémère, délicieux et coupable. Je ne regrettais pas Christine mais ce qu'elle m'avait apporté faisait en permanence contrepoint à ce que je voyais dans notre bonne ville. Bref, un ressort s'était cassé : pendant longtemps, Macé et ses parents avaient indiqué pour moi la route à suivre. J'obéissais à leurs décrets sans me poser la moindre question. Depuis mon voyage en Orient et surtout mon séjour parisien, cette fascination avait cessé. Elle laissait place à une lucidité si aiguë qu'elle me faisait presque souffrir. Macé, ses ambitions, son désir de respectabilité, ses prétentions à la vertu et à l'honneur m'apparurent comme ridicules et tristement bourgeoises.

En même temps, ces besoins étaient faciles à

satisfaire. L'essentiel pour elle était que je continuasse ma carrière dans le monde afin qu'elle pût exciper des titres dont la fortune me parerait. Il fallait aussi que l'argent lui permette de rendre visibles les étapes successives de notre ascension. Elle désirait des maisons et des serviteurs, des robes et des offrandes votives, des places pour nos enfants et des messes chantées pour son salut. Moyennant cela, elle supportait bien mon absence, mieux en tout cas que mon retour. Notre lien charnel, qui n'avait jamais été très solide, cessa pratiquement d'exister. Quand, de passage à Bourges, je tentai de m'approcher d'elle, je la trouvai plus absente que jamais. Pire, il me sembla cette fois que son silence recouvrait des prières et j'en fus naturellement refroidi. Sans aller jusqu'aux nouveautés que Christine m'avait fait découvrir, le simple registre des gestes de tendresse ordinaires, entre une femme et son mari, semblait, pour Macé, peccamineux et nécessiter une contrition devant Dieu. Je n'insistai pas. Malgré le discret sentiment de culpabilité que je sentais au fond de moi — car, en somme, c'était ma faute si je l'avais délaissée —, je refusai de m'abîmer dans le regret et plus encore de me transformer, à sa suite, en parvenu et en dévot. Ainsi, je ne prolongeai pas mon séjour au-delà de deux courtes semaines.

J'avais le cœur léger, en quittant notre ville. Il me semblait qu'un poids venait de m'être ôté. Macé avait trouvé sa voie, qui n'était pas la mienne. Mais nos deux efforts se complétaient. Parti à la poursuite de mes rêves, je produisais malgré moi des biens matériels. Macé les transformait en respectabilité et en avenir pour les enfants. Tout allait, au fond, pour le mieux.

J'avais donné congé à Marc pendant mon séjour et je le retrouvai tout heureux. Il avait multiplié les bonnes fortunes avec des servantes et des filles de joie. Il me décrivit une autre ville, que je n'avais jamais eu le loisir de connaître, une ville de tripots et de bordels, de beuveries et de promiscuité.

Nous arrivâmes à Tours en plein mois d'août, juste après les fêtes de l'Assomption. La ville était écrasée par la chaleur. J'eus quelques difficultés à trouver l'Argenterie. C'était un petit bâtiment sans fenêtre situé derrière la cathédrale. Il était gardé par deux soldats dépoitraillés, assoupis dans un coin d'ombre. Ils m'indiquèrent de mauvaise grâce que l'Argentier n'était pas en ville. Malgré la lettre qui me nommait commis à l'Argenterie, ils refusèrent de m'ouvrir.

Je louai une chambre dans une auberge en bordure de Loire et attendis. Je commençais à m'interroger sur les intentions du roi. Pourquoi m'avait-il affecté à ce service étrange et qui paraissait en complet sommeil? En glanant des renseignements en ville, j'appris que cette Argenterie était une sorte d'entrepôt utilisé pour placer des objets nécessaires à la cour. On y trouvait des tissus et des tentures, quelques meubles et des instruments domestiques. C'était en quelque sorte l'intendance de la cour. Cela dit, la réalité était moins brillante. Plusieurs bourgeois, auprès desquels je me présentai et qui connaissaient ma famille, me firent des confidences quant à la réalité de cette institution. L'Argenterie était mal tenue, mal pourvue et rares étaient ceux, à la cour, qui trouvaient un intérêt à s'y fournir. La plupart préféraient acheter directement le nécessaire et plus encore le superflu auprès des marchands. J'en savais quelque chose, moi qu'on avait si souvent sollicité pour des prêts.

Faute d'avoir autre chose à faire, je lançai des courriers vers Jean et Guillaume pour leur demander de me rejoindre à Tours. Il était temps de faire le point de nos affaires. Je me sentais prêt désormais à m'y investir tout entier.

Pendant que je les attendais, l'Argentier revint. C'était un brave seigneur tourangeau au visage rouge. Je compris qu'il avait une propriété du côté de Vouvray et s'intéressait plus à ses vignes qu'à l'Argenterie. Mon arrivée ne lui avait pas fait plaisir. Il ne souhaitait pas que quelqu'un vînt mettre son nez dans ses affaires. La charge que lui avait confiée le roi était certainement très lucrative. En tout cas, il avait à l'évidence choisi de faire avancer ses intérêts plutôt que ceux des clients supposés de l'Argenterie. Quand il me fit visiter ses entrepôts, je mesurai à quel point ils étaient dégarnis et mal tenus. Il fit quelques difficultés avant de me laisser consulter ses livres. Quoique la comptabilité n'ait jamais été mon métier, j'en savais assez en la matière pour constater de graves irrégularités. Messire Armand, c'était son nom, m'expliqua sans conviction que la guerre avait ruiné l'Argenterie et ne permettait pas de l'approvisionner. Quand un objet était disponible, il fallait s'en rendre acquéreur quel que fût son prix. Ainsi justifiait-il d'acheter tout si cher.

Il me raconta cela en souriant et en me regardant en coin. Visiblement, il cherchait à m'expliquer son système et à m'y faire entrer. Ainsi nous partagerions les profits de ses petits arrangements. Cette idée ne lui plaisait pas, mais il la préférait encore à la perspective de tout perdre, si je révélais ses forfaits.

J'observai tout cela avec plus de pitié que de convoitise.

Les semaines suivantes furent très calmes. Pendant les chaleurs d'août, l'activité était partout ralentie et celle de l'Argenterie plus qu'aucune autre. En septembre, rien ne se passa non plus. Messire Armand s'occupait de ses vignes, puis il profitait des meilleurs jours de chasse. Le roi et la cour étaient loin et rien n'indiquait qu'ils dussent se rapprocher bientôt de Tours : l'hiver s'annonçait peu actif. Pendant toutes ces semaines, je fis de longues promenades le long du fleuve. Maintenant, je savais que toutes ces eaux allaient à la mer et que la mer allait vers l'Orient. Au bord de cette étendue liquide, je me sentais en communion avec le monde entier. C'était une pause bienvenue après l'agitation de ces derniers mois. Je passais de nombreuses heures dans les entrepôts, seul la plupart du temps. Sous prétexte d'inventaire et en maniant des pièces de drap trouées par les mites ou des cuirs desséchés, je réfléchissais au parti que l'on pouvait tirer de cette Argenterie. Elle avait dû être utile jadis, en des temps plus fastes. Ne pouvait-elle le redevenir? Peut-être était-ce là l'intention secrète du roi. Plus j'y pensais, plus il me semblait que quelque chose devait être possible. À tout le moins, l'Argenterie, en supposant que j'en devienne le titulaire, pouvait être un client de première importance pour la maison de négoce que nous étions en train de construire. Et je sentais qu'il serait sûrement possible d'aller au-delà.

*

Guillaume arriva aux premiers jours de l'automne et Jean nous rejoignit la semaine suivante. Je louai pour nous trois une maison sur un coteau au milieu des vignes. La Touraine, avec ses ciels clairs et sa légendaire douceur, était propice aux longues déambulations, aux repas interminables, aux soirées de discussion les pieds tendus vers le feu de sarments que Marc allumait pour nous.

Je me rendis vite compte que mes compagnons voyaient la situation autrement que moi. Ils ne connaissaient de notre projet que sa partie commerciale et ignoraient les plans plus vastes que j'avais conçus. Ils comprenaient mal pourquoi je m'étais rapproché du roi et l'interprétaient comme le désir d'asseoir notre capacité monétaire sur une solide charge de monnayage. Quoi qu'il en fût, je ne les détrompai pas et leur annonçai que j'avais acquis un office de change sur le Pont-Neuf. C'était la vérité, mais il faudrait bien des années avant qu'il n'entre effectivement en service. J'insistai sur les difficultés actuelles de la vie dans la capitale et sur mon intention de reprendre ma liberté par rapport au roi. Ils l'accueillirent comme une bonne nouvelle. Car, quant à eux, ils n'avaient eu à subir aucune des mauvaises expériences que j'avais traversées à Paris. C'est pourquoi ils étaient optimistes et même franchement heureux. Guillaume avait établi dans le Languedoc une base commerciale très solide. Par la terre, il commerçait avec la Catalogne et l'Espagne catholique, la Savoie et Genève. Par mer, il expédiait des cargaisons en Orient et, plus régulièrement, échangeait avec Gênes et Florence. Il nous fit un état très précis des forces dans la Méditerranée. Les négociants de Montpellier et de toute la région s'étaient accoutumés à ce petit Berrichon travailleur et audacieux. Tout était prêt, désormais, pour lancer le chantier d'un bateau qui nous appartiendrait. Guillaume comptait sur notre rencontre pour nous faire accepter cette importante décision.

Jean, lui, arriva dans un équipage bizarre. Les brigands qui formaient sa garde l'avaient attaché à sa selle afin qu'il pût s'y maintenir sans avoir à bouger les jambes. Il avait reçu un mauvais coup à la cuisse au cours d'une embuscade et sa plaie continuait de suppurer. Cet incident n'avait pas ralenti ses journées, tout au contraire. Il buvait et mangeait seulement un peu plus que d'habitude. Ces aliments en auraient engraissé un autre. Lui les brûlait au feu d'une activité qui ne s'arrêtait jamais. Même dans son sommeil, quand il reposait dans une chambre voisine de la mienne, je l'entendais s'agiter et crier. Le résultat était à la mesure de ses efforts. Des charrois circulaient sur toutes les routes pour acheminer les marchandises qu'il avait sélectionnées. Il disposait maintenant de correspondants et de fournisseurs dans tous les grands centres de production.

Depuis le traité d'Arras, il régnait dans toute la France une atmosphère de liberté et d'enthousiasme qui facilitait le commerce. La guerre avait duré si longtemps que chaque région s'était arrangée pour fabriquer ce dont elle avait besoin. On trouvait partout de quoi, bon an mal an, se vêtir, se nourrir et se saouler. Mais il y avait un immense désir pour ce qui venait de loin. Les femmes rêvaient de tissus qui ne fussent pas semblables à ceux que confectionnait leur ville et que toutes portaient tristement sur elles. Qu'un objet, un aliment, un vêtement vînt d'ailleurs et il était immédiatement recherché.

La France, en particulier dans le Nord et le Centre, restait un pays ruiné par la guerre. Les bandes armées y pullulaient encore, pillaient les campagnes et rançonnaient les villes. La situation était loin d'être redevenue normale. Le peuple, à vrai dire, avait presque oublié ce que le mot normal signifiait. La guerre durait depuis si longtemps qu'elle constituait l'ordinaire de la vie. Il suffisait qu'elle s'atténue un peu pour que ce léger mieux soit vécu comme un bienfait et presque confondu avec le bonheur.

Beaucoup de marchands avaient compris que les temps leur étaient désormais plus favorables. Cependant ils étaient encore pour la plupart rebutés par les difficultés qui persistaient. Ils se contentaient en général de trafiquer un produit ou un autre, mais fort peu avaient décidé, comme nous, d'échanger tout ce qui pouvait s'acheter ou se vendre. J'étais assez fier de cette intuition. Il m'était apparu que l'essentiel était de créer le réseau, les relais, les routes et que, sur ce réseau, il nous reviendrait d'acheminer tout ce qui pouvait trouver un acheteur. Le talent de Jean avait été de recourir à la force pour assurer la sécurité des acheminements. L'apport de Guillaume était d'avoir relié le nord et le sud du royaume et de préparer pour demain une ouverture à toute la Méditerranée et à l'Orient. Quant à moi, j'avais mis à leur disposition le réseau des changeurs auprès desquels mon nom était un sésame. Nous avions réussi la première partie de notre projet.

Au cours de ces journées de septembre, nous avons pris des décisions essentielles. J'ai convaincu mes associés qu'il fallait faire porter notre effort sur l'Orient. Guillaume avait préparé les conditions de notre présence sur ces mers. Elles restaient néanmoins dangereuses. La sécurité était le dernier obstacle à surmonter. Pour cela, nous convînmes que Jean irait à Montpellier et, de là, organiserait, avec ses soudards, la protection des cargaisons. Dans une première phase, nous nous contenterions d'envoyer nos bateaux en Italie puis, peu à peu, nous élargirions l'aire de leur navigation, jusqu'à atteindre les ports du Levant.

Pendant ce temps, Guillaume, au contraire, monterait au Nord pour organiser le réseau de convois que Jean avait rendu possible grâce aux contacts qu'il avait établis et aux escortes qui assuraient désormais la liberté des routes. Je comptais me joindre bientôt à eux et consacrer tout mon temps à notre entreprise. Auparavant, je souhaitais effectuer une dernière démarche auprès du roi, pour lui demander de me libérer et l'assurer de ma loyauté.

Jean et Guillaume repartirent. J'adressai une demande d'audience à la cour et attendis. Ce fut un hiver paisible, le dernier qu'il me fut donné de vivre sinon dans l'oisiveté du moins dans l'anonymat. Je passai beaucoup de temps dans la nature. Chaque jour ou presque, je partais seul pour de longues promenades dans les forêts, les vignobles. Jamais encore je n'avais eu l'occasion de vivre ainsi dans la campagne. L'observation de la nature me fit comprendre ce qui était resté à mes yeux un mystère. Pourquoi aimais-je le luxe ? Pour quelle raison profonde étais-je depuis si longtemps fasciné par la décoration des belles demeures, le chatoiement des tissus, l'ordonnance des palais ? Cet attachement ne venait pas d'une nécessité. Il m'était indifférent de vivre ici plutôt que là et je me sentais bien dans la plus humble maison. Sitôt que je n'avais pas à paraître, j'ôtais les vêtements riches et je m'habillais d'une simple tunique de toile. Si j'aimais le luxe, si j'admirais l'habileté des artisans, des architectes et des orfèvres, c'était pour une raison plus subtile et moins évidente. En vérité, j'aime et j'admire tout ce que l'esprit humain crée pour permettre à nos demeures de ressembler à la nature. L'or des feuillages d'automne, le bistre des labours, le blanc de la neige, les bleus infiniment variés du ciel nous sont dérobés par les murs ; nous en sommes privés par le couvert des toits, l'obstacle des volets de bois, le rideau des clôtures. L'art est le seul moyen de restituer à notre décor confiné ces richesses gratuites dont nous sommes coupés.

Telle fut en tout cas ma découverte et elle me rassura. En somme, je croyais en l'être humain, dans sa capacité à produire une nouvelle création, hommage à la première, celle qui nous a donné la nature brute. Le talent des artistes, l'art des architectes, l'habileté des artisans trouvent leur plus haute expression dans le luxe et leur possibilité d'épanouissement dans la richesse.

Ce ne sont pas pour autant des passions futiles. Tout au contraire, elles constituent la plus haute activité de l'homme, celle qui l'égale aux dieux, en le rendant maître de créer des mondes nouveaux. Après tant de souffrances et de destructions, il était grand temps de donner carrière à cet autre aspect de l'être humain, créateur autant que destructeur. De là venait l'orientation que, sans y penser, j'avais imposée à notre entreprise et que mes associés considéraient maintenant comme allant de soi : nous étions des commerçants, certes, mais nous n'échangions pas les produits du quotidien. On ne nous verrait jamais transporter de la farine ni vendre du bétail ou des fromages. Le seul aliment qui pourrait nous intéresser — nous en avions parlé — était le sel, et il fallait y voir un symbole. Nous nous intéressions à ce surplus qui confère du goût à l'ordinaire, à ce qui différencie le festin de l'animal de celui de l'homme. Le sel de la terre...

Pour le reste, ce que nous allions faire circuler à la surface du globe, c'était le meilleur des créations humaines. Soieries d'Italie, laines des Flandres, ambre de la Baltique, gemmes du Puy, fourrures des forêts froides, épices de l'Orient, porcelaines de Cathay, nous serions les desservants d'un culte nouveau rendu au génie de l'être humain.

On voit que, marchant sur les mauvais chemins des coteaux crayeux qui dominent la Loire, j'étais plus que jamais porté par le rêve.

Cependant, le rêve, désormais, prenait la teinte plus soutenue des objets réels, comme si, par nos efforts, il devait bientôt entrer de plain-pied dans le monde.

*

Le signe attendu est arrivé à la fin de l'hiver. Le roi me convoqua à Orléans, où se tenaient les états généraux. Je n'avais personne à quitter à Tours. Pendant que j'y séjournais, mon identité peu claire ne m'avait pas permis de trouver une place parmi les diverses castes de la ville. Les nobles continuaient de me tenir pour un bourgeois et les bourgeois se méfiaient de quelqu'un qui détenait une charge royale, si humble fût-elle. Aurais-je été plus puissant que personne n'aurait pris en considération ces différences. J'eus maintes occasions par la suite de m'en rendre compte. Mais ma richesse privée et ma responsabilité à l'Argenterie s'accordaient mal. L'une était déjà considérable quoique peu visible. L'autre, très apparente, faisait de moi un subalterne. Je m'accommodai très bien de la quarantaine méfiante que m'imposaient les notables. J'en profitais pour me mêler aux paysans chaque fois que mes promenades hors de la ville me menaient dans des fermes ou des hameaux. Il m'arrivait de tenir compagnie des après-midi durant à des troupes de jeunes filles pendant qu'elles lavaient le linge, pieds nus dans le courant frais des rus. Je les regardais manier le battoir de bois. J'aimais leur chair ferme, leur peau rose, leur denture pleine de force. Si haut que je sois monté par la suite, j'ai conservé la certitude d'appartenir au peuple, de partager ses pensées et ses souffrances, mais aussi sa santé et sa puissance de vie. Dieu sait combien j'ai pu au cours de ma vie fréquenter de palais et approcher de souverains. Ce ne furent que des visites, comme celles que l'on rend à des étrangers, pressé de rentrer chez soi. Or chez moi, c'est le peuple, le troupeau des simples.

Je laissai Marc s'entremettre à mon profit et je prolongeai ces visites par des aventures purement charnelles avec des paysannes. Elles se montraient naturelles en ma compagnie. Ma plus grande victoire et la certitude du plus grand plaisir, je les obtenais quand, oubliant tout à fait ma fortune et mes relations, elles plaisantaient avec moi comme avec un camarade. Instruit par la mésaventure de Christine, je cherchais le plaisir et le jeu, sans plus y mettre les illusions de l'amour.

Je quittai tout cela avec regret et la pleine conscience qu'une page allait bientôt se tourner qui ferait de moi et pour longtemps un autre homme.

Orléans était tout agitée par la foule des délégués aux états généraux. Je trouvai le roi à l'étage d'un grand bâtiment qui faisait face à la cathédrale. Je fus frappé par les changements qui s'étaient opérés en lui. Il semblait en avoir terminé avec la solitude qui m'avait tant frappé lors des entretiens précédents. La première fois, c'était une solitude absolue, dans l'obscurité d'une salle vide ; la deuxième, c'était l'isolement pathétique d'un homme cerné par une cour envahissante, obséquieuse et pourtant hostile. À Orléans, les grands personnages que j'avais vus à Compiègne avaient disparu. L'air des états généraux, trop chargé de vapeurs populaires, bourgeoises et de basse noblesse, ne leur convenait guère. Et la défiance qui s'était installée entre le roi et les princes les incitait à demeurer sur leurs terres, pour se préparer peut-être à l'affronter. C'est du moins ce que je pensai tout de suite en constatant leur absence.

Pour autant, le roi n'était pas seul. Autour de lui bourdonnait toujours une cour, mais elle était faite de gens nouveaux. C'étaient des hommes plus jeunes, moins guerriers, la plupart d'extraction bourgeoise. Ils ne portaient pas sur eux l'expression de violence, d'indignation et de mépris par laquelle les grands seigneurs jugeaient nécessaire de faire sentir leur différence avec le reste du genre humain. L'ambiance qui régnait dans les pièces où séjournait le roi était plus légère, plus heureuse. Je n'aurais su dire comment se manifestait ce changement, mais il était nettement perceptible. Loin de me regarder comme un intrus, les hommes que je croisai en me rendant à l'audience me saluaient aimablement. Ils étaient vêtus de façon civile, sans rappel des ordres militaires ou ecclésiastiques dont les grands seigneurs n'omettaient jamais de revêtir les symboles. Il était du coup impossible de savoir ce que chacun faisait. On aurait dit une réunion d'amis qui se gardaient d'imposer aux autres le rappel de leurs charges ou de leurs devoirs.

L'attitude de ces hommes avec le roi me rappelait mes propres sentiments à son égard. Il ne s'agissait ni de soumission servile ni de volonté de le dominer comme le faisaient les grands seigneurs. Le roi régnait sur eux par sa faiblesse et leur inspirait la même volonté de le servir et de le protéger que j'avais moi aussi ressentie dès notre première rencontre à Bourges. J'observai le souverain avec les autres et cela me permit de mieux comprendre mes propres réactions devant lui. Sa démarche de guingois, les mouvements hésitants et malhabiles de ses longs bras, l'expression de lassitude douloureuse de son visage, toute son attitude pouvait être tenue pour un appel à l'aide. Quand un des hommes qui l'entouraient lui avançait un fauteuil, ce n'était pas pour faire assaut d'obséquiosité ; ce geste était plutôt un apitoiement sincère, un empressement charitable, tel qu'en éprouve celui qui entend les cris d'un noyé et lui lance une planche pour qu'il s'y agrippe.

La nouveauté pour moi était qu'en observant ces réactions sur les autres, je percevais comme une aveuglante évidence à quel point le roi s'amusait à les provoquer. Il n'était certes par nature ni vigoureux ni serein. Mais, avec un peu d'effort, il aurait pu se tenir dans une honnête moyenne quant à la capacité physique et au sang-froid. C'était par choix, j'en étais sûr désormais, qu'il avait décidé, non de compenser ses défauts mais de les accentuer. Convaincu de ne pouvoir régner par la force et l'autorité, il avait pris le rigoureux parti d'y parvenir par la faiblesse et l'indécision. En soi, ce trait de caractère était sans importance. Pourtant, j'y vis tout de suite un danger. Cette prétention à la fragilité, cette apparence de crainte savamment entretenue sur son visage procédait d'un effort de tous les instants. Charles mettait autant d'énergie à paraître faible que d'autres en employaient pour entretenir leur réputation de force invincible. Cela signifiait deux choses, également dangereuses. D'abord ce roi n'était pas dupe de l'empressement qu'on lui témoignait. Il en connaissait l'origine artificielle et ne pouvait que concevoir du mépris pour des hommes auxquels il imposait une image de lui si contraire à la vérité. Ensuite, pour se tenir constamment à son personnage, pour s'imposer à lui-même le permanent respect d'un vœu si contraignant, il fallait qu'il disposât d'une volonté hors du commun. Quiconque se montre aussi cruel avec soi-même l'est forcément avec les autres. Il avait prouvé par le passé, en laissant éliminer ses favoris, en couvrant de sa disgrâce ceux-là même qui l'avaient le plus loyalement servi qu'il était capable des retournements les plus inattendus. Il les avait, bien entendu, travestis en faiblesse, laissant accroire qu'il manquait d'énergie pour s'opposer à ceux qui ourdissaient ces complots. J'étais bien sûr désormais qu'il les avait en vérité conçus lui-même. Je ne doutais plus qu'il était aussi dangereux à servir que les rivages de sable le sont à naviguer. Malgré tout, le jour de mon arrivée à Orléans, quand il tourna enfin vers moi ses yeux bleuis de fatigue et qu'il m'appela en me tendant les mains, je me précipitai, désarmé, d'avance soumis à ses volontés, aussi désemparé que tous les autres devant une faiblesse à laquelle j'étais pourtant le dernier à croire...

Le roi me fit asseoir près de lui. Il me présenta quelques personnes. Pour la plupart, c'étaient les nouveaux commis de son règne, des hommes avec lesquels, des années durant, j'allais partager quotidiennement la charge des affaires de l'État. Eux le savaient sans doute, moi pas encore. Je ne vis qu'une succession de visages nouveaux et de noms encore peu connus. Je ne distinguai parmi eux que Pierre de Brézé, déjà célèbre en son jeune âge, compagnon d'armes de Jeanne d'Arc, homme de main de l'ancien connétable. La rumeur l'accusait d'avoir fait partie du petit groupe qui avait enlevé chez lui La Trémoille, le conseiller du roi, homme sensuel et dépourvu de morale. Brézé me plut immédiatement par sa simplicité. Il paraissait plus jeune qu'il ne l'était sans doute. Il était mince et seules ses attaches fortes, en particulier ses poignets à peine marqués que prolongeaient de longues mains carrées, dénotaient l'homme de guerre. Je reconnus en lui un empressement à servir, une fierté de défendre les faibles et une propension à défier les puissants qui avaient dû en faire une proie facile pour le roi.

Subitement, le roi se leva et, avant de s'éloigner, il m'entraîna avec lui en me saisissant le bras. La familiarité de ce geste me bouleversa. En même temps, à l'instant où j'aurais pu penser qu'en s'agrippant à moi le roi donnait une nouvelle preuve de sa faiblesse, je sentis ses doigts presser mon coude avec une force de serre. De sa démarche bancale, il m'entraîna à l'écart. Nous prîmes un escalier aux marches usées et sortîmes à l'arrière du bâtiment dans une cour de service. Deux chiens attachés par des chaînes s'agitèrent en nous voyant. Le roi me fit asseoir sur un banc de pierre à l'ombre d'un figuier. Il semblait s'amuser des bonds que faisaient les molosses pour se jeter sur nous. La chaîne brisait leur élan et ils retombaient en tirant la langue. Le vacarme des aboiements et des chaînes, la violence des gueules menaçantes semblaient divertir le roi et même exciter en lui quelque fibre cruelle et bestiale. À l'autre extrémité de la courette, deux lavandières bras nus s'escrimaient sur des tas de linge. Charles leur adressait des regards directs que la vue des chiens chargeait d'un désir brutal. Les pauvres filles baissaient les yeux et s'appliquaient à leur ouvrage, livrant au roi le spectacle de leurs croupes tendues et de leurs muscles bandés. C'est peu de dire que je me sentais de trop.

Pourtant le roi, lui, comptait sur ma présence.

Quelque plaisir qu'il prît à contempler les scènes qui l'entouraient, il gardait assez de maîtrise de lui-même pour continuer de me parler avec douceur et de m'interroger comme un souverain. Les années qui suivirent me donnèrent d'innombrables occasions d'explorer les paradoxes de ce personnage tourmenté dont je me demande aujourd'hui encore si je le hais vraiment. À l'époque, je me contentais de penser, mais sans m'y arrêter, qu'il était peut-être simplement imprudent de l'aimer.

— La France est une porcherie, Cœur. Qu'en pensez-vous ?

Il ricanait.

— Il y a beaucoup à faire, Sire, dis-je assez fort pour couvrir la voix des chiens.

Le roi hochait la tête.

— Tout. On va tout faire, croyez-moi.

Les dogues semblaient se calmer en entendant nos voix. À ma grande stupeur, je vis que le roi, par de petits mouvements des pieds, les excitait à continuer.

— Les états généraux me demandent de débarrasser le pays des écorcheurs. C'est une bonne initiative, qu'en pensez-vous ?

— Oui, ce sera utile.

— Bien sûr, ils n'ont pas trouvé ça tout seuls. Je leur ai soufflé l'idée. Mais maintenant qu'ils l'ont demandé, je vais bien être obligé de le faire. Tant pis pour nos chers princes qui vont devoir se priver de leurs mercenaires...

Un des chiens, que sa rage avait mis à bout de

fatigue, retomba lourdement et poussa des hur-
lements de douleur. Charles se tapait sur les
cuisses et jetait des regards de plus en plus
égrillards aux blanchisseuses. On m'avait beaucoup parlé de la sensualité du roi, de sa propension à multiplier les maîtresses de toutes
conditions. J'avais mal compris comment cet
appétit charnel pouvait s'accorder avec la faiblesse nerveuse de cet homme. Devant cette
scène affolante, je comprenais que la nature
tourmentée du roi pouvait le conduire aussi
bien à l'immobilité apeurée et secouée de tics
qu'il affectait en présence des princes qu'à une
excitation lubrique où la violence le disputait au
vice, comme celle dont il faisait étalage devant
moi en cet instant.

— Je vais réformer le Conseil, continua-t-il.
Ils ne régneront plus à ma place, je vous l'af-
firme.

« Ils » désignait les princes, je l'avais compris.
Il n'y avait rien à répondre. J'opinais.

— Ils ont commencé à s'unir contre moi.
L'an dernier, je les ai traversés. Mais ils vont reprendre et cette fois mon fils sera assez étourdi
et ambitieux pour les suivre. Qu'importe, je les
briserai.

Une idée se présenta à moi que je chassai aussitôt. Le vacarme, la violence formaient pour
Charles le monde ordinaire. Tandis que mes
rêves étaient amples et calmes, les siens devaient
être pleins de brutalité, de haine, de possession.
Les tics qui le déformaient quand il restait silen-

cieux étaient sans doute les échos des tempêtes qui lui déchiraient la tête. Voilà pourquoi il se sentait si à son aise au milieu des cris des molosses. Pour intenses qu'ils fussent, ils n'atteignaient probablement pas l'intensité de ceux qu'il entendait intérieurement. J'étais entraîné par ces réflexions quand il se tourna soudain vers moi.

— Il nous faudra beaucoup d'argent, Cœur. Beaucoup plus que n'en fourniront jamais les petits bénéfices du monnayage. Vous avez compris pourquoi je vous ai nommé commis à l'Argenterie ?

J'avais formé le projet de lui expliquer en quoi l'Argenterie et mon entreprise pouvaient se compléter. Les discussions avec Guillaume de Varye m'avaient convaincu que nous pouvions construire, avec le réseau de nos fournisseurs d'un côté et de l'autre les commandes du royaume centralisées par l'Argenterie, un outil d'une puissance immense. Mais ce que nous, hommes de l'art, avions laborieusement imaginé, Charles l'avait vu distinctement bien avant.

Je n'avais pas eu la certitude qu'il m'avait écouté lors de nos premières entrevues. Or non seulement il l'avait fait, mais il en avait tiré des conclusions qui dépassaient en audace tout ce que les hommes de son monde auraient été capables de concevoir. Ainsi, au moment où l'apitoiement, en moi, commençait à faire la place à d'autres sentiments que dominait une crainte diffuse, l'admiration vint prendre la tête des raisons qui m'attachèrent pour toujours à ce roi étrange et fascinant.

— Je vous ai d'abord nommé commis pour que vous puissiez étudier discrètement tout cela et faire vos plans. Est-ce terminé ?

— Oui, Sire.

— Dans ce cas, je vous institue dès aujourd'hui mon Argentier. Le brave homme qui occupait cette charge sera mécontent, mais tant pis pour lui. Il ne cherchait pas à l'exercer ; il la considérait comme une distinction qui flattait son honneur. Ainsi font-ils tous, des finances aux choses de guerre, ils ne servent pas. Ils se servent. Tout cela va changer.

J'avais envie de crier ma joie. Car je voyais, dans ce dénouement, le point de départ de tout ce qui allait suivre. C'est absurde à dire et peut-être ne me croirez-vous pas. J'ai repris mon envol d'un coup. Un grand calme m'avait envahi ; j'étais loin des chiens, des blanchisseuses, des états généraux et même du roi. Je voyais les caravanes changer de route et venir à nous. La France allait devenir le centre du monde, plus riche, plus prospère, plus convoitée que Damas.

J'ai à peine conscience de la manière dont cette conversation s'est terminée. Il me semble que quelqu'un est venu chercher le roi. Il quitta la cour en frôlant le périmètre que leur chaîne autorisait aux dogues. Leurs gueules claquèrent à un doigt des jambes du souverain. J'entendis son rire s'éloigner dans l'escalier sonore. Et moi, mort à ma première vie, regardant le soleil filtrer à travers les feuilles épaisses et duveteuses du figuier, je me sentais comme un nouveau-né qui ouvre les yeux sur une lumière nouvelle.

*

Ma peau est hâlée par le soleil de Chio. Elvira est revenue ce matin de la messe de Pâques toute joyeuse. Dans cette île grecque sans hiver, Noël est à peine une fête. La résurrection au contraire embrase les cœurs.

Pendant les longues nuits que nous passons sans dormir, Elvira m'a enseigné quelques notions de grec. Ces semences sont tombées sur un esprit en jachère, mais elles ont fait lever de très anciennes graines plantées jadis par notre maître de catéchisme, à la Sainte-Chapelle de Bourges, si bien que je commence à pouvoir comprendre et m'exprimer.

Il y a deux jours encore, j'aurais dit que c'était le bonheur. Hélas, tout a changé hier, en un instant.

En fin de matinée, tandis qu'Elvira était au marché pour chercher notre provende hebdomadaire de citrons et d'ail, un homme est venu chez nous. Heureusement, je l'ai aperçu de loin. J'ai tout juste eu le temps de me cacher sous le toit, là où Elvira fait sécher les herbes qu'elle cueille dans les collines. L'homme a fait le tour de la maison. Il a appelé pour savoir s'il y avait quelqu'un. J'ai été un peu rassuré de l'entendre parler grec car mes poursuivants, quels qu'ils soient, n'ont aucune raison de connaître cette langue. Mais il peut aussi s'agir d'un complice recruté sur place.

Il est entré dans la maison et s'est mis à déambuler dans la pièce, ouvrant le placard et déplaçant certains objets. J'ai eu peur qu'il ne découvre mes écritures et s'en empare. Mais, s'il les a vues, elles ne l'intéressaient pas; je les ai retrouvées à la même place.

Quand Elvira est rentrée, j'étais encore sous le coup de cette visite. Elle me calma comme elle put. Elle m'expliqua tant bien que mal ce que voulait le visiteur. Car, au retour, elle l'avait croisé en chemin et lui avait parlé. C'était un émissaire du podestat génois qui gouvernait l'île. En revenant de voyage, le vieil homme avait eu vent de mon débarquement et de ma disparition. L'aubergiste ne s'était pas senti lié par sa promesse de silence, dès lors qu'il s'agissait du maître de l'île. Sachant où je séjournais, le podestat avait envoyé un messager pour s'enquérir de ma santé.

Je ne crois pas un mot de ces explications. C'est sûrement un piège. Ceux qui me recherchent ont dû trouver le moyen de convaincre le podestat de me livrer. Si, comme je le suppose, mes meurtriers sont les envoyés de Charles VII, je ne doute pas que ce bon roi n'ait usé de tous les moyens pour me capturer. C'est moi, jadis, qui lui ai apporté l'alliance génoise. Il saura la réactiver pour m'éliminer. Je reconnais l'absence de scrupules, l'ardeur dans la haine que j'ai appris à supporter chez lui. Je m'en suis accommodé tant que cette perversité prenait les autres pour cible. Ai-je pu croire que jamais mon tour ne viendrait d'en être la victime ?

Elvira m'a heureusement surpris : elle a eu l'à-propos de dire au messager que j'étais mort. Il est à craindre que le podestat n'envoie d'autres gens pour vérifier ses dires et, de toute façon, dès lors que quiconque connaît ma cachette, je ne suis plus en sécurité. Au moins, le mensonge d'Elvira va me faire gagner un peu de temps.

Ce matin, elle est partie pour un village de la côte ouest, isolé dans une crique entourée de falaises, où vit un de ses cousins. Elle tâchera de voir avec ce pêcheur comment je pourrais embarquer avec lui pour m'installer ailleurs. À une journée de mer, il semble que l'on rencontre deux îlets qui sont à Venise. J'y aurai la vie sauve, à condition qu'il s'y trouve assez d'eau douce pour survivre. Depuis qu'Elvira m'a parlé de ces havres, je ne rêve que de·m'y établir. J'ai été l'homme le plus riche d'Occident. On a peine aujourd'hui à dénombrer les châteaux et les domaines qui sont encore ma propriété et moi, je n'ai qu'une préoccupation : savoir s'il se trouvera assez d'eau douce pour me permettre de vivre nu sur une île déserte...

Elvira m'a fait promettre de l'emmener avec moi. Je ne sais pas ce qu'elle imagine. Sans doute voit-elle, après tout, cette fuite comme la première étape d'une évasion. Je me demande si, en accomplissant les démarches que je lui ai demandées, elle n'en a pas beaucoup trop appris sur mon compte. Je préférais de beaucoup l'époque où elle me regardait comme un malheureux fugitif. Je n'aimerais pas que l'idée de ma richesse vienne troubler le bonheur simple que j'ai éprouvé ici avec elle. La vie m'a enseigné que l'argent peut métamorphoser les êtres les plus simples. Rien ni personne ne lui résiste sauf peut-être ceux qui, comme moi, se sont entièrement livrés à lui, au point d'en voir flétrir les charmes. Seul l'argent délivre de l'argent. Elvira, depuis qu'elle apprend à me connaître, fait des rêves qu'elle ne me livre pas mais qui la mènent, j'en suis sûr, vers des désirs dangereux de parures et d'équipage.

Comment lui expliquer que, si j'ai peut-être envie de continuer à vivre, je manque tout à fait de force pour reconquérir une place dans le monde ? À vrai dire, je ne cherche pas à m'évader. Comment expliquer ce que je ressens ? Cette halte imprévue à Chio m'a transformé. En débarquant dans l'île, j'avais encore l'idée de poursuivre ma route. Ces journées d'écriture et d'oisiveté m'en ont ôté tout à fait l'envie. Mon seul désir et ma seule angoisse concernent ce récit : j'ai peur de ne pas pouvoir l'achever. Si je tente de sauver quelque chose, ce n'est ni ma vie ni mon avenir, mais seulement cet ouvrage commencé par hasard et qui me semble aujourd'hui la tâche la plus nécessaire.

Au point où je suis parvenu dans cette histoire, on pourrait croire qu'il est inutile de poursuivre. Après tout, du jour où le roi m'a nommé Argentier et admis à sa cour, ma vie est devenue publique. Tous mes actes se sont déroulés devant des témoins et ces témoins, convoqués par le procureur Dauvet pour la préparation de mon procès, ont tout raconté. Mes affaires sont connues jusque dans les moindres détails ; l'immense succès de l'Argenterie, mes trois cents facteurs répartis dans toute l'Europe, les mines d'argent du Lyonnais, les galées qui ont échangé pour mon compte tant de marchandises avec l'Orient, le trafic du sel, les domaines achetés à tout le royaume, les prêts consentis aux plus grands personnages, l'amitié du pape et du sultan, les sièges épiscopaux pour mes fils, mon palais de Bourges, tout est connu, reconnu, écrit. Je pourrais interrompre mon récit puisque à partir de ce moment ma vie parle pour moi.

Or c'est le contraire que j'éprouve. Ce fut, pendant tout le procès, mon plus grand désespoir : voir ainsi ma vie réduite à des chiffres, à des biens, à des pierres, à des honneurs. Tout était exact et cependant rien de tout cela n'était *moi*. La réussite matérielle ne fut qu'un des aspects de ma vie. Ce n'est pas d'elle que j'ai envie de parler, mais de ce qui a troublé mon âme pendant toutes ces années : les passions, les rencontres et la peur qui, de ce jour à Orléans, ne m'a plus quitté.

*

238

Seul maître à bord de l'Argenterie, je me suis livré corps et âme au travail. Je voulais me rendre digne d'être non seulement le fournisseur du roi, mais de la cour entière. Il fallait qu'on trouve à l'Argenterie tout ce qui était nécessaire et surtout le superflu. Je lançai des commandes à toutes nos succursales et enjoignis à Jean et Guillaume de se consacrer pour un temps à cette seule activité. J'avais engagé beaucoup de monde. L'entrepôt, à Tours, portes et fenêtres désormais ouvertes, était une ruche. J'en acquis deux autres, que je fis aménager pour accueillir l'un les armes et les cuirs, l'autre les épices, réservant le premier local aux tissus. J'œuvrais moi-même avec mes commis du soir au matin, en chemise et parfois même, quand la chaleur m'y contraignait, torse nu.

Une après-midi, à l'improviste, je vis entrer le bâtard d'Orléans dans le hangar des cuirs. Il me trouva tout en nage en haut d'une échelle et éclata de rire en me voyant. Mais il était un de ces nobles qui préfèrent les champs de bataille à la cour. Il partageait la vie de ses hommes au camp. Il jugea que je faisais de même et me traita comme un soldat en campagne. Je me couvris et l'emmenai boire à l'étage d'une taverne dans laquelle je prenais mes repas.

Sa visite était sûrement intéressée, mais peu m'importait ; j'étais content de le voir. Apparemment, il était venu tout exprès pour me rencontrer. La conversation tourna en rond, comme à la première phase d'un combat, puis il en vint au fait.

— Je tenais à vous prévenir moi-même, Cœur. Les princes n'en peuvent plus. Le roi, qu'ils ont fait victorieux devant l'Anglais, les méprise et les traite sans égard. Ils vont se révolter. Et je vais les suivre.

— Je vous remercie de m'en avertir..., hasardai-je.

Il se pencha vers moi et plongea son regard dans le mien :

— Rejoignez-nous ! Nous avons besoin de vos talents. Et nous saurons les rétribuer.

Il y avait dans les propos du bâtard d'Orléans un touchant mélange d'enthousiasme, comme toujours quand il flairait le combat, de doute qu'on percevait derrière ses trop bruyantes certitudes, et de tristesse, car il aimait sincèrement le roi. Je compris qu'il attendait ma réponse avec anxiété, non seulement parce qu'en les rejoignant j'aurais renforcé le camp qu'il avait choisi, mais aussi parce que ma décision viendrait conforter la sienne ou, si elle était négative, l'ébranler.

Je n'ai jamais pratiqué la trahison, mais je ne l'ai que faiblement condamnée, car je sais à quel point elle est proche, souvent, de la loyauté. À certains moments de la vie, face à l'énigme du monde et de l'avenir, tout être humain peut se sentir partagé entre une cause et son contraire. Le pas de l'une à l'autre est si court qu'on peut en un instant sauter d'un côté à son opposé avec la même facilité que l'enfant qui traverse un ruisseau à cloche-pied.

Charles VII, pour lui ôter sa pénible identité d'enfant illégitime, l'avait récemment nommé comte de Dunois. Le seul grief qu'il avait contre le roi était le peu d'empressement que montrait celui-ci à payer la rançon de son demi-frère, Charles d'Orléans, prisonnier des Anglais depuis Azincourt. Dunois n'avait à vrai dire aucune sympathie pour ce demi-frère qui n'aurait pas manqué, s'il avait été libre, de le traiter avec mépris. Mais les bâtards sont ainsi : la douleur de leur condition les conduit à tout tenter pour se faire reconnaître de la famille dont ils sont issus. Charles d'Orléans écrivait des vers à Londres et Dunois, au fond de lui, ne s'apitoyait pas sur son sort. L'admiration et la reconnaissance qu'il vouait au roi dépassaient de beaucoup le déplaisir qu'il éprouvait de le voir abandonner son demi-frère. Et pourtant, par fidélité à une famille qui ne l'aimait pas, il s'apprêtait à le trahir.

Il m'apprit que le dauphin Louis, comme son père l'avait prédit, était entré dans la conspiration, par dépit de ne se voir confier aucun apanage. Je ne l'avais pas encore rencontré. Un jour, à Blois, j'avais vu ce long corps et ce visage blême traverser un salon en tirant derrière lui une meute de jeunes gens agités et bruyants. Il jetait alentour des regards meurtriers comme des dagues. On le disait roué, à la fois vaniteux et dissimulé, donnant depuis l'enfance les signes de la plus inquiétante cruauté.

Dunois insista beaucoup sur ce ralliement, qui confortait la légitimité des ligueurs. Et il détailla complaisamment la liste des conjurés dans laquelle figurait la majeure partie des grands seigneurs, princes de sang et dignitaires du royaume. Convaincus d'avoir sauvé le roi, ils entendaient désormais prouver leur pouvoir en le perdant.

Le clair visage de Dunois attendait ma réponse, les yeux grands ouverts, le coin de la bouche agité d'un léger tic qui trahissait son impatience. Derrière lui, par la fenêtre ouverte, entrait l'odeur de foin que répandait un charroi arrêté dans la rue. C'était le plein moment de l'été, dans lequel rien ne paraît grave tant la chaleur et son plaisir semblent destinés à durer toujours. Je lui serrai les mains.

— Non, mon ami, je ne peux me résoudre à abandonner le roi. J'ai pris le parti de lui rester fidèle, quoi qu'il m'en coûte.

Et j'ajoutai en souriant, avec autant de douceur que je pouvais en mettre dans ma voix, que je le comprenais, restais son ami et lui souhaitais bonne chance. Il me quitta, l'air dépité, en me donnant une accolade de guerrier.

Devant Dunois, ma résolution était ferme. Quand je me retrouvais seul face à moi-même, c'était une autre histoire. Jusque-là, je m'étais rapproché parfois du roi, mais pas au point de me compromettre. De mon voyage en Orient, j'avais gardé des amitiés diverses qui me permettaient d'espérer survivre et même prospérer dans toutes les hypothèses politiques. En acceptant la charge d'Argentier et surtout en refusant de me joindre à la révolte des princes, j'avais lié mon sort à celui du souverain. Or la guerre qui s'annonçait promettait d'être aussi difficile que celle qu'il avait menée face à l'Anglais. Il l'abordait en mauvaise posture puisque ceux qu'il combattait désormais étaient les mêmes qui avaient assuré sa victoire contre l'Angleterre.

Les grands personnages qui avaient constitué le Conseil du roi étaient maintenant ses adversaires. Charles était encore une fois seul, trahi par les siens. Cette situation, qui en aurait découragé plus d'un, lui était si naturelle qu'il parut s'en accommoder sans états d'âme. Il constitua immédiatement un nouveau Conseil et, à ma grande surprise, j'en fis partie.

La première réunion se tint à Angers dans une salle au premier étage du château. L'ambiance était étrange. Le malaise que ressentaient visiblement la plupart des participants diminua le mien. Il ne fallait pas compter sur le roi pour le dissiper. Assis en bout de table, les mains jointes et serrées, sans doute pour cacher le tremblement qui les agitait, il ouvrit la séance en ménageant de longs silences embarrassés. Autour de la table, il n'y avait plus de princes et seulement quelques nobles de moindre illustration, au premier rang desquels le connétable de Richemont et Pierre de Brézé. Le reste était composé de bourgeois, ceux-là même qui, ces derniers temps, comme je l'avais noté en arrivant à Orléans, avaient rempli le vide autour du souverain. Leurs visages étaient attentifs et inquiets. On sentait qu'aucun titre héréditaire ne légitimait leur présence en ce lieu. Ils ne tiraient cet honneur que de talents acquis par eux-mêmes et dont, à tout instant, ils pouvaient avoir à faire la preuve. Un prince n'a pas à justifier ce qu'il est : des siècles d'histoire témoignent pour lui. Il peut laisser son regard divaguer par la croisée, rêver à ses maîtresses, penser aux chasses à venir. Un bourgeois doit se tenir prêt à démontrer son utilité. Près de moi, les frères Bureau étaient visiblement dans cet état d'esprit. Ils plaisantaient à voix basse, souriaient en hommes habitués depuis plusieurs mois déjà à fréquenter ce cénacle, mais leur regard aigu ne quittait jamais longtemps le souverain. Quand il les interrogeait, la réponse fusait d'une voix claire. Je m'efforçai de calquer mon attitude sur la leur. Cela me fit quelque peu oublier la pointe de déception qui m'avait saisi quand j'étais entré. Une fois de plus, en se confrontant à la réalité, le rêve perdait de sa légèreté et de son mystère. Le pouvoir suprême n'était donc que cela, cette assemblée d'hommes mal vêtus, assis de travers sur de mauvaises chaises et qui tremblaient devant un chef sans grâce et sans charisme ?

Pourtant, à mesure que j'y participai, ce Conseil m'apparut autrement. La vraie grandeur n'était pas en nous, mais dans les arrêts que nous prenions. Quelque chose de mystérieux, que l'on appelle le pouvoir, transformait nos paroles éphémères en actes concrets, aux conséquences gigantesques. En peu de mois, nous prîmes des décisions capitales. Le roi entendait profiter de sa liberté et de la compétence de ce nouveau Conseil pour réformer profondément le royaume. Il suivit un plan méthodique destiné à briser définitivement le pouvoir des princes et à asseoir enfin l'autorité monarchique.

La première chose à faire, pour que nos décisions fussent effectives, était évidemment de gagner la guerre. C'est pourquoi notre tâche prioritaire fut de donner corps à l'armée permanente dont le roi s'était doté. Pour ne plus dépendre des grands seigneurs et des contributions tant en nature qu'en numéraires que les différentes régions acceptaient — ou pas — de fournir au roi quand il était en guerre, il devait disposer d'une armée propre et dont il fût seul maître. Je m'employai à financer et à équiper ces compagnies d'ordonnance. Le privilège de ces armées de manants était de pouvoir user d'armes que les chevaliers regardaient comme indignes. Les Anglais nous avaient constamment vaincus au moyen de leurs archers; nous tentâmes d'organiser des corps d'archers sur le même modèle, quoique avec moins de succès. Surtout, Gaspard Bureau développa une arme nouvelle, peu ou mal utilisée jusque-là, et dont personne n'avait encore entrevu la puissance : l'artillerie. Pour les nobles, ce moyen de guerre était tout sauf honorable. Frapper quelqu'un de loin en usant d'un appareil composé de métal et de chimie n'avait pas sa place sur les champs d'honneur. Que de pauvres hères s'efforcent de traîner un canon ou de brandir une couleuvrine, passe encore. Les chevaliers mettaient ces moyens sur le même plan que les machines utilisées de toute éternité pour monter à l'assaut des murailles. Mais gagner une guerre par l'artillerie leur aurait semblé déloyal et même impie.

Nous n'avions pas ces pudeurs. Il nous fallait gagner. Notre sort était intimement lié à celui du roi. S'il périssait, nous serions sacrifiés avec lui. Voilà pourquoi nous fûmes si complètement mobilisés pour la victoire.

Au début, notre inquiétude était grande. Nous observions le roi et la plupart d'entre nous doutaient qu'il pût vaincre, même avec de bonnes armées. Mais, à mesure que le temps passait, le doute fit place à l'admiration. La confiance, chez moi, ne fit que croître tandis que j'observais en son Conseil cet homme secret et qui dissimulait admirablement son jeu. La liste des mesures qu'il prit pour réformer le royaume procédait à l'évidence d'une longue réflexion. À cette capacité intellectuelle, il sut ajouter une grande détermination dans les actes. La révolte des princes avait été surnommée la Praguerie, en référence aux événements qui avaient ensanglanté la Bohême. Pour venir à bout de cette Praguerie, le roi fit usage, pendant ces quatre années, de la force autant que de la négociation; il sut condamner sans pitié et pardonner quand il le fallait. Il joua le peuple et la petite noblesse contre les grands. Tout se passait comme si, après le long prélude de la guerre anglaise, son règne avait enfin commencé. L'enfant roi qu'on avait dû soustraire au couteau des assassins, le pauvre dauphin renié par sa mère, le roi sans royaume des premières années, prenait soudain sa revanche sur le malheur.

Pour autant, il ne laissait pas plus paraître son contentement que son ambition. Si, pendant ces années, il prit de l'assurance et de l'autorité, ce fut sans quitter son air de faiblesse et d'angoisse. En sorte que ce fut à nous que revint d'exprimer la joie des victoires et le bonheur du succès.

Ces quatre années furent occupées pour moi par un travail épuisant, des voyages permanents, une préoccupation de tous les instants. Pourtant tout cela se fit sans douleur, tant une allégresse profonde me portait. Pendant ces quatre années, les actes rencontraient le succès, les projets prenaient corps avec facilité, les résultats venaient vite et conformes à ce que je souhaitais. Tout se déroulait avec la merveilleuse fluidité du songe. J'eus presque l'illusion que cette harmonie pouvait toujours durer. Avec le recul du temps, je sais que c'est tout à fait impossible, mais je me réjouis d'avoir eu le privilège, pour le temps qu'il dura, de connaître un tel bonheur. Je le goûtais d'autant plus qu'à l'époque le labeur était ma vie. J'étais seul, Agnès n'avait pas encore paru à mon horizon et, sans cette comparaison trop absolue, mon bonheur pouvait me paraître complet.

*

L'Argenterie n'était pas seulement une institution du royaume parmi les autres. Dans l'esprit du roi, elle était appelée à tenir un rôle bien particulier que je découvris peu à peu. Je ne vis d'abord dans ce service royal qu'un marché garanti qui me fournissait un débouché sûr pour tous les produits dont nous faisions commerce. Nous pouvions désormais prendre de grands risques et investir de fortes sommes dans l'achat de produits coûteux : nous étions assurés, pourvu que nous les ayons bien choisis, de trouver à qui les revendre avec profit. Le réseau de négoce ne cessa pas de porter mon nom. Au contraire, en se développant, le besoin d'une marque connue et simple se faisait de plus en plus sentir. Le nombre des facteurs augmentant, il était indispensable de les réunir sous un vocable commun. Jean et Guillaume, sans me consulter, avaient généralisé l'usage du terme « Maison Cœur ». L'activité de cette maison Cœur était, depuis ma nomination à l'Argenterie, indissolublement liée à celle de la maison royale. En d'autres termes, nous étions les fournisseurs de la cour. Il était cependant commode de continuer à séparer les deux. Après tout, notre maison de commerce ne devait pas s'interdire d'avoir d'autres clients et même de compter parmi eux d'autres souverains. Ainsi commença le développement parallèle de deux ensembles entre lesquels je constituais le seul pont. D'un côté la maison de commerce, de l'autre l'Argenterie.

Parmi les premiers clients de celle-ci figuraient bien entendu le roi et ses proches. J'eus l'occasion, en lui servant de fournisseur, de comprendre quels rapports le roi Charles entretenait avec les biens matériels. J'acquis la conviction qu'il ne mettait aucun plaisir à la recherche de parures ou d'objets précieux. Il me donna maintes occasions de l'observer dans son naturel, en voyage par exemple, et j'en conclus qu'il se satisfaisait de peu. Son enfance pauvre et la longue persécution qu'il avait subie l'avaient rendu capable de supporter les privations, et peut-être même de les aimer. Pourtant, surtout depuis ses victoires, il montrait un immense appétit pour le luxe. Il s'habillait avec des vêtements de prix, faisait tendre ses appartements de tapisseries et de fourrures, et surtout offrait volontiers des présents de grande valeur. Je ne mis guère de temps à comprendre que cette attitude était politique et non épicurienne. Sur ce sujet comme sur les autres, le roi avait réfléchi, sans se confier à personne. Les conclusions auxquelles il était parvenu n'avaient fait l'objet d'aucun discours, d'aucune confidence. Elles se traduisaient seulement par des actes qu'il nous appartenait de déchiffrer. En la matière, l'idée était simple et lumineuse : le luxe, pour lui, représentait le pouvoir. À la modestie de son apparence, au peu d'emprise que la nature lui avait permis d'exercer sur ses semblables, il substituait la pompe de ses tenues et des décors d'apparat. L'amour qu'il n'avait jamais conçu pour la reine Marie d'Anjou, il le compensait par la générosité de ses faveurs. Quant aux maîtresses qui se succédaient dans son lit, le peu qu'il leur offrait de chaleur et même d'attention était racheté par la magnificence de ses cadeaux. En sorte qu'au moment où, admises dans son intimité, elles auraient été le plus tentées de mettre en doute sa grandeur, elles étaient forcées de reconnaître dans l'extrême raffinement de ses attentions que c'était bien avec un roi qu'elles avaient laborieusement couché. J'alimentai cette chaudière de soieries et de zibelines, de tissus brodés d'or et de cuirs souples. Bijoux, métaux précieux, tapisseries, parfums, épices, par l'effort de mes facteurs, arrivaient de toute l'Europe pour aboutir entre les frêles mains royales, qui leur conféraient leur pleine valeur.

Tout ce que le royaume comptait d'ambitieux ou de vaniteux, population dont jamais il ne manqua, s'était mis à désirer les mêmes objets auxquels le roi attachait du prix. Les bourgeois pour faire oublier qu'ils n'étaient pas nobles et les nobles pour faire valoir qu'ils n'étaient pas des bourgeois se précipitaient à l'Argenterie. Je peinais parfois à satisfaire la demande. Si je m'étais, au début, désolé de ces pénuries, je pris rapidement le parti de m'en réjouir. Car elles faisaient monter les prix, portaient les désirs à leur paroxysme et me donnaient le rôle favorable de celui dont tout dépend. On me remerciait d'accepter de vendre des articles à trois fois leur valeur. Ceux qui m'enrichissaient m'en étaient reconnaissants et j'avais partout des obligés.

Je n'étais pas le seul marchand, mais j'étais celui du roi et il était le meilleur propagandiste de mes talents. De surcroît, j'employai une méthode dont j'avais eu depuis des années l'intuition et qui, à cette échelle, faisait merveille : je consentais des prêts. Il m'avait toujours semblé que l'on dût relier finance et commerce. À l'origine, cette idée, qui me venait de la fréquentation des Léodepart, n'était pas très étayée. J'y avais d'abord vu le moyen de contourner mes difficultés en matière de numéraire. Maître de l'Argenterie, je mesurais désormais la véritable utilité d'être aussi banquier. En consentement des crédits, je rendais accessible ce que les autres marchands se contentaient de proposer au prix fort. L'achat, avec cette méthode, devenait indolore.

Cependant, en recourant à l'emprunt, mes clients se passaient autour du cou un nœud d'abord lâche mais qui, peu à peu, se resserrait. Les bourgeois n'étaient pas concernés par ce péril, car ils disposaient d'assez d'argent pour payer comptant. Mais les nobles et jusqu'aux princes l'employaient largement. Le roi avait lui-même encouragé cette pratique et il m'avait offert sa garantie en cas de difficulté de recouvrement. Il savait ce qu'était le crédit. Jadis, aux temps difficiles, il y avait eu recours, au point de se voir parfois refuser la livraison de certaines commandes par des négociants qui ne lui faisaient plus confiance. Engagé dans une lutte sans merci contre les princes, il avait compris quel usage redoutable il pouvait faire de cet outil. Ceux qui déposaient les armes et le rejoignaient se voyaient comblés de ses largesses. Ils bénéficiaient des services de l'Argenterie, d'abord sous forme de dons, pour sceller la réconciliation. Puis venait le temps des achats et bientôt, pour tenir leur rang à la cour, des prêts et des dettes. En peu de temps, le fier allié était dans ma main, c'est-à-dire dans celle du roi. J'admirais l'habileté avec laquelle celui-ci transformait ses ennemis en obligés, sans se départir de son air de faiblesse, en sorte qu'ils n'avaient pas l'idée de le rendre responsable de leur impuissance.

De cette époque date l'imbrication de mes affaires avec celles du roi, qui me sera reprochée dans la suite, y compris par lui-même. À cette période, nos intérêts étaient complémentaires. Tandis qu'il reconquérait son royaume et arrachait à la Praguerie ceux qui s'étaient ligués contre lui, je m'employais à les neutraliser et à les attacher à sa personne, en les prenant au piège de leurs propres désirs. Le roi m'encouragea par exemple à vendre aux princes et à tous les seigneurs qui le demanderaient de coûteux harnois de chevalerie. Il avait par ailleurs donné l'ordre de multiplier les tournois pendant lesquels ils auraient l'occasion de montrer leur adresse. Grâce au profit de ces ventes de prestige, nous pouvions financer l'équipement des compagnies d'ordonnance. Ainsi, en faisant payer au prix fort par les princes l'entretien d'une chevalerie inutile et dépassée, le roi se donnait les moyens de la remplacer par une armée moderne, qui lui appartenait en propre et qui lui permettrait de les combattre.

Nous fîmes de même avec toutes les autres réformes que le roi entreprit pour asseoir son pouvoir. Je mis ainsi à profit les charges qu'il m'octroya pour lever les impôts sur le sel. Engagé dans le commerce de ce produit et responsable des taxes qui le grevaient, j'amassai de considérables profits dont je fis bénéficier le roi. Il me confia également la responsabilité de plusieurs forteresses et plus tard me donna des subsides pour construire les bateaux qui servaient à mon commerce maritime. Toutes ces aides lui étaient rendues au centuple. À la différence des princes qui employaient les charges royales à seule fin d'augmenter leur pouvoir et de permettre leur désobéissance, je reçus les faveurs du souverain dans l'unique intention de les faire fructifier à son profit. C'est ainsi qu'il put constituer un véritable trésor royal et acquérir les moyens de régner effectivement.

Il me remercia de ces efforts de diverses manières et d'abord en m'anoblissant. C'était un moyen de m'aider dans mon commerce avec les princes. Les seigneurs prirent le prétexte de mon titre pour abandonner tout à fait leurs manières hautaines en ma présence. En réalité, la véritable raison de leur amabilité n'était pas ma nouvelle qualité, qui ne les impressionnait guère, mais ma richesse qu'ils enviaient et dont ils avaient grand besoin.

Car, tout en faisant la fortune du roi, j'assurais la mienne. Qu'on me croie, si je dis que cela n'était pas mon but. Reste que les résultats semblent me contredire. Peu compte, enfin, que je l'aie voulu ou non : le fait est qu'en ces quelques années, j'étais devenu riche.

Il est difficile de se rendre compte de sa propre richesse, quand on n'en fait pas usage. Sans cesse sur les routes pour mes affaires, rejoignant la cour au gré des campagnes du roi, j'étais plus habitué aux mauvaises auberges et aux camps militaires qu'aux palais. Marc faisait de son mieux pour que je dispose toujours de la tenue adéquate. Mais il m'arriva plus d'une fois de dissimuler une chemise sale sous une chasuble de cérémonie. Un jour que nous fûmes arrêtés sur une route en Saintonge par des voleurs, nous trouvâmes à grand-peine dans les fontes de nos selles quelques pièces de billon qui faillirent ne pas les satisfaire. Ils nous relâchèrent finalement, en pestant contre la mauvaise fortune qui leur avait fait mettre la main sur des gens de peu.

Cette simplicité qui confinait parfois au dénuement me plaisait. J'aimais cette légèreté qui me faisait prendre la route sans bagage. L'écheveau de plus en plus emmêlé de mes affaires exigeait des soins constants. J'étais en quelque sorte au service de ma richesse, comme on peut l'être d'un bel animal auquel on réserve toutes ses attentions, pour le seul plaisir de le savoir exister, croître et chaque jour embellir.

Surtout, ma condition de riche errant me donnait le privilège d'être partout chez moi. Je séjournais avec le même naturel et un plaisir égal dans la plus modeste chaumière comme dans le château le mieux gardé. Aucune porte ne m'était close. L'Argentier bénéficiait d'un accueil empressé chez les bourgeois ou les princes ; j'étais reçu avec autant de chaleur et plus de naturel dans de modestes haltes de campagne. Mon nom cependant devint rapidement très célèbre, ce qui m'imposa certaines précautions. Il suffisait que je me fasse connaître pour entrer dans les plus riches demeures, mais je devais soigneusement cacher ma qualité si je voulais continuer d'être traité avec simplicité dans le peuple.

Parfois, la dissimulation était impossible et mon secret révélé. Un soir, près de Bruges, je fus ainsi rejoint par Jean de Villages qui circulait dans les mêmes parages. Il avait pris le parti, lui, d'afficher sa puissance et sa prospérité à tous les instants de sa vie nomade. Sa compagnie d'écorcheurs était richement vêtue. Quatre voitures à sa suite portaient des coffres chargés d'ornements pour ses haltes et de tenues pour lui-même et ses catins. Deux ou trois de ces dames, selon les saisons, caracolaient autour de lui en amazone. Quant à Jean, il arborait autour du cou une chaîne d'or sur laquelle il avait fait monter une figurine qui, de loin, pouvait passer pour la Toison d'or.

Son entrée dans le village où je séjournais ce jour-là avait été précédée par une petite avant-garde de ses mercenaires. Ces insolents avaient fait dégager la rue principale et, pour y parvenir, n'avaient pas hésité à botter les fesses de Marc. Celui-ci avait ameuté en représailles une troupe de paysans qui, sans son intervention, auraient seulement courbé l'échine. Quand Jean de Villages parut, coiffé d'une toque à plumet, accompagné de sa suite de filles, d'assassins et de malles, il tomba sur une véritable bataille rangée. Nous étions arrivés la veille au soir très tard et j'étais encore dans ma chambre à demi endormi lorsque j'entendis des cris dans l'escalier. Jean, au moment de donner l'assaut, avait reconnu Marc. Ils montaient maintenant tous les deux pour me tirer du lit.

En apprenant ma présence, Jean avait immédiatement donné l'alerte à tout le village. Le bourgmestre, l'apothicaire et un chanoine, suivis par l'aubergiste bredouillant, vinrent s'incliner respectueusement devant moi. La révélation de mon nom avait produit un effet que Jean jugeait miraculeux. Il en faisait d'ailleurs largement usage à son profit, se présentant partout comme l'associé de Messire Cœur. Mais c'en était fini pour moi du naturel et de la tranquillité. Je ne pus jamais faire comprendre à Jean que cet aspect de la richesse me rebutait. Les braves gens devant qui il faisait étalage de ma puissance ne pouvaient de toute façon pas m'offrir mieux que ce qu'ils possédaient. Mon oreiller de plume et mon matelas de crin resteraient les mêmes. La seule chose que je gagnerais à faire savoir qui j'étais serait de recevoir les hommages embarrassés d'un ou deux bourgeois, tout disposés à me livrer leur fille, quand ce n'était pas leur femme, dans l'espoir que je fisse retomber sur eux un peu de ma prospérité.

*

Le seul endroit où je ne pouvais décidément pas me soustraire à mon rôle d'Argentier et d'homme puissant était ma bonne ville. Macé y avait poursuivi l'ascension qu'elle avait commencée à une époque où, pourtant, notre richesse était encore modeste et, pour ainsi dire, concevable. Dans ses débuts, elle mesurait ses dépenses à nos moyens et les limites de ceux-ci interdisaient l'excès de celles-là. Désormais, il n'y avait plus de barrières raisonnables à ses entreprises. Il fallait qu'elle découvre en elle la borne de ses désirs. Cette situation nouvelle provoqua un vertige qu'elle traita en allant faire retraite quelque temps dans un couvent.

Elle en sortit avec un plan arrêté. Sa décision était que, pour elle-même, rien ne changerait. Elle continuerait de se vêtir avec simplicité, même si tissus, bijoux et fards étaient de la meilleure qualité. Toute la puissance que nous avions acquise irait à la famille et donc d'abord à nos enfants. Elle traça pour eux des carrières brillantes, souhaitant presque que se dressent sur leur route des obstacles nombreux, pour avoir le plaisir de s'employer à les réduire.

Comme je m'y attendais, elle exigea aussi que nous fissions construire une nouvelle maison. Je crus d'abord qu'elle souhaitait une demeure bourgeoise. Si j'étais prêt à édifier pour elle la plus belle, je ne pensais pas que cela nous mènerait bien loin. Nous eûmes sur ce sujet avant la Noël une explication amicale, conforme à nos nouvelles relations, empreintes de respect et d'un peu de froideur. Macé me fit alors comprendre sans détour ce qu'elle voulait : nous devions avoir un palais.

Je commençai par me récrier. L'ostentation était tout ce que j'avais fui. Je pensais encore en parvenu : il me semblait qu'on tolérait ma réussite, pourvu que mon triomphe fût modeste. Toute prétention au paraître ferait descendre sur moi de toutes parts, et d'abord de celle du roi, des foudres propres à ruiner le fragile édifice de mon entreprise. Le roi ne pouvait-il, avec la même facilité qu'il me l'avait accordé, me retirer le titre d'Argentier ? Toutes les charges que j'exerçais pour lui, en levant des taxes notamment, je les présentais comme des corvées, des services que j'acceptais de lui rendre. Si j'attirais l'attention sur mes revenus, il deviendrait évident pour tout le monde que ces faveurs royales, loin de m'accabler, faisaient ma fortune, et des voix nombreuses s'élèveraient pour que j'en sois dépouillé. Plus que tout, je craignais à vrai dire le roi lui-même. Je savais qu'il y avait en lui un fond mauvais, d'envie et de méchanceté. Faire étalage de trop de luxe et de puissance était dangereux, quand cette puissance dépendait si directement de son bon vouloir. De surcroît, construire un palais, c'était se faire l'égal des princes, qu'il détestait. Macé balaya tous ces arguments d'un revers de main et je compris qu'elle ne céderait pas. Après tout, l'avantage d'une ambitieuse construction était qu'elle prendrait du temps. Entre l'acquisition du terrain et la réalisation du palais, il se passerait des années. Je pouvais espérer que, pendant ce temps, ma situation s'affermirait et que tout le monde, à commencer par le roi, s'habituerait à ma fortune au point d'en tolérer les signes extérieurs.

J'ai dit que notre ville, au temps des Romains, avait été entourée d'une haute muraille. La cité avait désormais dépassé largement cette enceinte. Les constructions neuves, qui étaient édifiées à sa base, prenaient appui sur elle. Par endroits, elle avait été détruite et servait de carrière. Du côté sud, un beau morceau de remparts antiques était encore intact et je me décidai à en faire l'acquisition. Il comportait une grosse tour à l'une de ses extrémités. Au lieu d'un terrain nu, cette propriété avait déjà les apparences d'un ensemble bâti. Quiconque passait devant cette tour disait maintenant : « Voici la future maison de Cœur. » Cela suffirait à apaiser les impatiences mondaines de Macé. J'en profitai pour faire traîner en longueur les formalités d'achat. Comme je n'étais jamais sur place pour signer la vente, l'affaire dura et je fus provisoirement délivré de la menace qu'elle faisait planer sur moi.

Le plus étrange est qu'au moment même où je repoussais le projet somptuaire de Macé, je devins châtelain sans l'avoir ni désiré ni prévu. À vrai dire, cet événement était tout sauf fortuit. À tenir ma bourse ouverte au profit de tant de nobles désargentés, il était inévitable que l'un d'eux, acculé par des créanciers moins accommodants que moi, finirait par abandonner ses propriétés pour éviter la prison. Les prêteurs habiles se saisiraient des terres, qui valent toujours quelque chose. Moi, que la garantie du roi mettait à l'abri, je n'aurais pas trop d'exigences : on me livrerait alors la vieille demeure, c'est-à-dire le bien dont personne ne veut car il ne rapporte rien et coûte beaucoup. Ce fut exactement ainsi qu'on m'attribua mon premier château.

J'en eus bien d'autres par la suite. Il m'est impossible de me les remémorer et d'ailleurs je n'ai même pas pu tous les visiter. Mais celui-là, parce qu'il fut le premier, je ne l'oublierai jamais.

Il ne risquait pas de susciter la jalousie du roi. On ne pouvait m'accuser à son propos d'avoir voulu faire étalage de ma fortune. C'était une propriété de campagne, dissimulée dans un creux de vallée humide, en Puisaye, loin de toute ville. Quatre hautes tours composaient le bâtiment, blotties les unes contre les autres comme des sœurs siamoises. De longues meurtrières griffaient les façades aveugles et semblaient des estafilades reçues au combat. Il était évident, lorsqu'on remontait le chemin qui menait au pont-levis, que ce château n'avait d'existence que pour sa région. Aucun souverain n'avait jamais dû s'y arrêter, ni même s'occuper à lui donner l'assaut. Il avait poussé dans ces sous-bois comme un champignon sur une terre humide.

C'était un vestige de l'ancienne chevalerie qui veillait, aux temps révolus, sur la prospérité des terroirs. J'imaginais des serfs, guère différents des paysans libres qui peuplent maintenant la région et parmi eux un seigneur malpropre et brutal, courageux, sensuel et dévot, qui s'employait à les défendre. Les serfs charriaient des tombereaux de pierres et bâtissaient les quatre tours d'où le seigneur allait régner sur eux.

Les choses ont duré ainsi pendant des siècles. Nulle part, mieux que dans ce château, on ne pouvait sentir ce temps immobile, le retour des saisons, l'écoulement de vies simples, préservées de toute tentation et de toute épreuve par cet ordre immuable. Il n'y avait même pas l'évidence que des seigneurs du lieu eussent pris part aux croisades. Le château et son écrin de champs et de vignobles avaient vécu à l'écart des turbulences du monde. Pourtant, un jour, le monde s'était à ce point déréglé que sa violence avait touché jusqu'à cette extrémité. En écho à la folie du roi, l'ordre s'était effondré. Les serfs désormais libres louaient leur travail au maître. Lui-même, tourné vers la ville, voulait acquérir le superflu, sans lequel le nécessaire lui paraissait fade. La guerre était venue produire ses pillages et le seigneur avait été incapable de protéger ses manants. Finalement, il avait rejoint la cour, où il était ficelé par les dettes, et le domaine était cédé pour s'en acquitter. Abandonnés, trahis, au creux du malheur, les paysans voyaient entrer dans leur château un marchand, un fils de rien, usurier peut-être, moi, signe que les temps anciens étaient bel et bien révolus et que tout devenait possible.

Je restai trois jours dans ce château. Je visitai toutes ses pièces, déambulai des heures dans les combles à ouvrir de vieilles malles, arpentant les chambres à la recherche de souvenirs, d'odeurs, d'objets insolites. Le débiteur avait tout laissé, signe qu'on l'avait pressé ou preuve qu'il ne tenait plus guère à ce lieu trop chargé d'ennui et de passé. Je fis faire un grand feu dans l'immense cheminée de la salle et je restai seul à regarder danser les ombres sur les murs, comme si des revenants défilaient devant moi. Ce fut une expérience presque aussi forte que celle vécue jadis aux portes du désert, près de Damas. J'étais de nouveau au seuil d'un ailleurs mais dont il était certain, cette fois, que je ne pourrais jamais le rejoindre car il appartenait au passé. La nostalgie du temps d'avant, de cette chevalerie si souvent imaginée dans mon enfance, de cette époque d'harmonie qui datait d'avant le roi fou. La même énergie du rêve, qui m'avait conduit vers l'Orient, me faisait dériver maintenant vers d'autres vies, situées dans un passé inaccessible. La différence était pourtant de taille. Quand je rêvais à l'Orient, ma vie n'avait pas pris encore un cours bien défini. Tout était possible. Tandis que, désormais, j'étais engagé très loin sur un chemin et j'y avais déjà obtenu plus que je ne pouvais espérer. Pourtant d'autres vies continuaient de me tenter. À ce moment-là, je crois, j'ai pris conscience qu'aucune existence, si heureuse ou brillante fût-elle, ne me suffirait jamais. Il vient toujours un moment où le rêveur, qui d'ordinaire se croit heureux parce que ses songes l'emportent sans cesse ailleurs, prend conscience de son malheur.

Marc, heureusement, avait remarqué ma mélancolie. Il lui apporta le seul remède qu'il connaissait et qu'il estimait, non sans raison, être souverain pour tous les maux. Le deuxième soir, il fit monter, par le long escalier à vis du donjon, une jeune paysanne rose qui ne parut guère surprise d'être commise au plaisir du châtelain. Elle fit de son mieux pour me ramener à la vie présente. Mais moi je vis dans cette scène un retour des anciens usages seigneuriaux. En sorte que loin de me détourner de mes songes, elle me permit au contraire d'y plonger tout entier.

Je ne revins jamais.

Pendant les années suivantes, je reçus en paiement plusieurs autres domaines. À chaque fois, je tâchais de les visiter, souvent après les avoir acquis, non pour en vérifier la valeur mais plutôt pour renouveler cette expérience troublante qui me faisait séjourner pour un moment dans des replis insoupçonnés du passé.

Je finis par informer Macé de l'existence de ces propriétés. Elle ne manifesta jamais le moindre désir de les connaître. Je compris qu'elle n'était pas attirée par les demeures seigneuriales en elles-mêmes : ce qui l'intéressait, c'était de disposer dans sa ville d'un palais qui consacre son triomphe aux yeux de ceux qui comptaient pour elle. Ma collection de châteaux prit, avec le temps, des proportions considérables et presque ridicules car, non content de recevoir des propriétés en paiement, je me mis à en acheter moi-même. On me présentait des dessins, et s'ils déclenchaient un frisson de convoitise, je payais comptant le bien en question.

Je n'ai jamais su vivre sans disposer ainsi d'une passion qui délivre mon esprit de la tyrannie du présent. Ce fut un bref moment l'amour, quand je connus Macé. Le même sentiment nourrit ensuite mes désirs d'Orient. Puis vinrent ces collections de châteaux forts. Je ressentais cette sujétion comme une infirmité secrète mais nécessaire et surtout délicieuse qui m'aidait à aimer la vie. J'enviais mes compagnons. Jean de Villages savait se satisfaire de l'instant, il ne convoitait rien d'autre que des biens réels et présents. Guillaume, lui, ne jouissait pas des choses. Il vivait en paisible bourgeois. Son activité le tendait vers des abstractions, acheter, vendre, spéculer, importer, investir, mais elles le contentaient. Ni l'un ni l'autre ne comprenait ma passion. Jean y voyait d'heureuses occasions d'organiser des fêtes. Il me demandait souvent de lui prêter telle ou telle de mes propriétés et y menait sa joyeuse compagnie. Guillaume admirait mes capacités d'homme d'affaires, sans comprendre pour autant mes intentions. Il considéra que j'avais sûrement de bonnes raisons de spéculer sur les propriétés seigneuriales, des raisons raisonnables s'entend, c'est-à-dire comparables aux siennes.

Le roi lui-même eut vent de mes acquisitions. Loin d'en prendre ombrage, il en fit un sujet de raillerie. Les vieilles demeures féodales dont je faisais collection ne suscitaient chez lui ni convoitise ni jalousie. Il me fit comprendre qu'il me plaignait et se montra heureux d'avoir décelé en moi un vice, une faiblesse, probable conséquence de ma naissance trop modeste. Le

roi n'aimait rien tant que de disposer sur chacun d'entre nous d'un secret, qui nous rendait
vulnérables. Ainsi continuait-il sans crainte d'afficher sa faiblesse, sachant qu'il pouvait à tout
moment dévoiler la nôtre.

*

Pendant les cinq années qui suivirent la trêve
sur l'Angleterre et jusqu'à la victoire complète
sur les princes, le roi se déplaça beaucoup. Les
réunions du Conseil se tenaient souvent dans
des villes éloignées, sur lesquelles il venait affirmer son autorité. Je m'efforçais de combiner
mes propres déplacements pour le compte de
l'Argenterie avec ces rendez-vous autour du roi.
Mais j'y parvenais rarement et je le rencontrais
donc assez peu. Une fois, cependant, il exprima
le désir que je l'accompagne. Il devait se rendre
en Languedoc et savait que j'avais là-bas des affaires.

Nous partîmes de Blois. Ce n'était pas une
campagne militaire puisque ces provinces du
Sud lui avaient toujours été fidèles. Le roi était
pressé de rentrer et voulait aller vite. Il avait
commandé pour ce voyage une escorte légère,
tout juste suffisante à nous garder des troupes
d'écorcheurs que nous aurions pu croiser. En
somme, j'étais pratiquement seul avec le roi.

Nous passâmes ces deux semaines ensemble,
dans une proximité que je ne retrouvai jamais
plus avec lui. J'oubliais parfois qui il était quand

nous riions aux histoires qu'il racontait, quand nous lancions nos chevaux au galop dans les landes, quand nous nous enroulions dans des couvertures de peaux, le soir, autour du feu de camp. L'été venait ; les nuits étaient chaudes, semées de comètes. Nous nous lavions dans des ruisseaux à peine froids. Comme j'étais seul admis dans sa compagnie pendant ces toilettes, j'eus le privilège d'apercevoir son corps déformé par les privations d'enfance, sa peau bleue sans chaleur, son dos voûté. Je savais que la révélation de ces misères, qui semblaient ne pas l'incommoder, était une grave transgression qu'il me reprocherait un jour. En échange, je livrais à ses regards le secret de mon torse enfoncé, mais je sentais bien que cette menue monnaie ne rachetait pas mon crime.

Plus j'apprenais à le connaître, plus je mesurais à quel point il était dangereux, blessé, jaloux, méchant, ne laissant à personne le loisir de lui échapper. Je savais déjà tout cela et j'en pressentais les effets, mais j'étais incapable de m'en protéger.

Il est une chose que je découvris pendant ce voyage, c'est la capacité qu'avait Charles d'écouter. Ses idées ne naissaient pas seulement de réflexions personnelles ou d'intuitions. Elles procédaient du lent décryptage d'innombrables paroles entendues. Quand un sujet l'intéressait, il prenait les rênes de la conversation, posait des questions, guidait votre témoignage. Cette maïeutique opérait ses effets sur moi et je me surprenais, en lui parlant, à découvrir en moi-même les idées nouvelles qu'il avait su me faire formuler et peut-être même concevoir.

Ainsi nous eûmes un soir une longue conversation sur la Méditerranée qui nous tint presque jusqu'à l'aube. C'était, je m'en souviens parfaitement, dans un bourg des Cévennes. Nous avions fait halte dans une maison forte, à mi-pente. D'une terrasse qu'avait aménagée le propriétaire, on voyait la plaine du Rhône et dans une brume, au loin, se devinaient les premiers contreforts des Alpes. Le lieu était idéal pour tracer de grandes perspectives. Charles, que le vin sucré avait relâché, était bien calé dans un fauteuil en osier. J'étais assis à la table de pierre sur laquelle nous avions dîné. J'avais repoussé les assiettes et les verres et je me tenais penché en avant, les coudes posés sur la table. Quand la pénombre envahit le coteau, le roi refusa qu'on allume des bougies et nous continuâmes à discuter dans une obscurité quasi totale. Il regardait les milliards d'étoiles que la nuit profonde et sans lune faisait ressortir. Il n'y avait plus ni souverain ni serviteur, seulement le vaisseau du rêve à bord duquel nous avions tous les deux embarqué et que poussait un grand vent d'espoir, comme en fait monter le corps quand il est reposé et repu.

C'est lui qui m'avait demandé de l'entretenir de la Méditerranée. Je commençai par lui décrire le rivage de par ici et lui rappelai d'abord qu'il était l'un des quatre maîtres qui se partageaient cette côte.

— Quatre ! Et qui sont les autres ?

Je lui jetai, sans cesser de sourire, un regard soupçonneux. Avec lui, il était toujours difficile de savoir si ses questions recelaient des pièges. Que savait-il au juste de la Méditerranée ? Il me semblait impossible qu'il n'eût pas quelques notions sur la situation. En même temps, il avait porté si exclusivement son attention sur la guerre avec les Anglais, il avait tant de soucis avec la Bourgogne, les Flandres et bien d'autres provinces du Nord qu'il avait peut-être en effet de graves lacunes en ce qui concernait les affaires méridionales.

— Supposez, commençai-je prudemment, que nous poursuivions notre chemin vers la mer dans cette direction.

Je pointai du doigt le sud, vers lequel s'ouvrait la vallée. La nuit n'était pas encore venue. Le roi tenait les yeux écarquillés comme pour dissiper la brume mauve dans laquelle s'abîmait le fleuve.

— Arrivés à la côte, imaginez qu'à votre droite, vous entrez chez le Catalan, que vous n'aimez guère : Alphonse, roi d'Aragon et de Sicile. Il dispose d'une flotte de commerce mais aussi de corsaires qui attaquent et pillent ce qu'ils rencontrent.

— Du vin ! commanda Charles.

Il buvait peu et par petites gorgées, mais j'avais déjà observé que la tension nerveuse augmentait sinon son plaisir du moins son désir d'avoir recours à la boisson.

— Et à gauche ?

— À gauche, d'abord, vous trouverez le port de Marseille qui est au duc d'Anjou, comme toute la Provence.

— René.

— En effet, le roi René.

Charles haussa les épaules et siffla :

— Le « roi » René. N'oubliez pas qu'il est mon vassal.

— En tout cas, sur ces mers, il se conduit plutôt comme un concurrent. Il peut bien vous rendre son hommage féodal, il continue de rivaliser avec vous sans merci dans le domaine commercial.

— Je ne suis pas obligé de me laisser faire.

— Certes.

Je savais que cette idée lui plaisait. Charles n'était pas un féodal. Il haïssait cet ordre qui faisait de lui le premier des princes, mais lui refusait les moyens de devenir un roi. Son alliance avec les bourgeois de mon espèce, son envie de briser les grands barons, son intention de disposer d'un instrument financier, d'un négoce puissant, d'une armée bien à lui, c'était tout cela que j'admirais en lui.

— Et le quatrième ?

— Après la Provence, plus loin sur cette côte, c'est Gênes.

— Gênes, répéta-t-il pensivement. Est-ce une ville libre ? Je n'ai jamais rien compris à l'Italie.

Réflexion typique d'un roi de France. Le duc de Bourgogne n'aurait pas parlé ainsi. Parmi les héritiers de Charlemagne, celui qui régnait à Dijon regardait depuis toujours vers le sud et connaissait les affaires de la péninsule italienne. Le roi de France, lui, fixait les yeux sur l'Angleterre. Mais la question de Charles montrait que les choses allaient peut-être changer. S'il parvenait à se délivrer définitivement de la menace anglaise, le roi de France pourrait enfin tourner le regard vers l'Italie. Je le désirais passionnément. J'ai toujours pensé que la France pouvait jouer un grand rôle dans cette région. Tout à l'idée de faire du royaume le nouveau centre du monde, je ne pouvais concevoir ce centre sans Rome. Or l'Italie divisée était ouverte à notre conquête. Le prince catalan beaucoup moins puissant que Charles VII n'avait-il pas conquis la Sicile et le royaume de Naples ? Je me gardai d'expliquer tout cela trop nettement, de crainte que le roi ne prenne peur. Je me contentai d'un premier pas dans cette direction.

— Gênes a toujours eu besoin d'un protecteur. Certains, dans cette ville, seraient heureux que ce soit vous, Sire.

À la manière dont le roi, strictement immobile, cligna des paupières, je compris qu'il avait parfaitement saisi l'intention et la portée de ma remarque. Comme à son habitude, il dissimula son intérêt, mais j'étais bien certain qu'il y reviendrait.

— Et plus loin que Gênes, qu'y a-t-il ?

— Rien qui compte sur la mer. Florence n'a pas de flotte et le pape, à Rome, ne regarde pas vers son port. Le seul rival de Gênes est situé de l'autre côté de la Péninsule, sur l'Adriatique. C'est Venise.

Le roi me posa encore bien des questions de détail sur les quatre flottes qui se partageaient les côtes de Barcelone jusqu'à Gênes. Il m'interrogea longuement sur les ports du Languedoc. Je lui parlai de Montpellier et de son chenal à mon avis sans avenir, jusqu'à Lattes. Il était curieux d'entendre la glorieuse histoire d'Aigues-Mortes. Mais il changea de sujet quand je décrivis l'ensablement du port, comme si cette évocation de l'œuvre des siècles et peut-être la mémoire de Saint Louis le plongeaient dans la mélancolie. Ce n'était pas la première fois que je sentais en lui cette peur viscérale du temps. Lui qui supportait les privations, les échecs, les trahisons, cédait à une peur panique devant la perspective de la mort. Avec le recul, j'y vois une certaine cohérence. Sa force était d'attendre et de placer son espoir dans les changements que porterait l'avenir. À partir du moment où il prenait conscience de sa finitude, le temps n'était plus de son côté. Privé de cet allié, il devenait vulnérable, et ce qu'il acceptait comme provisoire lui devenait insupportable, dès lors qu'il n'aurait plus le temps de s'en délivrer.

La nuit était déjà bien noire quand il mit la conversation sur l'Orient. La servante qui avait apporté du vin n'était pas repartie. Je la distinguais mal dans la pénombre, mais il me semblait qu'elle se tenait debout à côté du roi et que, tout en parlant, il lui caressait la jambe.

— En Orient, dis-je, ils sont quatre aussi. Tous ennemis deux à deux...

— Expliquez-vous.

— C'est simple. La plupart des gens vous diront qu'en Terre sainte la chrétienté affronte les mahométans.

— C'est le sens que l'on donne en général aux croisades : vous n'êtes pas de cet avis ?

— Si, bien sûr. Mais à parler ainsi, on néglige une autre rivalité qui n'est pas moins violente.

— Laquelle ?

— Celle qui oppose deux groupes au sein de chaque camp.

— Les mahométans sont divisés ?

— Profondément. Le sultan d'Égypte qui règne jusqu'à Damas et en Palestine n'a pas de pires ennemis que les Turcs installés en Asie Mineure.

— Est-ce à dire que nous pourrions utiliser l'un contre les autres ?

— C'est sans conteste. Les marchands qui viennent d'Europe reçoivent un bon accueil au Caire.

— Ne dit-on pas que les chrétiens qui demeurent encore en Terre sainte subissent toutes sortes de vexations ?

— Les Arabes s'en méfient, c'est certain. Mais il faut dire, sans les excuser, que les partisans de la croisade n'ont pas renoncé, à commencer par votre cousin Bourgogne. Et ils continuent de se tromper d'ennemi. Ils trouvent les Turcs sympathiques et en veulent aux Arabes d'occuper Jérusalem. Pourtant ce sont les Turcs qui empêchent les pèlerins de se rendre en Palestine et ce sont eux qui pénètrent en Europe et progressent dans les Balkans.

— Et les royaumes chrétiens, sont-ils divisés aussi ?

— Bien sûr. Tous ceux qui vous parleront de la « chrétienté » et de son combat contre les disciples de Mahomet pensent à Byzance aux abords de laquelle campent les armées turques.

— Est-ce faux ?

— Non pas. Mais cette propagande arrange au premier chef le Basileus qui aime se présenter comme le dernier rempart contre l'islam. La réalité est qu'il passe au moins autant de temps à se battre contre d'autres chrétiens.

— Et qui ose ainsi l'attaquer ?

— Nos amis latins, Gênes, Venise, et si les Catalans ne s'y mettent pas, c'est qu'ils se réservent pour des coups de main opérés par leurs vaisseaux corsaires.

La lune n'avait toujours pas paru, mais nos yeux s'étaient habitués à l'obscurité. Je distinguais la servante, qui était debout derrière le roi. Il avait guidé ses mains et elle lui massait les épaules. Plusieurs de ses maîtresses m'avaient confié qu'il avait grand besoin de telles manipulations. Elles seules semblaient à même de le délivrer de l'effroyable tension qui le tordait en tous sens. Je compris que, loin de le distraire de mes propos, les gestes de la servante lui permettaient de déposer le fardeau de ses douleurs et le laissaient libre de m'écouter avec la plus extrême attention.

— Si Constantinople est menacée sur terre par les Turcs, poursuivis-je, elle subit de constants revers dans les îles du fait des Latins.

Le roi me demanda de nombreux détails sur les rivalités commerciales et territoriales entre Constantinople et les villes italiennes. Ses questions étaient si précises et, à certains moments, si anecdotiques, que j'eus de nouveau le sentiment qu'il se livrait à un jeu. Mon assurance sur ce sujet constituait un défi pour lui et il cherchait sans doute à me mettre en difficulté. Il y parvint et, à plusieurs reprises, je dus avouer que j'ignorais les réponses. Il eut alors un petit rire de satisfaction. Après un de ces échecs, il se leva, remercia la servante en lui caressant la joue et partit se coucher.

Durant les deux semaines de notre voyage, il continua de m'interroger. À Montpellier, il demanda à voir une galère et monta même à bord pour en inspecter le chargement. La ville lui réserva un accueil de souverain, mais il fit écourter les cérémonies, augmentant du même coup le temps dont il disposait pour voir les installations de commerce, s'entretenir avec des patrons de navire, des marchands et jusqu'aux rameurs des galères qu'il interrogea sur leur travail. C'était encore à l'époque des gens libres, même s'ils n'appartenaient pas, on s'en doute, à la meilleure espèce. Ils s'engageaient souvent pour fuir une peine de prison voire pire dont la justice leur faisait grâce pourvu qu'ils se tiennent pendant quelques traversées à leur banc et à leur rame.

Je rentrai de ce voyage avec le sentiment de m'être rapproché du roi. Mais par un effet de sa personnalité, plus la distance diminuait avec lui, plus l'incompréhension augmentait. Aux yeux de tous, j'étais à l'évidence entré dans le cercle envié des familiers. J'avais plutôt, moi, la certitude d'avoir pénétré dans une région dangereuse, comme un homme qui, pour percer un secret, s'enfonce si profondément dans un souterrain que toute retraite lui est désormais coupée et qu'il est à la merci de dangers d'autant plus redoutables qu'ils sont imprévisibles et inconnus. Je n'avais pas non plus l'impression que notre proximité l'avait fait mieux entendre mes opinions. Sur tout ce qui concernait en particulier la situation en Méditerranée et en Orient, je parvins à la conclusion que le roi s'était amusé à me faire parler. Il avait poussé ses questions jusqu'à mettre à nu mon ignorance mais, ensuite, n'en avait plus reparlé.

*

Je pris part au premier Conseil à notre retour sans savoir quels sujets le roi comptait aborder. Mon étonnement fut à son comble quand il énuméra une série de mesures qui procédaient exactement des conversations que nous avions tenues. Il fit un tableau précis de la situation italienne et ce sujet surprit tous les assistants qui étaient accoutumés depuis si longtemps à n'entendre parler que de l'Angleterre et quelquefois des Flandres et de l'Espagne. Il exposa les fondements d'une politique qu'il allait méthodiquement exécuter pendant les années suivantes et dont je serais pour partie l'instrument. S'agissant des mahométans, il affirma que nous devions accorder le plus grand prix aux bonnes dispositions du sultan à notre égard. Cette mention était le fruit de ses conversations avec les marchands de Montpellier qui avaient rencontré au Caire le souverain arabe. Les assistants restèrent impassibles en entendant ces déclarations. Après tout, l'interdiction du commerce avec les Maures qu'avaient proclamée les papes souffrait des exceptions et le Languedoc, justement, disposait du droit limité de commercer avec eux. Pour autant, l'idée que le roi de France pût entretenir avec l'infidèle qui occupait les Lieux saints des relations cordiales choquait au plus profond d'eux-mêmes les auditeurs. Le roi ajouta qu'il me chargeait de faire construire et d'armer des galées de France qui circuleraient pour le compte de l'Argenterie. Et il ordonna de faire savoir à la justice qu'elle devait désormais pourvoir au recrutement en nombre des galériens. Il ne suffirait plus que leur peine leur soit remise s'ils choisissaient de s'embarquer. Les tribunaux devraient

faire figurer les galères parmi les punitions auxquelles ils condamneraient et en faire usage largement.

Une fois de plus le roi voyait loin. Il ouvrait la
France vers la Méditerranée et l'Orient et l'engageait dans les affaires italiennes. Ces décisions
confirmaient qu'il m'avait écouté et compris.
Elles dépassaient même mes propres attentes.

Je me jetai dans le combat pour donner corps
aux intentions du roi. Je rassemblai Jean et
Guillaume ainsi que les grands facteurs de l'Argenterie pour les tenir informés de cette révolution.

En nous lançant vers l'Italie, le roi rendait
possible un projet que nous avions souvent évoqué au sein de l'Argenterie, mais en craignant
de ne pouvoir le mettre tout de suite à exécution. Nous qui vendions des marchandises, nous
étions bien conscients de dépendre de ceux qui
les produisaient. Si d'aventure nous pouvions
devenir nous-mêmes des fabricants, nous en ti-
rerions de grands avantages. Pour la matière la
plus précieuse et dont nous étions désormais de
grands acheteurs, la soie, nous devions suivre
l'exemple des Italiens. Ceux-ci avaient découvert ce matériau en Chine et, pendant longtemps, l'avaient fait venir de là-bas à grands frais
et avec beaucoup de pertes. Un jour, ils avaient
percé le secret de sa fabrication et désormais ils
travaillaient le produit chez eux. C'est ainsi que
Florence était devenue la plus grande ville de
soyeux de toute l'Europe. Si, à notre tour, nous

étions capables d'entrer dans le cercle fermé des fabricants de soieries, nous cesserions de dépendre des autres pour nous approvisionner. Nous maîtriserions les qualités, les quantités et les prix.

C'est ainsi qu'obéissant aux intentions politiques du roi et, en même temps, poursuivant les intérêts de l'Argenterie, je me tournai vers l'Italie. Au printemps, je partis pour Florence.

Cette fois, il me fallait convaincre et faire impression sur des gens que je ne connaissais pas. Je disposais seulement de quelques relations dans le milieu des changeurs. Guillaume avait fait affaire pour une cargaison d'épices avec deux gros négociants de la ville, mais sans jamais s'y rendre. Je choisis donc d'arriver, contrairement à mon habitude, en grand équipage et de faire étalage de mes titres. Les Italiens, à ce que j'en savais, goûtaient moins que nous la simplicité ou, plutôt, ils la plaçaient ailleurs. La politesse, pour eux, consiste à tenir son rang, et ce qui nous paraît ostentation n'est à leurs yeux qu'un repère commode donné par une personne pour que les autres puissent immédiatement situer son rôle dans le grand théâtre de la société. Cette mise au point faite, il était possible et même apprécié de se comporter avec affabilité et naturel. Chez nous, le procédé est souvent inverse. Les grands personnages se donnent une apparence de simplicité mais, pour faire tout de même reconnaître leur importance, ils sèment leurs propos d'insolences et de marques de vanité.

Sitôt les Alpes franchies, je pris soin de revêtir de riches vêtements. Mon cheval reçut des soins et fut harnaché de velours avec force gourmettes d'or et pompons chatoyants. L'escorte de dix lansquenets qui m'accompagnait portait une tenue uniforme, tout en cuir fauve. En vue de Florence, nous déployâmes des oriflammes. L'un était aux armes du roi de France et l'autre portait mon blason personnel, figurant trois cœurs et des coquilles Saint-Jacques. J'avais pris soin de me munir d'un interprète. C'était un vieil homme qui avait servi jadis auprès d'un banquier lombard à Paris, avant que les Armagnacs n'expulsent tous les membres de la finance italienne de la capitale. Il avait accompagné son maître dans diverses villes de la Péninsule et me fit d'utiles descriptions de Florence.

J'étais préparé à ce que j'allais voir. Pourtant, ce fut un choc pour moi de découvrir cette ville. Je peux même dire que ma surprise et mon émerveillement ont égalé et peut-être dépassé ce que j'avais ressenti en Orient. J'entrai dans une cité qui s'était développée avec harmonie, avait été épargnée par les guerres qui avaient ruiné la France. La beauté des palais et des églises, à commencer par le merveilleux Duomo couvert de marbres colorés, me stupéfia. Le même raffinement que j'avais apprécié en Orient avait cours sous ce climat doux et ensoleillé, mais au lieu des déserts arides qui entouraient les villes du Levant, Florence était cernée de collines verdoyantes. Partout, des vestiges antiques rappelaient que la civilisation vivait là depuis de nombreux siècles. Cependant, tandis qu'en Orient la civilisation, venue aussi de loin, semblait figée dans son raffinement, à Florence, elle ne cessait d'évoluer et de se perfectionner.

La ville débordait d'énergie, d'activité, de nouveautés. On entendait dans toutes les rues le bruit des chantiers. Tailleurs de pierre, maçons, couvreurs, menuisiers ne cessaient d'ajouter de nouveaux palais au réseau déjà serré des édifices. Je compris rapidement qu'il n'existait pas dans cette cité libre la différence que nous connaissions chez nous entre nobles et bourgeois. Cette particularité rejaillissait sur les usages en matière de fortune et notamment de construction. En France, palais et châteaux sont pour la plupart l'héritage des nobles, qui n'ont d'ailleurs plus les moyens ni de les entretenir ni d'en construire d'autres. Quant aux bourgeois, leurs ambitions sont plus limitées que leurs finances : ils craignent toujours de se hausser à une altitude que leur naissance leur interdit d'atteindre. À Florence, la richesse ne connaît ni pudeur ni interdit. La seule précaution que prennent ceux qui en font étalage est de veiller à ce qu'elle revête les apparences de l'art. La beauté est le moyen qu'emploient les puissants pour partager leur richesse avec le peuple.

Nulle part je n'avais vu autant d'artistes et

aussi célébrés. La foule s'assemblait pour admirer de nouvelles statues érigées sur les carrefours. On voyait des ouvriers transporter par toute la ville de grands tableaux destinés à de nouveaux palais et chacun leur faisait place avec respect. Les fidèles se pressaient à l'église autant pour y entendre la messe que pour admirer le nouveau retable d'un maître-autel ou le dernier motet composé pour un chœur. Je notai que plusieurs des artistes de renom dans la ville provenaient de Constantinople ou avaient fui des villes de Grèce ou d'Asie Mineure. Le lien que je faisais intuitivement entre les splendeurs de l'Orient et celles de Florence n'était donc pas fortuit. Le mouvement de la civilisation du Levant vers l'Occident n'était pas une chimère : il était d'ores et déjà en marche. Il ne tenait qu'à la France de s'en inspirer.

Curieusement, il y avait pourtant peu de Français dans la ville. Si les Florentins, par l'activité de leur négoce, allaient volontiers vers l'étranger et jusqu'aussi loin que la Chine, il semblait que leur ville attirait peu. Je craignis d'abord que cette absence ne marquât une grande difficulté pour un étranger à se fixer dans la cité. Je me rendis vite compte du contraire. Pourvu qu'on ne montrât aucune arrogance mais qu'on ne dissimulât pas non plus sa richesse et sa puissance, on était bien accueilli. En somme, il fallait s'adapter aux mœurs de cette cité de marchands et de banquiers. Le maître était l'argent, et le pouvoir était à proportion des moyens dont on disposait. Mes fonctions à la cour de France, plus encore ma qualité de négociant et de financier, et surtout le train que je décidai de mener dès mon arrivée m'ouvrirent toutes les portes. Je ne restai dans une hôtellerie que quatre jours, le temps de louer au prix fort le palais qu'une veuve ne pouvait plus occuper depuis la mort de son mari et la ruine de son activité. Je m'inspirai de Ravand et de Jean pour installer en peu de temps une petite cour autour de moi et commencer à recevoir des visiteurs.

Dans les lieux où règne l'argent, il ne reste jamais immobile. Chacun cherche à l'acquérir et il suffit d'en faire étalage pour voir affluer vers soi toute sorte de gens empressés à proposer leurs services. Je compris vite que tout était à vendre, les objets, bien sûr, mais aussi les corps et même les âmes. Dans l'air flottait un peu le parfum de corruption que j'avais senti à Paris, cependant avec une bonne humeur et, oserai-je dire, une sincérité dans la filouterie qui me rendit tout de suite le lieu sympathique.

L'interprète, qui me servait aussi d'intendant, reçut dès les premiers jours les offres de services de plusieurs cuisiniers, d'une dizaine de femmes de chambre, de fournisseurs en tout genre. Il fit le tri dans ces propositions et, en moins d'une semaine, la maison grouillait de domestiques, les caves se remplissaient de vin d'Asti, les cuisines regorgeaient de jambon et de victuailles fraîches.

À cette époque, j'avais déjà mis au point la méthode qui me servirait toujours en affaires.

J'y tenais un rôle réduit quoique essentiel : celui de choisir les hommes. D'aussi loin que je me souvienne, j'ai toujours agi ainsi. Une vision me porte vers un projet. Ce projet suppose maintes actions quotidiennes, une aptitude à compter, à surveiller, à ordonner dont je ne dispose qu'en quantité très limitée. La solution est de trouver un homme, de lui transmettre mon rêve comme un pesteux infecte ses proches et de laisser se développer en lui la maladie. Ainsi ai-je fait partout en France, des Flandres à la Provence, de la Normandie à la Lorraine. Mon entreprise était en vérité une troupe de déments, contaminés par mes idées et qui se dépensaient sans compter pour les faire entrer dans la réalité. A fortiori à l'étranger et dans ce milieu inconnu qu'était Florence, il n'était pas question pour moi d'entrer seul dans la forêt d'épines de lois faites pour être tournées, de règles souffrant plus d'exceptions que de cas d'école, de marchands liés les uns aux autres par de mystérieuses relations de parenté, d'alliance ou de complots. Il me fallait un associé.

Au cours de ces semaines de soupers brillants, de réceptions, de fêtes, je rencontrai toute sorte de gens du métier. La nouveauté pour moi était de découvrir une société sans repère, à cause de l'absence d'un souverain. En France, quelles que fussent les infortunes du roi, elles n'ont pas mis en cause son rôle suprême. La cour s'ordonne autour de lui et chacun brille de l'éclat que cet astre central répand dans son voisinage et jusqu'aux extrémités les plus obscures du royaume. À Florence rien de cela : de grandes familles, au premier rang desquelles les Médicis, et une infinité de nobles grands et petits dont l'ordre était rien moins qu'évident. Il semblait que l'illustration d'un personnage résultait de divers facteurs : son origine et sa parentèle, bien sûr, mais aussi et peut-être surtout ses propriétés et sa fortune.

Ce mélange était très nouveau pour moi. Je venais d'un monde longtemps dominé par la terre, ceux qui la possèdent et ceux qui la travaillent. La tradition féodale fixait à chacun sa place parmi les trois ordres de la terre, du labeur et de la prière. Hors de là, rien ne comptait. C'est pourquoi les négociants et les artisans n'avaient longtemps occupé qu'une place méprisée, vouée à ces activités viles que sont l'échange, l'usure, la fabrication. Peu à peu, les bourgeois et les métiers de l'argent avaient conquis leur place, au point de se voir confier aujourd'hui, en particulier avec Charles VII, les rôles les plus éminents. Cependant, il restait en nous, marchands, quelque chose de ces temps anciens : la vague certitude de ne pas appartenir à l'ordre des élus de Dieu.

À Florence, tout à coup, j'eus la révélation que ces deux mondes pouvaient non pas s'exclure mais s'unir. L'aristocratie florentine tient pour une part à l'ordre féodal. Elle possède châteaux et champs, s'enracine dans la terre. Et, en même temps, elle ne connaît pas le mépris du

travail. Elle ne s'interdit pas de pratiquer le négoce ou l'industrie. Loin de dédaigner la richesse, elle l'a captée. Ainsi s'opère ce curieux
mélange qui m'a, en quelque sorte, réconcilié
avec les deux ordres que je croyais incompa-
tibles.

Pour autant, en se mêlant, ces deux qualités
de noblesse et de richesse s'altèrent. Elles font
naître une humanité singulière qui ne ressemble ni aux seigneurs ni aux négociants de
chez nous. J'étais à l'aise avec ces personnages
élégants et affables, mais en même temps je ne
pouvais me déprendre d'une troublante impression : je ne les comprenais pas mieux qu'ils ne
me comprenaient eux-mêmes. Il me fallait un
intermédiaire de confiance.

Ce fut toujours l'étape décisive dans l'exten-
sion de mes affaires. Combien de fois suis-je
resté ainsi des jours voire des semaines entières,
dans des villes inconnues, entouré de gens empressés à me servir, m'offrant leurs relations,
leur fortune, dans le seul espoir de rejoindre la
« maison Cœur » et d'en devenir l'agent ? Je
peux faire mon choix dès l'arrivée et il m'est
advenu de m'y résoudre ou d'y être contraint.
Mais la plupart du temps, j'attends. Je ne saurais
dire quoi, encore moins qui. Je sais seulement
qu'à un moment donné, un signe me fera distinguer celui ou celle en qui je placerai ma
confiance. Il m'est arrivé de me tromper et plus
souvent encore d'être trompé. Quand j'y pense
aujourd'hui, ce fut toujours par des individus

auxquels je m'étais résolu de mauvaise grâce de m'attacher et pour lesquels le signal perçu par ma conscience avait été faible voire inexistant.

À Florence, le signe fut clair et je n'hésitai pas.

*

Nicolo Piero di Bonaccorso arriva dans ma maison au bras de sa plus jeune sœur. Je ne sus jamais qui les avait invités et je soupçonne encore aujourd'hui une petite manigance de Marc pour conduire cette jeune beauté jusqu'à mon lit. Il perdait son temps. À Florence, peut-être parce que je m'étais présenté sous ma véritable identité et en grand apparat, je ne tenais pas à me rendre vulnérable à cause d'une intrigue féminine. Dans cette société, les femmes me semblaient encore plus dangereuses que les hommes. Il ne fallait pas longtemps pour voir qu'elles régnaient sur cette cité de jalousies et de plaisirs. Je ne tenais pas ma résolution sans effort, car les Florentines étaient charmantes et habiles, d'une grande beauté naturelle que rehaussaient encore les parures d'or et de soie qui faisaient la fortune de leur ville. La jeune fille qu'escortait son frère ne faisait pas exception. Elle semblait modeste et réservée, bien incapable de perdre un homme. Depuis ma mésaventure avec Christine à Paris, j'en venais à considérer de telles qualités comme autant de raisons supplémentaires d'être sur mes gardes.

Je ne sais pourquoi, ce qui m'inquiétait chez la sœur, le naturel et la simplicité, m'intéressait chez le frère. En discutant avec ce Nicolo, je ne tardai pas à me dire qu'il était certainement celui que la Providence me destinait. Il avait une vingtaine d'années de moins que moi mais beaucoup plus d'aisance que je n'en avais à son âge. Par la famille de sa mère, il venait du milieu des soyeux. Il était également apparenté aux Médicis d'une manière indirecte. À la différence des hommes plus âgés qui avaient été informés de ma venue et connaissaient mes fonctions auprès du roi, il ignorait tout de moi. Quand je le mis au courant de mes projets, il s'enthousiasma très sincèrement. Il me donna mille conseils, imagina déjà les tissus florentins entrer plus largement en France. Il rêvait de connaître notre pays.

Je décidai d'en faire mon agent à Florence. Bien m'en a pris. Il n'a pas fallu deux ans pour qu'il parvienne à m'enregistrer dans le corps des métiers le plus puissant, celui de l'Art de la Soie. Je prêtai serment comme le ferait plus tard mon plus jeune fils Ravand, et également Guillaume. Notre maison n'atteignit jamais la taille de celle des Médicis, mais tout de même, nous tenions très honorablement notre place. L'effet presque immédiat fut de faire passer en France nos draps de soie et d'or. Ils cheminaient à dos de cheval à travers les cols des Alpes et rejoignaient nos succursales de Lyon, de Provence et bien sûr l'Argenterie à Tours.

La demande était énorme. La trêve avec l'Angleterre durait et la soif de bonheur ne connaissait pas de limite. Je peinais à satisfaire tous ceux qui faisaient appel à l'Argenterie. On me remerciait quand j'y parvenais et j'avais, en livrant des robes, l'impression de sauver des vies. Faute de liquidités, je prêtais, et tout ce que la cour de France comptait d'important fut bientôt mon débiteur.

Florence m'avait transformé. Pour la première fois, en en revenant, j'eus l'idée non seulement d'accroître ma richesse mais aussi d'en faire usage. Auparavant, l'argent n'était que le produit de mon activité. Je n'agissais pas en vue de l'obtenir et, je l'ai dit, ma vie quotidienne, sauf exception nécessaire, restait simple et frugale. À Florence, j'eus la révélation d'autre chose. Ce n'était ni le goût du confort ni l'attrait du luxe. À vrai dire, c'était un rêve de plus, mais qui venait à point nommé, au moment où mes autres projets commençaient, en se réalisant, à perdre de leur puissance en moi.

Comment expliquer cette découverte ? Je pourrais la résumer en lui donnant un nom et dire que Florence m'avait apporté la révélation de ce qu'est l'art. Mais cela ne suffit pas. Il me faut être plus précis. Jusque-là, je ne connaissais qu'un art, qui était celui de l'artisan, de mon père par exemple. Maîtriser les moyens de transformer les choses brutes en objets utiles, solides et beaux, ainsi faisaient les pelletiers et les tailleurs, les maçons et les cuisiniers. Cet art-là pouvait se perfectionner mais, dans l'ensemble, il s'héritait. On le transférait de maître à élève, de père en fils. À Florence, j'appris à faire la différence entre l'art des artisans, qui était d'un grand raffinement, et l'art des artistes, dans lequel se reflétait autre chose : le génie, l'exception, la nouveauté.

Là-bas, je fréquentai beaucoup les peintres. En les observant, je perçus clairement la limite entre deux ordres : celui de la technique et celui de la création. En broyant leurs couleurs, en préparant les matériaux pour peindre a tempera, à fresque ou à l'huile, ils n'étaient encore que des artisans. Certains le restaient lorsqu'ils exécutaient des œuvres convenues qui s'inspiraient de modèles bien connus. Mais d'autres, à un moment de leur création, s'écartaient de ces références, dépassaient la technique qu'ils maîtrisaient et donnaient libre cours dans leur œuvre à quelque chose d'autre. Ce quelque chose, je le reconnaissais : c'était l'immense domaine du rêve. L'humanité tient de lui sa noblesse. Nous sommes humains parce que nous avons accès à ce qui n'existe pas. Cette richesse n'est pas donnée à tous, mais ceux qui cheminent jusqu'à ce continent invisible en reviennent chargés de trésors qu'ils font partager à tous les autres.

Je parle des peintres, car j'ai sans doute été particulièrement sensible à leur génie. Je pourrais citer les architectes, les musiciens, les poètes. Ces artistes étaient beaucoup moins nombreux que les simples artisans. Mais leur activité était comme un moteur qui faisait avancer toute la ville. Il y avait là une grande différence avec l'Orient. Je comprenais ce que j'avais ressenti à Damas. Tous les raffinements, toutes les richesses convergeaient vers cette cité, toutefois ils s'y déposaient de façon inerte. Rien de nouveau n'apparaissait. La ville avait dû connaître un âge d'or ; il semblait terminé. Elle vivait sur les acquis de ces temps révolus. À Florence, au contraire, la nouveauté était partout. La cité avait été chercher fort loin des richesses et des techniques, comme la culture du ver à soie venue de la Chine. Elle ne s'en contentait pas. Encore lui fallait-il transformer, dépasser, créer ; c'était une ville d'artistes.

Je rentrai en France persuadé qu'il nous fallait non seulement acquérir des richesses, mais que nous ne deviendrions véritablement à notre tour le centre du monde que si nous parvenions jusqu'au domaine souverain de l'art et de la création. C'est aujourd'hui une idée courante. Elle était neuve.

On a peine à s'imaginer le chemin parcouru ces dix dernières années. À l'époque de la trêve avec l'Angleterre, nous sortions de près d'un siècle de guerre et de ruine. Nous ne connaissions que deux états, la misère et l'abondance. En sortant de l'une, nous n'avions pour désir que de nous jeter dans l'autre. De là venait cet extraordinaire appétit pour la quantité : plus de parures, plus de bijoux, plus de mets, plus de palais, plus de fêtes, plus de danses et plus d'amour. Le maigre feu de la vie dans lequel s'étaient consumées les pauvres ressources du temps de la violence s'était emballé maintenant qu'on y jetait à brassées les délices innombrables qu'il était désormais loisible d'acquérir grâce à la paix. Cependant, nos goûts restaient grossiers.

J'étais un de ceux qui s'étaient faits les pourvoyeurs de cette dépense. À Florence, j'avais franchi une étape : non seulement, comme marchand, je trafiquais des objets venus d'ailleurs mais, comme membre de la guilde des soyeux, je participais à leur création. J'étais un des rares en France qui songeaient aussi à fabriquer. Je réunis Guillaume et Jean pour leur exposer mon projet. Ne plus faire venir des armes mais les produire, ne plus vendre de tissus bruts mais les fabriquer. Il n'est pas jusqu'à l'argent que je décidai non seulement d'acquérir par le commerce mais aussi de produire moi-même. À cette fin, j'acquis des mines dans les monts du Lyonnais et je fis venir des Allemands habiles à extraire le métal du sol.

Cette idée de créer, je lui donnai, sous l'impulsion des Florentins, une ampleur plus grande. Il ne s'agissait pas simplement de reproduire ce qui se faisait ailleurs, mais de s'emparer de la force même qui était au principe de ces découvertes. Mon ambition était de faire entrer partout les nouveautés. J'aimais cette idée de donner carrière à toutes les formes de l'imagination pour en inscrire les effets dans la matière. Au sommet de cette production de nouveautés, je savais désormais que se plaçaient les artistes. Il n'y en avait guère encore chez nous. Les musiciens colportaient des mélodies venues de la tradition, les peintres recopiaient des sujets religieux convenus. Nos poètes étaient peut-être les seuls à se mouvoir dans l'espace original de leurs pensées et de leurs sentiments. Mais, de tous, c'étaient ceux qui avaient le moins de prise sur les choses. En rentrant de Florence, je m'étais fixé pour tâche de réunir les talents que je rencontrerais, de leur donner toute liberté pour créer des parures nouvelles, des bâtiments nouveaux, des spectacles inédits. Il n'était pas certain, après la longue jachère de la guerre, que nous en fussions capables. Pourtant, la terre qui, cent ans plus tôt, avait porté les bâtisseurs de cathédrales, n'était certainement pas aride pour les arts. Il suffisait de rechercher les jeunes pousses et de les placer en condition de croître et de faire éclore leur création.

*

L'occasion m'était donnée d'y contribuer moi-même, en construisant le palais que j'avais promis à Macé. Avant Florence, je ne concevais cet édifice que conforme à ce qui était alors pour moi le luxe suprême : le château de Mehun-sur-Yèvre. Construit jadis par le duc Jean, il servait au roi quand il était dans la région. C'était une bâtisse forte ceinte de tours rondes.

La seule nouveauté, bien timide mais qui en faisait tout l'attrait, était les hautes fenêtres percées dans les murs, qui laissaient admirer la campagne.

Le terrain que j'avais acquis, avec son soubassement romain, devait servir de socle à une construction toute semblable à Mehun, c'est du moins ce que j'avais décidé avec Macé. Dans ce dessein, nous avions décidé de flanquer la grosse tour romaine d'une jumelle, qui donnerait au bâtiment des allures de château fort. Mais en rentrant de Florence, je trouvai cette idée ridicule. J'avais vu fleurir là-bas des palais qui ne conservaient aucune trace de la guerre et pour cause. C'étaient des maisons claires, hautes, où les seules tours étaient celles qui abritaient les escaliers à vis desservant les étages. Les architectes rivalisaient d'idées pour offrir à ces demeures une élégance, une légèreté qui renvoyaient nos places fortes à leur barbarie. Les fresques aux murs faisaient éclater les couleurs, les vitraux peints apportaient une lumière vivante.

Je décidai de suivre ces exemples et de revoir entièrement le projet. Hélas, à mon arrivée dans notre ville, je constatai que Macé, en mon absence, avait déjà fait bien avancer les travaux. La muraille romaine avait été renforcée et reprise, en sorte que, du côté le plus bas du terrain, on voyait déjà s'élever les deux tours qui reproduisaient en plus petit les proportions de Mehun. Macé me fit visiter le chantier, tout heureuse de me montrer qu'elle avait fait diligence en mon absence. J'étais désespéré. Je n'osai pas lui montrer les plans qu'un architecte de Florence avait ébauchés à ma demande.

J'avais un court déplacement à effectuer vers le Puy avant de revenir dans notre ville. Pendant tout le trajet, je n'eus en tête que le palais. Devant Macé et son enthousiasme, j'avais fait bonne figure et pris l'air satisfait. Sitôt seul, je sentis un véritable désespoir s'abattre sur moi. Pour quelle obscure raison ? J'avais d'autres propriétés et les moyens d'en faire bâtir ailleurs, plus conformes à mes goûts italiens. Je venais de faire l'acquisition d'un terrain à Montpellier pour y édifier une demeure. Ni Macé ni personne ne me dirait ce qu'il fallait que j'y construise. Pourtant ces idées ne me consolaient pas. Ce palais de Bourges, auquel j'avais jusque-là prêté peu d'attention et dont j'avais décidé la création pour faire plaisir à Macé, avait pris en moi une place inattendue. À vrai dire, depuis Florence, je ne pensais qu'à lui. Il me semblait nécessaire qu'au cœur de ma vie, dans le lieu qui était à la fois le berceau de ma famille et le centre de mes affaires, j'élève un palais qui porte témoignage de l'avenir, qui soit conforme à mes désirs et réalise mes rêves. Il était ridicule d'y placer, au lieu de cela, une pâle copie de demeure seigneuriale, le triste symbole d'une prétention nobiliaire qui ne ferait illusion sur personne. Bref, j'étais en train de donner de moi l'image d'un parvenu. Pour des années voire des siècles, ce monument entretiendrait à mon sujet un grave malentendu. Il ferait de moi un homme assoiffé de pouvoir et d'argent, désireux de conquérir une place dans le monde féodal. Au fond peu m'importait ce que les temps futurs penseraient de moi. Mais le malentendu commençait dès maintenant, avec ma propre famille. C'est à Macé, c'est à nos enfants, c'est au roi que j'avais envie de faire connaître mon vrai visage et mes intentions profondes. L'argent, les titres, rien de tout cela ne comptait pour moi. Ce qui me faisait agir, c'était le rêve d'un autre monde, un monde de lumière et de paix, d'échange et de travail, un monde de plaisir où le meilleur de l'homme trouve à s'exprimer autrement qu'en inventant de nouveaux moyens de tuer son semblable. Un monde vers lequel convergerait ce que la terre, en tous ses continents, produisait de meilleur. C'était ce monde que j'avais entrevu à Florence et je voulais que mon palais lui ressemble.

En rentrant du Puy, j'étais si distrait par ces idées que j'eus un accident. Je montais un vieux cheval noir qui m'avait accompagné en Italie et que je savais placide. La route grimpait raide jusqu'à une chapelle que l'on voyait dépasser des bois. Deux chiens se jetèrent dans les jambes du cheval comme nous arrivions à mi-pente. Le vieux hongre fit une embardée qui ne m'aurait pas désarçonné si j'avais été plus attentif. Je tombai assez lourdement du côté gauche et me brisai une épaule. On me conduisit dans une ferme et un chirurgien arriva en deux heures du bourg voisin. La fracture était sans gravité. Il m'attacha le bras et je pus remonter à cheval pour finir le chemin.

Cet accident eut un curieux effet. Par une association de pensées inattendue, il fit jaillir en moi une idée à propos de mon futur palais. Je songeais à la différence de mes deux côtés, l'un valide et l'autre immobilisé, et cela me fit tout à coup apercevoir la solution. Le terrain sur lequel nous bâtissions était, je l'ai dit, composé de deux niveaux : un côté bas, au pied du vieux rempart romain, et, au-dessus de lui, un côté haut situé à l'altitude de l'ancien oppidum. Les travaux, pour le moment, ne concernaient que le rempart, c'est-à-dire qu'ils affleuraient à peine du côté supérieur. Il était donc possible, sans revenir sur ce que Macé avait déjà fait bâtir, de donner au futur palais deux façades distinctes. Du côté du rempart, en poursuivant l'œuvre entreprise, il ressemblerait à une place forte. Mais il était encore temps, de l'autre côté, d'édifier vers le haut de la ville une façade et des bâtiments conformes aux plans florentins. Chacun y trouverait son compte.

Macé pourrait laisser voir à tous l'imposante muraille d'un château digne de nous et témoin de notre nouvelle puissance. Mais, en arrivant par l'autre côté, dans les ruelles qui descendent de la cathédrale, là où j'ai passé mon enfance noire et grise, j'aurais le bonheur d'avoir fait surgir une image en pierre de l'avenir, le témoignage que la vie peut être autre, et pas seulement ailleurs. Sitôt franchi la porte de ce côté, porte modeste comme celle des palais d'Italie, on entrerait dans une cour et j'imaginais un logis gai, percé d'immenses ouvertures, où le peu de murs visibles serait orné de sculptures, de fines colonnettes, de fresques...

Dès mon arrivée, j'exposai mon plan à Macé. Elle l'accepta sans bien saisir ce qui allait changer dans le projet, car elle n'avait jamais vu les maisons d'Italie. Elle comprit seulement que j'avais l'intention d'installer dans le palais certaines des innovations que j'avais découvertes pendant mes voyages. Je suis bien sûr qu'elle n'eut aucune idée des tourments que m'avait causés cet épisode. Elle insista surtout pour que je prenne du repos. Du lit où on m'avait installé, je voyais les feuillages printaniers du jardin, le ciel pâle pommelé de nuages blancs. Les draps en lin étaient doux, la chambre tendue d'une toile imprimée qui représentait une scène antique. J'eus le sentiment d'un intense soulagement et, pendant trois journées et trois nuits, je ne fis que dormir.

Je pense aujourd'hui que mon corps et mon esprit se préparaient au grand bouleversement qu'ils allaient bientôt connaître. Un grand amour, quand il approche, se laisse précéder de signes qu'il nous est impossible de déchiffrer d'abord. Ils ne nous deviennent intelligibles qu'après le reflux de la vague, quand elle découvre sur le rivage le désordre des souvenirs et des émotions. Alors, nous comprenons, mais il est trop tard.

*

J'étais à peine remis que le roi me fit savoir qu'il désirait me voir au plus vite. Charles changeait sans cesse de place. Il y était autrefois contraint par la guerre. Désormais, il conservait cette habitude par goût. Dans son message, il m'informait qu'il serait à Saumur d'ici peu et m'invitait à l'y rejoindre pour participer au conseil.

Mon bras me faisait moins souffrir et la Faculté m'autorisa le déplacement, à condition que je reste prudent. Quelques gouttes d'un élixir que j'avais rapporté d'Orient calmaient ce qu'il restait de douleur et me faisaient venir des songes éveillés, pleins de douceur et de béatitude. Je partis sur une jument placide que les palefreniers avaient équipée d'une selle creuse à pommeau. Marc cheminait à mon côté pour prévenir le moindre écart. Nous allâmes au pas, traversant des campagnes renaissantes. Les arbres fruitiers étaient en fleurs et les aubépines blanchissaient les haies. Les paysans, penchés sur leur labeur, ne semblaient plus rien craindre. La paix n'était pas encore signée, mais elle était déjà perceptible dans les campagnes.

Marc, comme à son habitude, s'était renseigné et savait ce que nous allions découvrir à Saumur. Il me parla longuement des changements qui s'étaient opérés chez le roi. Il était vrai que je ne l'avais pas vu depuis plusieurs mois, à cause de mon long voyage en Italie. La trêve avec l'Angleterre se confirmait et l'espoir était grand de la transformer en paix véritable. On disait que Brézé négociait une alliance matrimoniale pour sceller l'entente nouvelle. Selon toute vraisemblance, c'était la fille de René d'Anjou qui serait choisie pour épouser le roi d'Angleterre. On espérait effacer le sinistre épisode du mariage manqué d'Henri V avec la fille de Charles VI, qui avait rallumé la guerre trente ans plus tôt. Charles avait de quoi se réjouir. Marc, pourtant, n'attribuait pas les transformations du roi à ces seuls succès. Une explication pour lui ne valait que si elle plongeait ses racines jusqu'à l'intime. Aucun succès ne pouvait réjouir si profondément un homme s'il ne s'y mêlait une passion charnelle. Peu disert sur la situation politique, Marc était intarissable sur la vie affective du roi. Toute l'affaire se résumait selon lui à ceci : Charles avait une nouvelle maîtresse.

C'était un des sujets favoris de Marc que de décrire par le menu les infortunes de la reine Marie. La malheureuse était accablée par d'incessantes grossesses. Selon le compte que tenait Marc, l'enfant dont elle venait d'accoucher était le douzième. L'ardeur du roi était remarquable, d'autant qu'il semblait en avoir de reste. Pendant que la reine était enceinte ou en couches, c'est-à-dire à peu près tout le temps, il dirigeait ses attentions vers d'autres, qui ne manquaient pas. J'avais déjà eu l'occasion de remarquer cette surprenante vitalité chez un homme qui se montrait par ailleurs si maussade, abattu, et chétif.

En soi, la rumeur selon laquelle il avait une nouvelle maîtresse n'aurait donc été ni incroyable ni étonnante si, ces derniers mois, de profonds changements n'avaient affecté la personnalité du roi. Depuis ses victoires et la fin du péril anglais, depuis sa reprise en main du pays contre les princes et les réformes qui renforçaient son pouvoir, Charles n'était plus le même. Ceux qui le connaissaient bien sentaient que les deux faces de sa personnalité, la sombre et la claire, l'ardente et la lymphatique, l'orgueilleuse et la modeste étaient en train d'inverser leurs rôles. Désormais, le roi, sortant des réduits obscurs au fond desquels il se cachait, se découvrait en public. Il se montrait vaillant et presque imprudent à la tête de ses armées, énergique en son Conseil et galant avec les femmes.

Jusqu'ici ses liaisons avaient été cachées, furtives et purement charnelles. Le fait qu'il eût une maîtresse et que tout le monde le sût semblait indiquer qu'en cette matière aussi, il avait décidé de porter au grand jour ce qu'il tenait d'ordinaire dissimulé. Ce fut du moins ma conclusion, en entendant les ragots colportés par Marc. J'étais encore bien loin d'imaginer à quel point le roi allait nous surprendre.

J'arrivai à Saumur au petit matin d'un lundi. Le château était endormi. On ne croisait personne dans les coursives. Quelques valets ensommeillés s'affairaient mollement à débarrasser d'immenses tables encombrées par les restes du banquet de la veille. En déambulant dans les salles vides, je pensais au destin de ce roi et au chemin parcouru depuis que je l'avais rencontré, seul et apeuré, au château de Chinon. Le siège sur lequel il s'était tenu pendant le repas était renversé en arrière. Un grand désordre de couverts, de serviettes, de verres sales et de restes d'aliments jonchait la table et le sol alentour. J'imaginais Charles veillant tard, riant, chantant peut-être, lançant des compliments aux femmes et des quolibets à ses compagnons. Où était l'homme que l'on voyait à peine se nourrir, qui craignait ses semblables au point de ne les recevoir qu'à distance et en petit nombre ? Qu'était devenu l'amant vorace et sans égards qui, au dire même de quelques-unes qui avaient subi ses assauts, mettait à assouvir ses désirs toute l'énergie dont il manquait pour trouver seulement un mot aimable à leur adresser en public ?

Je ne pouvais croire pourtant que la part d'ombre du roi eût tout à fait disparu. Les instincts mauvais qui jusque-là étaient aisés à déceler, car ils se laissaient voir sur son visage et dans toute son attitude, avaient laissé la place à des vertus plus complaisantes. Mais je me doutais bien qu'ils étaient toujours là, cachés, et qu'il fallait redoubler de prudence.

Je revins au début de l'après-midi. Le roi était levé. Il se tenait dans une salle de travail avec trois jeunes garçons de la cour que je connaissais vaguement de vue. C'étaient les organisateurs des fêtes et des banquets. Les croisées étaient ouvertes. On entendait le bruissement du vent dans les peupliers et des cris lointains montaient du village. Le soleil entrait largement dans la pièce. Charles tendait son visage vers ses rayons, les yeux légèrement plissés, comme s'il s'abandonnait à la chaleur d'une caresse. Il sursauta quand il me vit entrer.

— Jacques, quel bonheur de vous voir enfin !

Les autres peignirent sur leurs traits une expression de contentement enjoué, tout à fait semblable à celle qu'avait formée le roi.

Il me fit asseoir près de lui, cria qu'on apporte à boire. Chacun de ses gestes déclenchait comme en écho l'agitation prétendument joyeuse des autres. Des valets entraient et sortaient en arborant de grands sourires. Le ton général était à la bonne humeur, mais l'ardeur que chacun mettait à s'y conformer montrait que c'était encore un ordre.

Charles m'avait fait venir pour préparer les prochaines fêtes. La plus considérable quoique encore lointaine était le mariage de son rival vaincu, le roi d'Angleterre, avec la fille de René d'Anjou. Mais auparavant d'autres festivités étaient à prévoir. J'avais fait préparer un état des réserves de l'Argenterie afin de prévenir toutes les questions qui pourraient m'être posées en la matière. Le roi se montra content de mes réponses. J'ajoutai, sans qu'il me le demande, que j'étais à sa disposition pour contribuer de finances à ces réjouissances, s'il le fallait. Charles me pressa la main et partit d'un rire que les autres reprirent.

Je feignais moi-même une sincère gaieté mais restais sur mes gardes. Le sujet des fêtes épuisé, Charles commanda d'un geste à ses commensaux de quitter la pièce. Ils le firent bruyamment, en se poussant les uns les autres, avec des éclats de rire et des plaisanteries. Le roi fit mine de partager leur bonne humeur. Mais sitôt la porte refermée derrière le dernier d'entre eux, ses traits s'affaissèrent et il reprit un visage morne.

Il alla jusqu'à la croisée, la ferma et tira à moitié le lourd rideau, en sorte que la pièce ne reçoive plus directement la lumière du soleil. Ensuite, il traîna la chaise près du mur, dans le coin le plus sombre, et me fit signe de m'asseoir en face de lui. Ce retour brutal à nos anciennes manières aurait pu m'inquiéter. Pour étrange que cela paraisse, il me rassura. En retrouvant le roi que j'avais toujours connu, j'eus le sentiment rassurant de marcher sur un sol plus ferme. En même temps, je savais qu'il me fallait redoubler de prudence. Jadis, quand il montrait le pire de lui en public, l'indécision, la faiblesse, la jalousie, c'était pour dissimuler au fond de lui le meilleur : son énergie, sa fermeté, et, à travers toutes les épreuves, ce qu'il fallait bien nommer son optimisme. S'il mettait en avant gaieté, majesté et galanterie, c'est qu'il celait en lui le pire et je devais m'attendre, une fois la porte refermée sur les spectateurs, à affronter de grands dangers.

Après un long silence, il me regarda par en dessous et me dit :

— J'ai besoin de beaucoup d'argent pour la guerre.

Cette entrée en matière me fit tressaillir. Depuis la réforme des finances que le Conseil avait menée ces dernières années, le roi disposait désormais d'un revenu permanent qui lui allait en propre pour assurer la défense du pays. C'était une de ses principales victoires sur les princes que de ne plus être contraint de les solliciter avant d'entrer en campagne. Dans le nouvel ordre du royaume, la richesse était aux bourgeois autant qu'aux nobles et ils pourvoyaient largement par l'impôt aux frais de leur souverain. S'il avait malgré tout besoin d'argent, c'était que les revenus qui parvenaient au Trésor ne lui suffisaient pas. Ainsi, la phrase du roi contenait autre chose, qui avait la valeur d'une menace.

Ces revenus dépendaient en effet beaucoup de la loyauté de ceux qui collectaient les impôts en son nom. Or, le roi m'avait gratifié de plusieurs charges fiscales touchant les états du Languedoc et diverses taxes, en particulier sur le sel. Avec les mêmes hommes qui représentaient mon entreprise dans ces régions, j'avais mis en place un dispositif de collecte très efficace. S'agissant du sel, sur les conseils de Guillaume, nous menions des activités de transport et de vente le long de la vallée du Rhône. Étant à la fois celui qui payait les taxes en tant que commerçant et celui qui les encaissait au nom du roi, je pus faire en cette matière de considérables profits. Je ne volais pas le roi. Dans les territoires et activités où je collectais l'impôt à son profit, le rendement était excellent, bien supérieur à ce qu'il était quand le roi était représenté dans ces lieux par un noble local, qui gardait tout ou presque à son profit. Mais il est clair qu'une fois payé ce qui revenait au roi, il me restait beaucoup. Je me demandais s'il fallait voir dans son allusion une critique de mon enrichissement. En tout cas, si le roi jugeait que les sommes rassemblées ne lui suffisaient pas, il allait certainement me demander de contribuer davantage.

Il ne pouvait par ailleurs ignorer que mes autres activités rapportaient énormément. J'eus le net sentiment que, soit de lui-même, soit sous l'influence des innombrables personnages qui jalousaient ma fortune, le roi en voulait à présent à ma richesse. Sa phrase, dans cette demi-pénombre, avec ce regard oblique, mauvais, fixe, et l'affleurement soudain du fond de méchanceté et de jalousie que je connaissais si bien, me fit comprendre qu'une époque venait de prendre fin.

— Les immenses bienfaits dont Votre Majesté m'a comblé me rendent éternellement redevable à son endroit. Puis-je demander à Votre Majesté ce qu'il lui faut exactement?

Dans le même moment où je prononçai ces mots, je retournai à l'époque où mon père m'emmenait jadis chez ses riches clients de Bourges. Je le revoyais à leur merci, tremblant et soumis d'avance à leurs décisions iniques. J'eus en même temps, comme toujours, la vision en un éclair d'Eustache le Cabochien qui avait déclaré la guerre à l'arbitraire des puissants.

— Je veux mettre le siège devant Metz.

— Metz ? dis-je.

— Vous savez que mon beau-frère, le roi René, est duc de Lorraine par sa femme, répondit Charles de mauvaise grâce et en détournant le regard. Ses sujets se sont révoltés et j'ai le devoir de lui prêter main-forte.

La réticence perceptible du roi à me répondre confirmait que cette campagne lorraine n'était en rien une nécessité et qu'il le savait. Il s'agissait seulement d'une concession de plus faite à la maison d'Anjou. Jamais, à cette époque, le roi n'avait paru aussi soumis à l'influence de sa belle-famille. Yolande, la mère de la reine Marie, exerçait son pouvoir sur le roi depuis des années. Certains avaient même vu sa main derrière l'apparition providentielle auprès du roi de Jeanne d'Arc, née en Lorraine sur des terres d'Anjou. La disparition de Yolande, deux ans plus tôt, n'avait pas délivré le roi de cette influence angevine, bien au contraire. René son beau-frère menait grand train dans le royaume, et c'était sa fille qui avait été choisie pour épouser le roi d'Angleterre. Son frère Charles régnait sur le Conseil du roi depuis l'élimination de La Trémoille. Quant à la nouvelle maîtresse du roi, elle était, disait-on, demoiselle d'honneur de la femme de René... Ainsi, derrière la nouvelle force du roi se dissimulait la même faiblesse, qui le plaçait en dépendance d'un clan. Il était soumis aux Anjou comme il l'avait été auparavant à d'autres coteries. À cet égard, rien ne changeait.

Je mesurai d'un coup les limites de ma méthode. J'avais choisi de faire alliance avec le roi pour éliminer l'arbitraire des princes. J'avais cru pouvoir établir avec lui des relations d'intérêt mutuel. Il n'en était rien. Je m'étais seulement placé, avec tous ceux qui comme moi produisaient et échangeaient, dans la soumission absolue à un seul.

Ce fut un très bref échange et tout ce que je viens d'exposer me traversa l'esprit en ce court instant. Nous ajoutâmes quelques mots, pour fixer le montant de ma contribution et, sur le sujet, tout fut dit. Le roi parut se détendre et il me retint encore longtemps pour me faire parler de l'Italie.

Je lui fis une description détaillée de Florence. Mais la prudence était revenue et je me gardai de lui dire que je comptais m'enregistrer là-bas dans le métier de la soie. Il n'aurait pas manqué d'y voir un moyen de mettre une partie de nos affaires à l'abri de son autorité. Et il aurait eu raison.

Aux autres questions qu'il me posa sur l'Italie, je compris qu'il n'avait pas renoncé à étendre son influence dans cette direction. Je lui parlai de nouveau de Gênes. Mais sa préoccupation immédiate concernait surtout le pape.

Nous restâmes ainsi une bonne heure, pendant laquelle il ne se départit à aucun moment de son air grave. Il était comme je l'avais toujours connu, impénétrable, l'esprit tortueux, animé par une curiosité mauvaise qui trahissait son caractère envieux et ses désirs de revanche. Pour la première fois je pensai que, s'il avait libéré son pays et presque vaincu les Anglais malgré l'inconfort de sa première situation, ce n'était peut-être pas par souci du royaume, mais plutôt pour assouvir les plus bas désirs de vengeance que son enfance humiliée avait fait croître en lui, envahissants et douloureux comme une forêt de ronces.

Soudain, le son aigrelet d'une cloche retentit dans le parc. Ce bruit parut l'éveiller et le tirer de ses mauvais songes politiques. Il se passa la main sur le visage et regarda tout autour comme un homme qui revient brutalement à lui. Il se leva, ouvrit grand le rideau. Le soleil avait tourné. L'air limpide était légèrement frais. Il serra sa chemise en prenant une profonde inspiration. Puis il revint près de moi et s'assit de travers sur le coin de la table.

— Que me conseilleriez-vous..., commença-t-il.

Ses traits avaient complètement changé. On y aurait cherché en vain une trace d'aigreur ou de sérieux. Il avait seulement l'air inquiet d'un adolescent.

— Auriez-vous reçu en l'Argenterie, ces derniers temps, un objet rare, quelque chose de très précieux... Je voudrais faire un cadeau à une dame, le plus beau cadeau qui se puisse trouver et même, encore mieux : un cadeau introuvable.

Il parut goûter ce bon mot qui s'était glissé tout seul dans la phrase et rit bruyamment. Je réfléchis un instant.

— Mes associés m'ont signalé qu'un marchand venu d'Orient nous a vendu récemment un diamant d'une taille exceptionnelle.

Le roi s'anima.

— Un diamant ! Ce serait parfait mais il faut qu'il soit *vraiment* extraordinaire.

— Il l'est. On m'a dit qu'il était gros comme un galet de Loire.

Les yeux de Charles brillaient.

— Apportez-le-moi !

— C'est que, Sire, il n'est pas monté, ni même taillé. À voir ainsi, c'est un caillou gris.

— Qu'importe. La personne à qui je le destine sait ce qu'est un diamant. Elle n'aura aucune peine à imaginer...

Je m'engageai à le faire venir en trois ou quatre jours. Le roi me prit les mains et me remercia. Puis il appela, et une troupe de servantes et d'intendants parut aussitôt. Je pris congé. Avant de quitter la pièce, le roi me retint un instant. Il se pencha vers moi et me souffla :

— Je suis heureux, Jacques.

Ses yeux témoignaient qu'il disait vrai. Mais je notai d'un coup d'œil la barbe noirâtre qui lui salissait les joues, son grand nez sans grâce, ses membres tors et ce buste trop long qui portait si mal les vêtements, quelque effort que fissent les tailleurs pour les ajuster. Et je me dis en moi-même que cet homme avait décidément plus de charme dans le malheur.

C'est seulement deux jours plus tard que je rencontrai Agnès...

IV

AGNÈS

Parvenu à ce point de mes souvenirs, l'émotion m'a submergé et je n'ai pas pu continuer sereinement. Voilà toute une journée que je me suis arrêté d'écrire.

Selon Elvira, l'îlet où j'espérais me cacher n'a point d'eau. La retraite est coupée de ce côté-là. J'ai accueilli ce verdict avec moins d'abattement que je ne l'aurais cru. Pourtant, c'est une mauvaise nouvelle. Elle me condamne à rester ici, quoi qu'il puisse arriver. En même temps, et sans doute est-ce pour cela qu'elle ne m'a pas anéanti, elle a une conséquence favorable : elle ne me force pas à interrompre ma rédaction. Au point où je suis rendu, le désir est si puissant d'ouvrir la prochaine porte de mes souvenirs, celle par où Agnès, enfin, se laissera apercevoir, que je n'aurais pas voulu différer l'exécution de ce projet.

Je vais donc rester, puisqu'il le faut, mais j'ai conscience de courir un grand risque. Le calme de l'île, que rien n'a rompu depuis la visite de l'homme du podestat, me semble plus que jamais trompeur. Le danger est là, j'ai même l'impression qu'il se rapproche. Je me suis emporté contre Elvira qui m'assure que je n'ai rien à craindre. Si elle ne sent pas la menace, c'est peut-être qu'elle est trop ingénue. La plupart du temps, je m'arrête à cette conclusion et cela me permet d'être avec elle aussi tendre et insouciant que possible. Mais, par moments, je la vois tout autrement. Je me dis que si elle est sans doute une paysanne, une fille de la mer et des vignes, elle n'en est pas moins une femme qui comprend, calcule et nourrit des espoirs que je ne connais pas. Dans ces instants, je suis convaincu qu'elle me trahit. Ce qu'elle ne compte plus tirer de moi, maintenant qu'elle me sait traqué et condamné, elle espère peut-être l'obtenir de mes ennemis, en me livrant.

Mais je me dégoûte de penser cela. J'ai vécu si longtemps au milieu des intrigues, j'ai si souvent recueilli malgré moi le témoignage indubitable de la bassesse et de la duplicité humaine que je transporte cette souillure partout. Je l'ai apportée jusqu'en cette île où tout semble simple et pur. La seule personne que j'ai vu conserver une âme intacte et belle au milieu des pires corruptions, ce fut Agnès. Elvira et elle sont aussi éloignées l'une de l'autre qu'il est possible. Pourtant, quelque chose les rapproche et même pour moi les confond.

Sachant que je n'ai aucun endroit où fuir, il ne me reste que deux solutions : me terrer dans la maison ou prendre mon parti de cette situation. Je n'ai pas dormi la nuit où j'ai appris cette nouvelle et j'ai arrêté ma décision. Puisque le sort me donne cette île pour prison, je n'ai pas envie d'y vivre reclus. Si elle doit être mon cachot, autant l'arpenter et jouir au moins de ses beautés. Je me suis lancé dans de longues promenades, en prenant seulement garde d'éviter la ville et le port. Mais il y a bien d'autres choses à voir. Hier, par les chemins de l'intérieur, je suis allé presque jusqu'à l'autre côté de l'île. Les bois de lentisques embaument sous la chaleur; des hommes recueillent les larmes de mastic qui s'écoulent de leur tronc. Ils me saluent, m'invitent à boire avec eux. Sur le versant qui descend vers la mer, du côté du couchant, j'ai découvert des champs de citronniers et j'aime faire la sieste sous un de ces arbres. Leurs pommes d'or me donnent l'illusion, quand je me réveille, d'être au jardin des Hespérides. Moi qui ai rêvé de faire de mon pays le centre du monde, je suis aujourd'hui au bord du monde et peut-être même en dehors de lui. Au fond, je n'en souffre pas. Car mon ambition pour la France n'était qu'un rêve et mon véritable pays est celui des songes. N'est-ce pas là que je suis désormais?

Agnès me hante, depuis que j'ai évoqué ma rencontre avec elle. Pendant toutes ces années, je l'avais placée dans un retrait de ma mémoire, sous une châsse que je n'avais plus ouverte depuis sa mort. Tous mes souvenirs sont restés là, intacts, embaumés comme l'a été son corps. Mais il a suffi que je prononce son nom pour que l'ampoule se brise. Son visage, son parfum, sa voix envahissent tout. Je n'ai plus trouvé le sommeil sous les citronniers et je suis rentré précipitamment pour reprendre mon récit. S'ils venaient maintenant... Je n'aurais qu'un regret : qu'ils me tuent avant que j'aie pu revivre ces années avec elle.

Je suis arrivé à la maison au coucher du soleil. Elvira avait préparé des olives, du fromage de brebis, toute une corbeille de fruits. Nous avons dîné dans la pénombre. Il n'y avait pas de lune. L'obscurité venait et je distinguais à peine les bras nus d'Elvira croisés sur la table. Je sentais son souffle. J'ai passé ma main dans ses lourds cheveux. À mesure que la nuit la faisait disparaître en tant que personne singulière, elle la transformait en une présence indistincte faite d'une odeur de peau, d'un soyeux de chevelure, d'un souffle plus bref et plus léger qui est propre aux femmes. Pendant cette longue soirée jusqu'au sommeil qui n'est venu qu'à l'aube, j'ai été de nouveau avec Agnès. Les mots se sont formés en moi, les images sont arrivées. Et ce matin, il m'a suffi de m'asseoir et de commencer, pour que tout vienne.

*

Dix ans se sont écoulés, mais je garde un souvenir précis de l'instant où je l'ai vue pour la première fois. C'était deux jours après mon arrivée à Saumur. J'étais en train de donner des instructions à un de mes commis venu en hâte de Tours. Il me fallait en particulier organiser l'acheminement rapide et sûr du diamant brut que j'avais imprudemment promis de faire livrer en quatre journées.

Je ne suis pas un homme de cabinet. Le serais-je d'ailleurs que la vie ne m'en aurait guère donné le loisir, car je suis sans cesse en mouvement. Mes papiers me suivent dans une malle. Je travaille où le hasard me place. Il m'est arrivé de donner audience à des facteurs dans mon lit. Je signe des lettres sur mes genoux repliés tandis qu'ils se tiennent debout, le chapeau à la main. Mais ce que je préfère entre tout, c'est de m'installer dehors quand le temps le permet. Pendant ces journées de Saumur, un vent du sud apportait un air chaud chargé de sable. L'ombre, dans les jardins du château, était délicieuse et me rappelait certaines heures à Damas. J'avais fait porter une écritoire dans le verger. En chemise et sans chapeau, je dictais en faisant les cent pas et mon facteur prenait des notes. Il n'avait pas voulu se dévêtir. Assis sur un banc de pierre, il s'épongeait le front et gémissait.

Soudain, nous avons entendu des rires clairs. L'ombre nous dissimulait, et les jeunes filles qui approchaient ne nous voyaient pas, aveuglées de soleil et occupées à leur conversation. Elles étaient encore assez loin de nous, dans la lumière. Elles formaient un petit groupe compact et pouvaient être cinq ou six. Cependant on n'en voyait qu'une, autour de laquelle toutes les autres semblaient tourner, comme des insectes de nuit pris dans une flamme. Le groupe suivait ses pas, et son trajet en zigzag à travers le jardin était le résultat du bon vouloir de celle qui disposait ainsi de l'autorité. À peu de distance de nous, elle buta du pied contre une poire tombée à terre. Elle s'arrêta et les autres l'imitèrent. Du bout du pied, elle fit rouler le fruit talé puis, levant le nez vers le bouquet d'arbres où nous étions, elle s'écria :

— Voyez, il y en a d'autres !

Elle se dirigea vers le poirier mais presque aussitôt, en entrant dans la pénombre, elle me vit et se figea. Sans la connaître, j'eus immédiatement la certitude que c'était elle.

Elle pouvait avoir vingt ans, tout au plus. Ses cheveux blonds étaient tirés en arrière et coiffés simplement en chignon. Elle n'avait pas de sourcils et ses tempes étaient rasées bien haut ce qui lui faisait un front admirable, lisse et bombé comme une bille d'ivoire. Sculptés dans cette matière précieuse et fragile, ses traits étaient d'une finesse extrême. Ce matin-là, avec ses suivantes, elle n'était pas apprêtée pour paraître. Sa beauté ne procédait d'aucun artifice. C'était l'œuvre brute des dieux.

La surprise lui donna un air grave, et c'est avec cette expression que je devais garder à jamais le souvenir d'elle. Par la suite, je l'ai vue rire, s'étonner, être gagnée par la peur, le dégoût, l'espoir, le plaisir. C'était les mille et une harmoniques que pouvait rendre l'instrument céleste qu'était ce visage. Reste que, pour moi, sa vérité fut toujours cette note grave qu'elle me révéla à l'instant où nous fûmes pour la première fois en face l'un de l'autre.

Dans cette gravité se laissait apercevoir la nature tragique de sa beauté. Car une telle perfection, que tous envient, est pour celle à qui elle échoit une fatalité douloureuse. Semblable beauté est une image de l'absolu à laquelle rien ne peut être ajouté. Et pourtant, celle qui la porte sait combien elle est éphémère. Elle lui confère une autorité naturelle, un pouvoir d'une puissance inégalée, mais par le moyen d'un corps désarmé, fragile, qu'un rien peut rompre. La beauté, à ce degré, sépare des autres mortels, suscitant leurs désirs et leur jalousie. Pour un qu'elle satisfera, elle fera quantité de victimes, qui transformeront la douleur de leur amour déçu en volonté dangereuse de vengeance. Les rois, auxquels il est impossible de rien refuser, reconnaîtront une telle beauté comme l'offrande de choix que la nature leur réserve. En sorte que celle qui en est porteuse devra le plus souvent se détourner de ses propres désirs pour suivre la haute carrière vers laquelle sa perfection l'entraîne malgré elle. À ce même instant, je pensais à Charles, à son haleine mauvaise, à ses membres tors, à sa barbe rêche, et j'imaginais ses mains sans grâce sur cette peau diaphane, sa bouche sur ces lèvres pâles...

Accoutumée à se défier tout autant des sentiments qu'elle ressentait que de ceux qu'elle suscitait chez les autres, la jeune fille marqua devant moi un temps d'hésitation. La faveur royale, à laquelle elle se savait destinée, lui faisait craindre tout autre attachement, qu'elle serait malgré elle contrainte de repousser. Or, en me voyant, elle me l'a dit plus tard, elle a ressenti le même trouble qui m'avait envahi quand elle s'était avancée vers moi.

Je ne dispose pourtant pas des mêmes qualités qu'elle. De vingt ans son aîné, sans prétention de beauté, vêtu comme un valet de ferme qui rentre les foins, aucun signe ne lui permettait de savoir qui j'étais ; je ne pouvais faire impression sur elle par aucun pouvoir ni artifice. Et pourtant, je le sais, elle a dans cet instant éprouvé un profond sentiment pour moi. Nous avons eu maintes occasions d'en parler ensuite. L'explication qu'elle m'a donnée n'a guère éclairci le mystère. Elle m'a, d'après ses dires, reconnu immédiatement « comme son double ». C'est un mot bien étrange, je vous l'accorde, et jamais double ne fut plus dissemblable. Mais elle vivait dans un monde qui lui appartenait en propre et auquel le monde réel ne participait que peu. Sans doute était-ce le refuge qu'elle s'était créé pour se protéger des agressions de la vie. En tout cas, seuls entraient dans ce monde ceux qu'elle élisait en secret et j'eus le privilège douloureux d'y prendre une place éminente dès notre première rencontre.

Les autres filles s'étaient, à leur tour, avancées sous les feuillages et leurs yeux habitués à l'ombre me fixaient. C'était toutes des demoiselles de la suite d'Isabelle de Lorraine, la femme du roi René. Plusieurs d'entre elles m'avaient aperçu de loin, quand j'étais auprès du roi et que leur maîtresse se tenait à mes côtés. L'une d'elles, moins continente, s'écria en mettant la main devant la bouche :

— Maître Cœur !

Ainsi Agnès apprit-elle qui j'étais. Je ne voulais pour rien au monde que son attitude en fût changée. Aussi je m'avançai et, pliant un genou, je la saluai sans la quitter des yeux.

— Jacques Cœur, mademoiselle, pour vous servir.

J'avais mis l'accent sur Jacques et elle résolut immédiatement de se situer dans la même intimité.

— Agnès, prononça-t-elle d'une voix claire, ajoutant dans un souffle : Sorel.

Aucune autre ne dit son nom, comme si toutes avaient compris que la scène se passait exclusivement entre elle et moi. À l'instant où je notai ce fait, je sentis une ombre d'alarme passer sur le visage d'Agnès. Quelle que fût la force de ce que nous éprouvions et d'autant plus qu'elle était grande, il fallait à tout prix en cacher l'évidence à ces petites personnes. Elles feignaient l'obéissance et la joie, mais dissimulaient sans doute sous ces atours les poignards de l'espionnage, de la jalousie et de la trahison.

Agnès recula d'un pas et ébaucha une révérence.

— Je suis une fidèle cliente de votre Argenterie, maître Cœur.

Ses yeux, qui, tandis qu'elle parlait, allaient de l'une à l'autre, montraient assez que ce n'était pas à moi seul qu'elle parlait. Les suivantes opinèrent, confirmant par là que c'était bien ainsi que les choses devaient être. Pour considérable que fût ma fonction, j'étais un employé du roi, et une femme dans la position d'Agnès ne pouvait avoir avec moi que des relations distantes, d'une cordialité légèrement teintée de mépris, comme il s'en établit avec un fournisseur.

— J'espère que vous en êtes contente, mademoiselle. Vous pouvez compter sur moi pour mettre tous nos moyens au service de vos désirs.

Un discret éclair passa dans les yeux d'Agnès qui avait valeur de sourire. Je compris dès cet instant qu'en elle, comme sur le clavier d'un orgue, voisinaient deux registres d'expression : celui, bien marqué et même exagéré, des mimiques de société qui lui faisaient jeter à ses interlocuteurs de gros morceaux de rire, d'étonnement ou de chagrin, aussi rudement que l'on distribue des bas morceaux à des dogues. Et en dessous, presque imperceptibles, aussi peu marqués que les risées dessinées à la surface de la mer par une faible brise, les signes de la souffrance, de l'espoir, de la tendresse et de l'amour véritable.

— J'ai justement plusieurs commandes en vue, dont je ne manquerai pas de vous entretenir. Vous savez que de grandes fêtes approchent. Nous allons avoir besoin d'y paraître.

Elle éclata de rire et ses amies firent de même. Tout devint joyeux, précipité et futile. Elles repartirent en troupe, en me saluant avec une désinvolture qui frisait l'insolence.

*

Cette rencontre me plongea dans un grand embarras. Pendant l'heure qui suivit, mon esprit fut traversé par les pensées les plus contradictoires. Il faut dire qu'à cette période, je commençais à prendre conscience de mon extrême solitude. Mon dernier passage dans notre ville m'avait fait mesurer à quel point d'indifférence j'étais parvenu avec Macé. Elle vivait dans ses rêves de noblesse et de piété. Rien de ce qui comptait pour elle, les honneurs, les places, les subtilités de la préséance berruyère, n'avait de valeur à mes yeux. En même temps, je satisfaisais toutes ses exigences. La famille entière semblait d'ailleurs avoir calqué ses désirs sur ceux de Macé. Mon frère, désormais cardinal, s'était toujours accordé avec sa belle-sœur ; il se livrait aux mêmes passions qu'elle, sous le couvert de la pourpre. Nos enfants aussi avaient tout à fait adopté les vues de leur mère. Mon fils Jean était sorti du séminaire. Il semblait en avoir plus appris sur les moyens de se servir de l'Église que sur ceux de servir Dieu. Ma fille se préparait à un beau mariage. Seul Ravand, mon plus jeune fils, se montrait intéressé à suivre ma voie. Mais c'était par goût de l'argent et non, comme moi, en poursuivant des chimères. Tant mieux pour lui : il n'en serait que plus facile à contenter. Je l'avais mis en apprentissage auprès de Guillaume et il s'en trouvait bien.

Personne, dans la famille, ne paraissait attendre de moi autre chose que de faire couler à flots les richesses. Et personne n'avait l'air de supposer que je pusse avoir, moi aussi, des désirs, des besoins, une souffrance. Depuis la mésaventure avec Christine, j'avais continué à user des femmes sans me confier à aucune. Ces rapports brefs, charnels, étaient placés sous l'empire d'une double violence : celle de la cupidité que suscitait ma fortune et celle de ma méfiance à l'endroit des sentiments. Rien de tout cela ne me disposait à l'amour, et ma solitude était encore accrue par ce commerce brutal. S'y ajoutait mon perpétuel déracinement. Je vivais sur les routes, nouais des relations dans les villes où je passais, en sachant que je devrais les quitter sous peu. Mes amitiés étaient toutes scellées avec le ciment de l'intérêt. L'immense tissu de mes affaires devenait de plus en plus étendu et solide. Mais j'étais seul au milieu de cette multitude, pris au piège comme une araignée qui se serait enfermée dans sa propre toile. Certains jours, je n'y pensais pas, pris par le flot de mes activités ; d'autres, balancé par ma monture sur l'espace ouvert des routes, je me livrais aux songes dans lesquels la solitude se dissout. Mais quand l'activité se ralentissait, quand les nouvelles étaient mauvaises, quand ma présence auprès du roi me faisait sentir physiquement la menace et le danger, le sentiment douloureux d'être seul m'envahissait. J'étais exactement dans cet état d'esprit quand je rencontrai Agnès.

Voilà pourquoi sans doute l'envie de la revoir, d'être avec elle, de lui ouvrir mon cœur fut si forte. Un instant, elle m'avait fait apercevoir les délices oubliées de l'amour. C'était absurde, beaucoup trop précipité. Pourtant, depuis ma première rencontre avec Macé, j'ai compris que l'amour véritable, quand il survient, procède ainsi, chez moi, du premier coup d'œil. Je suis bien sûr, d'ailleurs, qu'en cette matière, les certitudes ne procèdent pas du temps. Ce n'est pas l'habitude qui les crée. Elles débarquent, tout armées, sans se laisser annoncer. Les lettres que l'amour trace en nous ne sont jamais plus faciles à déchiffrer que sur la page blanche d'un esprit non préparé.

Quoi qu'il en fût, j'étais amoureux. En même temps et avec la même force, je mesurais l'horreur de cet aveu. Agnès était la maîtresse du roi. Et j'étais, moi, dans l'entière dépendance de cet homme dont je ne connaissais que trop le caractère jaloux et la cruauté. J'eus un instant le désir de fuir. Après tout, mes affaires m'appelaient partout et je trouverais bien quelque incendie à éteindre quelque part, pour justifier mon départ.

L'après-midi avançait et j'étais dans ces affres quand soudain un messager vint me faire savoir que le roi tiendrait son Conseil le lendemain et comptait sur ma présence. La retraite m'était coupée. Je n'avais d'autre choix que de me calmer.

Donc, je restai à la cour et n'en repartis plus, sauf pour quelques missions. Ce fut le début d'une nouvelle étape de ma vie. D'un coup, je m'éloignai de mes affaires. Moi qui, pendant ces dernières années, n'avais vécu que dans la fièvre des commandes, des convois, des transactions, j'en abandonnai presque immédiatement le soin à Guillaume. C'était désormais possible, car le réseau que nous avions construit était solide. Plus de trois cents facteurs me représentaient dans toute l'Europe. Les mouvements d'argent et de marchandises étaient incessants. Ils se déployaient autour d'un point névralgique qui était l'Argenterie à Tours. Nous avions réussi en peu d'années à faire du royaume de France, régénéré par les victoires, le nouveau centre du monde vers lequel convergeaient les plus enviables richesses. Le mouvement lancé, il suffisait de l'entretenir. Guillaume et quelques autres, tous venus du Berry et liés à moi par des relations plus ou moins proches de parenté, s'y entendaient à merveille.

Ainsi, pour la première fois, délivré de la charge qui me tenait constamment éloigné, je plongeai dans la vie de cour.

Ce monde, que je n'avais jusque-là qu'effleuré, fut une découverte pour moi. D'abord, je m'émerveillai de son luxe. L'interminable cohorte de chariots qui accompagnait le roi d'une ville à l'autre contenait des trésors. J'en pris la pleine mesure quand, peu après mon arrivée, nous partîmes pour Tours. Là, nous rejoignîmes la reine. Les négociations pour le mariage du roi d'Angleterre arrivaient à leur terme. Le duc de Suffolk était attendu en grande pompe, pour conclure l'accord final. J'étais sollicité par tous en vue de ces fêtes. Les commandes pleuvaient à l'Argenterie et je consentais de nombreux prêts.

Tout cela n'était encore qu'habituel. Mais quand l'heure des cérémonies fut venue, je vis soudain paraître sous les voûtes de Plessis-lès-Tours toutes les richesses que j'avais permis d'obtenir. Ces tissus, ces broderies, ces joyaux, ces armes, ces équipages, ces plats parfumés d'épices, ces coupes chargées de fruits exotiques, tout cela était l'envers glorieux et vivant des contrats, engagements, lettres de crédits, relevés d'inventaires qui faisaient mon quotidien. J'avais vécu jusque-là dans le mécanisme de l'horloge et soudain, face au cadran, j'admirais la course harmonieuse des aiguilles et les sons précis du carillon. Je pris conscience de l'assèchement qu'avait subi mon cœur pendant ces années laborieuses. À la poursuite de mes rêves, j'avais fini par les perdre de vue, cachés qu'ils étaient par la grisaille des chiffres et l'effort mesquin de l'activité commerciale. Et tout à coup, je reprenais pied au cœur de mes songes, qui, entre-temps, étaient devenus réalité.

J'étais reconnaissant à Agnès d'avoir provoqué cette transformation. Après notre première et brève rencontre, je ne la revis de longtemps en tête à tête. Curieusement, cet état de fait me convenait. Le sentiment qu'elle avait fait naître en moi était si fort que j'avais d'abord cédé à la panique et voulu fuir. Mais quand, retenu par la convocation du roi, j'eus l'obligation de rester près d'elle, je me rendis compte que séjourner dans son voisinage, l'apercevoir de loin, lui parler en public, me causait un plaisir intense et, en quelque sorte, me suffisait. Je craignais qu'en nous rapprochant davantage, la force qui m'attirait vers elle ne devînt trop puissante et nous conduisît à un désastre.

J'observais le roi en sa compagnie. Son amour ne prenait jamais une forme hardie et il se gardait toujours du moindre geste d'affection en public ; sa passion, du coup, ne s'exprimait que par la jalousie. Je notai son regard quand Agnès s'adressait à un autre homme. Il quittait en pensée la conversation dans laquelle il était engagé et la suivait des yeux avec une expression inquiète, douloureuse et mauvaise. Je pris bien garde à ne pas susciter semblable sentiment. Et j'étais reconnaissant à Agnès de ne jamais me placer dans cette posture délicate et dangereuse. Sa grande finesse lui avait fait comprendre depuis longtemps quelle prudence elle se devait d'observer devant le roi. Eût-il été plus avisé qu'il aurait compris son jeu : en vérité, elle marquait ses faveurs en public à ceux qu'elle voulait perdre. Ainsi Charles d'Anjou, qui l'avait présentée au roi, car il tenait auprès de lui non seulement le rôle officiel de chef de son Conseil, mais aussi celui, moins avouable, d'entremetteur et pourvoyeur de chair fraîche, se voyait câliné en public par Agnès. Il avait la faiblesse de s'en amuser, sans se rendre compte qu'elle préparait ainsi sa disgrâce. Au contraire, Brézé, mon ami Brézé, toujours audacieux, ambitieux pour le royaume, généreux pour ses proches, était, je le savais, très apprécié d'Agnès. Elle ne lui marquait pourtant que de la froideur quand elle le rencontrait en présence du roi.

Ainsi se passèrent les semaines brillantes et heureuses pendant lesquelles, suspendu à un événement dont je ne pouvais imaginer ni la nature ni le moment et qui me rapprocherait d'Agnès, je me contentai de la voir, de l'entendre, de la savoir près de moi.

*

Je devins tout à coup très assidu au Conseil, suivant le roi dans son errance majestueuse, de château en château. C'était la première fois, en vérité, que je partageais complètement la vie de la cour. Je fus étonné de constater qu'elle était faite presque en parts égales d'ennui et de fêtes, deux états que j'avais jusque-là fort peu connus. L'ennui régnait sur le château pendant de longues heures. La vie m'avait habitué à me lever tôt ; je découvris ainsi des matinées immobiles et silencieuses, chacun enfermé dans ses appartements. L'espace était livré aux valets et aux chambrières. Ils entretenaient le silence afin de ne pas compromettre la liberté qu'il leur assurait. Les après-midi étaient également alanguies, soit qu'elles fussent rendues lugubres par la pluie, soit, à mesure que la saison avançait, parce que le soleil et la tiédeur de l'air instillaient dans les consciences amollie des envies de sieste ou de bavardages chuchotés. Mais le soir, tout s'éveillait et la fête prenait possession du lieu. L'éclat des candélabres, l'enivrante présence des parfums, le chatoiement des couleurs et des fards, tout concourait à une excitation qui commençait avant le souper et finissait tard dans la nuit.

J'appris à mesurer le raffinement de la maison d'Anjou qui triomphait alors. Charles d'Anjou à la tête du Conseil, René en futur beau-père du roi d'Angleterre, la reine Marie qui, pour infidèle que fût son époux, n'en multipliait pas moins les héritiers, on ne voyait partout que des Angevins. Je connaissais mal le roi René, le chef de cette maison. C'était un piètre politique qui avait perdu en Italie tous les biens dont il avait hérité et qui n'était roi de Jérusalem que sur le papier. Mais il fallait lui rendre cet hommage qu'il savait vivre. Jusqu'alors j'avais servi le luxe comme nul autre ; le paradoxe est que j'en avais peu profité. Depuis l'enfance, je rêvais de palais mais je continuais, comme jadis avec mon père, d'y entrer en étranger, sans y séjourner longtemps. Il fallut ma rencontre avec Agnès et ma brutale conversion à la vie de cour pour que j'éprouve tout à coup le trouble d'habiter vraiment dans de riches demeures, d'y occuper une place, de vivre au rythme des fêtes qui s'y déroulaient.

Cette conversion, quoiqu'elle eût des causes bien différentes, était assez semblable à celle qu'avait connue le roi. Auparavant, sa vie, et celle de sa famille, était austère. Les manifestations publiques se bornaient à la tenue des quatre cours plénières, à Pâques, à la Pentecôte, à la Toussaint et à Noël. Le roi faisait des cadeaux à ses courtisans et assistait à une messe solennelle. Puis avait lieu un festin à la fin duquel les valets jetaient des pièces aux cris de « largesse, largesse ». C'était simple, bref, et au fond assez triste. Depuis que le roi se montrait ouvert au plaisir, certains usages en vogue dans d'autres cours s'étaient introduits dans la sienne.

Le grand ordonnateur de ces réjouissances nouvelles était sans conteste le roi René. Son énergie en la matière forçait l'admiration. Les circonstances étaient particulièrement favorables pour lui et, quand nous le rejoignîmes à Nancy, il nous réserva une véritable apothéose de divertissements en tout genre. Par ses voyages, les ramifications de sa famille et sa propre curiosité, le roi René était au courant de tout ce qui se faisait en Europe, en matière de fêtes. Il ne voulait pas être le dernier à s'y livrer. Il entretenait des troupes d'artistes et d'entremetteurs. Ce fut lui qui introduisit en France la coutume du « pas », qui était depuis longtemps en usage en Bourgogne. Ces pas étaient des tournois de chevalerie dont les règles compliquées avaient été fixées en Allemagne ou en Flandre. Dans ces fêtes le vieux fonds guerrier et courtois de la chevalerie se mêlait à tous les artifices du luxe moderne : armes ciselées, robes magnifiques, spectacles grandioses précédant le tournoi.

Le roi paraissait beaucoup se divertir pendant ces fêtes. Après la reddition des Messins, il se rendit à Châlons où René avait organisé en son honneur un « pas » qui dura huit jours. Charles s'y fit acclamer en rompant des lances avec Brézé qui, d'évidence, le laissa vaincre. Agnès était celle que le roi entendait éblouir. Il la saluait ostensiblement. Elle était revêtue pour la circonstance d'une armure d'argent incrustée de gemmes. Cette pièce exceptionnelle, comme d'ailleurs la quasi-totalité des parures, harnachements et ornements qui donnaient son éclat à cette assemblée, provenait de l'Argenterie. J'avais reçu pendant les semaines précédentes tout ce que la cour comptait d'illustre et je m'étais efforcé de donner à tous, même aux plus désargentés, les moyens de tenir leur rang. Agnès elle-même était venue me trouver en personne. Elle n'avait pas pu ne pas remarquer mon trouble. Cependant, elle n'était pas seule, et la conversation resta limitée aux questions pratiques qui concernaient ses demandes pour le « pas ». Cette entrevue me laissa perplexe et quelque peu mélancolique. C'était la première fois que je la revoyais en particulier et si longtemps depuis notre première rencontre. Même en tenant compte de la réserve à laquelle la contraignait la présence de ses suivantes, je ne décelai plus rien en elle de ce que j'avais cru percevoir d'abord. Aucun signe, même le plus discret, aucun regard, aucune parole à double entendement ne donna prise à mes sentiments. J'en vins à me demander si, une fois encore, je n'avais pas été emporté par des rêves qui n'appartenaient qu'à moi.

Son attitude pendant le pas, que j'observai attentivement et sans avoir besoin de dissimuler, car tout le monde n'avait d'yeux que pour elle, me la montrait plus amoureuse que jamais du roi et plus que jamais aimée de lui.

Avoir le cœur triste pendant une fête est le meilleur moyen de porter sur elle un jugement froid. Je disposai ainsi de huit jours, au cœur des réjouissances, pour me former une opinion sur le compte du roi René et de la forme de luxe et de plaisir qu'il avait introduite à la cour. J'étais vêtu richement pour l'occasion, car le roi me faisait quérir à tout instant pour l'accompagner ici ou là ou me demander de régler des détails matériels. J'arborais un sourire de circonstance, laissant croire que j'étais pris moi-même par l'allégresse générale. En réalité, j'étais d'humeur lugubre.

Ces tournois me paraissaient ridicules et déplacés. Ils tentaient de faire revivre une époque qui était bel et bien révolue. Si nous étions finalement en passe de triompher de l'Anglais, c'était parce que nous avions créé une armée moderne que Bureau armait d'artillerie et que je finançais. Il aurait fallu célébrer cette nouvelle armée et non cette chevalerie qui avait ruiné le royaume.

Si encore cette évocation des mœurs passées avait été humble et modeste ! Quand je faisais l'acquisition de châteaux forts, c'était le sourd écho de ce temps révolu que j'entendais et il me remplissait d'une nostalgie plaisante. Pendant ces tournois, au contraire, la chevalerie prétendait se présenter vivante, tandis que je savais bien, moi, qu'elle était morte. Je connaissais l'envers du décor. Je tenais un compte exact des terres vendues, des châteaux bradés, des emprunts contractés. Je savais de quelle misère était payée cette débauche de richesses. La chevalerie était vivante jadis, lorsqu'elle reposait sur la possession de la terre et la soumission des hommes. Aujourd'hui l'argent régnait et il n'y avait plus de seigneur.

Un des clous du spectacle, à Châlons, fut la démonstration galante du parangon des chevaliers, le célèbre Jacques de Lalaing, qui passait dans toute la France pour l'image même du preux chevalier. Ce héros semblait tout droit sorti des légendes du roi Arthur. Il faisait d'ostensibles gestes de piété, marchait auréolé par la réputation de ses exploits en combat singulier. Il faisait de sa chasteté une vertu et un paradoxal instrument de séduction. J'étais curieux de rencontrer ce prodige qui prétendait maintenir vivante, et à son plus haut niveau de rigueur, la discipline chevaleresque.

Au lieu de quoi, je vis paraître un puceau prétentieux, brutal et passablement ridicule. Sa chasteté n'était à l'évidence pas le fruit d'un vœu, mais plutôt d'une timidité déguisée en vertu. Ses manières étaient si différentes des mœurs du temps qu'elles semblaient lui faire jouer un rôle. Les badauds le regardaient avec la même curiosité qui les avait fait applaudir les comédiens qui s'étaient produits avant le pas. Pendant le tournoi, Jacques de Lalaing tirait parti de son expérience puisqu'il allait de combat en combat. Ce qui était pour les gentilshommes ordinaires une activité rare dont ils n'avaient guère l'usage était pour le chevalier de profession une routine à laquelle il était rompu. Ses succès devaient plus à la maladresse de ses adversaires qu'à ses talents personnels. Cependant, il auréolait chacun de ses actes de tant d'affectation, il sacrifiait si scrupuleusement aux rituels les plus pointilleux et les plus désuets que ses victoires passaient pour la conséquence logique d'une noblesse dont il entretenait minutieusement les apparences.

En réalité, ce petit personnage était un parfait imbécile. Chez lui, le conformisme poussé à l'extrême tenait lieu d'originalité. J'en eus la preuve quand, entre deux joutes, l'occasion me fut donnée de m'entretenir avec lui. En rôdant dans le voisinage de ses valets, je m'étais rendu compte qu'il valait mieux ne pas regarder l'équipement du chevalier de trop près. Les cuirs de ses harnachements étaient secs et fendus, les tissus rapiécés, et ses montures, une fois délivrées de leurs oripeaux de combat, étaient de pauvres bêtes mal nourries. Ces détails me rassurèrent quelque peu. Ils rendaient ce chevalier plus humain et surtout plus conforme à la caste qu'il prétendait incarner. Comme tous les autres, il était désargenté. Le monde dans lequel il croyait se mouvoir n'avait plus rien de commun avec celui des chevaliers errants d'antan. Il avait beau courir d'un combat à un autre et se faire luxueusement recevoir chaque fois, il avait peine à survivre. Au cours de la conversation, je le poussai à aborder les questions matérielles. Il me regarda avec horreur. Je me rendis compte que sa prétention à vivre une chevalerie héroïque et éternelle n'était pas feinte. Il se refusait obstinément à voir le monde tel qu'il était et considérait les personnages dans mon genre avec le mépris dont les accablaient ses ancêtres. Si je n'avais pas vu Agnès lui témoigner tant d'admiration et lui jeter des regards qui me parurent énamourés, peut-être n'aurais-je pas eu la cruauté de le pousser dans ses retranchements pendant cet échange. Mais je ne résistai pas au plaisir de le mettre dans un complet embarras. Il connaissait mon rôle auprès du roi et ne pouvait me traiter avec toute la brutalité qu'il aurait voulue. Sa défense, devant mes impertinences, fut de bredouiller des paroles confuses.

Avec le naturel auquel j'étais accoutumé dans mes rapports avec tous les nobles de la cour, je lui proposai de nouvelles montures et des cuirs que je faisais venir d'Espagne. Tâtant sans vergogne son armure cabossée, je vantai avec cruauté la qualité des cuirasses génoises et lui fis savoir qu'il ne tenait qu'à lui de passer à l'Argenterie pour en faire mettre une à sa taille. Comme il s'étranglait et cherchait désespérément un prétexte pour s'enfuir, j'aggravai son trouble en lui proposant des facilités de paiement pour le montant qu'il jugerait nécessaire de dépenser. Sous le coup de l'épouvante et plus désarmé que si un dragon crachant le feu l'avait attaqué dans la forêt de Brocéliande, Lalaing remonta en selle sans attendre l'assistance de son valet. Son armure fit un bruit de casserole, il s'y reprit à trois fois pour passer la jambe au-dessus de la croupe de son cheval. Et sans cesser de crier : merci, merci, il s'éloigna au trot, assis de travers et aveuglé par le heaume qui, pendant ces acrobaties, lui était retombé sur les yeux.

Ce divertissement me laissa un goût amer et, en tout cas, il ne suffit pas à me réconcilier avec ces réjouissances qui sentaient la mort. Je ruminai ma rage pendant tout le reste de la fête. Ma décision était prise : j'allais repartir. Cette parenthèse à la cour était absurde. Je m'étais totalement mépris quant aux sentiments d'Agnès et d'ailleurs, que pouvais-je espérer ? Cet intermède était un coup de folie, une des formes, sans doute, de cette mélancolie qui saisit les hommes au mitan de leur vie et leur fait imaginer bien à tort qu'ils peuvent commencer une seconde existence, éclairée par l'expérience de la première. Je cherchai seulement le moyen d'annoncer ma décision au roi et de le convaincre de l'accepter.

Je ne sais s'il faut le regretter ou considérer que ce fut une chance. En tout cas, ces résolutions se brisèrent dans la semaine suivante lorsque Agnès m'appela auprès d'elle à Beauté.

*

Le roi, qui pendant si longtemps s'était montré d'une frugalité qui frisait l'avarice, aimait désormais dépenser. Il exprimait ses joies ou sa gratitude en offrant des cadeaux. À chaque accouchement, la reine recevait une robe somptueuse. Et j'ai déjà dit qu'avec le même naturel, Charles avait acheté un gros diamant pour sa maîtresse. Les victoires sur l'Anglais lui donnaient l'occasion de faire d'autres cadeaux, plus considérables encore, puisqu'ils consistaient en terres acquises sur l'ennemi. En général, ces prises de guerre étaient utilisées pour récompenser les plus vaillants de ses capitaines ou d'autres personnages de la cour.

Confondant les deux pratiques, celle du cadeau d'affection et le privilège royal de conférer des apanages, le roi se mit en tête d'offrir un domaine à Agnès. Je doute qu'il l'ait choisi lui-même, car un fond de pingrerie lui aurait certainement fait préférer une demeure plus modeste. Sans doute fut-ce Agnès elle-même qui demanda Beauté. Et elle l'obtint.

Le connaissait-elle ou avait-elle été séduite par le nom de ce château ? En tout cas, son choix était excellent, trop beau même, au point qu'il fit scandale. Créé par Charles V, le domaine de Beauté près de Vincennes est un des plus beaux châteaux de France. Le grand-père de Charles en avait fait sa résidence favorite. Il avait été repris aux Anglais par Richemont cinq ans plus tôt.

Une telle faveur révélait d'un coup ce que tout le monde savait mais s'efforçait d'ignorer : le roi était amoureux. Agnès, en prenant possession de ce domaine royal, se hissait au-dessus des simples maîtresses. Personne n'était pour autant disposé à la voir entrer dans le cercle royal. Les jalousies décuplèrent et, sous les mimiques des courtisans, on distinguait maintenant des lueurs de haine.

Ni le roi ni Agnès ne donnèrent aux envieux la satisfaction de prêter attention à leurs états d'âme. Charles était certainement sincère : il était fort au-dessus de ces bassesses et s'il lui arrivait de noter sur les visages les morsures de la jalousie, sa cruauté naturelle devait en jouir. Agnès, elle, comprenait tout. Mais au prix d'un effort constant, elle parvenait à ne rien laisser paraître et redoublait d'amabilité avec ses pires ennemis.

Elle ne tira aucune vanité de son nouveau titre de Dame de Beauté. Ce nom était pourtant doublement provocant puisqu'il était à la fois un signe de noblesse et un compliment. Elle le porta comme ses toilettes : avec plaisir et naturel, sans chercher à briller mais sans se priver d'y parvenir.

Les réjouissances de Nancy et de Châlons requéraient sa présence et ne lui permirent pas de prendre possession de son domaine. C'est peu après le « pas » qu'elle décida de s'y rendre. Et à ma grande surprise, elle m'emmena.

J'eus là une première illustration de son habileté. Elle avait si ostensiblement marqué de l'indifférence et même de la froideur à mon endroit pendant toutes ces semaines que le roi, pourtant jaloux, ne vit aucune objection à ma présence aux côtés d'Agnès pour ce voyage. De plus, comme il était question de procéder à de profonds aménagements du château, il était assez logique que je me rende compte par moi-même de ce qui serait nécessaire.

Nous partîmes avec une escorte armée, mais nous n'étions que quatre autour d'Agnès. Elle avait emmené une seule de ses suivantes et j'étais accompagné de Marc. J'avais hésité à le prendre avec moi. Je savais qu'il me faudrait supporter son sourire en coin et ses coups d'œil entendus. Si Agnès, par malheur, avait l'intelligence d'un de ces signes, elle risquait de me prendre pour un grossier personnage. Finalement, j'emmenai Marc mais lui ordonnai de trotter derrière nous et de garder ses distances.

Ce fut un voyage assez bref, car Agnès était bonne cavalière et tenait à faire de longues étapes. Nous eûmes deux journées de mauvais temps. Elle prenait plaisir à galoper sous l'orage, semant la panique dans l'escorte. Les hommes étaient gênés par leurs armes pour la suivre, si bien que nous nous retrouvions souvent seuls. J'eus l'impression de voir apparaître sous le masque de la femme de cour un autre personnage, exalté, presque violent, dont le regard, par instants, brillait d'une flamme inquiétante. Sa coiffure était ruinée par la pluie et son fard coulait. Une énergie sauvage émanait d'elle. Les regards qu'elle me jetait parfois, ses grands éclats de rire, sa manière de passer sa langue sur ses lèvres humides de pluie froide me troublaient profondément. Je retrouvais la familiarité puissante de notre première rencontre. Je ne savais pour autant que penser ni surtout quoi dire.

Nous traversâmes Vincennes par une belle journée de soleil. Mais nous entrâmes à Beauté sans avoir pu nous remettre des désordres de l'orage. Si bien que c'est avec l'allure d'une troupe de bohémiens que nous franchîmes le pont qui enjambait les douves du château.

J'accompagnai Agnès en fin d'après-midi pour visiter Beauté. Les Anglais ne l'avaient pas entretenu mais ils s'étaient heureusement gardés de le piller. Les pièces étaient déjà sombres et je tenais à la main un flambeau. Dans la bibliothèque de Charles V, des milliers d'ouvrages bien alignés brillaient, à la lueur des flammes, et lançaient dans l'obscurité des éclats d'or. La tour carrée, au milieu du château, comptait trois étages. La chambre des Évangélistes était décorée de peintures monumentales. La chambre « au-dessus de la fontaine » n'avait pas subi de transformation depuis que Charles V y était mort. Son fils aimait se retirer dans ce château avec Isabeau de Bavière, à l'époque heureuse où la folie n'avait pas encore aliéné son esprit. Il avait fait fermer les pièces austères et tragiques dans lesquelles le vieux roi avait terminé sa vie et avait aménagé un étage pour y séjourner en amoureux. Agnès prit pour elle une des chambres de cet étage et me réserva l'autre, qui en était séparée par un palier meublé d'une grande armoire en chêne. Elle décréta que le personnel demeurerait au rez-de-chaussée, comme c'était d'ailleurs l'usage sous Charles VI. Sa suivante était une grande fille souriante et silencieuse. Agnès semblait l'avoir choisie tout exprès parmi les autres, en raison de son peu de méchanceté. Elle ne fit aucune difficulté à se séparer de sa maîtresse. Marc avait l'air tout réjoui d'être ainsi accommodé dans la proximité de la jeune fille. Ce fut moi, cette fois, qui lui adressai un sourire goguenard.

Avant la tombée de la nuit, Agnès me fit monter en haut de la tour : on voyait loin au-dessus des bois et l'on pouvait même distinguer à l'ouest les fumées de Paris. Nous nous tenions côte à côte accoudés aux pierres rugueuses d'un large créneau. La paix du crépuscule n'apaisait guère mon trouble. Je sentais le souffle d'Agnès, légèrement accéléré par la montée des marches, à moins que ce ne fût par l'émotion, mais je me jugeais fou de l'espérer. Cependant, elle ne faisait rien qui pût me laisser deviner ses sentiments, et je restai plus que jamais sur mes gardes. Nous redescendîmes à la nuit noire. Marc nous fit servir un souper, dans une pièce de notre étage qui avait dû servir de salle de commandement du temps des Anglais. La table en son milieu était de petites dimensions. Elle datait sans doute des amours de Charles et d'Isabeau. Tout autour, quantité de chaises avaient été disposées par les Anglais, pour leurs conciliabules guerriers.

Pendant le voyage, nous avions déjà beaucoup parlé, Agnès et moi. Nous nous étions découvert, elle la Picarde et moi le Berrichon, une passion commune pour l'Italie. Elle y avait suivi Isabelle de Lorraine pendant plusieurs années. Grâce à elle, elle avait rencontré de nombreux artistes, avec lesquels elle entretenait une correspondance.

La conversation au grand air, pendant la chevauchée et dans la proximité de sa suivante, ne pouvait être très intime, quoique chaque mot d'Agnès me parût chargé d'un poids de sentiments qui en prolongeait le sens. Elle m'en apprit beaucoup à propos de ses origines et m'éclaira sur sa formation. Elle était fille d'un petit seigneur de la région de Compiègne. Il appartenait à la maison de Bourbon et, par l'entremise du duc qui s'était allié aux Anjou, Agnès avait rejoint très jeune la suite d'Isabelle de Lorraine. Cette femme énergique et cultivée l'avait beaucoup influencée. Elle me raconta ce que je savais déjà, à savoir qu'après la défaite de son mari et sa capture à Dijon, Isabelle avait réuni les vassaux de René dans le château de Nancy et s'était fait jurer fidélité. Quand ensuite, par le hasard des successions, le malheureux captif s'était retrouvé roi de Naples, de Sicile et de Jérusalem, Isabelle était partie en Italie prendre possession de cet héritage, en attendant sa libération. Elle avait défendu vaillamment son bien, vendant bijoux et argenterie pour lever une armée contre le roi d'Aragon. Et elle y avait mis plus d'habileté que le pauvre René qui, une fois libéré, s'était empressé de tout perdre. Cet épisode était connu. Le plus intéressant était de constater l'impression qu'il avait faite sur Agnès. Isabelle de Lorraine lui avait donné, outre une haute culture et une bonne éducation, le modèle d'une femme libre, audacieuse et forte. Agnès admirait particulièrement en elle ce mélange d'amour profond, total, car elle avait vécu avec René une véritable passion, et, en même temps, d'indépendance qui la rendait capable d'agir seule. Les circonstances n'avaient pas offert à Agnès les conditions favorables pour suivre à l'identique l'exemple d'Isabelle. Mais je pressentais, et la suite me le prouva, qu'elle cultivait en elle les mêmes qualités et trouverait les moyens de les exprimer.

Ce premier soir au château, nous dînâmes presque en silence. La dernière étape avait été longue. Ce lieu chargé d'intimité royale, ces pièces qui avaient été témoin de la mort et de l'amour, de la défaite et du renouveau, suscitaient le malaise. Malgré la petite dimension de la salle et les tentures qui étouffaient les bruits, nous nous sentions bizarrement intimidés, comme si nous avions dîné sous de hautes voûtes sonores.

Après le souper, chacun se souhaita la bonne nuit et se retira de son côté. Je fis monter de l'eau par Marc et pris le temps d'une longue toilette pour ôter de ma peau la poussière de la route et les odeurs mêlées de ma sueur et de celle de mon cheval. J'entendis des allées et venues en face qui indiquaient qu'Agnès faisait de même. Puis les domestiques descendirent à leur étage. La suivante d'Agnès laissa échapper un gloussement dans l'escalier, signe probable que Marc n'avait pas attendu d'être tout à fait parvenu en bas pour l'entreprendre.

Enfin, tout fut silencieux dans le château.

La fatigue était là, le sommeil aussi. Pourtant, étendu sur mon lit, je caressais pensivement le drap de lin et ne me décidais pas à éteindre la bougie. Je me remémorai tous les détails du voyage, les expressions d'Agnès. Je me demandais comment il fallait interpréter ce voyage et la confiance qu'elle me témoignait, en m'installant près d'elle. Sa position de maîtresse du roi, l'attirance que je ressentais pour elle, l'idée que mon sentiment était partagé, la crainte de rompre le charme en allant plus loin, tout cela formait dans mon esprit un nœud serré d'idées contradictoires et troublantes qu'Agnès seule pouvait trancher.

C'est ce qu'elle fit un peu plus tard dans la nuit, en entrant dans ma chambre.

*

Dix années ont passé depuis cette nuit dont sept sans elle. Jamais je n'ai évoqué ce moment devant quiconque. Pourtant, tout est gravé en moi avec une netteté parfaite. Je me souviens de chaque geste, de chaque parole échangée. Les faire renaître aujourd'hui par écrit provoque un curieux mélange d'extrême volupté et de douleur. C'est un peu comme de revivre ces instants avec elle mais aussi, et à jamais, en son absence.

Je fus à peine surpris quand elle ouvrit la porte. Sans le savoir, je l'attendais. Tout se déroula de même, dans un accord informulé, à peine conscient mais total. Elle tenait un bougeoir de cuivre à la main. La flamme dorait son visage, et son front paraissait plus immense que jamais. Elle avait lâché ses cheveux blonds et je fus étonné de les voir tomber presque jusqu'à ses épaules. Elle ne dit pas un mot en entrant mais me sourit et avança jusqu'à mon lit. Elle s'assit sur le bord, posa la bougie sur la table de nuit. Accordant mon audace sur la sienne, j'ouvris les draps et elle se glissa à mon côté. Son corps me parut d'un coup très petit, comme un corps d'enfant, peut-être parce qu'elle se pelotonna au creux de mon épaule. Elle avait les pieds glacés et frissonnait.

Nous restâmes ainsi de longues minutes. Tout était silencieux au-dehors. On entendait à l'étage du dessus battre une fenêtre dans le vent. J'avais le sentiment d'avoir recueilli près de moi une biche traquée, qui retrouvait lentement son calme, après une longue poursuite dont avait dépendu sa vie. Elle paraissait si vulnérable, si fragile que, malgré sa douceur, l'odeur exquise de ses cheveux, la légèreté féminine avec laquelle elle épousait mon corps, je sentis refluer en moi le désir. L'envie de la protéger était trop forte. Elle anéantissait toute intention de la posséder, comme si prendre quoi que ce fût d'elle et, a fortiori, elle tout entière, eût été une insupportable trahison.

Enfin, elle se redressa, saisit un oreiller pour s'y appuyer et, s'écartant un peu de moi, me regarda.

— J'ai tout de suite eu confiance en toi, me dit-elle.

Ses grands yeux ouverts me fixaient et scrutaient mon visage, pour y guetter la moindre expression. Je lui souris. Elle resta grave.

— Et pourquoi ? lui dis-je. Je suis un homme, après tout. Un homme comme les autres.

Elle éclata soudain d'un rire sonore, qui découvrit sa denture blanche, sans défaut. Puis elle reprit son calme et, d'un geste tendre, redressa une mèche qui me tombait sur le front.

— Non, non ! Tu n'es pas un homme, en tout cas pas un homme comme les autres.

Je ne savais s'il fallait prendre cette remarque en mauvaise part. Se méprenait-elle sur le respect que je lui témoignais ? Elle me croyait peut-être incapable de la désirer. Je n'eus pas le temps de m'en offusquer ni de préparer mes dénégations : elle étendit d'un coup ses bras et regarda en souriant droit devant elle, dans l'obscurité de la chambre.

— On m'avait parlé de l'Argentier... C'est un titre bien sérieux et j'imaginais celui qui le portait comme un monsieur austère. Et puis... je t'ai vu.

Elle se retourna vers moi et de nouveau se mit à rire.

— Au lieu d'un monsieur austère, il y avait un ange. Un ange égaré. C'est bien cela que tu es : une créature tombée de la Lune, à qui le destin a joué le curieux tour de donner de hautes fonctions. Et tu fais de grands efforts pour faire croire que tu es bien à ta place.

— C'est ainsi que tu me vois ?

— Je me trompe ?

Je me défendis pour la forme, arguant que j'avais travaillé dur pour obtenir ce que j'avais acquis, essayant de la convaincre de mon sérieux. Mais je ne pris pas la peine d'argumenter longtemps : elle m'avait vu tel que j'étais. Personne n'avait aussi vite et aussi profondément saisi le décalage entre mon rôle officiel et le monde de mes désirs et de mes rêves.

— J'ai peur, s'écria-t-elle tout à coup. Sais-tu à quel point j'ai peur ?

Elle se pencha vers moi, mit un bras autour de mon cou et appuya sa tête contre mon épaule.

— C'est bon de pouvoir le dire. Je n'ai personne, comprends-tu cela ? Personne à qui me confier.

— Le roi..., hasardai-je.

Elle se redressa brutalement.

— Moins que les autres !

— Tu ne l'aimes pas ?

Ce n'était pas exactement notre sujet, mais le besoin de poser cette question était plus fort que tout. Agnès haussa les épaules.

— Comment pourrais-je ?

Des images inconnues et terribles brouillèrent un instant son regard. Puis elle se reprit et continua d'une voix plus assurée.

— Je dois me battre contre tous et tout le temps. C'est ainsi. Tu ne peux pas imaginer le bien que cela me fait de pouvoir un instant baisser la garde et parler librement. Avec un ange.

Elle me lança un coup d'œil malicieux et

nous nous mîmes à rire. Je me sentais incroyablement familier avec elle, comme si je retrouvais une sœur. Je me dis qu'elle aussi était un ange égaré et que nous venions sans doute de la même planète, quelque part dans l'éther.

Agnès, ensuite, se mit à m'expliquer ses projets. Tout était parfaitement cohérent et réfléchi. Derrière la jeune courtisane qui donnait l'impression de ne pas voir l'hostilité qu'elle suscitait, derrière la maîtresse qui témoignait au roi admiration et tendresse, derrière la fragile créature du clan angevin se cachait une femme lucide, déterminée, qui faisait preuve d'un puissant instinct de survie et d'une intelligence exceptionnelle pour inventer les moyens de défendre ses intérêts.

— Au point où je suis rendue, me dit-elle, je n'ai pas le choix. Il faut que je reste la maîtresse du roi et que j'exerce sur lui une autorité sans partage. Les femmes qu'il a eues avant n'avaient pas été mises sur le même pied. Le roi, à leur époque, était timide et ses liaisons restaient sinon secrètes du moins discrètes. Maintenant, il a changé. Il m'a installée trop haut et avec un trop grand bruit pour que je puisse survivre à une répudiation. S'il en met une autre à ma place, mes ennemis me trouveront sans protection et me tueront.

— Mais pourquoi mettrait-il une autre à ta place ? dis-je pour la rassurer.

C'était ma conviction en effet : le bonheur d'avoir une telle femme pour maîtresse ne pouvait que combler un homme. En même temps, l'idée qu'un autre que moi avait cette chance me meurtrissait le cœur.

— Je n'ai aucune confiance en lui sur ce point, dit-elle sèchement. Et je sais que Charles d'Anjou, dans le souci permanent de se faire bien voir, ne manquera pas de lui présenter d'autres femmes, aux fins de me supplanter.

— Ce serait un mauvais calcul. N'es-tu pas en quelque sorte un membre de sa maison ?

— De moins en moins. La passion du roi pour moi me rend indépendante. Les moyens dont je dispose, les terres qu'il m'a données ne me font plus vivre dans la soumission aux Anjou. Ils ont longtemps fait de moi ce qu'ils ont voulu. C'est bien fini.

L'évocation de ses difficultés l'avait rendue moins tendre, plus inquiète. À un moment, elle se dressa et me dit :

— J'ai faim. Viens dans la salle à manger.

— Penses-tu qu'ils aient laissé quelque chose ?

— Ma suivante sait que je me relève toutes les nuits pour prendre de la nourriture et elle dispose toujours un plat de fruits ou de gâteaux à ma portée.

Elle s'était mise debout et je la suivis. Nous étions en chemise, avançant prudemment dans des pièces sombres, comme des enfants. Agnès me tenait par la main. Nous ouvrîmes la petite salle à manger. En effet, sur une desserte, une coupe en étain nous attendait, pleine de pommes reinettes. Elle en croqua une et je l'accompagnai. Nous approchâmes deux chaises en sorte de pouvoir rester côte à côte en nous asseyant. Agnès, un coude sur la table, pivota et fit reposer ses jambes sur mes cuisses.

— Je suis enceinte, me dit-elle sur un ton distrait, en choisissant une autre pomme.

— C'est une belle chose. Cela devrait t'attacher davantage encore le roi.

Elle haussa les épaules.

— Tout au contraire. Il a la reine pour lui donner des enfants. Mon état ne me créera que des embarras et je le lui cacherai le plus longtemps possible. La seule conséquence, pour le moment, est qu'il me faut agir encore plus vite.

— Agir?

Elle jeta le trognon sur la table et s'essuya la bouche avec le revers de sa main. En cheveux, la gorge découverte, assise de travers et accoudée à une méchante table, elle avait tout à fait l'air d'une fille de taverne, une sauvageonne sensuelle et brutale. La retenue de la courtisane avait disparu. Loin d'être horrifié par cette transformation, j'en tirai un vif plaisir. Car j'avais conscience d'être entré dans sa vérité, qu'elle cachait au reste du monde. Elle parlait avec moi de manière aussi confiante que si elle s'était adressée à elle-même. Et moi, si habitué aussi à la dissimulation et à la solitude, j'avais la bizarre certitude de pouvoir tout lui dire et laisser paraître devant elle la vérité de mon âme.

— Oui, agir. Tout est prêt, mon cœur.

Elle rit soudain et prit mon visage dans ses mains.

— Tiens, c'est ainsi que je vais t'appeler. Jacques ne me plaît point. Tu seras « Mon Cœur ».

Elle avança les lèvres et baisa les miennes. Ce fut un baiser chaste.

— Tu disais donc, agir ?

Elle se leva et alla ouvrir un placard dans le mur derrière nous. Elle y prit une cruche d'eau et deux verres.

— Il est temps de limiter l'influence des Anjou, affirma-t-elle sur le ton d'évidence péremptoire du juge qui prononce une sentence.

Puis elle ajouta :

— D'ailleurs, Pierre de Brézé est bien d'accord sur ce point.

Je savais qu'elle était en bons termes avec le sénéchal. Une étonnante jalousie me piqua soudain. Avait-elle avec lui la même intimité ? Si sa proximité avec le roi me causait seulement de la tristesse, une relation avec Brézé m'aurait mis en rage. Elle sourit et, m'ayant deviné, elle s'assit de nouveau près de moi et caressa ma main.

— Non, Mon Cœur ! Pierre est un ami mais je ne l'ai pas reconnu pour frère comme toi. C'est qu'il n'a rien d'un ange égaré, lui. C'est un homme droit et bon, mais un homme tout de même, rien qu'un homme. Il peut être brutal et il l'a prouvé dans le passé. Notre amitié est

sincère, mais je dois retenir son ardeur de soldat. Cela n'empêche pas que nous soyons d'accord lui et moi. Le bien du roi et du royaume
rejoint mon intérêt propre et celui de Brézé.
Charles a vaincu l'Anglais, a soumis les princes.
Il lui reste un dernier obstacle pour être tout à
fait libre et un grand roi : il doit mettre à l'écart
cette famille d'Anjou qui règne à sa place.

— Mais Brézé aussi doit tout aux Angevins.

— Il est fidèle au roi plus qu'à quiconque.
Son avis est que la puissance de la maison d'Anjou devient dangereuse. Ils tissent leur toile et
quand ils se dévoileront, il sera trop tard.

— Alors, qu'allez-vous faire ?

— Je laisse à Pierre le soin de choisir le moment et la manière. C'est lui, il y a quelques années, qui a débarrassé le roi de l'horrible La
Trémoille. Il est habile à ce genre de coup
d'éclat et le roi le craint.

— Mais quand doit-il mener l'offensive ?

— Il attend le moment, qui ne tardera plus.
D'ici là, chacun de nous s'efforce de faire monter la défiance du roi à l'endroit des Anjou.
Notre meilleur allié en la matière est ce pauvre
René. Plus il fait étalage de luxe et se pavane,
plus il agace Charles et lui donne de motifs de
le craindre.

J'étais assez convaincu par les arguments
d'Agnès et persuadé moi-même qu'il fallait à
tout prix réduire l'influence des princes, fût-elle
limitée à une seule famille. Je n'étais en rien
choqué par le revirement d'Agnès et de Brézé.

Les Anjou les avaient utilisés sans scrupule et n'hésiteraient pas à les liquider s'il le fallait. Ils agissaient pour se protéger. Une seule chose me gênait, par rapport à la confiance que je voulais témoigner à Agnès : comment pouvait-elle sans états d'âme trahir Isabelle de Lorraine, à qui elle devait tout ? Je lui posai tout crûment la question. Elle réagit avec la vigueur d'un animal que l'on force.

— Quand les hommes de cette famille m'ont présentée au roi, cracha-t-elle, quand ils m'ont vendue à lui comme une bête, tout innocente que j'étais encore, Isabelle a essayé de me défendre. Il y a eu des scènes terribles entre elle et son beau-frère. Mais son mari, toujours faible, l'a désavouée et elle a dû céder. Nous avons pleuré toute une soirée. Elle m'a serrée contre elle et m'a fait jurer d'obtenir un jour ma revanche. Je ne savais pas ce qu'elle voulait dire alors, mais j'ai juré. Et aujourd'hui, l'heure a sonné. Non seulement je ne la trahis pas, mais, en vérité, je lui obéis !

Sur ces mots, elle se leva, me prit par la main. Nous retournâmes dans ma chambre. De nouveau, elle se pelotonna contre moi.

— Quand t'ont-ils présentée au roi ?

— Il y a plus de deux ans. J'avais dix-neuf ans quand j'ai vu Charles pour la première fois à Toulouse. J'étais bien différente d'aujourd'hui. Ces deux années m'ont beaucoup appris.

Un silence se fit, pendant lequel je la sentais

s'assoupir. Pourtant, avant qu'elle dorme, je tenais à lui poser encore une question.

— Et..., demandai-je en hésitant, qu'attends-tu de moi ?

Elle rit.

— Rien, Mon Cœur. Ne te mêle surtout pas de cela. Tu m'apportes une chose irremplaçable : tu es la seule personne à qui je puisse parler librement. Avec Brézé, nous avons en commun ce projet, mais il y a fort peu d'autres choses que je pourrais lui confier. Je me tiens sur mes gardes. Toi, tu es mon frère, mon ami.

— Qu'est-ce qui te permet de croire que je ne te trahirai pas ?

Elle caressa ma joue.

— Je te connais aussi bien que je me connais moi-même. Nous sommes les deux morceaux d'une étoile qui s'est brisée, en tombant un jour sur la terre. Tu ne crois pas à ce genre de chose ? C'est pourtant Dieu lui-même qui me l'a dit.

— Dieu ?

— Il me répond quand je prie.

Elle se redressa sur un coude et me regarda sévèrement.

— Ne me dis pas que tu n'as pas la foi !

— À vrai dire...

— Tais-toi. Tu es un orgueilleux et un ignorant.

Elle sourit puis reposa la tête sur mon épaule. Je la sentais s'endormir.

— Si l'on nous surprenait ainsi...

— Ma suivante a ordre de ne venir me trouver le matin que si je l'appelle.

Et elle ajouta en bâillant :

— D'ailleurs, il n'y a rien à craindre de celle-là.

Quelques instants plus tard, elle dormait profondément. Je restai longtemps éveillé, troublé par l'irruption dans ma vie de cette petite personne si volontaire et si tendre, si familière et si mystérieuse. J'étais en proie à des pensées précipitées, sans pouvoir en fixer aucune. Des sentiments contradictoires se partageaient mon cœur. Je craignais de la désirer, et ainsi de trahir non seulement le roi mais la confiance qu'elle plaçait en moi. En même temps, assez bêtement, je me sentais coupable aussi de ne pas me montrer assez entreprenant ; n'allait-elle pas prendre ma froideur d'homme pour du dédain ? Je finis par repousser ces tourments ridicules et me livrai sans retenue à un complet bonheur. Après tout, je ne manquais pas d'occasions charnelles et elles ne m'avaient jamais comblé. Ce dont j'étais privé par-dessus tout, c'était d'une amitié comme peuvent en nouer les couples quand ils sont assortis. Agnès m'apportait une confiance, une vérité, une simplicité dont j'avais besoin autant qu'elle. Je me laissais gagner par la volupté de cette relation inattendue et décidai que, quoi qu'il pût arriver, je préserverais d'abord cette confiance. Quant au reste, à la forme que prendrait cette amitié... nous verrions bien !

Nous restâmes cinq jours à Beauté, cinq journées et cinq nuits pendant lesquelles nous nous tînmes constamment l'un près de l'autre. Agnès me parla de tout, de son enfance, de ses peurs, de ses rêves et moi, pour la première fois, je pus ouvrir complètement mon cœur à quelqu'un. Jamais je n'aurais pu révéler à Macé mes doutes et mes idées bizarres. Agnès comprenait tout. Si je taisais certaines choses, c'était parce que j'avais la certitude qu'elle les avait déjà comprises.

Ainsi commença l'étrange affection qui, pendant toutes ces années, fit d'Agnès l'être au monde le plus précieux pour moi. De cette relation, la chair n'était point absente, car nous aimions sentir nos corps se toucher, et la tendresse prenait entre nous la forme voluptueuse de caresses et de baisers. Pourtant, pendant très longtemps et jusqu'à ces instants ultimes et funestes que j'espère avoir le temps d'évoquer, nous ne fûmes pas des amants. C'était comme si nous avions su que franchir cette limite nous aurait fait pénétrer dans un autre espace, où tout le reste de notre relation nous eût été retiré. Ainsi ce désir inassouvi, au lieu de se limiter à un seul acte, irradiait dans tous nos gestes et dans toutes nos pensées et donnait à ce que j'ose malgré tout appeler notre amour une intensité sans égale et une teinte inimitable.

Il n'était plus question que je quitte la cour.

J'avais besoin d'être près d'Agnès, de pouvoir échanger avec elle ne fût-ce qu'un regard. La vie autour du roi nous contraignait à la plus grande prudence. Nous fîmes en sorte de ne jamais éveiller les soupçons de Charles, pourtant très ombrageux. Cela passait par une indifférence feinte, de longues journées sans nous approcher l'un de l'autre. Et nous devions nous y prendre bien à l'avance pour nous voir. J'avais mis Marc dans la confidence, ce qui était inutile car il savait déjà tout. Agnès employait la même suivante, une Picarde comme elle, fille d'un village voisin de celui où elle était née et qui était de confiance. Il arrivait que nous puissions passer ensemble deux ou trois longs moments, l'après-midi ou le soir, dans la même semaine. Mais il pouvait aussi passer un mois ou davantage sans que nous parvenions à nous rencontrer. Je parle évidemment des rencontres intimes. Car les occasions officielles de nous apercevoir et de nous parler ne manquaient pas.

Elles devinrent d'autant plus fréquentes que la révolution annoncée par Agnès eut lieu peu après notre discussion au château de Beauté. Brézé avait l'habileté de sentir à partir de quel moment il ne fallait plus être habile. Lorsqu'il jugea que le roi était suffisamment préparé, il ôta le masque. Il affirma qu'un nouveau complot était en cours, mené par les Anjou, qu'il en avait la preuve et qu'il était urgent d'agir. Le roi, sur sa requête, chassa plusieurs seigneurs proches des

Angevins, enjoignit à René de se retirer sur ses terres. Quant à son frère, Brézé sut lui persuader que s'il reparaissait au Conseil, il courait le risque d'être assassiné. Anjou savait de quoi était capable le sénéchal et il ne revint pas.

C'est ainsi que le roi fut débarrassé des Anjou, sans cris, sans violence et en peu de jours. Il se retrouva tout à coup avec une nouvelle coterie de laquelle les grands seigneurs étaient désormais absents.

Ma position changea du fait de ces bouleversements. J'avais jusque-là été toléré au Conseil comme les autres bourgeois, à cause des services que je rendais. Or voilà qu'après le départ de Charles d'Anjou, je me retrouvais entouré d'autres bourgeois ou de petits nobles comme Brézé. Il était maintenant l'homme fort du Conseil. Autour de lui, nous allions constituer un groupe recruté pour sa compétence et non pour sa naissance. Curieusement, peut-être pour suppléer par la quantité le peu d'illustrations que ces personnages apportaient par leur famille, ils entrèrent au Conseil par paire : nous eûmes ainsi les frères Juvénal, les frères Coëtivy, les deux Bureau.

Agnès était doublement gagnante à ce changement. D'une part, elle avait vu disparaître avec Charles d'Anjou l'homme qui l'avait livrée au roi et se disposait avec la même cruelle légèreté à amener de nouvelles filles à ce dernier. Mais d'autre part et surtout, les hommes qui constituaient le Conseil étaient pour la plupart ses amis. Ajoutons à cela l'influence qu'elle exerçait sur le roi, elle était en position de jouer un rôle de premier plan. Cela ne la mettait pas à l'abri du danger. Son pouvoir suscitait plus de jalousies encore qu'aux premiers temps de sa liaison avec le roi. Le dauphin la détestait, car il voyait en elle, non sans raison, une rivale qui disposait de plus d'influence sur la conduite des affaires du royaume que lui-même. Mais le plus grand danger qui menaçait Agnès, et elle le savait, était encore le roi.

Il avait beau avoir changé de manières, le même fond d'inconstance et de méchanceté demeurait en lui. Malgré toutes les ressources de son habileté et en dépit d'une observation quotidienne et minutieuse des états d'âme de Charles, Agnès ne pouvait être tout à fait sûre de lui. Par de constants efforts, elle s'employait à toujours le charmer et le surprendre. Comme elle me l'avait avoué, elle ne redoutait rien tant que les grossesses. Elles l'alourdissaient et, quelque effort qu'elle fît pour les dissimuler, elles finissaient par la contraindre à une brève et dangereuse absence, le temps des couches. Malheureusement pour elle, le tempérament des Valois dont avait hérité Charles lui donnait des appétits et une vigueur qui mettaient Agnès enceinte presque aussi constamment que la reine. La différence était pourtant énorme, entre les deux femmes. La reine s'abandonnait publiquement à ses gestations. Elle allait de lit en chaise longue dans un perpétuel étalage de nausées, d'œdèmes et de fringales. L'accouchement était pour elle l'occasion d'un triomphe, le moment où toute la cour paraissait s'apercevoir de son existence et où le roi lui apportait lui-même un cadeau splendide. Pour Agnès, la grossesse était un état invisible pendant lequel elle redoublait d'activité et de soins sur sa personne. Elle cachait la couperose de ses joues sous des emplâtres de céruse. Et elle tirait le meilleur parti des autres effets de son état, en particulier du gonflement de ses seins. Elle avait bien noté que le roi trouvait un intérêt à ce détail. Sa couturière mettait sans vergogne ces formes en valeur avec des décolletés lacés qui, en se relâchant au fil des semaines, épousaient le galbe de plus en plus prononcé de sa poitrine.

Quant aux accouchements, je ne sus jamais où ils se passèrent. Agnès disparaissait une courte semaine et tout le monde, quand elle rentrait, lui faisait compliment pour son teint. Elle donna le jour à des filles et les plaça dès leur naissance auprès de familles amies. Les Coëtivy en recueillirent deux.

Nous nous déplacions sans cesse. Le roi n'aimait pas Paris, comme on le sait, et ne souhaita jamais en faire sa capitale. Il préférait sillonner le royaume. Ces mouvements incessants donnaient une grande fraîcheur à notre vie. Nous passions d'un lieu à un autre, sans y prendre d'habitude. Ainsi le décor n'avait pas le temps de s'effacer sous l'effet de la routine.

Nous vivions perpétuellement surpris. Nous nous perdions dans des couloirs inconnus, nous frappions à quatre portes avant de trouver la pièce que nous cherchions. Les fêtes qui se tenaient la nuit étaient l'occasion de donner vie à des demeures assoupies.

Malgré les jalousies et la peur qui rampaient toujours dans les consciences, nous vivions dans une perpétuelle bonne humeur, à l'établissement de laquelle Agnès n'était pas étrangère. Le roi, qui avait décidément troqué sa timidité contre une audace qui frisait la provocation, avait placé sa maîtresse parmi les dames de la suite de la reine. Cette proximité aurait pu conduire à des drames. Au contraire, les deux femmes s'en accommodèrent. La reine avait, elle aussi, changé. Elle était riche désormais et m'avait demandé de la conseiller pour ses affaires. Elle s'était lancée dans le commerce des vins, trafiquait des tissus en Orient, achetait des pierres précieuses avec ses gains. Elle prenait grand soin des châteaux où séjournait la cour et montrait beaucoup de goût pour décorer les bâtiments et les parcs.

La présence d'Agnès l'avait quelque peu délivrée des assiduités de Charles qui ne lui avaient valu que des embarras et des deuils, car un grand nombre de ses enfants étaient morts très tôt. Elle semblait avoir atteint enfin un âge où la femme se révélait derrière la mère et l'épouse. Agnès, à sa manière, l'y aidait. La reine n'avait donc aucune raison de se plaindre de la situation.

Il faut dire que cette vie nouvelle survenait dans une période d'abondance et de luxe qui rendait tout plus facile et plus agréable. J'étais évidemment sollicité pour alimenter ce grand feu. J'y jetais à brassées toutes les richesses de l'Argenterie. Elles étaient sans cesse plus considérables. Nos efforts commerciaux commençaient à porter leurs fruits à grande échelle. Il avait fallu du temps pour monter les réseaux, orienter vers nous les flux de marchandises mais désormais, le mouvement était bien enclenché. La cour, en assurant un fond de commandes régulières, soutenait notre activité. Le résultat était une richesse inégalée, quand même cette richesse était assise sur le crédit que je consentais.

Chaque occasion de paraître était employée par les femmes pour faire étalage de leurs nouveaux atours. Les coiffes en forme de cornes devenaient gigantesques, les traînes des robes interminables, les décolletés sans limite. Les parures de bijoux étaient somptueuses ; la plus ordinaire des robes était en soie. Agnès avait à cœur de rester toujours à la pointe de ces nouveautés. Cela rendait la tâche du roi très difficile et faisait mon bonheur. Car, pour lui offrir des cadeaux, ce qui arrivait chaque semaine, Charles devait trouver l'idée nouvelle, l'objet exceptionnel, la parure inédite qui, seuls, pourraient combler son exigeante maîtresse. Et c'est, bien entendu, vers moi qu'il se tournait pour y parvenir. J'y mettais toute ma compétence, ce que le roi espérait, et tout mon amour, ce qu'il ne pouvait deviner. Quand Agnès recevait le bijou rare, la soie d'Orient ou l'animal exotique que lui remettait le roi, elle savait qu'ils avaient été choisis par mes soins. C'était une petite trahison, certes, mais qui ne faisait souffrir personne et qui nous rendait tous heureux.

*

L'autre activité qui me donnait l'occasion d'être proche d'Agnès, et d'établir au grand jour et sans danger une complicité avec elle, fut le mécénat. Avec la paix et la richesse, la cour de France fut gagnée par une frénésie de création et de beauté. Jusque-là, seule la Bourgogne était assez prospère et pacifique pour s'employer au mécénat. Charles avait enfin compris qu'il devait relever ce défi. C'était une raison supplémentaire pour lui de regarder vers l'Italie et l'Orient. L'Angleterre ne l'avait que trop accaparé, mais ce face-à-face de barbares n'apportait que ruines et brutalité. Pour le raffinement et les œuvres nouvelles, il fallait chercher ailleurs.

Agnès, avec sa culture italienne, le guida et l'encouragea. J'utilisai mon réseau de facteurs pour faire venir à nous des œuvres et même, s'ils l'acceptaient, des artistes. Un peintre nommé Fouquet, de retour d'Italie, avait été accueilli et protégé par un membre du Conseil, Étienne Chevalier, dont il avait fait le portrait à côté de son saint patron. J'étais allé rencontrer le peintre, et Agnès, l'ayant appris, avait obtenu que je le lui présente.

Ce Fouquet était un assez jeune homme, de petite taille et toujours sale, qui traînait volontiers dans les tavernes et jurait comme ses compagnons de beuverie. Il avait les mains tachées de pigments et portait des habits déchirés. Tous ces détails auraient dû le rendre repoussant ; il se dégageait pourtant de lui un charme et une puissance qui tenaient tout entiers dans ses yeux. Ils étaient vert clair, brillants de fièvre, incroyablement mobiles mais capables, à tout instant, de se fixer avec intensité sur un objet, de fondre sur lui et de s'en emparer comme l'aurait fait un rapace avec ses serres. Je me demandai quel effet il ferait sur Agnès. Un jour que nous nous étions fixés à Tours, j'organisai la rencontre promise. Le bougre n'en faisait qu'à sa tête : il refusa de se déplacer jusqu'au château. Tout au plus accepta-t-il de nous recevoir dans son atelier. L'idée plut à Agnès qui en parla au roi sur le ton de la plaisanterie. Je craignis un moment qu'il ne veuille l'accompagner. Mais il se retint et nous partîmes seuls. Ce fut l'occasion d'une après-midi de bonheur. Fouquet avait à cette époque son atelier le long de la Loire, dans un hameau. Il faisait travailler deux compagnons pour préparer ses fonds et broyer ses couleurs.

Quand Agnès le vit, elle le prit immédiatement en sympathie. Il faut dire que découvrir

Fouquet au milieu de ses tableaux était la meilleure façon de faire sa connaissance. Il était étrange de voir sortir de ce personnage si désordonné et si sale des œuvres lumineuses, d'une calme beauté, d'une facture précise et d'une délicatesse de couleurs et de formes qui lui faisait totalement défaut dans la vie... Ses portraits, en particulier, plaçaient ses personnages dans un monde à part, comme s'il les avait extraits de leur réalité pour les restituer dans le décor de leurs songes. Agnès et lui avaient cette même capacité à situer les êtres au-delà de leur apparence et à déceler leurs affinités secrètes. Ils se plurent immédiatement, non pas comme des amoureux, elle aurait bondi à cette idée, pas même comme frère et sœur, parenté qu'elle me réservait. Ils se reconnurent plutôt comme des magiciens, des êtres qu'en des lieux de moindre culture on eût traités comme on le faisait des sorcières. À cette sympathie, s'ajoutait pour Fouquet une vénération de la beauté qui le paralysait d'admiration devant Agnès.

Il rêvait à l'évidence de faire son portrait et était prêt à tout pour y parvenir. Quand elle lui demanda de peindre d'abord celui du roi, je fus stupéfait de l'entendre accepter. Lui qui n'aimait pas les lieux officiels, il suivit Agnès jusqu'au château. Ce fut là qu'il peignit le portrait de Charles que tout le monde a eu l'occasion d'admirer ou, au moins, dont chacun a entendu parler. Fouquet s'était bien tenu devant le roi, pour ne pas indisposer Agnès, sans doute. Mais s'il avait dissimulé l'antipathie qu'il ressentait pour le souverain, son tableau, lui, en faisait l'aveu. Il représentait Charles dans le climat de sentiments qui lui était propre : jalousie, peur, cruauté, méfiance, rien ne manquait. Heureusement, une des particularités des œuvres de Fouquet était qu'elles plaisaient toujours à leurs modèles, quand même elles les montraient sous un jour défavorable.

Je fis une rente à Fouquet pour qu'il reste à la cour. Ce fut le début d'un mécénat dont je m'entretenais longuement avec Agnès. Elle connaissait tout comme moi les pratiques italiennes et souhaitait les accommoder en France. Les manières du roi René, avec ses troupes d'artistes attachés à sa personne et payés pour agrémenter des fêtes, lui paraissaient autant qu'à moi passées de mode. Il nous semblait, à l'un comme à l'autre, que l'on devait laisser vivre l'art pour lui-même. Nous devions encourager les artistes à suivre leur voie et ne pas leur imposer seulement de nous plaire. Elle jugeait sévèrement la reine sur ce point, lui reprochant d'entretenir un peintre à demeure, pour le seul emploi d'enluminer son livre d'heures. Agnès était d'avis que si nous offrions aux artistes nos demeures à décorer, nos soirées pour réciter leurs vers ou nos cérémonies pour jouer leur musique, c'était avec le souci de mettre nos moyens au service de leur art et non pas l'inverse. Nous eûmes de longues discussions sur ce point. Je m'en inspirai pour le palais de Bourges.

Sa construction avançait et on ne tarderait pas à arriver bientôt à l'étape de la décoration. Macé me laisserait le soin de choisir les artistes et de leur commander des œuvres. Elle me faisait confiance sur ce point non parce qu'elle me prêtait un goût particulier pour les arts, mais parce que, passant le plus clair de mon temps à la cour, j'étais mieux à même de savoir ce qui était à la mode.

Il est vrai que j'étais tout à fait devenu un homme de cour. Mes fonctions auprès du roi, tout en étant toujours adossées à l'Argenterie, s'y limitaient de moins en moins. Guillaume, je l'ai dit, avait pris la main pour tout ce qui concernait notre entreprise. Avec Jean, ils animaient et étendaient la toile de nos facteurs à travers toute l'Europe du Nord. Ils me rendaient compte fidèlement de ce qu'ils faisaient et j'avais toute confiance en eux. Je me réservai la question délicate de notre expansion commerciale vers l'Italie et l'Orient. Et mon rôle, au contact du roi, se teinta de plus en plus de politique.

Charles me délégua le soin de suivre au Conseil les affaires de la Méditerranée. S'agissant de l'Orient, il m'encouragea à multiplier les galées et à ouvrir un service régulier de commerce avec les ports du Levant. Conformément à mes recommandations, il avait choisi d'entreprendre un rapprochement politique avec le sultan d'Égypte. Je fis parvenir à ce prince plusieurs lettres, accompagnées de riches présents, et j'obtins de lui toutes les facilités voulues pour commercer dans les terres qu'il contrôlait. Je fis parvenir au Soudan des échantillons de tout ce que nous pouvions lui fournir. Dans ces marchandises, figurait ce que le mahométan désirait le plus et que nul chrétien n'était autorisé à lui vendre, c'est-à-dire des armes. Je ne voyais pas d'inconvénient à lui en fournir, attendu qu'il n'était pas notre ennemi et ne risquait de s'en servir que contre les Turcs, qui avaient entrepris d'envahir l'Europe. Je savais néanmoins qu'en livrant des moyens de guerre à un prince sarrasin, je prenais un risque et donnais à mes ennemis des arguments contre moi. Cependant, je le faisais avec l'accord du roi (même s'il feignit par la suite de l'oublier), et je pensais que c'était suffisant...

Pour entretenir les bonnes relations avec le sultan, je fus contraint à d'autres compromissions qui firent encore grandir les haines contre moi. Ainsi, un matin, à Alexandrie, un jeune Maure sauta dans une de nos galées, demanda à embrasser la foi catholique et à venir en France. Le patron du navire y consentit. L'ayant appris après son retour, je le convoquai et exigeai que le Maure fût restitué au sultan qui s'était ému auprès de moi de cet enlèvement. Ce fut une décision difficile à prendre, même si je travestis ma peine et ma faiblesse sous les traits de la brutalité et de la colère. Je vis l'enfant : c'était un garçon d'une quinzaine d'années, que l'on m'amena tout tremblant et qui se jeta à mes pieds. Le patron de la galée me représenta qu'en le renvoyant en Égypte je condamnais à la fois son corps et son âme : il serait certainement mis à mort et, auparavant, on le contraindrait à abjurer le vrai Dieu, qui l'avait maintenant accueilli dans son baptême. Je tins bon. Le jeune homme repartit. J'avais écrit au sultan pour lui recommander la clémence, mais je pense qu'il n'en a tenu aucun compte.

Ce fut un des moments les plus douloureux de ma vie. Les griefs que l'on m'opposa plus tard à propos de cette action n'égalèrent jamais la cruauté des reproches que je me fis à moi-même. Je vis souvent en rêve les yeux noirs de cet enfant et ses cris m'éveillèrent longtemps dans mon sommeil. Voilà bien une chose que je n'avais pas prévue : je ne pensais pas devoir payer un jour mes ambitions à ce prix.

Quoi qu'il m'en coûtât, je préservai ainsi mes excellentes relations avec le Soudan. Elles nous permirent d'établir une noria régulière vers l'Orient. Cette entente privilégiée avec le souverain mahométan me procura également d'autres appuis en Méditerranée, notamment celui des chevaliers de Rhodes. Ces moines-soldats avaient débarqué en Crète et prétendaient arracher l'île à l'influence du sultan. Celui-ci avait riposté en envoyant une puissante flotte, et les chevaliers étaient en fort mauvaise posture. Le grand maître de l'Ordre me demanda d'intercéder en leur faveur, ce que je fis avec succès. Je gagnai là l'appui précieux de ces chevaliers, avec lesquels il fallait compter lorsqu'on naviguait dans l'Orient.

Pour traiter ces affaires, je ne souhaitais pas m'exposer de nouveau aux dangers d'une traversée et le roi désirait que je ne m'éloigne pas longtemps de la cour, car il avait pris goût à ma présence. J'ai donc agi par l'entremise de messagers ou de délégations. Je m'attachai, pour suivre ces questions, un jeune Berrichon nommé Benoît qui m'était lié par son mariage avec une de mes nièces.

Pour l'Italie, en revanche, il me fallut me déplacer moi-même.

*

Le roi m'avait demandé de suivre les affaires de la Péninsule et d'abord la situation à Gênes. Il n'y eut longtemps rien de nouveau mais, un matin, un messager venu de Provence nous annonça une surprenante nouvelle. Un bateau transportant une troupe d'importants personnages de Gênes était arrivé à Marseille. Parmi ces Génois se trouvait un membre de la puissante famille Doria. L'homme qui menait l'opération était un certain Campofregoso. Il écrivait au roi pour solliciter son aide. Il voulait obtenir les moyens de mettre sur pied une armée et, grâce à elle, de reconquérir Gênes. Il s'engageait ensuite à placer la cité sous l'autorité du roi de France.

J'avais alerté Charles depuis longtemps sur les

troubles qui agitaient la ville de Gênes. Il avait compris tout l'intérêt qu'aurait présenté pour la France l'acquisition de cette place. Elle disposait de comptoirs dans toute la Méditerranée orientale et son industrie était renommée. Il fallait saisir l'occasion.

Le roi réagit avec enthousiasme à la proposition de ce Campofregoso. Hélas, il n'avait pas l'expérience de ces condottieri italiens et prenait leur prétention pour de l'importance. La lettre du Génois était excessivement vaniteuse et on pouvait le croire à la tête d'une véritable cour en exil. J'invitai le roi à se méfier. Je ne connaissais que trop ces aventuriers. Il était bien probable qu'il s'agissait d'une bande de ladres, qu'il fallait certes ménager, mais qui étaient loin de mériter l'usage d'un protocole princier. Charles ne voulut rien savoir. Il composa une ambassade conduite par l'archevêque de Reims dans laquelle figurait le vieux Tanguy du Châtel, son chambellan, qui l'avait, trente ans plus tôt, sauvé du massacre à Paris. Il me mit à la remorque de ces graves personnages. Nous descendîmes à Marseille et, à voir passer notre équipage, on pouvait penser que nous allions au-devant de l'empereur byzantin. Les Génois, sans doute avertis de notre arrivée, revêtirent leurs plus beaux costumes et nous accueillirent pleins de superbe, dans la maison d'un marchand italien. L'archevêque de Reims avait par trop l'habitude de confondre le pouvoir et ses formes. Il fut abusé par l'élégance des Génois et prit leur aplomb pour de la noblesse. Plus instruit que lui des mœurs de l'Italie, j'avais reconnu au premier coup d'œil une troupe d'imposteurs et de gredins qui cherchaient à obtenir de nous non seulement les moyens de s'emparer de leur cité, mais même de remplir leurs assiettes, à compter du lendemain matin. Je tentai d'alerter l'archevêque — je compris rapidement qu'il me serait impossible de le faire changer d'avis.

Commença alors une négociation ridicule. Elle aboutit à un traité très solennel entre le roi de France et... personne. Car les personnages qui le signèrent ne représentaient encore qu'eux-mêmes. Ils s'engageaient, dès leur arrivée au pouvoir, à placer Gênes sous l'autorité du roi de France. Nos plénipotentiaires repartirent satisfaits. Ils me laissèrent sur place, à charge pour moi de fournir aux conjurés les moyens de recruter des troupes et de mener une expédition.

Campofregoso avait bien vu que je n'étais pas dupe de ses mises en scène. Sitôt les ambassadeurs partis, il fut avec moi amical et direct. Il ne pouvait de toute manière me cacher longtemps la vérité : les conspirateurs avaient besoin de tout. L'homme était agréable, gai, bon vivant, généreux. Toutefois, je n'avais pas plus confiance dans son naturel que dans le masque qu'il avait pris d'abord. J'avais rencontré en Italie un grand nombre de ces personnages entreprenants, volubiles, séduisants, mais d'une inconstance déroutante. Trahir, dans ces cités qui ont connu tant de révolutions et de changements d'alliance, est une arme comme une autre. Le parjure s'y porte fièrement en bandoulière, comme on accroche ailleurs une épée à sa ceinture. Campofregoso me semblait capable de tout et la suite le prouva.

Pendant que les Génois établissaient, grâce aux fonds que je leur avançai, un quartier général à Nice, je me rendis pour mes affaires à Montpellier. Quand je revins, ils n'avaient pas beaucoup avancé. Je jugeai qu'il faudrait encore de longs mois avant qu'ils puissent lancer un assaut contre leur ville. Je plaçai auprès d'eux un facteur qui me représentait dans la région et rentrai rejoindre la cour à Chinon.

Le moment est sans doute venu de m'expliquer sur ce qui fut retenu plus tard contre moi comme une trahison. Il est exact que, dans le même temps où je m'employais à armer l'expédition de Campofregoso, j'entretenais une correspondance avec Alphonse d'Aragon, qui soutenait à Gênes le parti au pouvoir, celui-là même que les émigrés se proposaient de renverser. J'ai déjà dit que je m'honorais depuis longtemps de l'amitié du roi d'Aragon devenu roi de Naples. Cette amitié assurait à mes navires la possibilité de naviguer librement dans les eaux qu'infestaient ses corsaires, car le roi Alphonse me fournissait régulièrement des sauf-conduits.

J'avais besoin de lui et j'avais tout autant besoin de Gênes. Avec le temps, j'avais une vue bien claire de ce qu'il me revenait d'accomplir en Méditerranée. C'était la même vision que j'avais tenté de faire partager au roi. Mon interlocuteur en Orient était le sultan et, pour que mes navires parviennent jusqu'à lui, je devais m'assurer du soutien de toute la chaîne des puissances situées sur cette route : Naples et la Sicile, terres du roi d'Aragon, Florence et Gênes, le pape, la maison de Savoie pour la liberté de passage des Alpes.

Si Charles VII prenait le relais et parvenait à étendre son influence dans ces zones, tant mieux, et j'étais disposé à l'y aider avec tous mes moyens. Mais s'il n'y parvenait pas, je devais conserver mes amitiés propres. Ainsi, à Gênes, je fis tout très honnêtement pour que Campofregoso et ses amis pussent tenir leurs engagements. Cependant je ne rompis jamais le fil avec le parti adverse. Bien m'en a valu d'ailleurs. Car les émigrés armés par mes soins finirent en effet par s'emparer de leur ville. Mais ce fut pour déclarer immédiatement qu'ils n'étaient liés par aucun engagement vis-à-vis du roi de France. Je tentai loyalement, au cours d'un ultime voyage, de renverser la situation. J'exhortai le roi à faire faire mouvement à ses troupes. Campofregoso aurait pris peur et se serait incliné. Mais Charles était occupé ailleurs et ne suivit pas mon conseil. Gênes était perdue pour lui. Heureusement, grâce aux amitiés que j'y avais conservées des deux côtés, avec Campofregoso qui m'aimait bien et savait ce qu'il me devait, comme avec les partisans de mon ami le roi d'Aragon, je continuais à faire de plus en plus d'affaires avec cette ville.

Je sais que plus tard, lorsque j'eus à m'en expliquer, mon opinion ne fut guère comprise. Qu'on ait pu confondre ma position avec une trahison m'a affecté plus que les tortures que j'ai subies. À vrai dire, je m'en voulais à moi-même de ne pas trouver les mots pour exprimer mes convictions. Pour des hommes encore imprégnés malgré tout de l'idéal chevaleresque, l'intérêt du seigneur prime tout. Servant Charles VII, j'aurais dû rompre avec Gênes à partir du moment où cette ville avait refusé de lui faire allégeance. Et il leur était inconcevable que l'on pût s'entretenir amicalement avec l'ennemi de son roi. Ces conceptions ont mené selon moi à trop de malheurs et de ruines pour que l'on puisse encore s'y conformer. J'ai la conviction — mais qui la partage? — qu'un lien supérieur unit tous les hommes. Le commerce, cette chose triviale, est l'expression de ce lien commun qui grâce à l'échange, la circulation unit tous les êtres humains. Par-delà la naissance, l'honneur, la noblesse, la foi, toutes choses qui sont inventées par l'homme, il y a ces humbles nécessités que sont la nourriture, la vêture, le couvert, qui sont obligations de la nature et devant lesquelles les humains sont égaux.

J'ai fait alliance avec le roi de France pour appuyer mon entreprise et réaliser mes rêves. Il m'a servi et je l'ai servi. Mais son règne n'a qu'un temps et qu'un lieu tandis que le grand mouvement des hommes et des choses est universel et éternel. Voilà pourquoi, tout en désirant sincèrement favoriser le roi, quand il renonce à faire ce qui me paraît utile, je m'en charge moi-même, avec d'autres moyens et d'autres interlocuteurs, parmi lesquels il se peut que l'on compte de ses ennemis.

*

Il est étrange pour moi d'écrire sur ces grandes actions quand la vie aujourd'hui m'a privé de tout. Des orages rôdent au-dessus de l'île et j'ai senti quelques gouttes tout à l'heure qui traversaient la treille. Je suis entré dans la maison pour continuer d'écrire. Une idée m'est venue pendant que je procédais à ce pauvre déménagement. Elle contredit tout ce que je viens d'affirmer. Je me demande en effet si mes contradicteurs n'ont pas raison et si la méfiance du roi à mon égard n'est pas fondée. N'y a-t-il pas en moi un goût inavouable mais profond pour ce que les autres appellent la trahison et que je ne vois pas comme un défaut?

La vérité est que je me sens tout à fait incapable d'épouser complètement une cause. Ce même mouvement qui avait soulevé mon esprit pendant le siège de Bourges et qui m'avait permis de tout considérer d'en haut, comme le ferait un oiseau, est sans doute le trait le plus caractéristique de ma personnalité. La plupart du temps, c'est une force, en particulier dans les métiers de négociation, où se mettre à la place de l'autre est essentiel. C'est aussi une profonde faiblesse qui m'a interdit toute ma vie non seulement de porter les armes, mais même de me comporter comme un loyal combattant. Quand je vois ce pauvre Dunois, tout entier à sa haine de celui qu'il affronte et qui n'a d'autre choix que de vaincre ou de mourir, je mesure ma faiblesse. Car, dans sa position, je serais gagné au moment de l'assaut par la pensée de mon adversaire. Considérant la justesse de sa cause et voyant la situation avec ses yeux, je me demanderais s'il est bien légitime de l'exterminer. Et dans le temps que je m'interrogerais, je serais déjà vaincu et mort.

Si je regarde ma vie ainsi, une évidence m'aveugle. Je n'ai pas cessé, sans en avoir l'intention, de trahir tout et tout le monde, jusqu'à Agnès elle-même.

Selon mon humeur, il m'arrive de ne pas appeler cela une trahison et de me trouver de bonnes raisons pour avoir agi ainsi. Mais aujourd'hui que je suis dépouillé de tout et sans indulgence pour moi-même, je ne me pardonne pas cette lâcheté.

L'instrument de ma félonie fut le dauphin Louis. Agnès n'eut pas de plus redoutable ennemi. Elle qui avait réussi à circonvenir à peu près toute la cour et jusqu'à la reine savait sinon supprimer la haine dont elle était l'objet, au moins la rendre inoffensive. Avec Louis, elle n'y parvint jamais. Il voyait en elle et en Brézé des obstacles dressés entre le roi et lui, qui confisquaient le pouvoir auquel il aspirait. Après maints complots qui l'avaient vu s'associer aux pires ennemis du roi, il en était venu à échafauder des plans audacieux d'alliances étrangères, pour donner carrière à l'énergie qu'il ressentait en lui et, peut-être, acquérir une puissance suffisante pour défier un jour le roi son père. Ainsi était le dauphin, sans cesse occupé à des projets compliqués desquels le bon sens, au final, n'était pas absent. Depuis longtemps, nous avions appris à nous connaître. Je l'aidais financièrement dans quelques-unes de ses entreprises, à condition qu'elles ne fussent point tournées contre le roi. Il me témoignait son estime, mais respectait le secret de nos relations, pour ne pas me compromettre. J'espère que, quand il sera roi, il aura à cœur d'épargner ma pauvre famille.

Finalement, le premier jour de janvier de cette nouvelle année 1447, il jugea que tout était perdu et fit un éclat. J'ignore ce que son père lui avait dit. En tout cas, il partit pour ses terres du Dauphiné et, à ce jour, il n'en est pas revenu. De là-bas, il n'a cessé de s'attaquer à Agnès et à Brézé. Si la situation avait été inverse, je suis bien certain qu'Agnès aurait fait de mon ennemi son ennemi et se serait violemment opposée au dauphin. Mais moi, toujours incapable de cette entièreté de sentiments qui donne leur certitude aux combattants et les délivre du doute, je conciliai les contraires, je tentai de réunir les ennemis et, pour finir, avec le recul du temps, je me rendis infidèle à l'un comme à l'autre. Louis ignora toujours la nature de mes liens avec Agnès et ne les devina même pas. Quant à elle, je ne sais ce qu'elle aurait pensé si elle avait su que je continuais d'entretenir d'étroites relations avec son pire ennemi.

On peut voir dans mon attitude une simple logique commerciale. Le Dauphiné est situé sur la route de la Méditerranée et de l'Orient. En intervenant discrètement contre l'avis du roi pour faciliter le remariage de Louis avec la fille du duc de Savoie, je me faisais deux alliés essentiels et ouvrais la voie des Alpes à nos marchandises orientales.

Pourtant, si je suis tout à fait sincère, et dans la position où je me trouve aujourd'hui, je n'ai d'autre choix que de l'être, je devrais dire que ma fidélité secrète au dauphin ne procéda jamais d'un calcul mercantile. Je suis sujet à des attachements personnels profonds que rien n'explique ni parfois n'excuse. L'antagonisme d'Agnès et de Louis ne me parut pas une raison suffisante de briser notre amitié. Il est des fidélités qui conduisent à la trahison.

Il faut dire qu'à cette époque, depuis ma rencontre avec Agnès, la duplicité marquait toute mon existence. Elle était d'autant moins haïssable que c'était sur elle que reposait mon bonheur. Je trahissais le roi, en entretenant avec sa maîtresse une relation qui, pour ne pas être celle d'un amant, n'aurait pas manqué de lui apparaître, s'il l'avait connue, comme un assassinat de sa confiance. Pourtant, cette relation me rendait plus serein avec le roi, certain que j'étais de disposer avec Agnès d'un appui bienveillant auprès de lui, qui me faisait moins craindre ses humeurs et l'effet de la calomnie.

De même, je trahissais Macé et toute ma famille. Les relations charnelles que j'avais égrenées jusque-là n'étaient que des infidélités du corps. Cette fois, sans que le corps y participe, c'était mon âme qui abandonnait ma femme légitime et se livrait tout entière à une autre. Pourtant, de cette trahison procédait une sérénité nouvelle dans ma relation avec Macé. J'acceptais notre irréductible différence, sa soif de respectabilité, son amour du paraître. Il devenait inutile pour moi de désirer ou de regretter tout ce que cette femme ne m'apportait pas, puisque je le trouvais auprès d'une autre.

D'ailleurs, cette période fut pour Macé celle de tous les triomphes. Notre fils Jean avait été présenté au pape à Rome par Guillaume Juvénal au nom du roi, et le souverain pontife avait accepté qu'il succède à Henri d'Avaugour comme archevêque de Bourges. Pour Macé c'était un double triomphe. Elle tirait une immense vanité d'une telle élévation, en particulier parce qu'elle se produisait dans le seul espace qui comptât pour elle : celui de notre ville.

À peu de temps de là se déroula un autre événement, crucial pour Macé : le mariage de notre unique fille, Perrette.

Cet épisode fut l'occasion pour moi d'atteindre de coupables extrémités, en matière de trahison. Perrette épousa Jacquelin, le fils d'Artault Trousseau, vicomte de Bourges, châtelain de Bois-Sir-Amé. Les noces eurent lieu dans ce château, pour le plus grand bonheur de Macé. Or, cette même année, le roi, qui en avait fait l'acquisition, avait fait don de cette propriété à Agnès. Bois-Sir-Amé s'est ainsi trouvé par les circonstances au carrefour des deux parties inconciliables de ma vie.

Agnès aimait ce château et nous y fîmes de fréquents séjours pour y conduire sa restauration, comme nous l'avions fait à Beauté. Jamais je ne vins à Bois-Sir-Amé sans y éprouver le bonheur d'une impossible unité. En ce lieu, et peut-être sur toute la terre, en lui seul, étaient réunis les souvenirs des deux grands attachements de ma vie, quoique bien différents l'un de l'autre. Ma femme, ma fille, tous mes enfants avaient foulé ces mêmes sols sur lesquels, en été, Agnès courait pieds nus pour venir m'embrasser. Ainsi le vieux château rassemblait dans ses murs ce que j'étais incapable de réunir en moi.

Agnès occupait beaucoup mes pensées, même quand je n'étais pas près d'elle, surtout quand je n'étais pas près d'elle. Je m'efforçais d'écourter les missions que le roi me confiait. Cependant l'affaire de Gênes me retint plus longtemps dans le Midi que je n'aurais voulu et j'en profi-

tai pour régler des affaires à Marseille et à Montpellier. Dans ces deux villes, en particulier la
dernière, je fis construire des demeures qui,
sans égaler la richesse de mon palais de Bourges,
étaient de magnifiques bâtiments. Ce luxe ne
m'était pas nécessaire, d'autant plus que je séjournais fort peu dans ces villes. Mais il tenait
lieu de compensation. En me représentant, en
donnant à chacun la possibilité, quand il passait
devant la large porte de mes demeures, de
m'imaginer à l'intérieur, ces grandes maisons
tâchaient de faire oublier mon absence. En vérité, il en allait de même à Bourges. J'avais offert
un palais à Macé pour prix de la liberté de
n'être jamais près d'elle.

Quant à Agnès, je laissai le roi lui offrir des
domaines que j'aurais été bien en peine d'obtenir pour elle. Mais secrètement, je jouais pour
moi seul une étrange comédie. J'ai déjà dit que
j'aimais acheter d'anciens châteaux forts. Cette
dépense inutile n'avait pas cessé et, depuis que
j'avais rencontré Agnès, elle avait même pris les
proportions d'un véritable vice. Je fus étonné
moi-même, au cours de mon procès, de découvrir de combien de domaines j'étais le maître.

C'est qu'à la passion assez mystérieuse des débuts s'était substituée une sorte de folie amoureuse qui, pour être assouvie, exigeait de plus
en plus d'offrandes, comme un dieu cruel. Les
séjours à Bois-Sir-Amé avaient laissé en moi une
telle nostalgie et le souvenir d'un si grand bonheur que je cherchai pathétiquement à le repro-

duire. Chaque fois que j'achetais un nouveau domaine, je m'imaginais y vivre avec Agnès. C'était évidemment une fantaisie de l'esprit. Il n'y avait aucune raison qu'elle vînt jusqu'à ces coins perdus et humides de la Puisaye ou du Morvan. Quand même elle aurait accepté de m'y accompagner, il aurait fallu expliquer au roi ce que nous allions y faire... Mais, comme un malade qui écarte toutes les objections que l'évidence lui oppose et se livre à la volupté de croire qu'il va recouvrer la santé grâce à un remède providentiel, je saisissais l'occasion de chaque nouvelle acquisition pour rêver d'y vivre avec Agnès.

Ces songes ne duraient qu'un moment et, tôt ou tard, s'épuisaient. Il me fallait trouver autre chose, acquérir un nouveau lieu. Il n'empêche : pendant le temps où ces chimères opéraient, j'étais heureux. Ainsi, durant les longs trajets à cheval sur les routes poussiéreuses de la Provence, pendant les interminables palabres avec les coquins de Gênes, pendant que j'écoutais gravement les facteurs me rendre des comptes de leurs opérations, mon esprit prenait son envol, enroulait autour de lui comme une étoffe précieuse et chaude le nom interminable et glorieux d'un vieux domaine perdu dans les forêts que je venais d'acquérir et volait jusqu'à Agnès pour l'y conduire. Mes interlocuteurs voyaient naître au coin de mes lèvres un fin sourire qui les déroutait. Loin de pouvoir imaginer mes pensées, et pour cause, ils prenaient pour de l'ironie ce qui n'était que béatitude. Et, convaincus que j'avais percé à jour leurs mensonges et traversé leurs misérables projets, ils se troublaient et m'avouaient la vérité.

Mais, parfois, quand j'étais de cette humeur, je pouvais aussi entrer dans de grandes colères si mes ordres étaient discutés, si des griefs m'étaient exposés avec trop de force, bref si on me contraignait à quitter la douceur de mes songes pour revenir tout entier dans le présent. C'est ainsi, sur ces malentendus profonds, que s'approfondit bien à tort ma réputation d'homme habile, impassible et parfois violent.

Ces réactions me valurent, sans que j'en prisse conscience sur le moment, des inimitiés durables qui confinèrent parfois à la haine. Je les découvris bien plus tard, à l'heure où l'on sonne l'appel des rancœurs et des blessures inguérissables. Mais ce temps n'était pas venu et, pour l'heure, tout semblait m'être favorable.

*

Je pus voir à Montpellier et sur la côte du Languedoc à quel point notre commerce avec l'Orient prospérait. Désormais, il n'était plus question de placer nos chargements sur les naves des autres. La flotte de nos propres galées pourvoyait au transport. De nouvelles unités étaient en construction, car les besoins étaient loin d'être couverts par les bâtiments existants.

Toute la route du Levant nous était acquise.

La mission de Jean de Villages, que j'avais envoyé auprès du Soudan, avait été un plein succès. Le mahométan avait signé un traité très favorable à notre commerce dans ses terres et il adressait de magnifiques présents au roi de France, pour preuve de son amitié. Lors de mon dernier séjour à Gênes, j'avais pris acte du retournement de Campofregoso, qui refusait de tenir ses engagements et de s'allier à la France. Mais l'amitié que j'avais nouée avec ce gredin, jointe à la confiance que me témoignait le roi d'Aragon désormais le maître de cette ville, me donnait l'assurance de pouvoir continuer d'y faire de fructueuses affaires. J'étais allé voir le roi René en Aix et il m'avait ouvert sa Provence. Le dauphin et le duc de Savoie étaient mes clients et oserai-je dire mes obligés. Bref, en peu d'années, les échanges en direction de la Méditerranée s'étaient affermis. Les soies d'Italie, les taffetas de Bagdad, les armes de Gênes, le mastic de Chio, les crêpes de Syrie, les gemmes orientales venaient par grands convois, jamais suffisants pour satisfaire les appétits de la cour et les nécessités que les trêves avaient fait renaître. Et dans l'autre sens, draps des Flandres et d'Angleterre, fourrures, parures, bijoux montés partaient vers les cours d'Orient, qui en étaient avides.

Ces succès me permirent de reprendre place auprès du roi et donc d'Agnès. Je redevins très assidu au Conseil. Charles se montrait content de me voir. Il était surtout reconnaissant que je puisse satisfaire toutes ses demandes et ne me comptait pas ses bienfaits. Il m'avait aidé à construire ma flotte de galées. Il m'avait nommé commissaire aux états du Languedoc, et les contributions de ces états m'avaient enrichi au-delà des sommes que je remettais au roi. Pour manifester son contentement, le roi, tous les bienfaits déjà acquis, me nomma cette année-là Collecteur des Gabelles. Nos relations étaient de mutuel profit. En me confiant une charge, il savait que je la ferais fructifier. Et moi, en toute affaire, je comptais la part que, sous une forme ou une autre, je devais réserver au roi. Tout allait pour le mieux et je ne souhaitais que de voir la situation se prolonger sans changement.

Hélas, la satisfaction du roi à mon égard, si elle eut des effets flatteurs, contraria aussi ma quiétude, car il me renvoya en Italie. Il avait apprécié mon intervention dans l'affaire de Gênes, même si elle s'était soldée par un échec. Charles commençait à comprendre ce que devait être une ambassade. Jusque-là, il avait été encore trop marqué par l'influence des princes. Pour ces grands seigneurs, représenter un roi suppose de rassembler une troupe d'évêques et de maréchaux, des hommes portant grands noms et raidis par l'importance qu'ils s'accordent depuis toujours à eux-mêmes. Le résultat était en général catastrophique. Ces personnages considérables n'écoutent personne, ont le plus grand mal à s'entendre entre eux et finalement se font rouler par le premier venu si, comme il est souvent d'usage aujourd'hui, ils ne sont pas reçus par des hommes aussi nobles qu'eux mais plutôt par des gredins.

Avec moi, le roi avait fait l'expérience d'une autre méthode. À Gênes, je parlais avec tout le monde et sans préalable de protocole. J'usais avec mes interlocuteurs de la nouvelle langue universelle, qui avait, hélas, remplacé les codes de la chevalerie, à savoir : l'argent. Acheter les uns, payer les autres, promettre à celui-ci, faire crédit à celui-là, voilà un langage que chacun comprend. De même que Charles avait gagné face aux Anglais en abandonnant les méthodes de la chevalerie et en usant d'armes de vilains, de même il entendait, surtout avec la poussière de petits États que l'on rencontre vers la Méditerranée, se doter d'une diplomatie nouvelle. Et, malheureusement pour ma tranquillité, il en fit de moi l'instrument. L'affaire qu'il me confia était autrement plus complexe que celle de Gênes puisqu'il s'agissait du pape.

Je n'ai jamais eu grand appétit pour les questions de religion. À l'époque de mon enfance, le schisme avait multiplié les papes. La place était si bonne qu'ils étaient deux, voire trois, à prétendre l'occuper. Ma mère avait beaucoup souffert de ces turpitudes papales et elle priait pour que l'Église retrouve son unité. Mon frère s'y consacrait, en arpentant les couloirs romains. Moi, je nourrissais une pensée insolente et secrète. Je peux la livrer aujourd'hui sans craindre qu'elle me fasse plus de tort que je n'en ai déjà subi : je me disais que Dieu était le mieux placé pour mettre de l'ordre dans ses propres affaires. S'il n'était pas capable de décider qui le représenterait sur cette terre, c'était qu'il ne jouissait sans doute pas de la toute-puissance qu'on lui prêtait. Par la suite, j'ai toujours sacrifié aux usages de la religion mais sans y voir autre chose qu'une obligation.

Macé a toujours compris, quoique nous n'en eussions jamais parlé, que je ne partageais pas sa foi et elle ne m'en a nullement tenu rigueur. Ce qu'en revanche elle ne me pardonnait pas, c'était ma méfiance pour les prélats. De toujours, elle était fascinée par leur onction dévote, leur autorité sereine, et séduite par leur sens de l'apparat et du luxe. Le fait que leurs dépenses fussent décidées au nom de Dieu les justifiait et ôtait à Macé les derniers scrupules qu'elle pouvait avoir d'être sensible à leur ostentation.

J'aime, moi, le pouvoir tout brut et que rien ne dissimule, celui des rois ou des riches négociants. Cette puissance-là, au moins, dit son nom. Elle se donne pour ce qu'elle est et à chacun revient de juger ce qu'il compte faire face à elle. Le pouvoir ecclésiastique avance, lui, sous le masque de l'humilité. Il n'agit ni ne frappe jamais sans invoquer la soumission de celui qui l'exerce à une force supérieure dont il feint d'être l'esclave. En somme, en face d'un religieux, on ne sait pas à qui l'on a affaire : un maître ou un serviteur, un faible ou un fort. Toutes les affaires, en ces matières, sont incertaines, secrètes, et recèlent des pièges cachés que l'on découvre en sentant ses pas se dérober.

Je m'étais toujours gardé de m'y aventurer. Certes, à peine nommé à l'Argenterie, j'avais pris part, à Bourges, à l'assemblée qui avait préparé la Pragmatique Sanction. Depuis qu'il avait quitté Avignon pour revenir à Rome, le souverain pontife était devenu pour le roi de France une puissance étrangère dont il ne pouvait tolérer l'intervention dans les affaires intérieures du royaume. Le roi, par la Pragmatique, affirmait sa souveraineté sur l'Église de France et la soustrayait aux abus du pape. J'étais en accord avec Charles sur ce point. Ce texte était un des moyens, avec la lutte contre les princes et la réforme des finances, de donner au roi un véritable pouvoir sur son pays. Mais je ne pouvais aller trop loin dans le soutien que j'affichais aux initiatives du roi, sous peine de mécontenter le pape de Rome, dont j'avais besoin pour mes affaires. J'obtenais en effet régulièrement de lui, par l'entremise de mon frère Nicolas, les dispenses qui m'autorisaient à commercer avec les musulmans.

Les querelles religieuses s'étaient encore compliquées lorsque le concile, réuni à Bâle, prétendit réduire les pouvoirs du pape et limiter ses excès. On ne pouvait que souscrire à ce louable programme.

Hélas, ce concile avait poussé la révolte si loin qu'il avait fait élire un autre pape. Le vieux schisme ressuscitait. Je m'étais dit que, décidément, il n'y avait rien à attendre de ces clercs. Il se trouvait que je connaissais bien l'antipape de Bâle puisqu'il n'était autre que l'ancien duc de Savoie, avec lequel j'étais depuis longtemps en relation d'affaires. C'était un homme pieux et humble, qui avait abdiqué pour aller s'enterrer dans un monastère. Les circonstances avaient voulu que cette paix ne lui fût pas accordée. Les délégués du concile étaient venus le tirer de sa retraite pour lui annoncer qu'il était pape. Avec lui, au moins, la fonction était occupée par un homme de foi et d'une grande probité. Charles le vit comme un moindre mal et je lui donnai raison, d'autant plus que le pape de Rome à l'époque était sans scrupule ni moralité. Néanmoins, dans nos affaires italiennes, entre l'Italie du Nord où la France prétendait jouer un rôle et le royaume de Naples perdu par les Anjou, il était capital que s'affermisse le pouvoir d'un pape sur ses États et que ce pape nous fût favorable.

Pour ces raisons, il apparut au roi, en plein accord avec moi, qu'il fallait en finir pour de bon avec le schisme et renvoyer le malheureux duc devenu anti-pape dans le monastère dont il n'aurait jamais dû sortir. Je tentai une première ambassade à Lausanne. Le vieux duc ne demandait qu'à se laisser convaincre, mais il était entouré par une cour de chanoines et de clercs qui ne voulaient rien entendre. Ils étaient trop habiles à la controverse scholastique pour que je prenne le risque de me mesurer à eux sur ce terrain. Je rentrai bredouille.

Mais peu après, la situation avait changé. Un nouveau pontife romain était élu, sous le nom de Nicolas V. C'était un homme cultivé et raisonnable. La majorité des cardinaux reconnaissait son autorité, tandis que le concile de Bâle s'était discrédité par ses outrances et son entêtement. Cette élection décida Charles à agir.

Pour cela, il me chargea de négocier une fois pour toutes avec les deux papes, sans lésiner sur les moyens financiers qui permettraient de les convaincre. Et, pendant que je mènerais à bien cette diplomatie secrète, il enverrait à Rome une ambassade classique. Elle aurait pour mission de saluer le nouveau souverain pontife et ainsi de proclamer à la face du monde vers où allait la préférence du roi de France. L'antipape comprendrait que son principal soutien lui faisait désormais défaut. Pour que le message fût clair et sans ambiguïté, il fallait frapper un grand coup. L'ambassade romaine serait si brillante, si nombreuse, si fastueuse, que son écho résonnerait dans toute la chrétienté. Je devais voyager en même temps que cette ambassade et mon premier rôle était de fournir les moyens pour qu'elle eût l'éclat désiré.

*

Agnès, qui me voyait toujours partir avec tristesse et me le faisait savoir, eut une réaction bien différente quand elle apprit que j'allais à Rome. Je connaissais sa dévotion, qui se manifestait par de luxueuses offrandes à ses paroisses. Mais j'ignorais jusqu'à quel point sa foi était sincère et nous n'en avions jamais parlé. À l'occasion de cette ambassade, je découvris la profondeur de sa piété. L'ardeur religieuse d'Agnès n'avait rien à voir avec celle de Macé. L'ostentation n'y prenait aucune part, même si ses bienfaits à l'Église, compte tenu de sa position à la cour, étaient des événements publics. La collégiale de Loches avait reçu plusieurs de ses offrandes, en particulier le retable d'or qui contient le morceau de la vraie croix rapporté des croisades.

Cependant, Agnès ne prenait aucun plaisir à voir ses gestes devenir publics. Tous ses efforts consistaient au contraire à conserver le secret autour des actions de charité ou de piété dont elle prenait l'initiative. La prière était pour elle un domaine intime. Elle y laissait remonter ses douleurs, ses remords et ses peines. Je le sus par la suite. Mais sitôt sortie de ses tête-à-tête avec Dieu, seule ou dans des messes privées auxquelles personne d'autre ne prenait part, elle revenait à la cour et ne montrait que gaieté et bonne humeur. Contrairement à Macé, elle fuyait la société des prélats sinistres et se montrait le moins possible aux grand-messes.

Quand elle sut que j'allais voir le nouveau pape, elle me chargea en rougissant d'une mission privée. Elle le fit devant le roi, afin qu'il sache qu'elle me l'avait demandé. Mais comme nous eûmes l'occasion peu après de nous retrouver pour trois longues journées à Bois-Sir-Amé, elle m'expliqua ensuite seul à seul ses raisons.

Son ambition était simple : Agnès souhaitait obtenir du pape la grâce de posséder un autel portatif. Un tel instrument, muni de ses accessoires, ciboires, patères, burettes, etc., permet au fidèle de faire célébrer la messe en dehors des lieux consacrés. Comme toujours chez Agnès, cette demande était à la fois la preuve d'un immense orgueil et d'une grande modestie. Il fallait de l'audace à une jeune fille de vingt-quatre ans, qui avait pour toute illustration le seul fait d'être la maîtresse d'un roi, pour solliciter une faveur dont seuls quelques hauts personnages s'étaient jusque-là rendus dignes. Mais cette intention n'était pas pour paraître, bien au contraire. Agnès ne souhaitait donner aucune publicité à cette faveur, si elle lui était accordée. Tout au contraire, elle lui permettrait de vivre sa foi dans un retrait plus complet du monde.

Quand nous fûmes seuls, je l'interrogeai plus avant sur ces pratiques. Elles m'étaient à ce point étrangères qu'il m'était impossible de les croire sincères. J'étais surtout avide de comprendre. Agnès vivait dans un évident péché, semblait mettre beaucoup de liberté à user de son corps et à entretenir des affections telles que la nôtre, dont l'Église aurait eu du mal à qualifier la nature et encore davantage à autoriser la pratique ; comment pouvait-elle donc épouser les rituels d'une religion aux principes de laquelle elle obéissait si peu? Ainsi, pendant deux longues soirées, assis côte à côte, les jambes entrecroisées et mon bras passé autour de son épaule, nous parlâmes de Dieu.

Loin de la contredire et plus encore de me moquer d'elle, j'écoutais longuement ses raisons de croire ou plutôt je recueillis l'évidence qu'elle était habitée par un genre de foi qui, précisément, se déploie hors de la raison et même contre elle. Le Christ était à ses yeux une sorte de compagnon qui, tout à la fois, la protégeait et l'appelait dans son martyre. De là venait en elle ce mélange d'insouciance et de tragédie, d'aptitude inouïe au bonheur de l'instant et de certitude résignée que la faveur du destin lui serait comptée au plus juste. Jésus lui apportait des épreuves pour l'aider ensuite à les vivre avec joie.

Ce fut aussi la première fois que nous parlâmes sans détour de ses sentiments pour le roi. Elle avait été menée à lui par les Anjou et avait ressenti une immense horreur d'être livrée à un tel personnage. Tout en lui lui répugnait. Son apparence la repoussait, elle trouvait ridicule les grosses maheutres qui cachaient ses épaules trop étroites et les chausses souvent malpropres qui soulignaient le galbe difforme de ses jambes. Elle n'aimait ni ses manières ni ses pensées. Sa voix et même, quand il s'assoupissait, sa respiration lui causaient un déplaisir violent, d'une nature presque animale. Et pourtant, elle ne s'était pas révoltée. Elle avait demandé à Jésus des heures durant de lui donner la force de surmonter l'épreuve qu'il lui avait envoyée. Et c'était dans ces heures-là qu'elle se sentait la plus grande intimité avec Lui, le Crucifié. Il l'écoutait, la consolait et lui montrait doucement la voie d'une sorte de résurrection.

Si elle avait appris à vivre auprès de Charles, c'était que le Christ lui avait donné la force de surmonter son dégoût, de noyer son aversion dans la gaieté des fêtes, d'illusionner sa répulsion à grands coups de parfums et d'étoffes précieuses. La recette était un peu forcée. Agnès continuait au début à sentir sous la douceur des sauces l'amertume du mets. Cependant, peu à peu, le miracle s'était produit. Sous la double influence de son amour et des victoires qu'obtenaient ses armées, Charles avait changé. Certes, elle ne doutait pas plus que moi que, sous les apparences nouvelles, le même homme continuait d'exister. Mais, à tout le moins, la vie auprès de lui devenait plus supportable. Et elle avait rendu grâce à Dieu de ce bienfait. Elle avait enfin compris les paroles de son confesseur, auquel elle s'était bien gardée pourtant de livrer ses pensées intimes : le salut vient par les épreuves que le Seigneur nous envoie. Cette idée la retenait, si elle en avait eu la tentation, de se montrer ingrate avec son Créateur. Le Christ l'avait sauvée, mais elle ne doutait pas, puisqu'il voulait son bien, qu'il allait l'éprouver de nouveau. Ainsi continuait-elle de nourrir une peur voluptueuse, la certitude de courir un danger imminent et l'espoir qu'il lui ferait franchir de nouvelles étapes sur la voie de la sagesse et du salut.

La peur avait changé de nature, avec la transformation du roi. Au début, Agnès craignait sa présence et redoutait que la situation que le destin lui avait imposée ne durât encore longtemps. Ensuite, elle avait eu peur du contraire : qu'il se sépare brutalement d'elle, comme elle m'en avait fait la confidence à Beauté. Désormais qu'Anjou était éliminé, ses angoisses étaient plus diffuses mais non moins fortes. Je pense aujourd'hui qu'elle avait une prescience de son destin.

Sur le moment, j'avoue ne pas très bien avoir compris ses craintes. Elles me paraissaient procéder d'une image du monde fort peu chrétienne. Tout ce qu'Agnès voyait constituait en effet un signe, qui ne prenait son sens que dans une autre réalité, connue d'elle seule. Ainsi, je l'ai dit, elle m'avait identifié comme une sorte de jumeau dans l'univers de ses songes ou de ses origines. Au contraire, certaines personnes étaient porteuses de maléfices, en vertu du rôle qu'elles jouaient dans l'invisible. Ces conceptions auraient pu la conduire à la folie mais, bizarrement, elles lui donnaient au contraire une grande force et une grande habileté. Elle se défiait des uns, se confiait à d'autres, se protégeait de ceux-ci et ouvrait son cœur à ceux-là, guidée par ces intuitions, ces réminiscences et, pour étonnant que cela parût, ne se trompait guère.

Réincarnations, sortilèges, malédictions et su-
perstitions occupaient sa pensée et, sans qu'elle
en eût conscience, l'éloignaient énormément
des conceptions catholiques. Le lui aurait-on fait
remarquer qu'elle se serait récriée : elle était per-
suadée d'être une fidèle exemplaire de l'Église.
Et, en effet, à côté de ses idées étranges ou, si l'on
veut, au-dessus d'elles, dominait un grand respect pour toutes les institutions de la chrétienté.
Elle vouait une véritable vénération au pape, héritier de saint Pierre. Il est vrai qu'elle était née
pendant la période où il n'y en avait plus qu'un
seul et avant que le concile de Bâle n'en impose
de nouveau un second.

J'étais touché, par ces révélations, d'en apprendre un peu plus sur Agnès. Elle avait dû
être une enfant tragiquement solitaire et malheureuse. Nous sommes allés ce jour-là nous
promener près des étangs qui bordent le château. Le ciel du Berry était pommelé de nuages.
Agnès ramassait en riant des herbes sèches et
des mousses. Je la regardais, frêle et joyeuse,
courir dans ces landes rousses. Une idée m'est
venue alors, inattendue et qui me parut d'abord
grotesque : je la comparai à Jeanne d'Arc. Je ne
l'avais pas connue, mais Dunois et tant d'autres
m'en avaient parlé. Agnès et elle étaient deux
gamines semblables, écoutant leur solitude et
capables d'y puiser des forces inouïes. L'une
était devenue la maîtresse du roi, l'autre son capitaine, mais sous ces rôles différents se cachait
une même capacité à s'emparer du pouvoir

pour l'attacher à sa volonté. Charles, chétif et indécis, se mettait à la remorque de telles énergies pour surmonter des obstacles infranchissables. Mais il ne pouvait supporter longtemps de suivre et de dépendre. Il n'avait rien tenté pour sauver Jeanne, au point que certains se demandaient si sa mort ne l'avait pas délivré d'une alliée devenue encombrante. J'eus tout à coup le pressentiment douloureux qu'il abandonnerait Agnès de la même façon.

Elle me tendit son bouquet sec et me demanda pourquoi, en la regardant, j'avais les larmes aux yeux. Je ne sus quoi lui répondre et l'embrassai.

*

Je voudrais avoir le temps de finir ce récit. Il me semble essentiel de pouvoir évoquer jusqu'au bout mon amour pour Agnès. Refaire le chemin jusqu'aux derniers instants, traverser les champs fleuris pour arriver jusqu'aux labours glacés... il me semble que ma vie en dépend. Elle ne sera véritablement accomplie, et j'oserais dire heureuse et réussie, que si j'y parviens.

Je me pardonne d'autant moins l'imprudence que j'ai commise hier et qu'Elvira m'a violemment reprochée. Le fait qu'il ne se soit rien produit depuis la visite de l'homme envoyé par le podestat, il y a plus de quinze jours, m'avait donné le sentiment que je ne risquais plus rien. Je me suis enhardi et, au cours de mes promenades, je me suis peu à peu rapproché de la ville. Hier, j'ai même cru pouvoir y pénétrer sans danger. Je ne sais pas quelle force m'a poussé à m'aventurer jusqu'au port. Le souvenir d'Agnès m'habite si continûment que j'ai marché sans penser à autre chose. Je me suis retrouvé assis sur un banc de bois, près de la criée, et j'ai contemplé un long moment les bateaux qui se balançaient mollement le long des quais. C'était une incroyable imprudence.

L'après-midi était bien avancée et les ombres, sur le port, commençaient à s'allonger. J'ignore combien de temps j'étais resté assis là, à rêver. Tout à coup, je fus tiré de ma torpeur par un mouvement furtif, derrière les piliers de la halle aux poissons. Je repris mes esprits et observai. Un instant plus tard, je perçus un nouveau mouvement : un homme bondissait d'un pilier à l'autre et s'approchait de moi. Entre chaque bond, il se dissimulait derrière la colonne de pierre, mais je le voyais pencher la tête et jeter des coups d'œil dans ma direction. Au troisième passage, je l'avais reconnu : c'était l'homme que j'avais remarqué dès mon arrivée, l'assassin à mes trousses.

En un instant, j'arrêtai une décision, la moins mauvaise, la meilleure ? Je me levai d'un coup et courus jusqu'à l'angle de la maison contre laquelle j'étais assis. Je remontai la ruelle sans cesser de courir puis tournai deux fois et repris un pas normal. Mon poursuivant, depuis le temps qu'il était en ville, connaissait sûrement mieux que moi le dédale de ses venelles. Je fis mille détours pour être tout à fait sûr de l'avoir semé. À force d'embrouiller la piste, je me retrouvai bien à la sortie de la ville, mais tout à fait à l'opposé du chemin qui menait chez Elvira. Au bout de quelque temps de marche, je constatai avec terreur que mon poursuivant, auquel s'étaient joints deux autres sbires, était sur ma piste. Je profitai de mon avance et me mis à courir de nouveau sans vergogne maintenant que j'étais dans la campagne. La nuit commençait à tomber, mais bien trop lentement à mon goût. J'espérais que la lune ne se lèverait pas tôt. Quand l'obscurité arriva, j'étais sur le point d'être rattrapé.

Finalement, après de grandes frayeurs et toute une nuit d'errance, je réussis à semer mes ennemis. Je suis arrivé à la maison à l'aube, tout en sueur. Elvira avait veillé jusqu'au matin, folle d'inquiétude.

Cet incident m'a profondément ébranlé. Il m'a convaincu que je dois mettre les bouchées doubles pour rédiger ces Mémoires, car le temps m'est décidément compté. Il m'a décidé aussi à demander l'aide d'Elvira. Avant ce jour, je n'avais pas cherché à lui exposer ma situation. Je lui ai expliqué tant bien que mal quelles menaces pèsent sur moi. Elle va tâcher d'en savoir plus sur mes poursuivants. Jusqu'ici, je n'avais pas souhaité la mêler à cela, mais je n'ai plus guère le choix.

Elle est partie pour la ville ce matin, bien décidée à tirer l'affaire au clair. Et moi, je ne me laisse plus aller ni aux promenades ni aux rêveries désordonnées. Tant que le jour me permet d'écrire, je reste à ma table et je continue mon récit.

*

Je suis parti pour Rome au printemps, emportant avec moi la requête d'Agnès et bien d'autres. Il faut dire que séjourner durablement avec la cour, comme je le faisais désormais, me mettait en relation avec une infinité de gens. Je connaissais bien sûr les membres du Conseil et l'entourage royal ; j'étais familier des nobles qui gravitaient autour du souverain, mais à cela s'ajoutaient une multitude de négociants, de banquiers, de magistrats, d'artistes et la foule innombrable de ceux qui venaient solliciter de moi une vente ou un prêt. J'entretenais une correspondance nourrie avec nos facteurs et divers relais que nous possédions, pour les achats ou les paiements, de Genève aux Flandres, de Florence à Londres. Certes, Guillaume de Varye s'occupait de nos affaires au quotidien, avec Jean, Benoît et désormais beaucoup d'autres. Mais certaines tâches me revenaient en propre quand il s'agissait de grandes décisions ou de gros clients. Si bien que, dans cette cour où la plupart étaient désœuvrés, j'étais constamment occupé. Les moments rares que je passais avec Agnès étaient des exceptions dans ma vie, mais ils donnaient leur sens à tout le reste. C'était pendant ces instants d'oisiveté et d'échange apaisé que je mesurais à quel point ma vie ne m'appartenait plus. Les rêves de jadis avaient porté tant de fruits qu'ils étaient désormais ensevelis sous un quotidien étouffant de papiers et d'audiences. Ce que d'autres enviaient comme un succès était pour moi une servitude. Hormis la liberté que je prenais de temps en temps avec Agnès, je ne voyais de tous côtés que contraintes et obligations. Un invisible fouet me cinglait les côtes et me faisait avancer à une allure toujours plus rapide. Je ne comptais plus ma fortune. J'étais un homme de confiance du roi, je contrôlais un immense réseau d'affaires. Et pourtant, je ne cessais d'espérer qu'un jour on me rendrait à moi-même.

L'Argenterie était devenue l'instrument de la gloire royale. Nous faisions merveille en particulier pour les grandes cérémonies. L'occasion nous était régulièrement fournie par la prise de nouvelles villes, dans lesquelles le roi entrait en majesté. Chevaux, armes, étoffes, étendards, costumes, tout devait être brillant et ôter à ceux qui venaient de rejoindre le royaume toute envie de le quitter jamais. Les missions diplomatiques étaient aussi des occasions d'étaler la nouvelle puissance du roi aux yeux de l'étranger. J'utilisai tout le savoir-faire accumulé dans ces circonstances pour donner à l'ambassade envoyée au pape un lustre inégalé. Onze navires partirent de Marseille pour Civitavecchia avec à leur bord l'essentiel de la mission. Les tapisseries destinées au pape avaient été acheminées par le Rhône, grâce à l'aide du roi René. Trois cents chevaux richement harnachés serviraient de montures aux plénipotentiaires et à leur suite, à leur arrivée.

Nos ambassadeurs, les Juvénal, Pompadour, Thibault, et autres dignes prélats ou savants ne se fiaient guère à leurs prières pour les préserver du danger. Ils refusèrent d'embarquer et accomplirent le voyage à cheval. Le seul intrépide qui voulut bien m'accompagner sur mes navires fut Tanguy du Châtel. À presque quatre-vingts ans, il n'avait plus d'autre choix que de déterminer le lieu de sa mort et l'idée de périr en pleine mer le séduisait. Cette satisfaction ne lui fut pourtant pas accordée. Nous fîmes une traversée sans difficultés : ni corsaires, ni tempêtes, ni avaries. Un vent tiède nous porta vers Civitavecchia. Je passai des heures délicieuses, avec le vieux bretteur armagnac, à converser sur le pont du bateau, en chemise, la tête abritée du soleil par de grands couvre-chefs en paille. Tanguy me livra mille anecdotes des premiers temps de Charles VII quand il n'était encore qu'un dauphin menacé ou un roi sans territoire. Du Châtel avait les Cabochiens en horreur, car c'était d'eux qu'une nuit, il avait sauvé le jeune souverain. Son récit fit remonter en moi le souvenir d'Eustache, que j'avais oublié, et me rappela mes pensées d'alors, quand je prétendais, moi aussi, m'affranchir des puissants. Nous parlâmes de l'assassinat de Jean sans Peur sur le pont de

Montereau. Il m'avoua avoir porté un des coups. L'idée de tuer le chef bourguignon pendant cette entrevue était de lui et Charles n'en était pas informé. Compte tenu de la suite de malheurs que cet attentat avait déclenchée, Tanguy avait eu beaucoup de remords de l'avoir conçu. Mais aujourd'hui, quand, de l'entrelacs des événements, avait fini par émerger la forme favorable du destin royal, la défaite anglaise et le ralliement des princes, il se disait qu'il avait eu finalement une intuition juste quand il avait décidé d'occire le rival de Charles. Cette idée, à l'heure de la mort, l'apaisait beaucoup.

Il avait pour le roi une affection profonde comme on en garde à quelqu'un qu'on a connu enfant et malheureux. Son amour se nourrissait plus du bien qu'il lui avait fait que des faveurs que Charles lui avait accordées. Car, en la matière, il avait eu à subir la disgrâce et l'ingratitude. Il voyait le roi tel qu'il était, sans travestir son caractère ni voiler ses défauts. Au bout de quelques jours, dans l'intimité qu'avaient créée ces confidences, il me mit solennellement en garde : à sa connaissance, il n'y avait pas d'exemple que quelqu'un pût s'élever auprès de Charles VII sans provoquer un jour sa jalousie et subir les effets de sa cruauté.

Je regardais silencieusement les bateaux inclinés sous leurs voiles. L'escadre, entourée d'oiseaux blancs, cinglait sur une mer que les hauts-fonds rendaient violette. Rien ne pouvait donner plus grande impression de puissance que ce convoi chargé d'or et de présents royaux. Telle était l'Argenterie : une armée pacifique mais que le roi, en effet, pouvait craindre. Les mises en garde de Tanguy eurent plus d'effet sur moi que les terreurs peu raisonnées d'Agnès, car elles se fondaient sur une longue connaissance du roi et de nombreuses déconvenues personnelles. Quand je restai seul à d'autres moments, je réfléchis longuement aux moyens de me prémunir d'un éventuel retournement de la faveur royale et je pris secrètement un certain nombre de décisions que je me promis d'exécuter dès mon retour.

À notre arrivée, nous retrouvâmes les plénipotentiaires venus par voie de terre et qui s'impatientaient. Une ambassade anglaise était au même moment reçue par le pape, et nos légats avaient à cœur de l'anéantir par une démonstration de puissance. Ils furent rassurés quand nous débarquâmes les trésors que les navires contenaient dans leur ventre.

L'entrée de notre délégation dans Rome a frappé à ce point les esprits que cinq ans plus tard, nul ne l'avait oubliée. Ce luxe était nécessaire pour montrer l'importance que le roi attachait à cette ambassade et le respect qu'il témoignait au pape. Mais quant à croire que cette débauche de puissance impressionnerait le souverain pontife et le conduirait à se montrer conciliant pendant les négociations à venir, c'était une autre histoire.

Le pape Nicolas V était un petit homme fragile aux gestes lents. Il semblait hésiter avant d'entreprendre le moindre mouvement. Il s'y reprenait à trois fois pour tendre sa main vers une coupe et la porter à ses lèvres. Avant de se déplacer d'un angle à l'autre d'une pièce, il mesurait du regard la distance et les éventuels obstacles. Étaient-ce les dangers de sa fonction qui l'avaient contraint à une telle prudence ou, au contraire, était-il parvenu jusqu'à cette position par l'effet d'une cautèle dont la nature l'avait de tout temps doté ? Je ne puis le dire. La seule certitude est que les hésitations apparentes de son corps cachaient une grande fermeté de l'esprit. C'était un homme réfléchi et déterminé qui arrêtait ses décisions avec beaucoup de sagesse et les mettait en pratique sans accepter la moindre concession.

Il était évidemment heureux de voir arriver notre ambassade. L'appui du roi de France était un grand atout pour lui. Cependant, dans les discussions qui s'engageaient avec les plénipotentiaires, il comptait se montrer exigeant et inflexible, en particulier sur la question de son rival, l'antipape nommé par le concile. Il attendait son abdication pure et simple, sans aucune compensation.

Nicolas V savait que je ne dirigeais pas la délégation et qu'il lui faudrait discuter officiellement avec d'autres, notamment Jean Juvénal, l'archevêque de Reims. Toutefois, il avait pris ses renseignements et une lettre du roi avait mis les choses au point : il connaissait mon rôle véritable et ma prééminence dans toutes les questions financières. C'était un Toscan, qui avait servi jadis de précepteur chez les Médicis. Il savait que l'argent était désormais la valeur essentielle, et que tout, que l'on s'en réjouît ou qu'on le déplorât, lui était subordonné, jusqu'à la noblesse. Ainsi, il mena avec moi des discussions qui n'eurent ni le lustre ni le caractère officiel des entretiens diplomatiques à venir, mais qui n'en furent pas moins décisives.

Il usa d'un subterfuge pour me faire loger en son palais, afin que nous puissions y discuter tranquillement et en aparté. Comme nous étions un jour réunis en grande audience auprès de lui, il se leva soudain, vint près de moi et, tendant ma paupière d'un doigt hésitant, il se récria :

— Vous êtes malade, maître Cœur, je vous le dis. Faites attention à la malaria, qui sévit dans nos régions et tue chaque année quantité d'hommes en pleine force.

Archevêques et théologiens furent parcourus d'un frisson de terreur et s'écartèrent de moi. Quand le pape proposa de me faire examiner par son médecin personnel (« qui fait merveille, en particulier, pour cette maladie »), ils marquèrent leur approbation. Et un grand soulagement se lut sur leurs visages quand, en conclusion pratique de sa proposition, le pape m'invita sans tarder à séjourner dans une aile de son palais.

Ainsi se déroulèrent parallèlement deux négociations. L'une se tenait les après-midi, dans une salle d'apparat décorée de fresques imposantes. Les ambassadeurs s'y exprimaient les uns après les autres en gonflant leur voix et en usant d'interminables circonlocutions. Le pape leur répondait avec onction, mais se montrait intraitable.

Avec moi, l'affaire se débattait autrement. Nous nous voyions le plus souvent le matin, dans une petite salle à manger dont les fenêtres grandes ouvertes donnaient sur un jardin fleuri. Jus de fruits, bouillons, pâtisseries ornaient la petite table ronde sur laquelle brillait une vaisselle d'argent. Le pape était généralement vêtu d'une simple chasuble qui découvrait ses avant-bras. Dans ces entretiens privés, il perdait tout à fait la componction qui entravait ses gestes en public. Au contraire, il usait de ses mains pour illustrer ses propos et souvent, en parlant, se levait, allait jusqu'à la fenêtre, revenait s'asseoir. Notre dialogue était simple et sans détour, comme ceux auxquels m'avaient habitué mes activités commerciales. Nous faisions affaire et, comme je l'avais pressenti dès le départ, nous ne tardâmes pas à conclure un marché satisfaisant pour les deux parties.

Devant les plénipotentiaires, Nicolas V répétait qu'il attendait l'abdication sans condition de l'antipape. Il ne voulait pas qu'il fût dit qu'il aurait accepté la moindre concession pour l'obtenir. Avec moi, il se montrait plus réaliste. Par ses légats et un réseau d'espions efficace, il connaissait son rival mieux que quiconque.

— Pour convaincre l'antipape de partir, me dit-il, il faut négocier... avec son fils, c'est-à-dire le duc de Savoie.

Amédée, avant de se consacrer à la religion et de devenir pape, avait transmis le duché de Savoie à son fils Louis. Or celui-ci nourrissait une grande ambition : s'emparer du Milanais. Il lui fallait pour cela faire valoir ses droits concernant cet héritage, mais surtout les disputer par les armes au condottiere Francesco Sforza. Tout cela exigeait beaucoup d'argent, le soutien du roi de France et celui de la maison d'Orléans, héritière des droits des Visconti sur Milan. Fin connaisseur des affaires italiennes, le pape me donna des conseils sur la manière d'agir. Si nous fournissions au jeune duc de Savoie les moyens de mener sa guerre sous condition que son père renonce à la papauté, il serait certainement possible de fléchir le vieil Amédée.

Je suivis ces conseils et m'en trouvai satisfait. Les nouvelles missions que j'exécutai par la suite, directement ou indirectement, auprès de l'antipape furent beaucoup plus fructueuses dès lors que je les plaçai sur le terrain de l'argent et non sur celui, bien étranger à l'affaire, de la théologie.

D'ailleurs, pour conclure la négociation avec l'antipape, notamment sur la question du Milanais et de sa conquête, le roi, sur la foi des renseignements que je lui rapportai, jugea bon de désigner Dunois. Celui-ci sut parler à Amédée le langage tout cru de la guerre et aida le duc de Savoie à organiser son armée. C'était décidément l'homme qu'il fallait pour mettre fin au schisme...

Cette visite à Rome me fut ainsi triplement profitable. J'y découvris les moyens de dénouer la crise de la chrétienté et, en effet, l'antipape abdiqua dès le début de l'année suivante. Je nouai avec la maison de Savoie des liens plus étroits encore que par le passé par le biais d'un prêt à des conditions pour moi très favorables. Enfin et surtout, je devins l'ami du pape.

Heureux de nos échanges et voyant que j'adhérais à ses propositions, Nicolas V m'accorda toutes les faveurs que je lui demandai. J'obtins l'autorisation d'autel portatif pour Agnès et en commandai un en or incrusté de rubis chez des artisans du Trastevere. Le pape honora mes interventions en faveur de nombreux protégés. Enfin, et j'oserai dire surtout, il renouvela et étendit l'indult qui m'autorisait à commercer par voie de mer avec le sultan. Désormais, le congé ne comportait plus de durée ni de limites quant au nombre de navires. Il me donnait également licence pour transporter les pèlerins en Orient. À ma demande, le pape y ajouta le droit d'exporter des armes, au titre de cadeau du roi de France. Hélas, prudence ou malentendu, Nicolas V ne publia jamais de bulle sur ce point.

Mais nos relations ne se bornèrent pas à ces échanges de bons procédés. Nous savions l'un et l'autre à quoi nous en tenir sur ces questions. Qui occupe une position de puissance entretient avec la notion d'intérêt des rapports plus simples que l'ordinaire des gens. À ces niveaux, on ne peut ignorer que les personnes qui vous approchent ont toutes quelque chose à solliciter et il n'y a aucune raison de s'en offusquer. Pour les hommes du commun, il ne peut y avoir d'amitié, d'amour ni même de confiance quand se profile l'ombre d'une attente intéressée. Au contraire, pour les hommes de pouvoir, la seule manière d'atteindre des relations véritables est d'aborder franchement le sujet de l'intérêt. Avant toute chose, ils posent la question : qu'attendez-vous de moi ? Et de la franchise avec laquelle on leur répond dépend la possibilité de passer à une étape supérieure d'intimité.

Après avoir débattu sans détour les sujets sérieux, Nicolas V et moi pûmes nous laisser aller à des conversations sans but ni profit qui nous permirent de mieux nous connaître. Il advint d'ailleurs que la maladie de circonstance qu'il avait diagnostiquée chez moi finit bel et bien par me frapper. Je dus demeurer plus longtemps à Rome que les plénipotentiaires et restai pendant ma convalescence l'hôte du pape. À le voir chaque jour, je finis par bien connaître cet homme aux multiples visages. Il est mort, désormais, et je ne suis plus rien ; je peux bien dire la vérité, à son sujet comme au mien.

Il appartenait à ce type de prélats italiens chez lesquels la religion cache surtout une passion profonde pour l'Antiquité. Nicolas était un lecteur savant des philosophes grecs et romains. Il avait recueilli à Rome nombre d'érudits qui fuyaient Byzance sur le point de tomber. Il a toujours affirmé agir pour le bien de l'Église catholique, recueillant l'héritage oriental, tout comme il luttait contre le schisme en Occident. Et il est vrai que, pendant son pontificat, Rome redevint le seul centre de la chrétienté. Pourtant, en le suivant dans sa bibliothèque, je compris vite qu'il nourrissait pour la culture antique une passion qui n'avait que peu de lien avec la religion et même la contredisait. Il n'était pas soucieux, comme d'autres, de trouver chez Platon ou Aristote des jalons de pensée annonçant le Christ. Il les lisait et les respectait pour eux-mêmes. Il me confia même un jour qu'il mettait en pratique chaque jour, comme les sectataires de ce philosophe, les enseignements de Pythagore résumés dans les « Vers d'or ».

Il avait entrepris de faire construire à Rome un nouveau palais pontifical, dont la majesté manifesterait la nouvelle et, il l'espérait, éternelle unité de l'Église catholique. Ce Vatican est encore en chantier ; j'ai eu l'occasion de le visiter avant de m'embarquer pour Chio. Pour concevoir ce bâtiment, le pape a fait appel à des architectes imprégnés de références antiques. Il est allé, avec eux, visiter des vestiges de temples, n'hésitant pas à grimper lui-même sur les ruines pour mesurer les proportions des frontons ou des colonnades.

Il me fit un jour un étonnant aveu : s'il désirait passionnément convaincre les princes européens de lancer une nouvelle croisade, c'était surtout pour sauver les trésors culturels de Byzance. Le principal reproche qu'il faisait aux Turcs était leur manque d'attention pour les œuvres antiques.

— Et puis, hasardai-je, ils sont mahométans...

Il me regarda et haussa les épaules.

— Oui, dit-il.

Le fin sourire qui se forma sur son visage, la lueur d'ironie que je lus au fond de ses yeux acheva de me convaincre : il n'avait pas la foi. Il avait dû depuis longtemps mesurer la faiblesse de la mienne. Ce secret nous lia mieux qu'un serment. Il eut l'occasion de me le prouver par la suite.

*

Italie, Méditerranée, Orient, nos regards étaient désormais tournés de ce côté-là. Nous avions un peu trop vite oublié les Anglais. Certes, le nouveau roi d'Angleterre haïssait l'idée de reprendre la guerre. Sa femme, la fille du roi René, représentait utilement auprès de lui le parti de la paix. Mais tous, là-bas, ne l'entendaient pas ainsi. La trêve de cinq ans se terminait quand je rentrai de Rome. Des incidents avaient éclaté avec les garnisons anglaises encore présentes dans le royaume et qui n'étaient plus payées. Fougères avait été attaquée par un aventurier à la solde des Anglais. La ville avait été pillée jusqu'à la dernière cuiller.

Je trouvai la cour en grand émoi. Ces cinq années avaient fait oublier le danger anglais, comme si la somme d'horreurs que cette interminable guerre avait accumulée barrait l'entrée de la mémoire et interdisait de penser à combattre. Le roi lui-même avait repris son ancienne attitude, accablée et indécise. Il semblait que le danger anglais le ramenait aux temps lointains et maudits de sa jeunesse. Son changement d'apparence et ses nouvelles manières valaient pour tous les sujets, sauf celui-là. Cette indécision désespérait les hommes de guerre et je partageais leur désarroi. Depuis cinq ans, nous avions travaillé à construire une puissante armée. Les compagnies d'ordonnances, les francs-archers, les détachements d'artillerie, tout était prêt. Les trêves nous avaient apporté une rapide prospérité qui, pour fragile qu'elle fût encore, nous mettait en situation favorable pour reprendre la guerre et la conclure à notre avantage.

Je trouvai Agnès dans un état de vive inquiétude. Elle était extrêmement pâle et cachait mal une grande faiblesse. Elle m'apprit qu'elle avait de nouveau accouché d'une fille un mois plus tôt, placée dès sa naissance comme les deux précédentes. Elle avait perdu beaucoup de sang et subi une fièvre dont elle sortait à peine. Elle n'avait pas pu, cette fois, cacher son état au roi. Il n'avait rien dit mais s'était gardé de changer quoi que ce fût à sa vie de fêtes pendant l'absence d'Agnès. Mille regards, dans l'ombre dangereuse de la cour, avaient observé la première station de ce qui, peut-être, deviendrait un chemin de croix. Agnès avait mis un genou à terre. De belles jeunes filles avaient été poussées complaisamment devant le roi. Il ne s'était encore rien passé et Agnès s'était relevée. Mais tous attendaient la prochaine épreuve.

Elle-même la craignait. Elle tardait à reprendre son ancienne énergie. Je la trouvai sujette à une langueur dont elle n'était pas coutumière. Cependant, Brézé, Dunois, les Bureau, tous ses protégés du Conseil la priaient d'intervenir auprès du roi pour le décider à la guerre. Elle ne parvenait pas à s'y résoudre; mon retour l'encouragea.

J'étais rentré plein d'enthousiasme, exalté par mon séjour romain. En passant par Bourges, j'avais constaté avec bonheur que les travaux de mon palais progressaient. J'ordonnai quelques modifications qui m'avaient été inspirées par mes visites à diverses demeures de Rome. L'idée m'était aussi venue de faire installer un bain de vapeur comme j'en avais rencontré en Orient. Macé eut un peu de mal à se laisser convaincre. Mais c'était là une fantaisie privée, invisible pour les personnes extérieures et qui n'affecterait en rien notre réputation. À cette condition, elle accepta.

Je passai ensuite par Tours, avant de rejoindre la cour. Il me fallut sacrifier d'abord aux diverses rencontres de travail qu'exigeait l'Argenterie. Mais dès que j'eus un instant, je filai voir Fouquet pour lui parler des peintres que j'avais découverts à Rome. Ce fut lui qui, le premier, m'alerta sur l'état d'Agnès. Pendant mon absence, il l'avait rencontrée assez souvent et était parvenu à ses fins : elle avait accepté qu'il fît son portrait. Il avait multiplié les ébauches mais ne savait pas encore exactement comment la représenter. Sa beauté le fascinait toujours, mais en homme habitué à scruter les visages, il avait remarqué chez elle une gravité nouvelle. À vrai dire, ce n'était que l'exacerbation d'une qualité qu'il avait toujours perçue en elle. Cependant, jusqu'alors, cette tonalité de fond transparaissait à peine, dissimulée par les vives couleurs de la gaieté.

Désormais, cette gravité était apparente aux yeux de tous. Les efforts d'Agnès pour se montrer joyeuse dissipaient pour quelque temps ces nuages, mais ils réapparaissaient bien vite. Tous les dessins d'elle que Fouquet me montra la représentaient la tête légèrement penchée en avant, les yeux baissés, la bouche close.

Il avait disposé ses esquisses sur une table et nous les regardions en silence. Le malaise que je ressentais en voyant ces images était vague, inexpliqué. Et soudain, je compris : c'était le visage d'un gisant, un masque de mort. Je levai les yeux vers Fouquet et vis que les siens étaient gonflés de larmes. Il haussa les épaules et ramassa les documents en bougonnant.

Quand je rejoignis enfin la cour et trouvai Agnès, je notai sa satisfaction de me revoir. Mais elle ne la manifesta pas comme à l'accoutumée. Même seule dans ses appartements, elle semblait craindre d'être découverte. Nous conversâmes avec une perceptible gêne. Pour lui rendre la tâche plus facile, je quittai rapidement le registre personnel et passai à la question de la guerre. Je lui dis que le pillage de Fougères était à mes yeux providentiel. Il fallait en profiter pour terminer le travail de reconquête et en finir avec le danger anglais. Mon enthousiasme sembla d'abord réveiller le sien. Mais très vite, son regard se voila. Elle me rappela les attaques du dauphin contre Brézé, l'année précédente, par le moyen d'un misérable espion nommé Mariette, que j'avais fait emprisonner. Selon elle, le dauphin n'avait pas renoncé à tendre ses pièges diaboliques pour la discréditer. Le moyen de l'atteindre était toujours pour lui de viser ceux qu'elle soutenait. Cette affaire anglaise n'était-elle pas encore une provocation ? Je ne voyais pas en quoi, depuis son lointain Dauphiné, Louis aurait pu raviver la guerre avec l'Angleterre ni dans quel but. Agnès avoua que j'avais raison mais, aussitôt, fondit presque en larmes. Elle était nerveuse, voyait des dangers partout, contre toute vraisemblance. Finalement, nous convînmes qu'il fallait agir, chacun avec ses moyens. Elle me dit qu'à son avis, le mieux était qu'elle persuade d'abord la reine et qu'ensemble elles aillent exhorter Charles à engager le combat. L'idée n'était pas mauvaise. Elle éviterait de faire de la guerre l'affaire d'un parti, celui d'Agnès, ce qui aurait pour effet de jeter tous ceux qui la jalousaient dans l'opinion contraire.

J'allai, quant à moi, trouver le roi dès le lendemain et nous eûmes un long entretien. Je lui racontai par le menu mes échanges avec le pape. Nous parlâmes en détail des affaires italiennes ; il revint sur la mission de Jean de Villages au Soudan. Tout cela le passionnait et une grande jouissance se lisait sur son visage quand il évoquait ces sujets.

Il manifesta d'autant plus violemment son déplaisir quand je pris l'initiative de placer la conversation sur le terrain de l'Angleterre. La chaleur de juin avait beau entrer par la fenêtre, avec un brillant soleil, Charles se mit à frissonner. D'une main, il resserra son col et s'enfonça dans son fauteuil. Il écouta les arguments que je lui assenai, puis il protesta faiblement, en parlant du roi d'Angleterre.

— Henri est notre parent, désormais. La fille de René fait merveille, paraît-il, pour le garder de reprendre la guerre.

— En effet, et beaucoup là-bas le blâment pour cette faiblesse.

— Les Anglais ont tenu leurs engagements malgré tout. Les trêves ont duré.

— N'oubliez pas qu'il a fallu envoyer Dunois

et une armée pour reprendre Le Mans, qu'ils s'étaient engagés à évacuer.

— Le Régent d'Angleterre dans leurs provinces de par ici s'est excusé, pour cette affaire de Fougères. C'est un soudard aragonais, paraît-il, qui a pris la liberté...

— Sire, le coupai-je en saisissant sa main, peu importe la réalité des choses. Le prétexte est là, tout trouvé. Vous allez gagner. Maintenant, vous avez la force, les armes, l'argent.

Charles retira sa main et m'interpella sur ce mot.

— L'argent, dites-vous?

Il y eut un long silence. Ses yeux ardents me scrutaient.

— Une telle campagne coûtera cher, reprit-il. Même si j'ai les moyens désormais d'entretenir une armée permanente sans recourir aux princes, c'est autre chose de la payer en campagne...

Il me fixait toujours.

— L'argent, répondis-je enfin, un peu trop tard peut-être, ne sera pas une question. Vous savez que tout ce qui est à moi est à vous.

Ces formules creuses, dont on use sans crainte en Orient parce que nul ne se risquerait à leur donner créance, sonnaient différemment aux oreilles d'un homme comme Charles. Il opina et je me demandai si je n'avais pas versé en son esprit un poison qui serait un jour mortel pour moi. Il détacha son regard de mon visage et le perdit dans la clarté opalescente de la croisée.

— Combien cela peut-il coûter, une campagne de ce genre ? Mettons que nous y jetions tous nos moyens et que l'affaire dure jusqu'à l'hiver... Trois cent mille... non, non... je dirais plutôt quatre cent mille écus. Me les bailleriez-vous, messire Cœur ?

Il s'était de nouveau tourné vers moi et scrutait ma réaction. C'était la pire question qui me fût jamais posée. Si je répondais non, j'étais rebelle à mon roi et il ne me le pardonnerait pas. Si je répondais oui, l'énormité de la somme révélerait du même coup l'étendue de ma fortune. Le roi connaissait mal les questions de finances. Cependant on les évoquait au Conseil et son intendant général l'informait régulièrement de l'état de son Trésor. Il savait que j'étais riche et il n'ignorait pas non plus que c'était en partie grâce aux charges qu'il m'avait octroyées. Mais là, pour la première fois, ce que nous savions l'un et l'autre sans l'évoquer jamais allait apparaître au grand jour, à travers ma réponse : j'étais plus riche que lui, plus riche que l'État.

— Oui, répondis-je en m'inclinant.

Ce mot, je le sus en le prononçant, scellait mon destin. Il ne fait pas bon disputer la puissance à de tels hommes. Il ne cilla pas, mais j'eus l'impression d'entendre mes paroles tomber dans les fonds les plus noirs de son esprit. Il me remercia, avec un sourire froid. Puis il me dit qu'il allait réfléchir.

Les jours suivants, il reprit sa bonne humeur. Quand la reine, accompagnée d'Agnès et d'autres femmes de sa suite, vint joyeusement lui proposer de briller devant les dames en prenant la tête de ses armées et en chassant la canaille anglaise, il rit de façon assez vaniteuse. On voyait en tout cas que le défi ne lui déplaisait plus. Nous nous déplaçâmes aux Roches-Tranchelion, à peu de distance de Chinon, car c'était là que le roi avait décidé de tenir le Grand Conseil. Les avis furent unanimes, quoiqu'on pût déceler dans l'assemblée deux groupes de personnages. Certains, pour la plupart amis d'Agnès — mais on comptait aussi parmi eux des proches de la reine, de petits seigneurs spoliés de leurs possessions normandes par l'occupation anglaise, et même quelques hommes désintéressés et sincères, pour rare que fût cette espèce à la cour —, recommandaient la guerre par conviction et honnêteté. D'autres ne se joignaient à ce parti que pour plaire au roi car, en bons courtisans, ils avaient perçu les signes, pourtant discrets, de son retournement.

*

Sitôt la décision prise, tout alla très vite. Trois courtes semaines après le Conseil, Charles VII quittait la Touraine devant ses troupes. Le roi René, qui se tenait à l'écart sur ses terres, et de mauvaise humeur, depuis que son frère avait été chassé, oublia tout et se précipita pour prendre part au combat.

En plaisantant sur la vaillance du roi et l'impression qu'il ferait sur les femmes, la reine entendait piquer l'amour-propre de son mari. Mais elle n'avait nullement l'intention de le suivre pour observer ses exploits. Agnès, au contraire, aurait bien sollicité cette faveur. Peut-être le lui a-t-elle demandé. Elle ne m'en dit rien mais se montra extrêmement contrariée de rester seule. J'avais persuadé au roi qu'il me fallait séjourner quelques jours en Touraine, afin de mettre au point les approvisionnements de l'armée en campagne. Je le rejoindrais plus tard, sur le terrain des batailles. Il accepta. Licence m'était ainsi donnée de rester seul près d'Agnès. Pendant nos rencontres, j'essayai de comprendre ce qui la rendait si nerveuse. Jamais elle n'avait paru souffrir à ce point des absences du roi. Il est vrai que depuis sa rencontre avec lui, le pays n'avait pas connu de véritables guerres, tout au plus des escarmouches localisées. Elle n'avait donc pas eu l'occasion de le soutenir au combat.

Je ne parvenais cependant pas à démêler les raisons de son angoisse. Avait-elle peur pour lui ? Face à Talbot qui commandait l'armée anglaise et quoiqu'il touchât les quatre-vingts ans, les risques de revers n'étaient pas nuls. Agnès avait encore en mémoire les guerres chevaleresques pendant lesquelles les seigneurs et le roi en tête se livraient au corps-à-corps, mouraient par centaines ou étaient capturés. Elle ne pouvait imaginer, ni moi non plus d'ailleurs, la nouvelle guerre qui allait se dérouler, transformée par l'action à distance des couleuvrines et des bombardes, des corps d'archers et des troupes à pied.

J'eus le sentiment qu'elle avait aussi peur pour elle-même. Les paroles de la reine, qui avait enjoint le roi de « briller devant les dames », l'avaient troublée. Agnès s'imaginait peut-être Charles en gloire, exalté par la victoire et désirant prolonger la reprise de ses provinces par d'autres conquêtes plus intimes, qui lui ouvriraient le cœur et le corps tout acquis de femmes en pâmoison.

Elle qui avait toujours craint les grossesses et en avait subi trois sans que la plupart des courtisans n'en sachent rien, elle avait pressé Charles de rester près d'elle, la nuit qui précédait son départ. Elle me fit un aveu étrange : elle espérait que les gestes de l'amour, pendant cette dernière nuit, auraient semé en elle une nouvelle fois (mais qui était en vérité, avec son assentiment, la première) une descendance royale.

À force de lutter pour vaincre la répulsion que le roi avait d'abord suscitée en elle et sans méconnaître les défauts persistants de son caractère qui ne permettaient pas de placer en lui la moindre confiance, elle s'était finalement attachée à lui. Ce lien, peu à peu, lui était devenu si nécessaire qu'elle ne pouvait concevoir sa vie en dehors de lui. En somme, elle aimait Charles.

Je tâchai de la tranquilliser. Je promis d'observer le roi en campagne et de lui faire savoir si quoi que ce fût pouvait à un moment laisser penser qu'elle avait raison de s'alarmer.

Deux semaines plus tard, je rejoignis le lieu des batailles. C'était à peine s'il y en avait; on ne comptait que des triomphes. Les villes se soulevaient, enfermaient les Anglais dans leurs quartiers, ouvraient les portes aux troupes du roi de France. Pont-Audemer, Pont-l'Évêque, Lisieux, Mantes, Bernay étaient tombées. Le 28 août, quand j'arrivai, Vernon se livrait au roi. Dunois espérait se voir attribuer la place, mais Charles décida de l'offrir à Agnès. Il se fit remettre les clefs de la ville et envoya un messager à Loches les lui porter. J'en fus heureux pour elle. Deux jours plus tard, nous entrions à Louviers et le roi pouvait tenir pour la première fois conseil en Normandie. Il fut décidé de marcher sans attendre sur Rouen.

Je repartis pour Tours, en attendant que la prise de la ville s'organise. Évidemment, je ne résistai pas à l'envie d'aller trouver Agnès à Loches. Le cadeau du roi l'avait rassérénée. Son vœu avait été exaucé : elle était enceinte et, pour la première fois, elle ne dissimulait pas sa grossesse. Son état lui mettait un peu de rose aux joues, son œil était plus vif. Elle riait et avait retrouvé son entrain. Moi qui la connaissais bien, je perçus néanmoins un fond d'inquiétude et de sombres pensées. Elle sursautait au moindre bruit et son regard, à la première alarme, prenait l'éclat apeuré d'une biche forcée.

Elle me fit longuement parler de la guerre et ne se lassait pas d'entendre le récit des triomphes du roi. J'insistai sur sa vaillance mais, en la mettant en scène, je faisais en sorte de montrer qu'il ne courait aucun risque. Elle m'écoutait pensivement. Sa robe était si serrée qu'elle laissait deviner le galbe à peine plus prononcé de son ventre. Elle portait un décolleté comme elle les aimait et, à l'écart du lacet, on voyait que sa poitrine était pleine et tendue. Fut-ce l'aveu de cette grossesse, les formes qu'elle lui donnait, l'irruption de la fécondité au milieu de ses qualités de charme et de beauté qui lui devaient d'ordinaire si peu, je ressentis pour la première fois en sa présence un désir charnel intense et presque douloureux. Elle était trop fine pour ne pas le percevoir. Nous échangeâmes un sourire et, aussitôt, comme pour éloigner le sortilège, elle m'entraîna dans le jardin pour m'y montrer ses roses.

Je la quittai le lendemain rassuré sur son état. Malheureusement, ce que je savais du roi me laissait craindre qu'elle n'eût raison de rester sur ses gardes. Et quand, à la mi-octobre, je remontai jusqu'à Rouen, ce que je découvris me confirma dans mes craintes et même m'épouvanta.

Pour limiter l'effusion du sang, des pourparlers avaient été engagés avec la garnison anglaise. Des émissaires de la population de Rouen allaient et venaient entre le camp des troupes royales et la ville afin d'informer les assaillants sur la situation intérieure et de recueillir les consignes à transmettre aux civils qui désiraient aider à leur libération. Charles attendait. Mais cette attente était rendue nerveuse par la succession des triomphes qui avaient ponctué presque chaque jour les débuts de cette campagne. Chacun, et le roi tout le premier, sentait la fin imminente. Ces dernières heures de guerre, rendues furieuses par le souvenir des atrocités commises depuis si longtemps dans cette région, étaient en même temps pleines d'une joie contenue, prête à éclater. Le résultat était une débauche presque continuelle. Le bruit lointain de la canonnade soulevait dans le camp royal des exclamations sauvages. Charles entretenait une allégresse forcée et vaguement inquiète, en buvant du matin au soir avec sa cour. Les hommes sérieux, Brézé, Dunois, les Bureau, se tenaient à l'écart de ces excès : ils faisaient la guerre. Cependant, il ne manque jamais de volontaires autour des puissants pour pourvoir aux tâches médiocres et régler leurs grimaces sur les humeurs de celui qu'ils courtisent. L'enviable position de maquereau du roi était disponible depuis que Charles d'Anjou ne l'occupait plus. Ils furent plusieurs de moindre illustration et de goûts plus grossiers à prêter leur énergie pour remplir cette fonction. Avec le légendaire appétit des Valois et leur faible discernement, Charles faisait le siège de jeunes servantes ou de dames normandes, qui résistaient peu.

Ces excès n'étaient pas inquiétants en eux-mêmes. Charles s'y était déjà livré par le passé et les circonstances exceptionnelles de cette fin de guerre pouvaient les expliquer. Autrement plus grave à mes yeux, relativement au sort d'Agnès, fut l'arrivée de plusieurs jeunes femmes de la cour. Le roi n'avait pas emmené la reine parce qu'elle ne le souhaitait pas. Mais à Agnès, qui le lui avait demandé, il avait objecté qu'aucune femme ne prendrait part à cette campagne. La présence de ces quelques dames, toutes jeunes et fraîches, cela va sans dire, revêtait donc une signification particulière.

Mes observations sur les manifestations de cette débauche furent interrompues par la nouvelle tant attendue : Rouen était prise. La population soulevée avait ouvert les portes à Brézé puis Dunois, accompagnés chacun d'une puissante cavalerie. Les Anglais s'étaient retranchés dans leur château, que les canons de Bureau pilonnaient. Finalement et au grand regret des Rouennais qui eussent aimé leur faire subir des châtiments à la mesure de leurs crimes, les Anglais obtinrent de sortir en gardant la vie sauve. Ils abandonnaient de nombreuses autres places fortes pour prix de cette merci, et l'on pouvait regarder, avec Rouen, toute la Normandie comme désormais libre.

Il restait, sur le modèle du sacre, à organiser une cérémonie qui illustrerait à jamais cette ultime victoire. J'avais fait venir Jean de Villages et plusieurs de mes jeunes assistants qui avaient l'expérience de ces magnificences. Des convois marchant jour et nuit apportèrent de l'Argenterie les étoffes précieuses et les armes d'apparat. Enfin, le 10 novembre, notre cortège entrait dans la ville, entourant le roi sous son dais.

*

Le récit de ce triomphe a été fait maintes fois et je n'ai rien à y ajouter sinon mes propres impressions puisque j'ai eu l'immense privilège d'y prendre part. Je chevauchais au côté de Dunois et de Brézé. Nous étions assourdis par les six trompettes qui nous précédaient. Nous portions tous les trois des jaquettes de velours violet fourrées de martre. La houssure de nos chevaux était brodée d'or fin et de soie. La mienne, de couleur rouge avec une croix blanche dessus, avait été commandée pour le duc de Savoie, mais il n'avait pas pu rester jusqu'au défilé. La foule était immense et l'on sentait que ce n'était point, comme pour les spectacles ordinaires que donnent les rois, un assemblement de simples curieux, frottant leur misère au contact irritant mais admirable de la richesse et de la puissance. La population célébrait sa propre fête, celle de sa liberté, de sa victoire, et le roi y était convié comme un bienfaiteur et un parent. Les vieux pleuraient au souvenir de leurs souffrances et en mémoire des malheureux disparus qui ne verraient pas ce jour, les femmes reprenaient espoir pour leurs enfants et se disaient qu'elles ne les avaient pas seulement mis au monde pour subir mais aussi pour connaître la paix et le bonheur. Les jeunes gens mettaient leur énergie à rire et à crier le nom interdit, celui qu'il fallait jusqu'alors prononcer à voix basse et avec crainte, parce qu'il était celui du roi de France.

Pour nous qui, autour de Charles, avions la responsabilité de tout un pays, cette fête nous portait bien plus loin que la ville où elle se déroulait. Elle marquait pour la France la fin d'un siècle et plus de guerre, de malheur et de ruines. Certes, il restait encore à chasser les Anglais de Guyenne. Mais ils étaient là-bas loin de leurs bases et encerclés par des forces hostiles ; ce ne serait plus qu'une question de temps. Cette interminable guerre avait eu au moins un mérite : elle avait fait mourir le monde des princes, qui se transmettaient les terres et les peuples comme choses inertes, de même que l'on apporte un moulin, un bois ou un étang en dot pour son mariage. Celui qui avait délivré ces peuples sous le joug, c'était le roi de France, et chacun se sentait désormais son sujet et non plus celui d'un seigneur local.

Je jetai de temps à autre des coups d'œil vers Charles. Il était revêtu d'une armure complète et coiffé d'un chapeau de castor gris doublé de soie vermeille. J'avais fait fixer sur le devant de ce couvre-chef un petit frémail auquel était attaché un gros diamant. Le roi dodelinait sur sa monture et tenait les yeux mi-clos. Que pouvait-il ressentir ? Je n'aurais pas été étonné, si j'avais pu lui poser la question, qu'il me réponde : de l'ennui. Avant que nous montions à cheval et pendant la mise en place du cortège, il avait commandé du vin blanc dans sa tente de campagne. S'il en avait bu quatre ou cinq verres, ce n'était pas pour calmer l'impatience que quiconque aurait ressentie à sa place, mais plutôt pour se donner le courage d'affronter une épreuve dont il aurait aimé se dispenser.

Quand j'avais été le trouver pour lui décrire l'ordonnancement de la cérémonie, il m'avait posé des questions anodines, relatives au souper qu'il espérait pouvoir passer en petite assemblée, entouré seulement des quelques dames que nous avions vues arriver les jours précédents.

Étrange destin, vraiment, que celui de ce roi, jeté dans le monde, si faible et si humilié, souverain méprisé d'un pays divisé, ravagé, occupé et qui, par sa seule volonté, viendrait à bout de tous les obstacles, terminerait une guerre qu'on croyait éternelle, conclurait le schisme d'Occident, assisterait à la chute de Byzance et recueillerait en partie son héritage, en ouvrant son pays vers l'Orient. S'il a voulu et organisé tout cela, ce ne fut point à la manière d'un Alexandre ou d'un César. Ceux-là, dans un tel triomphe, eussent chevauché tête nue, soulevés d'enthousiasme, et chacun aurait compris que leurs armées les avaient suivis dans l'ivresse et par amour. Charles, lui, avait tout préparé en silence, comme un enfant vexé qui médite sa revanche. Ce qu'il avait accompli de grand n'était que l'ombre portée de ses petits calculs. Sa faiblesse lui avait attaché des hommes de valeur qui s'étaient pris de pitié pour lui et dont il usait comme de jouets inertes, sans hésiter, s'il changeait de sentiment à leur égard, à les briser. Et maintenant que le temps de la victoire était venu, maintenant que l'enfant capricieux s'était vengé, n'apparaissaient pas d'autres ambitions, comme en nourrissent toujours, de plus en plus grandes et jusqu'à les perdre, les vrais conquérants, mais plutôt des satisfactions égoïstes et minuscules : la boisson, le divertissement, la luxure, en un mot, le vide.

Au centre des grands événements, il y a souvent des hommes dont le poète, le rêveur se disent : Ah, si j'étais à leur place, quelle inoubliable moisson d'émotions j'aurais récoltée ! Et, en comparaison de ces tumultes supposés, le calme de ces grands personnages passe pour de la maîtrise de soi. Mais pour les hommes sans rêves que sont souvent ces triomphateurs, les heures de gloire sont monotones, fastidieuses et, pour les supporter, ils fixent leur pensée sur des objets insignifiants. Un cor au pied qui les blesse, un appétit qu'ils ne peuvent satisfaire, le souvenir importun d'un baiser refusé ou attendu, voilà dans quel liquide tiède et louche baigne leur esprit, tandis que la foule les acclame.

Ce fut une interminable journée d'émotion et de fête. Charles assista à une messe dans la cathédrale, reçut des hommages à n'en plus finir. Les cris du peuple entraient partout, même là où il était retenu au-dehors. Des sonneurs ivres se relayaient au balancier des cloches. Le vin, les victuailles, les vêtements qui avaient été cachés aux Anglais sortaient dans les rues. Heureusement pour le roi, les journées de novembre sont courtes et celle-là, par surcroît, se termina dans la froidure. Un vent d'est jeta ses bourrasques glacées sur le dos de la populace, sans parvenir à la calmer. La fête continua dans les maisons. Le roi, après être apparu en divers lieux officiels, se retira et eut le souper intime qu'il attendait.

Je passai une soirée solitaire et très entouré. Tous ceux à qui j'avais prêté de l'argent tenaient à m'inviter chez eux comme s'ils me prenaient à témoin du bon usage qu'ils faisaient de mes fonds. Leur cordialité m'était insupportable. Je me refusais à les regarder comme mes débiteurs et, de manière générale, à juger les êtres en proportion de leur fortune. Cependant je n'allais pas non plus jusqu'à cette extrémité qui m'aurait fait voir leur dette comme une raison suffisante pour apprécier leur compagnie. La mélancolie qui me gagnait me fit boire et le vin ajouta encore à ma tristesse. Je m'échappai finalement d'une maison où la fête battait son plein et me mis à errer dans les rues.

Au hasard de mes pas, je tombai sur Dunois. Il était assis sur un boute-roue, et se tenait la tête dans les mains. Quand il me vit, il poussa un cri de joie mais affaibli. Il ne restait rien de notre allégresse du matin. Lui aussi dérivait, le vin aidant, dans un flot de pensées noires. Lui qui avait fait oublier ses origines illégitimes sous une impressionnante pyramide de victoires, de titres et de terres, avec le ressac du triomphe, il était redevenu ce soir le bâtard d'Orléans, celui qui m'avait accueilli à la cour, qui avait cherché la mort et trouvé la gloire, jusqu'à ce jour que nous venions de vivre et qui, en les comblant, anéantissait tous nos désirs. Nous avons tiré nos chaperons sur le front, pour que nos visages restent dans l'ombre, et nous avons arpenté les rues. Nous avons longuement parlé du passé, comme si nous refusions l'évidence qu'il nous avait quittés. Puis Dunois s'est mis à soliloquer sur les conquêtes à venir. Son enthousiasme forcé masquait mal que, s'il y avait encore des batailles, il leur manquerait désormais l'essentielle quoique invisible incertitude sur leur issue.

Finalement, nos pas nous ramenèrent vers le château où nous étions logés. Nous nous fîmes connaître de la sentinelle et nous avançâmes vers la grande cour. Du donjon, par les fenêtres entrouvertes des appartements qu'occupait le roi, venaient des rires de femmes et des notes de musique. Dunois s'arrêta, regarda vers les pièces éclairées d'où sortaient ces bruits joyeux et, soudain, se tourna vers moi.

— Prends garde à lui, souffla-t-il, en désignant du menton l'étage où se tenait le roi.

Son haleine disait assez qu'il parlait sous l'emprise de l'alcool, mais si sa parole était jusque-là confuse et son esprit embrumé, à cet instant, il semblait parfaitement maître de lui.

— Tu l'as sauvé et maintenant il n'a plus besoin de toi.

— A-t-il dit quelque chose qui ait pu te laisser penser...?

Mais la lucidité, déjà, s'était retirée du visage de Dunois. Il secoua la tête et fit une grimace douloureuse.

— Bonne nuit! lança-t-il.

Et il disparut dans le corridor qui menait à sa chambre.

*

Je dormis mal et, le lendemain matin, je me levai peu après l'aube. Le château était abruti par l'ivresse et la fête. Marc était introuvable. Il n'avait sûrement pas été le dernier à profiter des réjouissances. Je descendis moi-même aux cuisines pour tenter de trouver quelque chose à manger. Deux mitrons dormaient à même la table à découper, près du fourneau tiède. En ouvrant des placards, je tombai sur un pot de beurre et, au fond de la huche, dénichai un croûton de pain. Je tirai un bol en grès d'une montagne de vaisselle sale et l'essuyai au tablier d'un des mitrons endormis.

Je remontai en portant ma provende et dégageai un espace entre les bouteilles qui jonchaient une table de pierre, sur la terrasse fleurie du château. Le soleil était revenu et il couvrait la ville d'une tiédeur bienvenue pour tous ceux qui étaient tombés dans le sommeil en pleine rue ou sur le pas de leur porte. Je rêvais là depuis une heure peut-être quand un homme s'encadra dans l'entrée du grand salon. Il tenait dans une main une cruche et dans l'autre un pot de salaison fermé par un tissu à carreaux rouges et blancs. C'était Étienne Chevalier. Nous nous étions à peine vus pendant les cérémonies. Il faisait partie d'un autre groupe, qui chevauchait derrière le roi René. Je compris à son air qu'il n'avait pas mieux dormi que moi. Sa barbe, que d'ordinaire il tenait rase avec soin, lui noircissait le visage et il avait les yeux rouges et gonflés. Il s'assit à côté de moi, ôta le tissu qui fermait sa terrine et se mit à fourrager dedans. Il avait dû, lui aussi, arpenter au petit bonheur les cuisines.

Nous nous mîmes à parler de la fête et ce fut pour constater combien elle nous paraissait déjà lointaine. Nous étions surpris l'un et l'autre, malgré notre expérience de la vie, que l'exaltation ait pu retomber si lourdement et si vite.

Des valets ensommeillés commençaient à déambuler dans les couloirs. Ils semblaient se diriger vers les appartements du roi. Chevalier et moi eûmes, j'en suis sûr, la même pensée. Il connaissait Agnès et l'aimait aussi, quoique d'une manière bien différente, plus distante et plus respectueuse.

— On m'a dit que l'une de ces dames passe devant toutes les autres, hasardai-je en répétant un propos entendu je ne sais où pendant la nuit.

— Antoinette de Maignelay, murmura Chevalier, et son regard mauvais fixait les fenêtres du roi.

Il y eut un long silence gêné. Nous ne nous connaissions pas assez pour aller plus avant dans les confidences et parler librement entre nous de la conduite du roi.

— Jamais je n'aurais cru, reprit-il en revenant à lui, que je connaîtrais ce moment. Penser que je serais là un jour, avec vous, à Rouen, dans la ville libérée...

Il renifla bruyamment, saisit un morceau de terrine et, avant de le porter à la bouche, lâcha dans un souffle :

— Et jamais je n'aurais cru qu'un tel moment me rendrait si malheureux.

Je restai encore trois jours à Rouen, retenu par les affaires de l'Argenterie. Il nous fallait au plus vite profiter des opportunités qu'offrait le retour de la ville dans le royaume ; la Normandie, ses produits et son commerce maritime nous étaient largement ouverts. Je croisai le roi une seule fois pendant mon séjour. Il m'avait fait appeler pour une question tout à fait secondaire de pourpoint brodé commandé à l'Argenterie et qui n'était pas à sa taille. J'avais l'habitude qu'il ait recours à moi pour toutes sortes d'affaires, des plus grandes jusqu'aux plus insignifiantes.

Cependant, je vis dans cette convocation une intention secrète. Pendant qu'il m'interrogeait sur cette question mineure dont, évidemment, j'ignorais tout, Charles me fixait avec un sourire énigmatique. Cet interrogatoire se déroulait en présence de plusieurs courtisans et de quelques-unes des femmes qui avaient rejoint la cour en campagne. J'essayai de distinguer celle qui pouvait être Antoinette de Maignelay. Mais le roi ne me laissa pas le loisir de cet examen. Il se mit à me faire des reproches sur la mauvaise tenue de l'Argenterie. Sans me regarder, il prenait l'assistance à témoin. À l'évidence, il éprouvait une joie mauvaise à humilier l'homme qui lui avait fourni les moyens de sa victoire. Ainsi mon pressentiment se révélait juste. En avançant ces quatre cent mille écus, je lui avais infligé une blessure profonde, peut-être mortelle pour notre entente. Cette première morsure administrée en public annonçait pour moi d'autres épreuves et de plus grands dangers.

Je quittai Rouen en faisant bonne figure. Nul ne pouvait imaginer la violence des idées qui m'habitaient. Ces alarmes eurent au moins un mérite : elles fouettèrent mon esprit qu'engourdissait la langueur de la victoire. J'avais la certitude désormais qu'une course était engagée. Je devais me mettre à l'abri avant que ne s'abatte sur moi la vengeance du roi. Ma seule chance était son goût pour les calculs compliqués et les revanches froides. Le temps qu'il joue avec moi et s'agace à me tourmenter, j'agirais. Ainsi en étais-je réduit à la triste extrémité d'espérer que mon calvaire durerait longtemps.

Je me dirigeai d'abord vers Tours, où Guillaume de Varye m'attendait pour nos affaires. Nous étions bien engagés dans cette direction quand le soir venu, installé dans un relais de poste sur le chemin de Tours, j'appelai Marc en toute hâte et lui fis seller les chevaux qu'il venait pourtant de panser et de mettre à l'écurie. Nous rebroussâmes chemin à bride abattue jusqu'à la bifurcation pour Loches. C'était une nuit de lune et nous continuâmes, malgré l'obscurité et le froid, jusqu'à parvenir avant l'aube en vue du château où était Agnès.

J'avais redouté de la revoir, par crainte qu'elle ne m'interroge sur la conduite du roi et d'avoir à lui mentir. Mais cette lâcheté était indigne. Je lui avais fait une promesse ; il me fallait l'honorer. Je pris un peu de repos sur un coffre garni, près de la grande cheminée, et Agnès me trouva là au matin. Elle était comme je l'aimais : sans apprêt, les cheveux lâchés, une simple chasuble tenue par de fines bretelles qui tout à la fois dissimulait son corps et en révélait les formes. Je compris vite cependant que ce relâchement n'indiquait rien de bon. Elle avait les yeux gonflés et le nez rougi. Ses mains tremblaient légèrement et ses mouvements étaient précipités au point, chose rare chez elle, de devenir maladroits. Elle faillit renverser un candélabre en passant et, un peu plus tard, cassa un verre qu'elle essayait de porter à ses lèvres. Surtout, elle paraissait transie de froid, comme si une invisible protection lui avait été retirée, la laissant vulnérable à tout et jusqu'à la morsure de l'air humide du vieux castel.

L'immense cheminée devant laquelle j'avais dormi répandait une tiédeur dont je me contentais aisément. Mais Agnès m'entraîna dans sa chambre en grelottant. Elle avait fait disposer autour de son lit la tapisserie de Nabuchodonosor que le roi lui avait offerte. Je l'avais fait exécuter et, pendant plusieurs mois, j'en avais suivi l'achèvement chez les lissiers. J'éprouvai un vif plaisir à la voir là et surtout à constater qu'Agnès l'aimait et s'y sentait bien. Sitôt dans la chambre, elle grimpa sur son lit et m'invita à m'asseoir à côté d'elle. Dans ce nid qui tenait l'humidité à distance et conservait la douce chaleur des corps, elle se détendit un peu. Le relâchement de ses membres sembla reporter toute l'énergie dont elle disposait vers son esprit. Elle se mit à parler avec violence, au point que les émotions l'étranglaient parfois.

Je constatai qu'elle savait tout : la conduite du roi sur laquelle je craignais qu'elle m'interrogeât lui avait été rapportée jusqu'en ses moindres détails. Comme elle vit que je m'en étonnais, elle me dit qu'Étienne Chevalier était passé deux jours plus tôt et lui avait confié tout ce qu'il savait. Sa souffrance ne venait pas de l'infidélité du roi. Si elle avait appris qu'il s'était donné du bon temps en campagne avec des catins, elle l'aurait compris et ne s'en serait pas alarmée. Mais elle ne pouvait supporter ce qu'elle concevait comme une double trahison : celle de Charles et celle de sa cousine. Car Antoinette de Maignelay était parente directe de sa mère et c'était elle, Agnès, qui l'avait introduite à la cour. Quant à la trahison du roi, elle était bien dans sa manière, dissimulée sous les apparences d'une faveur. En effet, au moment même où il lui faisait tenir les clefs de Vernon, il mettait une autre femme dans son lit.

Je tentai de la calmer en lui disant que tout cela serait sans lendemain, que le roi allait lui revenir, la retrouver.

— Sans lendemain ? Tu ne connais pas Antoinette ! C'est une intrigante et une ambitieuse. La place qu'elle a conquise, elle la gardera.

Je dois admettre, aujourd'hui que je sais la suite de l'histoire, qu'elle avait vu juste. Il ne se passa pas trois mois avant qu'Antoinette de Maignelay ne tînt très officiellement le rôle de maîtresse du roi. Mais sur le moment, je pensais qu'Agnès exagérait. Quand je le lui dis, elle réagit par la colère. Puis, très vite, la violence s'apaisa et fit place à un abattement douloureux qui était infiniment triste à voir.

Elle regardait son ventre déjà tendu par la grossesse qu'elle avait pourtant désirée. Ses mains étaient un peu gonflées. Elle tripotait nerveusement une bague d'améthyste que le roi lui avait donnée et qui, sur la peau épaissie de son doigt, coulissait mal.

— Je suis ici, lourde, enlaidie, faible et loin

de lui. Tandis qu'elle, là-bas, partage les plus beaux moments de sa vie, l'accompagne dans ses plaisirs.

Je la serrai dans mes bras. Elle pencha la tête sur ma poitrine et se mit à pleurer doucement. Je sentais les larmes rouler sur ma main droite. Elle frissonnait. Jamais je ne l'avais vue si faible et si désarmée. Elle qui montrait en toutes circonstances et particulièrement dans l'adversité une énergie étonnante, elle était comme accablée et privée de force. Sans doute était-ce l'effet de son état et probablement, déjà, de la maladie. Je ressentais pour elle une tendresse immense et le désir de tout faire pour atténuer sa souffrance ou, en tout cas, ne pas l'aggraver. Il ne s'y mêlait aucune pitié, car je savais qu'elle avait ce sentiment en horreur et n'aurait voulu à aucun prix le susciter. En revanche, et pour la première fois, j'éprouvai consciemment pour le roi une véritable haine. Sa manière de s'attacher Agnès, de la compromettre en affichant sa faveur, de l'entretenir dans l'espoir d'un amour partagé, pour l'humilier ensuite publiquement et la livrer au mépris général était ignoble. Je jugeais d'autant plus violemment cette conduite qu'elle était semblable, quoique les circonstances fussent différentes, à celle qu'il avait adoptée à mon égard.

Les deux expériences se renforçaient l'une l'autre. Encore avais-je, moi, les moyens de lui échapper et une fortune suffisamment étendue pour trouver d'autres soutiens et de hautes protections, si les siens me faisaient défaut. Agnès n'avait rien. C'était une femme livrée, qui avait forcé sa nature pour s'attacher sincèrement à lui. Tout ce qu'elle possédait, il pouvait le lui retirer. À en juger par sa conduite à l'endroit de ceux et de celles qu'il avait répudiés ou bannis, il ne fallait pas s'attendre à ce qu'il se montre généreux dans la disgrâce, surtout s'il tombait sous l'influence d'une rivale qui s'efforcerait d'effacer jusqu'au souvenir de celle qui l'avait précédée.

Le tumulte de ces sentiments tendait douloureusement mon esprit et me conduisait à chercher quelque issue pour évacuer ces humeurs violentes. L'abandon d'Agnès à mon côté, l'intimité de nos corps enlacés, l'évidence d'être l'un et l'autre vulnérables sous la trompeuse protection des draps tièdes qui nous enveloppaient, tout conspira à nous rapprocher comme jamais auparavant. Le désir physique submergea la pudeur de notre amitié habituelle. J'approchai ma main de sa gorge et entrepris d'ôter le frêle voile de satin qui la couvrait. Elle protesta, et cette ébauche de refus acheva de me convaincre que ma passion n'était pas une violence. N'eûtelle rien opposé à mon geste que j'aurais craint d'abuser de sa faiblesse. Tandis qu'en manifestant sa volonté, fût-elle contraire, elle me prouvait que sa lucidité était intacte : son assentiment, s'il advenait, aurait une pleine valeur. De fait, je sentis bientôt qu'elle n'opposait à mes caresses que des gestes qui les prolongeaient. En prétendant écarter mes mains, elle les guidait. J'avais souvent serré son corps mais chastement, si bien que j'eus, cette fois, l'impression de le découvrir. Je fus frappé de le sentir si frêle. En même temps, tout délicats que fussent ses membres, sa poitrine, son ventre, je les trouvais pleins, tendus de vie, brûlant plus que je ne l'attendais. L'odeur de fleurs et d'épices que je lui connaissais ne couvrait plus, dans cette proximité, le parfum de sa peau blonde, à peine piquant, qui mit le comble à mon désir. Elle ne pouvait plus en ignorer l'évidence et si elle ne se récriait plus, c'était qu'un désir égal l'avait saisie. Il était inutile de chercher à le dissimuler. Elle me regarda fixement, en tenant fermement mes mains, puis, avec une lenteur délicieuse, elle mit elle-même ses lèvres sur ma bouche. Après ce long baiser, elle nous couvrit et, dans l'obscurité des toiles de lin qui nous faisaient une caverne sauvage et douce, nous mêlâmes nos corps et nos douleurs, nos caresses et nos révoltes. Dans le brasier de cette volupté et pour le temps que dure l'amour, blessures et rancœurs, déceptions et désillusions brûlèrent ensemble en un grand feu, qui fit fondre nos âmes et les unit.

Qu'on me comprenne bien : la valeur inestimable de ce moment n'a en rien tenu à la satisfaction de la conquête, à une quelconque vanité d'homme. Si cet instant constitue pour moi, même avec la distance du temps et peut-être encore davantage à cause d'elle, comme le tournant de toute ma vie, c'est parce qu'il fut tendu, et je devrais dire broyé, par deux forces contraires, d'une intensité que je n'imaginais pas. D'un côté, notre entente, jusqu'aux extrémités de l'union charnelle, se révélait parfaite. Nous étions confortés dans tous nos pressentiments, et notre attirance mutuelle n'était ni une illusion ni une erreur, mais bien le signe que nous étions de toute éternité destinés l'un à l'autre. Mais, à la minute où elle se réalisait, cette union était souillée de sa faute originelle. Nous venions d'abolir la distance grâce à laquelle il nous était possible de nous tenir proches. Cette ligne franchie, tout allait s'abattre sur nous : la colère du roi, les remords d'Agnès, l'évidence de mon âge et la fragilité de ma situation présente. Comme si nous avions brisé une ampoule emplie de sang, nos corps étaient soudain éclaboussés, tachés par le châtiment qui ne tarderait pas.

Il aurait fallu fuir, tout quitter dans l'instant. Mais l'amour ne donne de la force que pour entretenir son propre feu et la volupté ne nous laissait aucune énergie pour autre chose que pour la renouveler encore dans l'étreinte charnelle. L'évidence des périls qui nous entouraient ne faisait naître qu'un désir, celui de nous aimer encore. Plus nous sentions que ce début était une fin et plus nous tenait l'envie désespérée d'en prolonger le cours.

La seule conscience qui me restât, à un moment où le plaisir me laissait en repos, fut pour penser que je n'avais jusque-là jamais aimé et qu'une grande faveur m'était faite par la Providence de me permettre de goûter, même une seule fois, un tel bonheur.

Nous restâmes ainsi jusqu'à la tombée du soir. Une servante frappa, pour apporter des chandeliers, et Agnès lui cria de revenir plus tard. Un pâle reste de jour filtrait à travers le vitrail épais de la fenêtre. Agnès ouvrit grand les courtines et alla vite s'envelopper d'une robe de nuit. Je m'habillai en hâte, cherchant maladroitement mes vêtements éparpillés de chaque côté du lit. Une grande gêne nous saisit. À l'image d'Adam et Ève découvrant avec effroi leur nudité au sortir du Paradis terrestre, nous prenions l'un et l'autre conscience de ce que nous venions de faire. Un vif remords nous commandait d'effacer toutes les traces de ce moment pendant lequel nous nous étions affranchis de toute retenue et des lois de la pudeur.

Soit que l'acte d'amour eût ravivé en elle l'énergie qui lui faisait défaut, soit qu'elle voulût, par le mouvement de l'action, faire oublier plus vite ce à quoi elle venait de s'abandonner, Agnès, dès lors que nous fûmes de nouveau vêtus et coiffés, se mit à tenir des propos déterminés et à établir devant moi les principes de sa conduite future.

— Je ne vais pas me laisser piétiner, dit-elle tandis que nous descendions vers les salons. Je vais me battre. Je partirai sous peu trouver le roi. Il faudra qu'il me cède ou s'explique.

J'étais heureux de voir revenir en elle confiance et fermeté. Toutefois, j'étais loin de croire qu'elle mettrait ses paroles à exécution. Derrière l'excitation du moment, se lisaient encore sur ses traits la fatigue et même ce que je ne savais pas encore devoir nommer la maladie. Dans les pièces que Marc, sur ma requête, avait tenues chaudes par des flambées continues de troncs d'ormes et de bouleaux, il était facile de parler de voyages, de chevauchées. Mais l'hiver, dehors, était bien là et s'annonçait rude. J'espérais qu'Agnès, à l'heure d'agir, réfléchirait aux dangers du climat et des mauvaises routes.

Après le souper, elle m'embrassa chastement et remonta dans ses appartements. Je pris avec Marc des dispositions pour mon départ, le lendemain, et j'allai me coucher dans la chambre que j'occupais d'ordinaire à Loches. Je quittai le château au milieu de la matinée. Agnès s'était levée tôt. Elle portait une robe rouge en velours avec un col de martre. Elle me souhaita bonne route, eut mille attentions pour nous, comme de s'assurer que nous emportions à manger et à boire. Elle glissa à mon insu dans une de mes poches une statuette d'ivoire qui représentait saint Jacques. C'est un objet qu'emportent avec eux les pèlerins les plus riches, en espérant la protection du saint. J'ai souvent eu envie de faire le chemin vers Compostelle et, pour me consoler de ne jamais trouver le temps d'y parvenir, j'ai payé de nombreux pénitents qui sollicitaient mon aide. Ce n'est pas que j'eusse foi en ces prétendues reliques. Mais il m'a toujours semblé que mon destin avait des liens secrets et puissants avec ce pèlerinage. N'est-ce pas saint Jacques qui a mis en mouvement les hommes dans toute l'Europe, instaurant des échanges, forçant le paysan à quitter sa glèbe, l'homme du Nord à découvrir le Sud, celui de l'Est l'Ouest? Le pèlerinage est, avec la guerre, la plus ancienne cause du déplacement des hommes. Moi qui ai consacré ma vie à faire circuler dans tout l'espace, sur terre et sur mer, les marchandises et les marchands, je me sens l'héritier et, pour ainsi dire, le continuateur du saint qui m'a donné son nom. Agnès l'a peut-être deviné. En tout cas, le choix de ce cadeau n'était pas à mes yeux fortuit. De tout ce que j'ai par la suite perdu, il est le seul bien que j'ai profondément regretté.

Le ciel, ce matin-là, plombé de nuages, était jauni au-dessous par un soleil invisible. L'air glacé sentait les labours, et des corbeaux volaient autour des murailles. Agnès se tenait debout à la porte, un peu en retrait, sans doute pour qu'un semblant de pénombre voile son visage et ne laisse pas paraître la gêne qu'on pouvait encore y lire. Notre transgression avait brisé quelque chose et nous le savions l'un et l'autre. J'en étais plus bouleversé qu'elle. Car, contrairement à moi, elle devait savoir que ce malentendu serait sans conséquence pour la raison qu'un autre événement viendrait bientôt le recouvrir et lui ôter toute consistance. Elle agita la main et, avant que mon cheval ne quittât la cour, rentra. La porte se referma derrière elle. Je ne devais jamais plus la revoir.

V

VERS LA RENAISSANCE

La suite est connue de tous. Elle appartient à l'Histoire. Le roi a fait de la mort d'Agnès un événement d'une importance considérable, l'égal presque de ses victoires. Mais les mausolées et les dotations royales, les messes basses dites deux fois par semaine pour le salut de son âme, et même la couronne ducale que Charles lui octroya après sa mort perpétuent l'image d'une autre femme que celle que j'ai connue. Celle qui a disparu pour moi sitôt la porte de Loches refermée, qui saura jamais ce que furent ses derniers sentiments, ses dernières pensées ? On connaît d'elle un parcours et quelques dates. On sait qu'elle a quitté la Touraine peu après mon départ au début de janvier, dans les frimas. Elle a bravé le froid et le danger de routes encore peu sûres autour desquelles rôdaient des soudards, alliés à l'Angleterre et désormais livrés à eux-mêmes. Le roi s'était remis en campagne et les femmes qui l'avaient rejoint pour célébrer son triomphe à Rouen étaient reparties. Les places fortes qui restaient à conquérir ne résistaient guère. Charles pouvait parader en grand harnois et même mener l'assaut, sans prendre de grands risques.

Agnès avait affronté de plus grands périls, mais ce fut pourtant elle qui l'admira. Il prit plaisir à l'avoir près de lui. Tous les témoins m'ont dit que ce peu de jours furent heureux. Lui fit-elle grief de son infidélité ou se contenta-t-elle de reprendre sa place devant tous ? Je la crois trop habile pour avoir pris le risque de recourir aux réprimandes. Et elle-même ne se sentait pas assez irréprochable, compte tenu de ce que nous avions vécu, pour adopter une posture de vertu. Ceux qui ont été proches d'elle et de Charles pendant ces dernières journées insistent sur l'harmonie qui semblait régner entre eux. J'ai toutes raisons de croire qu'ils disent vrai. Agnès était sincèrement heureuse de retrouver le roi et de partager sa gloire, au point même de fermer les yeux sur la vanité avec laquelle il se posait en grand capitaine et surtout d'oublier qu'il avait accueilli avec complaisance les hommages d'une autre.

Nous partagions Agnès et moi le même sentiment paradoxal à l'égard de cet étrange personnage. Tout à la fois, nous le savions capable de nous trahir et même, sans états d'âme, de nous abandonner à nos pires ennemis, de contempler sans réagir notre anéantissement comme il l'avait fait jadis avec Jeanne d'Arc, et pourtant, à l'idée même de lui avoir été infidèle, nous étions terrassés par la crainte de le faire souffrir, si peu que ce fût.

En tout cas, il y eut ces journées de bonheur. Ses femmes m'ont confié plus tard qu'Agnès, après ce voyage harassant et déjà prise par la maladie, était allée jusqu'au bout de ses forces pour répondre à l'enthousiasme du roi, veiller et rire avec lui. Quand il repartit au début de février pour livrer un nouvel assaut, Agnès, aussitôt qu'il disparut, s'effondra.

Son agonie a été souvent racontée et en des termes destinés à célébrer sa piété. Entre autres cadeaux que le pape m'avait donnés pour elle figurait une indulgence plénière qui devait lui assurer l'absolution à sa dernière heure. Le document était resté à Loches, mais son confesseur la crut sur parole. En ce moment où j'aurais besoin moi-même d'un tel viatique pour l'audelà, je me rends compte à quel point le gouffre s'est creusé entre la religion et moi. Pourtant, c'est avec une infinie tendresse que je pense à la confiance naïve et profonde qu'Agnès mettait dans ces promesses, données par des hommes au nom d'un dieu dont ils ignorent l'existence et a fortiori les volontés.

Tout est allé si vite que je n'ai rien su ni de cette apothéose ni de cette fin. Un messager, le 15 février, est venu m'annoncer à Montpellier où j'étais descendu pour mes affaires qu'Agnès n'était plus et qu'elle m'avait désigné, avec Étienne Chevalier et Robert Poitevin, son médecin, comme l'un de ses trois exécuteurs testamentaires.

Pendant les mois qui ont suivi la mort d'Agnès, j'ai continué de vivre et d'agir, en sorte que quiconque m'a rencontré à cette époque était fondé à penser que rien n'avait changé en moi. Pourtant, je me sentais profondément vide et glacé. Les circonstances de notre dernière rencontre ôtaient à l'évocation d'Agnès la paix que j'y trouvais auparavant. Penser à elle, c'était sentir la douleur de ce malentendu et désirer jusqu'à la folie de pouvoir remonter le temps, annuler certains gestes, retrouver l'innocence brisée. Mais ne pas penser à elle, c'était l'abandonner et la tuer une seconde fois.

Rien ne pouvait me distraire de ce dilemme. Je multipliais les voyages et les activités pour tenter en vain d'y échapper.

L'un des effets de la mort d'Agnès fut le redoublement des dangers qui planaient au-dessus de ses amis. Brézé, qu'elle avait toujours défendu et plusieurs fois sauvé, en fit les frais au bout de quelques semaines. Sous le prétexte de lui conférer un titre ronflant en Normandie, le roi l'écarta du Conseil. C'était une raison de plus pour moi de tout craindre. Cependant, l'absence d'Agnès avait eu une autre conséquence qui, en l'espèce, me fut utile : elle avait tué en moi tout sentiment autre que ceux qui s'attachaient à sa mémoire. Je ne sentais plus ni les joies ni les peines ni, en l'occurrence, la peur. Certes, je continuais comme les mois précédents de m'organiser pour mettre mes affaires et bientôt ma personne à l'abri du roi. Mais je le faisais méthodiquement et sans passion. Les tourments de l'incertitude, les cauchemars qui m'éveillaient la nuit tout en sueur, la morsure que provoquait, au moment le plus inattendu, la pensée de la disgrâce et le souvenir du regard glacé du roi quand je lui avais prêté les quatre cent mille écus, tout cela avait disparu. Une indifférence anormale mais commode me faisait accueillir tous les événements avec un égal détachement. Je me préparais au pire mais sans plus le craindre.

Il faut dire d'ailleurs que les circonstances, pendant le printemps qui suivit la mort d'Agnès, me furent indirectement favorables et écartèrent pour un temps le risque de disgrâce. Un fort contingent anglais avait débarqué en Normandie pour faire jonction avec les troupes de Somerset qui y étaient demeurées après leur défaite à Rouen. La guerre était rouverte. Le roi prit peur. Dunois était retenu sur un autre front. Il nomma en hâte un commandant en chef dont l'expérience était moindre. Il comptait que le défaut du commandement serait atténué par la qualité des troupes et du matériel. Plus que jamais il lui fallait de l'argent, et beaucoup. Il se tourna une fois encore vers moi. Je ne redoutais plus de lui révéler l'étendue de ma fortune : il la connaissait. Je payai. Le sort des armes, d'abord incertain, nous fut favorable. La bataille se déroula, sans que personne l'eût désirée, dans le village de Formigny. Ce fut un succès complet pour les armées de France et la dernière offensive anglaise.

Seule restait à reconquérir en Normandie la place forte de Cherbourg. Le roi y tenait absolument, afin d'écarter à jamais le danger d'une nouvelle invasion. Hélas, Dunois et les autres hommes de guerre étaient formels : on ne pouvait rien espérer d'un siège de la ville, faute de disposer d'une flotte assez puissante pour bloquer le port. Il fallait découvrir un autre moyen. Il y en avait un et il passait encore une fois par moi.

En effet, l'Anglais qui commandait la garnison de Cherbourg avait un fils, lequel était prisonnier en France. L'usage voulait que ces captifs, en raison du prix qu'ils représentaient, fussent attribués en récompense par le roi à ceux qui l'avaient aidé pour la guerre. Mon assistance financière m'avait valu l'attribution de plusieurs d'entre eux, dont le fils de ce capitaine anglais. Le roi me commit donc à la négociation avec son père, afin d'obtenir la reddition de Cherbourg contre l'élargissement du prisonnier. D'autres détails étaient à régler et il fallait compter sur les Anglais pour ne nous faire cadeau de rien. Ils mirent à notre charge tous les frais de rembarquement de leurs troupes vers l'Angleterre. Je m'acquittai, évidemment, de cette forte somme. Tout finit bien. Le père et le fils se trouvèrent réunis et Cherbourg fut libérée le 12 août.

Je savais pouvoir faire durer encore quelque temps ce genre d'intervention. Après la Normandie, c'était vers la Guyenne que se tournait l'offensive royale contre ce qu'il restait des Anglais. Chaque campagne était l'occasion pour moi d'acheter du temps et d'éloigner un peu le danger. Je savais cependant que cette tranquillité était fragile. Un épisode, si je l'avais oublié, vint me rappeler que la foudre royale pouvait tomber n'importe où et à tout moment : ce fut la condamnation de Xaincoins.

Jean de Xaincoins était plus jeune que moi et il avait fait toute sa carrière dans la proximité du roi. Tout de même, nous avions bien des choses en commun. C'était un Berrichon, il était issu d'une famille modeste, s'occupait de finances, en tant que trésorier et receveur général ; il était commissaire du roi aux états du Limousin comme je l'étais du Languedoc et, depuis deux ans, siégeait lui aussi au Conseil. Sa disgrâce vint de dénonciations les plus basses. La procédure de justice ne lui laissa aucune chance. De tout ce à quoi il fut condamné, il semblait bien que l'essentiel ait été l'amende de soixante mille écus qu'il devait verser au roi.

Dès qu'éclata cette affaire et sans attendre le jugement, je décidai d'accélérer les démarches qui me mettraient à l'abri d'une semblable mésaventure. Ma demande pour être enregistré comme bourgeois à Marseille progressait trop lentement. J'activai mon facteur sur place pour la faire aboutir. Je ne pouvais, sans attirer trop l'attention, délaisser Montpellier pour Marseille brutalement. Mais je fis en sorte que nos naves y fassent des escales prolongées et je réservai dans leurs chargements une part croissante pour les marchands provençaux.

Dans le plus grand secret, j'envoyai même Jean de Villages auprès du roi d'Aragon et des Deux-Sicile. Il en revint avec un sauf-conduit qui me permit de faire passer à Naples une partie de mes biens.

*

En apparence, rien ne bougeait. Le roi se montrait aimable avec moi et même me gratifiait assez souvent de faveurs, d'attentions qui faisaient croire à tous, sinon à moi-même, que sa bienveillance à mon endroit était intacte. Le climat, pourtant, s'alourdissait. La mise à l'écart de Brézé, l'effacement du vieux Tanguy du Châtel, la grossièreté de Dunois qui croissait avec ses victoires et les biens qu'il amassait, tout cela retirait de l'entourage du roi les appuis que j'y avais jusque-là trouvés. D'autres personnages faisaient leur apparition et prenaient de plus en plus d'influence. Nombre d'entre eux étaient mes débiteurs, ce que je n'aimais guère. J'y voyais moins un danger qu'un inconfort : je sais par expérience que la sincérité ne fait pas bon ménage avec l'humiliation que constitue une dette pour tout le monde, à l'exception peut-être de quelques âmes nobles qui ne jugent ni eux-mêmes ni les autres à cette aune.

J'ignorais la plupart de ces nouveaux venus et n'entretenais avec eux que des relations distantes. Sans le savoir, je redoublais ainsi la blessure de leur amour-propre. Ce n'était pas mépris de ma part, seulement un signe de lassitude. Je ne me sentais plus la force de reconstruire la complicité, la confiance et pour tout dire l'amitié que je partageais avec ceux que j'avais connus dix ou quinze ans plus tôt et qui, aujourd'hui, s'éloignaient ou manquaient à l'appel.

Mon immense prospérité, jointe au détachement un peu triste qui était mon état ordinaire depuis la mort d'Agnès, tout contribuait à faire de moi un personnage solennel, difficile à aborder. Mes gestes mêmes étaient devenus plus lents, mon pas plus pesant. J'en eus la pleine révélation un soir, à Tours, pendant ce creux de l'hiver qui annonçait l'anniversaire de la mort d'Agnès.

J'avais œuvré toute la journée à l'Argenterie, en compagnie d'un nouveau comptable qu'avait engagé Guillaume de Varye. Il était entouré de plusieurs commis, jeunes, appliqués, très avisés en affaires malgré leur jeune âge. C'était le temps de l'Épiphanie et je savais que plusieurs d'entre eux, nouvellement mariés, étaient attendus par leur famille pour une petite fête. Vers six heures du soir, quand l'obscurité commença à envahir le comptoir, je leur donnai congé. Je prétextai d'une lettre à écrire pour rester seul. Les gardes de nuit se tenaient aux entrées et refermeraient les portes après mon départ.

Le silence se fit, la nuit envahit la pièce, à peine tenue en respect par une simple chandelle. Au bout de quelques minutes pendant lesquelles j'étais resté immobile, je me levai, pris en main le bougeoir de cuivre et ouvris la porte qui menait aux entrepôts. J'avançai au milieu des étagères et des portemanteaux. Mes pas résonnaient sur les dalles et s'évanouissaient dans l'espace immense des hangars. La faible lumière de ma bougie ne permettait pas d'apercevoir la toiture, bien haut au-dessus de ma tête, ni même les murs du bâtiment tant il était large. Je marchai dans une obscurité pleine d'objets dont j'apercevais les reflets colorés et sentais les odeurs particulières. Des empilements de coupons de tissus, la surface cuivrée des armes neuves, des pots emplis de substances rares se perdaient dans la hauteur et la profondeur de l'espace. Par instants, la lumière éveillait la douce ondulation de fourrures, la peau d'acier des cuirasses, la surface vernie des céramiques bleues de Chine. J'avançais et de nouveaux trésors apparaissaient puis cédaient la place à d'autres encore, dans quelque direction que j'aille. Toutes les richesses de la terre étaient rassemblées là, tirées des forêts de Sibérie comme des déserts de l'Afrique. Le savoir-faire des artisans de Damas était représenté comme l'habileté des tisserands flamands ; les épices qui mûrissent dans les tiédeurs orientales voisinaient avec les merveilles du sol, minerais, gemmes, fossiles. Le centre du monde était là. Et il n'était pas acquis par la conquête ou le pillage mais par l'échange, la liberté des hommes et le talent de leur industrie. L'énergie arrachée enfin à la guerre se répandait dans toutes les œuvres de la paix. Elle soutenait le bras du tisserand, guidait les pas du laboureur, donnait du courage au mineur et de l'adresse à l'artisan.

Ce monde, j'en avais rêvé. Mais la réalité n'a pas la légèreté des rêves. La réussite de mes projets allait au-delà de tout ce que j'avais pu imaginer et je me sentais enseveli sous ce poids. Je me revoyais dans le cortège qui entrait à Rouen, écrasé par les étoffes épaisses, suant sous mes velours et sentant mon cheval entravé par son harnachement d'apparat.

Tel j'étais devenu. La liberté et la paix pour lesquelles j'avais œuvré étaient partout, sauf en moi-même. J'étais envahi par le désir fou, douloureux, urgent, d'abandonner cette vie, de jouir paisiblement d'une prospérité suffisante, modeste, de retrouver l'oisiveté et les rêves, l'amour... Si Agnès avait vécu, aurait-elle pu le comprendre ? Aurions-nous décidé de nous enfuir ensemble ? J'aurais tant aimé reprendre avec elle le chemin de l'Orient, demander au sultan la faveur de vivre à Damas, dussé-je lui faire cadeau pour cela de ma fortune.

Agnès n'était plus, mais l'envie de liberté,

elle, demeurait. Ce soir-là, je me dis que la crainte du roi était peut-être providentielle : en me poussant à fuir le royaume, elle me donnait l'occasion de mettre fin à l'esclavage qu'étaient devenues pour moi ces charges et cette fortune inhumaine. Ce que j'avais fait porter à Naples me suffirait pour m'y établir. De là-bas, je continuerais à faire naviguer quelques galées depuis Marseille. Qui sait? je pourrais peut-être les accompagner vers l'Orient. J'apercevais une vie nouvelle. Dans la lourde obscurité saturée par l'odeur des cuirs neufs et des épices, il me semblait distinguer une lumière un peu jaune, si mobile et agile que je ne parvenais pas à la fixer. Je continuai à marcher sans jamais apercevoir la fin de cette caverne saturée de richesses. Et soudain, je vis un nom sur l'éclair qui me guidait comme une étoile. La lumière n'était pas dans les objets qui m'entouraient, quoique les reflets de la bougie m'en donnassent parfois l'illusion. Elle était au-dedans de moi, enfouie profondément et revenue ce soir, comme en chaque moment décisif de ma vie, pour me montrer le chemin : c'était le léopard de mon enfance.

*

Ainsi, je savais ce que j'avais à faire. Cependant, avant de pouvoir quitter cette vie et en commencer une autre, il me fallait encore sacrifier à certaines obligations. C'était un des signes de mon alourdissement que cette impossibilité d'agir sans délais. Je manœuvrais un char trop lourd et dans lequel étaient montées trop de personnes pour pouvoir tout arrêter là d'un seul coup.

Mes affaires étaient une charge, mais pas la plus pesante, surtout si je renonçais à accroître ma fortune et si je me contentais de mettre à l'abri le simple nécessaire. En vérité, à cette époque, les plus grandes contraintes, celles qui me poussaient à différer mon départ, provenaient surtout de ma famille.

Avec Macé, nous avions atteint, ces années durant, une forme d'attachement et de respect qui n'était plus de l'amour depuis longtemps mais nous gardait complices et m'aurait retenu de lui causer le moindre déplaisir. Son ambition assouvie au-delà de toute espérance, elle était parvenue à ce naturel dans l'ostentation, à cette simplicité dans l'exigence, à cette légèreté dans l'apparat qui sont la marque soit d'une vieille fortune, soit d'une authentique noblesse de cœur. Elle avait appris à organiser des cérémonies assez gaies qui, tout en comptant toujours un nombre élevé de gens titrés, de prélats et de gros marchands, y mêlaient des femmes élégantes et des esprits originaux. Chacun se sentait libre, l'ambiance était joyeuse et le bavardage encouragé par la bonne chère et la musique. Macé n'aurait pas atteint cette forme de générosité envers les êtres si elle était restée, comme jadis, avide d'occuper la première place et d'être admirée pour sa beauté comme pour sa dévotion, pour sa fortune comme pour son éducation. Mais elle avait beaucoup changé. Ces dernières années l'avaient marquée. Deux hivers très froids lui avaient fait subir de longs alitements. Ses cheveux avaient blanchi. Elle souffrait des dents et son sourire avait perdu son éclat. Elle aurait pu, comme tant d'autres, dissimuler ces atteintes de l'âge par des artifices. Au contraire, sans en faire étalage, elle les acceptait.

J'avais été frappé, à mon retour d'Italie, de la trouver à la fois vieillie et comme apaisée par cet état. Il me semblait qu'elle sentait son temps accompli. Les deux choses qui comptaient pour elle désormais étaient ses enfants et la foi. Le moment approchait où le plein épanouissement des premiers lui permettrait de se consacrer entièrement à la seconde. Elle évoqua un jour devant moi son projet de se retirer dans la paix d'un couvent sans pour autant entrer dans les ordres. La dernière grande échéance concernant les enfants était l'intronisation de notre fils Jean à l'archevêché de Bourges. Cette même année qui avait vu la mort d'Agnès et la défaite complète des Anglais à Formigny, il atteignit l'âge nécessaire pour exercer le sacerdoce auquel le pape l'avait destiné deux ans plus tôt.

Macé attendait ce moment avec une impatience douloureuse. Elle l'avait désiré, rêvé et avait tant sacrifié pour y contribuer qu'il constituait pour sa vie un horizon au-delà duquel elle n'espérait plus que la paix.

Ce grand événement était fixé au cinquième jour de septembre. Cette fois, l'art d'organiser de grandioses cérémonies, que j'avais mis jusqu'ici au seul service du roi, je le convoquai pour Macé et notre fils. La ville entière, rassemblée dans la cathédrale et autour d'elle, salua l'événement. Jean était beau, dans son habit pourpre, avançant dans la nef décorée de fleurs pendant que le chœur faisait résonner un psaume sous la haute voûte que le soleil de septembre illuminait du bleu puissant des vitraux.

Notre palais était terminé, à quelques détails près, mais qui n'étaient pas visibles. Trouvaille de Macé, une devise imprudente courait sur les murs : « À cœur vaillant, rien d'impossible. » J'organisai pour l'occasion des réjouissances princières. C'était la dernière folie à commettre. On ne manquerait pas de faire au roi le récit de ces dépenses inouïes. Dans les circonstances du moment, sa jalousie ne pouvait que s'enflammer. Mais je n'en avais cure. Je voulais faire plaisir à Macé, et peut-être racheter par la plénitude de cet ultime moment mondain toutes ces années d'absence, ce progressif abandon, mille trahisons sans conséquences, mais qui en préparaient une ultime avec Agnès, autrement plus grave et que je ne me pardonnais pas.

Je le faisais aussi pour Jean, cet enfant que je n'avais jamais compris et peut-être jamais aimé, qui avait pris depuis longtemps le parti de Macé. Il n'avait retenu de moi que l'ambition, qui pourtant me faisait défaut, et l'avait mise au service d'un Dieu au côté duquel il avait pris place, pour accueillir bientôt sa mère.

Ces fêtes elles-mêmes ne m'apportèrent que de l'ennui, car elles drainèrent vers moi des processions de solliciteurs. Ils pensaient, avec raison, qu'il me serait difficile de leur refuser quoi que ce fût en un tel jour. Heureusement, quand les réjouissances prirent fin, je disposai d'une longue semaine pour rester dans notre palais neuf. J'aimais profondément cet édifice. De tout ce que j'ai construit ou acquis, c'est le seul bâtiment avec lequel je me sente en plein accord, comme s'il était une sorte de matérialisation de ma personnalité et de ma vie. Sa division entre deux mondes, d'un côté l'ancien qui l'apparente à une demeure seigneuriale, de l'autre un air d'Italie et déjà des raffinements orientaux. Partout des souvenirs de mes voyages, ces palmiers sculptés sur la porte, les naves dessinés sur les vitraux et ces figures en pierre de mon régisseur et de notre plus ancienne servante qui m'attendent, penchés à la fenêtre...

Pourtant, pas un instant, pendant cette semaine, ne m'a abandonné la certitude absolue que je ne vivrais jamais dans ce lieu. Quoi qu'il pût m'arriver, ma décision de partir était prise. Ce palais était une offrande que je faisais aux temps futurs, non pas dans l'espoir vain qu'ils se souviendraient de moi, mais pour porter témoignage de la force du rêve. Ce qu'un petit garçon de fourreur avait imaginé, à deux rues de là, était devenu cette bulle de pierre posée sur le

bord de l'ancien oppidum; ceux qui continue-
ront de le voir quand j'aurai disparu sauront
quelle peut être la force de l'esprit et pren-
dront, je l'espère, leurs chimères au sérieux.
Toutes les choses existent en dehors de nous. La
pierre n'a pas besoin de l'homme pour être
pierre. Seul nous appartient ce qui n'existe pas
et que nous avons le pouvoir de faire venir au
monde.

L'hiver vint, qui m'a toujours engourdi et
énervé. Quand je pense aujourd'hui à ces mois,
je vois clairement mon erreur. J'ai perdu un
temps précieux. Il n'y eut pas pendant cette période de grandes affaires. Guillaume de Varye
dirigeait notre entreprise de commerce avec ef-
ficacité. Jean avait élargi son aire d'évolution.
En revenant du Soudan, il était parti jusqu'aux
confins de la Tartarie. Pourtant, l'hiver passa
ainsi, jour après jour, sans que vienne l'impulsion qui m'aurait éveillé de ma torpeur.

Au printemps, le roi recommença à faire des
plans de conquête vers la Guyenne. Ou plutôt
les autres les faisaient pour lui et il les acceptait.
Son caractère était encore une fois en train de
changer. L'éveil de ses sens, sa conversion au
plaisir et son goût pour le monde avaient pris,
du temps d'Agnès, une forme assez noble. La
frivolité du roi semblait être un tribut qu'il
payait à sa longue claustration et comme le revers d'une timidité qu'il avait désormais décidé
de combattre. Mais depuis la mort d'Agnès,
l'équilibre qu'elle l'aidait à tenir entre plaisir et

majesté s'était rompu. Charles était passé tout entier du côté de la débauche. Sa nouvelle maîtresse, cette Antoinette qui l'avait rejoint en Normandie, avait adopté une stratégie tout opposée à celle d'Agnès et d'une méprisable bassesse. C'était elle qui fournissait au roi des filles vendues, pour assouvir ses considérables besoins. Elle n'avait pas à craindre, comme Agnès jadis avec Charles d'Anjou, les méfaits d'un entremetteur puisque c'était elle-même qui assumait cette fonction.

Je n'ai jamais été un bon compagnon de beuverie et de luxure. Le roi, qui le savait, ne m'associait pas à ses turpitudes. En revanche, il continua de me solliciter pour financer la guerre et, comme auparavant, j'y consentis.

Le printemps vint tard. Quand il apparut, je sortis doucement de ma torpeur. Pourtant, je ne me décidais toujours pas à partir. Peut-être était-ce parce que je voyais moins souvent le roi. Cette distance me donnait l'illusion que le danger s'était atténué.

Mais la réalité était tout autre. Je sus plus tard que le roi avait reçu, dans la fin de l'année précédente, plusieurs dénonciateurs qui s'étaient répandus en graves accusations contre moi. À la jalousie s'ajoutaient désormais le soupçon et la méfiance. L'orage grondait mais je ne l'entendais pas. J'interprétai mal quelques signes qui me firent croire que j'étais toujours bien en cour. Un long voyage dans le Sud, pour régler mes affaires provençales, acheva de retarder ma décision de partir. Aux premiers jours de l'été, j'étais toujours là. C'est en général à cette saison que la foudre tombe.

*

Pendant que je m'acheminais ainsi vers le drame final, je revis Agnès deux fois. L'émotion que me causèrent ces rencontres n'est peut-être pas sans rapport avec la nonchalance que je montrais face au danger.

La première rencontre eut lieu au mois de mai. Le peintre Jean Fouquet m'avait fait tenir plusieurs semaines auparavant un message pour me demander, quand je serais en Touraine, de venir le visiter. Je le connaissais assez pour savoir qu'il ne s'agissait certainement pas d'affaire d'argent. Fouquet ne m'en avait jamais réclamé et s'il en avait manqué, il aurait accepté la pauvreté plutôt que de devoir quoi que ce fût. Je fis en sorte de ne pas tarder pour aller le voir et, au début de mai, je passai à Tours. Quand Marc alla prévenir chez le peintre que j'étais arrivé, il ne trouva personne à son atelier, quoique la matinée fût déjà bien avancée. Finalement, peu avant midi, l'homme remonta la rue d'un pas traînant. Marc revint me dire qu'il m'attendait. Le soleil de printemps avait paru, perçant les nuages qui avaient apporté la pluie les jours précédents. Quand j'entrai dans l'atelier, je fus saisi par des odeurs de mastic et d'huile qui saturaient l'air. Sur un fourneau cuisait à petits bouillons une décoction de litharge où flottait un oignon noir. Fouquet vint à ma rencontre et me prit dans ses bras.

Tout au fond de l'atelier, sur un chevalet, était installé un méchant panneau de chêne. Je le vis d'abord de dos et ne remarquai que le fil et les nœuds du bois blond. Mais quand je suivis Fouquet et découvris l'autre côté, je ressentis une vive émotion. Le panneau de bois avait été soigneusement préparé et présentait une face aussi lisse qu'un miroir. Il était déjà peint aux trois quarts et, si les figures du pourtour manquaient encore de précision, celle du centre était déjà terminée : c'était Agnès. Son visage était tiré des ébauches que le peintre m'avait montrées et où, déjà, nous avions aperçu l'œuvre de la mort. A contrario, maintenant qu'Agnès avait trépassé, ces traits étaient ceux de la vie même. Ils restituaient une expression que nous lui avions vue souvent, sorte d'absence pensive, son haut front poudré, ses lèvres closes, ses paupières abaissées et qu'on devinait frémissantes.

Fouquet avait disposé ce visage au centre d'une étrange mise en scène. Agnès était vêtue d'une robe vert émeraude que couvrait une fine cape d'hermine. Le lacet qui retenait son corsage était ouvert et le pan abaissé de sa robe laissait voir entièrement un sein tendu au mamelon pâle. L'Enfant Jésus, sur ses genoux, regardait au loin et semblait déjà contempler son destin de sacrifice. Sur la tête d'Agnès, une couronne de perles et de rubis la désignait comme la reine des cieux et attestait que Fouquet l'avait représentée en Vierge Marie.

Toutefois, cette mention divine, de même que le trône de joyaux sur lequel elle était assise, dissimulait mal l'autre sens que pouvait prendre le portrait : pour nous qui avions connu Agnès, le tableau était une vision d'elle dans sa demeure d'éternité. Et, dans cette hypothèse, l'image devenait encore plus ambiguë et troublante. Car ce séjour céleste évoquait tout aussi bien l'enfer que le Paradis. Les angelots qui entouraient Agnès et tenaient pour la plupart, eux aussi, les yeux baissés, avaient des airs de séraphins et semblaient signifier la béatitude. Pourtant, Fouquet les avait peints en rouge, de la couleur des démons. Mon sentiment à cette vue fut qu'Agnès, conformément à sa vie de péché, était bel et bien en enfer mais que sa piété, sa douceur, son charme et une sincérité dont elle avait usé pendant son séjour terrestre pour désarmer les plus hostiles lui avaient permis de gagner le cœur des créatures lucifériennes à la garde desquelles Satan l'avait placée, au point d'en faire ces anges rouges, aussi tendres que l'Enfant Jésus, et disposés en cercle autour d'elle afin, non de la tourmenter, mais de la protéger des brûlures de la Géhenne.

Ce tableau fait désormais, je crois, partie d'un retable, et ceux qui le voient doivent être peu nombreux à l'associer à Agnès. Avec le temps, ils le seront de moins en moins et, un jour, nul ne gardera le souvenir d'elle. Elle sera à jamais transfigurée. Je comprenais mieux Fouquet, son désespoir et l'ivrognerie dans laquelle il tentait de le noyer. Son art lui confère un étrange pouvoir : celui de communiquer avec le domaine des morts et d'y conduire les vivants. Il ne peut entretenir aucune illusion sur la vie. Le sentiment d'éternité, dont nous avons tous besoin, il ne peut en jouir : il sait que notre survie ne procède que de l'art.

L'autre occasion, la dernière, qui me fut donnée de revoir Agnès eut lieu à l'été de l'année qui a suivi sa mort. Il y avait déjà dix-huit mois que je vivais dans la langueur douloureuse où m'avait plongé sa disparition. Les rumeurs quant à ma disgrâce possible avaient dépassé la cour, au point que Macé elle-même, pourtant très éloignée des affaires royales, en avait entendu parler. Elle m'avait fait passer un billet plein de questions et qui trahissait son angoisse. Je lui avais répondu par l'entremise du même messager que je n'avais jamais été plus en faveur auprès du roi. Quelques gestes récents de la part de Charles pouvaient le laisser croire. Mais je ne m'y fiais pas. La chaleur de juillet avait ranimé mon énergie et j'avais pris secrètement la décision de partir pour l'Italie dès les premiers jours d'août.

Afin de n'éveiller aucun soupçon, je décidai d'accompagner le roi en visite au château de Taillebourg, chez les Coëtivy, pour voir ses filles. La première-née d'Agnès avait été placée dans cette famille où le nombre des enfants importait peu. Mme de Coëtivy aimait entendre leurs petites voix résonner dans les coursives du vieux château. Je la comprenais. Moi qui avais acquis tant de domaines seigneuriaux, je me désespérais de les voir rester vides et de n'entendre y retentir que le cri sinistre des corneilles.

Notre arrivée était prévue pour le lendemain, mais le roi, de belle humeur, avait insisté pour que nous partions plus tôt, si bien que nous nous présentâmes en vue du château avec une journée d'avance. Les enfants n'avaient pas encore été apprêtés pour notre réception. Ils couraient en troupe dans le parc, occupés à des jeux selon leur âge. Il y avait parmi eux des garçons déjà grands et tout un groupe de petites filles. En nous voyant paraître au loin, ils accoururent à notre rencontre en grand désordre. Nous étions une petite avant-garde autour du roi, les domestiques et les bagages suivant loin derrière. Charles mit pied à terre au milieu des enfants. Une gamine d'une dizaine d'années lui sauta au cou. C'était une des filles qu'il avait eues avec la reine Marie et qui passait les beaux jours à Taillebourg. Nous nous mîmes à marcher vers le château, entourés par les enfants qui piaillaient. Les plus grands tenaient les chevaux par le bridon, les autres se chamaillaient pour que l'un ou l'autre de nous les prenne par la main. Pour arriver jusqu'aux douves, il fallait traverser un petit bois et suivre ensuite un chemin bordé d'aulnes. Parvenu à la hauteur du dernier arbre, je remarquai qu'un enfant se cachait derrière le tronc. Les garnements autour de moi l'avaient aperçu aussi et je les entendis appeler : « Marie, Marie ! »

L'enfant tournait autour de l'arbre pour se dissimuler. Nous n'insistâmes pas et continuâmes d'avancer. Le roi était déjà loin devant avec la plupart des petits, car les grands nous avaient quittés pour marcher vers les écuries. Je ne sais ce qui me prit alors. Peut-être fut-ce le nom de Marie qui déclencha en moi une secrète alarme. Peut-être avais-je reçu un signal invisible venu de bien plus loin. En tout cas, je décidai de revenir sur mes pas. Je fis signe aux enfants qui m'accompagnaient de rejoindre le groupe autour du roi et, seul, je m'approchai de l'arbre derrière lequel je voyais par instants la petite fille glisser furtivement la tête. Une simple ruse me permit de contourner le tronc et de la saisir. Elle cacha son visage dans ses mains et protesta en riant.

— Comment t'appelles-tu ? lui dis-je, quoique je connusse la réponse.

— Marie.

Elle n'était pas effarouchée et ne cherchait pas à fuir. Sa timidité était un jeu qui avait surtout pour effet d'obtenir qu'on s'intéressât à elle, non pas en groupe parmi les autres, mais seul à seule, comme à une véritable personne.

— Quel âge as-tu ?

— Quatre ans.

Mon cœur se mit à battre plus fort. J'essayai

de voir son visage mais elle le détournait obstinément.

— Comment se nomme ta maman?

Perçut-elle le timbre mal assuré de ma voix? Ou ma question était-elle le mot qu'elle attendait pour ouvrir son cœur? Elle ne me répondit pas. Mais silencieusement, en relevant une mèche blonde qui avait roulé sur son nez, elle tourna la tête et me fixa, les yeux grands ouverts.

C'était Agnès.

Il est des enfants, la plupart à vrai dire, qui empruntent à leurs deux parents et peuvent selon les expressions et les moments évoquer l'un ou l'autre ou seulement altérer les traits de chacun par une influence que l'on sent venue d'ailleurs. Il en est d'autres au contraire qui semblent couler d'une seule source, que rien ne trouble et qui fait d'eux la reproduction d'un unique géniteur, avec le seul écart du temps : Marie était Agnès enfant. Si sa mère avait vécu, cette ressemblance n'eût été qu'anecdotique, une touchante curiosité. Mais Agnès était morte, et la retrouver dans le visage de cette enfant était comme d'assister à une résurrection. Il était impossible de ne pas imaginer, quelque révolte que l'esprit pût sentir contre cette idée, que la personne d'Agnès se prolongeait dans ce corps minuscule de petite fille.

Et, sans que rien ne me permît de penser que j'avais raison, je fus conforté dans mon illusion par la douce tendresse que l'enfant, tout aussitôt, me témoigna. Elle tendit sa petite main et caressa ma joue. Puis elle sauta sur ses pieds et, d'un pas décidé, m'emmena visiter le bois. Elle me montra la cache d'un écureuil et un lit de feuilles creusé par une biche qu'elle rencontrait presque chaque jour. Elle m'expliqua gravement les choses qui faisaient sa vie et y mêla à voix basse des références secrètes qui touchaient à des êtres mystérieux qui hantaient la forêt et lui parlaient.

Nous marchâmes une bonne heure dans le parc et jusqu'à la lisière des prés. Quand les confidences de Marie nous eurent assez rapprochés, je m'accroupis devant elle et osai lui poser la question qui tournait dans mon esprit.

— Sais-tu où est ta maman ? lui demandai-je.

Il n'y avait pas de cruauté dans mon propos, seulement l'envie d'apprendre ce qu'elle savait, avec l'intuition vague mais pénétrante que, tout en ignorant sans doute beaucoup de choses, elle en savait, sur ce sujet, plus que moi.

Elle me regarda bien en face et prit le temps de juger si l'on pouvait me faire confiance.

— Maman, prononça-t-elle sans me quitter des yeux, n'est plus de ce monde.

Puis, considérant sans doute que j'étais digne d'en savoir plus mais qu'il était préférable de ne pas m'en révéler trop d'un coup, elle mit un doigt devant sa bouche pour recommander le silence.

Ensuite, elle me prit par la main et nous rentrâmes vers le château. Une cloche appelait les enfants pour le repas. Je la laissai devant la porte de la salle à manger qui leur était destinée, près des cuisines.

La rencontre de Marie et de sa mère à travers elle m'avait agité d'impressions contradictoires. La mort d'Agnès était soudain redevenue une réalité bouleversante, aussi inattendue que lorsque je l'avais apprise la première fois. Et, en même temps, alors que je n'y avais jamais pensé, le fait qu'elle eût laissé derrière elle cette enfant et deux autres que je ne connaissais pas était, sinon une consolation, du moins une manière de combler son absence et de laisser témoignage dans le monde réel de ce qu'elle avait été.

*

Je montais le grand escalier, précédé par un valet qui me menait à mes appartements. Des projets nouveaux naissaient en moi. Je me demandais si les Coëtivy accepteraient que je prenne part à l'éducation de Marie. Après tout, n'étais-je pas l'exécuteur testamentaire de sa mère ? Je me plaisais à l'idée de la voir grandir, entrer dans la vie et d'observer si elle suivrait, si peu que ce fût, les traces d'Agnès.

Il n'est pas anodin de savoir que j'étais dans ces pensées quand Marc, qui m'attendait au seuil de ma chambre, me prit à part, referma la porte et, très alarmé, insista pour me parler sur-le-champ. Le roi, me dit-il, avait reçu en audience dès son arrivée. Après diverses affaires courantes, il en était venu à tenir un conseil très restreint consacré à ma personne. Les calomniateurs s'étaient déchaînés ces dernières semaines et de nouvelles révélations à charge avaient été apportées ce matin par deux délégués des états du Languedoc. À l'heure même, on statuait sur mon sort.

Cette nouvelle, comme une eau glacée versée sur mon esprit doucement échauffé par la rencontre avec l'enfant d'Agnès, me fit exploser de rage. Sans rien décider encore, je traversai l'étage, redescendis dans l'autre aile du château et, bousculant les gardes qui voulaient m'interdire l'entrée, je fis irruption dans le Conseil.

Le roi se montra embarrassé, mais je vis à ses yeux que les délateurs avaient réussi. Il me lançait un regard où l'affabilité et la douceur qu'il voulait exprimer étaient déchirées par les lames acérées de la jalousie et de la méfiance. Tout me recommandait la prudence, mais la force éveillée en moi, trop tard hélas, et qui aurait dû me pousser à m'enfuir, m'inclina à l'affronter. Je protestai, oubliant les formes de la déférence, et mon audace fit luire encore plus fortement dans les yeux du roi les méchantes tentations de la cruauté et de la bassesse.

Je voyais ces armes, mais je refusai cette fois d'user des mêmes pour me défendre. Au contraire, par pure bravade, je proposai que l'on m'emprisonne jusqu'à ce que j'aie pu apporter la preuve que les accusations portées contre moi étaient mensongères.

Je ne crus pas le roi sincère quand il répondit qu'il acceptait cette proposition. Il me laissa poursuivre mon plaidoyer et comme nul ne m'opposait plus d'objection, je me retirai.

Me croira-t-on quand je dirai que j'étais rasséréné en remontant dans mes appartements ? Tout était clair. J'avais paré les coups une fois de plus, mais ce serait la dernière. Le soir même, je quitterais Taillebourg. Les jours étaient longs, en cette fin de juillet. Nous pourrions chevaucher sans risque jusqu'à plus de neuf heures. J'imaginai l'endroit pour faire halte, puis le temps qu'il faudrait pour gagner la Provence, l'Italie. J'écrirais aux Coëtivy. Ils étaient lourdement mes débiteurs. Sans qu'ils y participent directement, ils fermeraient les yeux sur un enlèvement que je tâcherais d'organiser pour que la petite Marie puisse me rejoindre. Comme sa mère, elle connaîtrait l'Italie et en subirait la bénéfique influence.

Marc, sur mon ordre, avait rebouclé les malles. Je fis monter le barbier et goûtai la caresse de la lame sur ma peau pendant qu'il me rasait. J'allais sortir pour le souper quand un détachement de cinq hommes se présenta à ma porte, commandé par un petit noble normand que je connaissais vaguement de vue.

Je le fis répéter deux fois quand il m'annonça, les yeux baissés, que j'étais en état d'arrestation.

*

J'ai repris espoir, ce matin. Elvira est rentrée de la ville porteuse d'une nouvelle qui lui avait paru sans importance et qu'elle m'a livrée presque par hasard, au détour d'une phrase. Pour moi, c'est un renseignement capital : les hommes qui me poursuivent ne seraient pas génois mais florentins. Ce qui pourrait passer pour un détail change tout.

Si des Génois étaient à mes trousses, cela signifierait que le roi de France le leur a demandé. J'ai encore trop d'amis à Gênes pour que quiconque veuille attenter à ma vie de son propre chef. Mais si mes poursuivants sont des Florentins, c'est autre chose et je sais qui les envoie.

En tout cas, je le sais aujourd'hui. Si on me l'avait demandé le jour de mon arrestation, j'aurais été incapable de répondre. À l'époque, je sentais certes des jalousies autour de moi ; j'étais averti que des médisances étaient rapportées au roi à mon sujet ; cependant, je ne me connaissais pas d'ennemi en particulier. Ils se sont découverts au moment de mon procès.

C'est une grande douleur de tout perdre et d'être condamné, mais c'est une immense leçon d'être jugé et j'oserai dire que c'est presque un privilège. Quiconque n'a pas vécu l'épreuve de la disgrâce, du dénuement et de l'accusation ne peut prétendre connaître véritablement la vie. Les longs mois pendant lesquels fut instruit mon procès sont parmi les moments les plus terribles qu'il m'ait été donné de vivre et, en même temps, ils m'ont plus appris sur moi-même et sur les autres que le demi-siècle de mon existence précédente.

Jamais auparavant, je n'avais été à ce point confronté à la vérité des êtres qui m'entouraient. J'évaluais la sincérité de ceux qui me témoignaient leur amitié, comme de ceux qui s'opposaient à moi, à l'aune de mes propres sentiments à leur endroit. Mais que pensaient-ils vraiment? Il me restait toujours un doute, avec lequel, comme tout être humain, j'avais appris à vivre. Devenu riche et puissant, il m'était encore plus difficile de percer l'écran de l'hypocrisie. J'affichais moi-même une courtoisie de surface, qui ne révélait guère mes sentiments et même, la plupart du temps, en tenait lieu. Il m'arrivait parfois d'être rude, surtout lorsque je m'exprimais au nom du roi, par exemple en Languedoc, pour collecter l'impôt. L'impatience, la fatigue, l'irritation de devoir sans cesse intervenir dans des transactions et règlements qui ne m'intéressaient pas m'avaient de temps en temps conduit à me montrer sans pitié. Avant mon procès, j'imaginais que mes ennemis, si j'en avais, se comptaient parmi les victimes de ces excès d'autorité.

L'instruction m'apprit qu'il en allait tout autrement. À une exception près, ceux envers qui je m'étais montré impitoyable n'en avaient conçu qu'un respect plus grand à mon égard. Je n'avais fait en somme que me comporter comme ils se seraient comportés eux-mêmes, s'ils avaient été dans ma position. Ils regardaient la puissance et la richesse comme la justification de l'intransigeance et de la brutalité. De surcroît, en les rudoyant, je leur accordais mon attention ; en somme je montrais qu'ils existaient à mes yeux, fût-ce pour être piétinés.

Mes pires ennemis, je devais l'apprendre au cours de mon procès, étaient ceux que je n'avais pas daigné considérer.

Il y avait parmi eux des gens vicieux, perdus d'orgueil, et que la jalousie aurait de toute manière tourné contre quiconque était mieux servi par la vie qu'eux-mêmes. Ceux-là, je ne regrettais pas de les avoir offensés. On pouvait tout au plus me reprocher d'avoir donné le signal d'une guerre qui aurait certainement eu lieu.

Mais d'autres, au contraire, étaient des hommes d'une grande loyauté, avides de servir, désireux de prendre part à mon entreprise. Mon tort était de ne pas l'avoir compris, souvent parce que je ne les avais tout simplement pas remarqués. Tel était le cas d'un jeune Florentin nommé Otto Castellani, arrivé à Montpellier dix ans plus tôt, au moment où j'engageais de grandes affaires dans la ville. Il se trouvait en Languedoc bien d'autres marchands florentins avec lesquels j'entretenais d'excellentes relations. L'un d'entre eux était à bord de la nave qui m'avait conduit naguère en Orient et nous étions restés amis.

Ce jeune Castellani, je le connaissais à peine. On m'a dit qu'il avait tout tenté pour croiser ma route. Il y était peut-être parvenu mais sans retenir mon attention. Ce dédain, pourtant bien involontaire, fit naître en lui une haine à la mesure de l'affection qu'il s'était proposé de me porter.

Il était intelligent et actif, qualités que j'aurais été heureux de m'adjoindre. Au lieu de cela, il les mit au service d'une ambition solitaire qu'aiguillonnait un désir inextinguible de vengeance. Il fit son chemin en Languedoc. Ses relations avec sa première patrie lui donnèrent carrière dans le négoce méditerranéen. Mais il s'efforça d'élargir aussi son activité au nord de la France et jusqu'aux Flandres. Là encore, mon procès m'a été utile pour reconstituer le parcours de celui qui fut le plus virulent de mes accusateurs. À l'évidence, je continuais sans le savoir d'occuper son esprit. Il avait l'ambition, puisqu'il ne pouvait me servir, de m'imiter, de me dépasser et, pour y parvenir plus sûrement, de me détruire.

Il fit alliance patiemment avec tous ceux en qui il sentait poindre de la rancune à mon endroit. Cette semence, il s'efforçait de la faire croître et éclore. Bientôt, il se trouva au centre d'une petite toile d'amertume et de haine dont il sut tirer les fils jusque dans l'entourage du roi. Parmi les médiocres personnages qui s'étaient infiltrés au Grand Conseil après la mort d'Agnès, il en repéra un, un certain Guillaume Gouffier, auquel je n'avais prodigué qu'une indifférence polie et qui en était mortifié. Castellani fit aussi son miel de mes ennuis passés, comme l'affaire du jeune Maure qui s'était embarqué en cachette sur un de nos bateaux, s'était converti, et que j'avais fait restituer au sultan. Le capitaine de la nave, à qui j'avais reproché cette action, s'était violemment disputé avec moi. Sa colère aurait pu lui suffire, mais Castellani sut la réchauffer et la faire brûler d'un feu continu, qui ne s'éteindrait qu'avec ma chute.

J'avais considéré l'affaire de ce jeune Maure sous le seul angle de nos relations avec le sultan. Son amitié était la pierre angulaire de nos échanges commerciaux avec l'Orient. Il importait donc de ne rien faire qui pût le mécontenter. Castellani vit l'autre face de la médaille : j'avais rendu aux mahométans quelqu'un qui avait de son plein gré embrassé la foi catholique. En d'autres termes, j'avais perdu une âme qui avait demandé et obtenu le secours du Christ. Au sein d'un monde ecclésiastique où la réussite de mon frère et l'avancement exceptionnellement rapide de mon fils avaient multiplié les aigreurs et les jalousies, Castellani trouva sans peine des alliés pour me reprocher cette trahison.

Je sais désormais que l'inlassable activité du Florentin fut une des causes principales de ma disgrâce. Castellani parvint si complètement à ses fins que, non content de me voir condamné, il intrigua avec succès pour occuper les fonctions que je laissais vacantes. Il devint ainsi mon successeur à l'Argenterie.

On pourrait croire qu'un tel triomphe l'aurait comblé. Il n'en fut rien. Sa haine lui était à ce point nécessaire qu'il ne paraissait pas concevoir l'existence sans elle. Bien au-delà de ma condamnation, il continua d'exercer sa vengeance contre moi et contre ma famille. Quand Elvira m'apprit que mes poursuivants étaient florentins, je compris ce qui aurait dû m'apparaître beaucoup plus tôt comme une évidence : c'était encore Castellani qui avait lancé à mes trousses jusqu'à Chio des hommes à sa solde. Cette nouvelle m'apporta un grand espoir.

Si mes poursuivants étaient les instruments d'une vengeance privée de Castellani, la situation était moins désespérée pour moi que si ces sbires avaient été envoyés par le roi de France. Je m'étais gardé jusque-là de toute démarche auprès du potentat génois qui régnait sur l'île, croyant qu'il avait été forcé par Charles de me surveiller et peut-être de me capturer. Dans cette hypothèse, je comprenais mal qu'un si long répit m'ait été donné : il aurait été facile aux Génois de m'arrêter purement et simplement. Si la poursuite était menée par Castellani pour son propre compte, cela expliquait qu'il fût plus difficile à mes assassins d'opérer un coup de force. Je pouvais donc en profiter. Surtout, le podestat génois, loin d'être un ennemi comme je l'avais craint, pouvait devenir un allié.

C'est ainsi qu'hier, j'ai écrit une longue missive à destination de Campofregoso, à Gênes. Elvira est allée ce matin jusqu'au port où un bateau en partance la lui fera tenir. Je lui demande son secours et d'intervenir auprès du podestat de Chio pour assurer ma sécurité. Il s'agit de tenir encore quelques jours, en attendant sa réponse.

J'ai repris espoir, et l'indifférence qui m'avait fait accepter mon destin, fût-il tragique, ces jours derniers a fait place à une grande angoisse et au désir de nous protéger. Elvira m'avait proposé un autre refuge, plus au centre de l'île. Elle a un cousin dans la montagne. Il dispose d'une bergerie située dans les hauteurs. De là, on embrasse toutes les vallées alentour et quiconque approche est immédiatement repéré. J'avais refusé parce que je ne voyais aucune issue à la situation. Tant valait, s'il n'y avait plus d'espoir, que nous finissions en beauté, dans la maison d'Elvira. Mais aujourd'hui que je retrouve un certain optimisme, je veux me battre. Quel que soit l'inconfort de la bergerie, nous nous y installerons dans trois jours.

*

En attendant, je poursuis mon récit.

Je pensais qu'arrivé à l'heure d'évoquer mon arrestation, mon enthousiasme faiblirait. Il n'en est rien. Curieusement, le souvenir que j'en garde n'est pas mauvais. J'ai même le sentiment très net aujourd'hui que ma disgrâce a constitué pour moi comme une nouvelle naissance. Tout ce que j'ai vécu depuis ce jour a été à la fois plus intense et plus profond, comme s'il m'était donné de découvrir à nouveau la vie, mais armé de l'expérience acquise au long de ces années.

On me transporta de prison en prison, placé à la garde tantôt d'hommes respectueux et même amicaux, tantôt de personnages qui n'hésitaient pas à se montrer méprisants.

Les premiers jours furent difficiles. La soudaineté de mon changement de condition me faisait presque douter de la réalité des événements. Il me semblait que quelqu'un allait entrer d'un instant à l'autre et me dire : « Allons, nous avons voulu vous faire peur. Reprenez votre place au Conseil et montrez-vous fidèle au roi. » Mais rien de tel ne se produisit, bien au contraire. Mon procès commença et ma détention se durcit.

Alors, je fus gagné par un sentiment inattendu et presque voluptueux : j'éprouvai comme un intense soulagement. Le poids que j'avais sur les épaules, cette lourdeur qui s'était révélée pendant ma déambulation dans l'Argenterie, l'évidence d'être écrasé par ma fortune et ses obligations, tout cela, avec mon arrestation, avait disparu d'un coup. Déchu, j'étais délivré, et la captivité me rendait la liberté.

Il peut paraître incroyable qu'une telle catastrophe soit au principe d'un véritable soulagement. Ce fut pourtant le cas. Je n'avais plus à me soucier de convois et de commandes, de dettes à recouvrer et de prêts à consentir, d'impôts à lever et de marchés à pourvoir, d'ambassades à conduire et de guerres à financer. La croix sur laquelle j'étais écartelé, ce chemin de Tours à Lyon et des Flandres à Montpellier, autour duquel s'ordonnaient mes affaires en France, je n'avais plus à m'en préoccuper, non plus que des complications italiennes ni des intrigues orientales. Tout cela vivait en dehors de moi, et ma détention me dispensait d'y prendre aucune part. Je pus me consacrer à une activité à laquelle il ne m'était plus donné depuis longtemps de me livrer : rester étendu pendant des heures et rêver. M'asseoir sur le banc de pierre d'une fenêtre et regarder au loin l'horizon bleuir avec le soir.

Mes songes me portèrent d'abord à revisiter ces années passées dans l'action auxquelles avait manqué le recul de la contemplation, le jugement lent des événements et des hommes. Je fus aidé dans cette remémoration par le procès lui-même. Grâce à lui, je vis ressortir du passé des personnages que j'avais oubliés et j'entendis évoquer des actions dont je n'avais même parfois jamais été informé. On me reprocha les choses les plus diverses et souvent les plus invraisemblables : d'avoir vendu des armes aux mahométans, d'être entré en possession d'un petit sceau du roi qui me permettait de rédiger de faux documents en son nom, de m'adonner à l'alchimie et de fabriquer de l'or par des moyens de sorcellerie...

La seule accusation que je redoutais vraiment, c'était celle qui aurait révélé mes relations intimes avec Agnès. Je savais que pour un tel crime, il n'y aurait aucun pardon et que je le paierais de ma vie. Je craignais aussi et peut-être surtout qu'il entachât la mémoire d'Agnès. Après sa disparition et quoiqu'il se fût presque immédiatement consolé avec sa cousine, le roi s'était montré d'une grande magnificence avec Agnès. Il était capable, si la preuve était administrée qu'il avait été trompé, de revenir sur ses bontés et de souiller l'image de celle dont il avait fait, à titre posthume, l'égale d'une sainte.

Mes alarmes restèrent sans objet. Tout au contraire et à ma grande surprise, l'accusation qui surgit fut que j'avais empoisonné Agnès. La femme qui rapportait ce fait était à demi folle. L'invraisemblance de son propos, jointe à la maladresse avec laquelle elle le soutenait, contribua assez rapidement à la discréditer.

Cette calomnie eut cependant un mérite : elle me fit mesurer avec quelle habileté Agnès avait su dissimuler nos relations. Nous avions si bien et si souvent mimé des brouilles, des colères, une indifférence glaciale que le souvenir de ces fâcheries vint d'abord corroborer les accusations d'empoisonnement. Il fallut d'autres témoignages, celui de Brézé, de Chevalier et même de Dunois pour convaincre mes juges de ma bonne entente avec Agnès.

Pendant ces longs mois d'instruction, je vécus dans une complète solitude dont on me tirait seulement pour me confronter à des témoins sortis du passé et qui avaient quelque chose à dire à mon sujet. Comme le fin mot d'une énigme, j'appris ainsi ce que nombre de gens pensaient réellement de moi. La haine et la jalousie, si répétitives et si communes, ne suscitèrent bientôt plus que lassitude et indifférence. Mais quand une femme ou un homme, très sincères et souvent très modestes, entraient pour témoigner d'une bonté que j'avais eue pour eux ou simplement venaient manifester leur estime ou leur affection, j'en avais les larmes aux yeux.

Plus le procès avançait, plus l'injustice dont j'étais victime s'allégeait pour moi et plus, au contraire, celle que j'avais fait subir aux autres pesait lourdement sur ma conscience.

À cet égard, c'est relativement à Macé que je me sentais le plus coupable. Je revivais notre rencontre, nos premières années, tentais de me remémorer comment s'étaient peu à peu installés l'éloignement et une forme d'indifférence. Je reçus régulièrement de ses nouvelles mais ne la revis pas. Il était évident qu'elle souffrait de ma disgrâce. Heureusement, celle-ci était venue à temps, alors que Macé avait accompli son rêve suprême, en assistant à l'intronisation de Jean à l'archevêché. Elle ne me l'écrivit pas, mais je me demandai si, elle aussi, à sa manière, n'était pas soulagée. Plutôt que de prêter le flanc aux vengeances et donner le spectacle de sa déchéance, elle fit ce qu'elle désirait secrètement : elle se retira dans un monastère et se livra à la contemplation et à la prière. Elle mourut au terme de la première année de ma détention. Je pensai beaucoup à elle et, n'ayant pas la ressource de prier, je formai seulement des vœux pour que sa fin eût été sereine.

Cette première année de détention passa étrangement vite. Je changeai de lieu, transféré jusqu'à Lusignan, à la garde des hommes de Chabannes. Cet ancien écorcheur, assassin et traître au roi, ennemi juré du dauphin, trouva là l'occasion de montrer son zèle, ce d'autant qu'il était personnellement intéressé à ma perte et convoitait plusieurs de mes biens.

La tentative que j'avais faite d'échapper au jugement en arguant du privilège ecclésiastique échoua. J'avais certes été élève de la Saint-Chapelle, mais je n'avais pas pris la tonsure et l'exemption me fut refusée. Le procès reprit.

La procession des témoins continua, interminablement. À l'évidence, elle n'amusait pas autant mes juges que moi. Ils estimèrent que ce ramassis de ragots, ces fautes ambiguës que je trouvais en général le moyen de justifier ne constituaient pas un dossier suffisamment accablant. Ce fut à ce moment-là, et ma main tremble encore en l'évoquant, que j'entendis pour la première fois parler de torture.

Qui peut me croire quand je dirai que je n'y avais jamais pensé jusqu'alors? Ce procès était resté l'affaire de l'esprit; il allait devenir celle du corps. Il me semblait avoir déjà tout perdu, pourtant je disposais encore de cette enveloppe de vêtements qui, si peu que ce soit, protège et dissimule. On allait d'abord me la retirer. Je fus interrogé à demi nu, assis pendant de longues heures sur la sinistre sellette. Mes juges, que j'avais considérés un peu vite comme mes égaux, prirent soudain un ascendant violent, basé non sur la justesse de leurs accusations, mais sur le fait qu'ils s'adressaient à moi de haut, assis sur une estrade tandis que je l'étais sur mon petit banc et qu'ils étaient couverts tandis que je livrais à leurs regards ma peau sans protection. C'était la première fois que je découvrais en public la déformation qui creusait ma poitrine et je m'en sentais particulièrement humilié. De surcroît, je craignais que cette trace d'une violence exercée sur moi dès ma naissance, comme la marque du poing de Dieu dans ma chair, n'en appelle d'autres, en vertu de cette loi de la nature qui veut qu'un animal blessé excite contre lui ses prédateurs.

Ces premières séances, quoique aucun coup ne me fût encore porté, eurent sur ma conscience un effet terrible. Je mesurai à quel point je redoutais non tant la douleur que l'amoindrissement. J'avais eu plusieurs fois l'occasion d'éprouver, à la suite de quelques accidents notamment, que je pouvais être assez dur au mal. Mais ce qui m'est insupportable, c'est d'être dans la dépendance des autres, livré sans défense au bon vouloir et aux mauvais instincts de quelqu'un. Je me demande même si toute ma vie ne s'explique pas par ce désir éperdu de me soustraire à la violence de mes semblables. Depuis l'enfance et l'épisode du siège de Bourges, j'avais découvert que l'empire exercé par l'esprit était un moyen, le seul peut-être, d'échapper à la confrontation brutale dont les garçons usaient pour établir entre eux une hiérarchie. Mon père n'avait jamais levé la main sur moi. Le premier coup que j'avais reçu et dont je garde encore aujourd'hui le souvenir m'avait été porté pendant un chahut d'écoliers, à la sortie de la Sainte-Chapelle. On venait de nous prêcher la douceur et l'amour du prochain, et cette contradiction ne fut pas pour peu dans ma méfiance ultérieure à l'endroit de la religion. Je m'étais retrouvé au sol dans une mêlée générale. Le coup de poing que j'avais reçu en dessous de l'œil m'alarma moins que l'impression d'étouffement ressentie pendant qu'une dizaine de corps hurlants s'amoncelaient sur moi. Pendant six mois, je fis des cauchemars et j'éprouvai des difficultés à écrire. Ma main se crispait sur la plume et les mots, étrécis par la raideur de mon poignet, devenaient illisibles et chaotiques. C'est seulement après l'épisode du siège de Bourges et la découverte du pouvoir de l'esprit que mes angoisses s'apaisèrent.

Je retrouvai sur la sellette la vieille terreur enfouie et demeurée intacte. L'enfermement ne la provoquait pas. Mais d'être entravé, dévêtu devant mes juges, de sentir, près de la porte, le regard plein d'appétit de deux bourreaux qu'un seul mot des magistrats pouvait autoriser à faire usage des instruments de fer qui pendaient au mur, tout cela me faisait perdre toute force et tout espoir.

Le troisième jour de ce traitement et sans avoir encore reçu aucun coup, au grand désespoir des deux tortionnaires qui bâillaient d'ennui, je fis une déclaration solennelle à mes juges. Je leur dis qu'il leur était inutile de m'appliquer des moyens de force. À la seule idée qu'ils soient disposés à s'y résoudre, je signerais tout ce que l'on voudrait. Cette capitulation satisfit une partie des juges, mais elle provoqua des objections chez d'autres. Ils décidèrent de se retirer pour en débattre. Je ne comprenais pas quel pouvait être l'objet de la contestation. Que demander de plus que des aveux complets, si longs, circonstanciés et fantaisistes qu'ils fussent ? En discutant avec un des gardes qui se montrait bienveillant avec moi, je compris d'où procédait l'embarras des juges. Ils considéraient que la torture, par la douleur qu'elle provoque, est le seul moyen d'authentifier la sincérité des aveux consentis par les prisonniers. Des paroles prononcées sous l'emprise de la peur n'avaient pas la même valeur que celles que dictait l'insupportable souffrance infligée par les bourreaux. C'est que la peur, dans cette conception, est encore une manifestation de la volonté humaine. En tant que telle, elle laisse place au mal, qui est, paraît-il, le propre de l'homme ; on ne peut être certain que ne s'y mêle pas une part de ruse, de mensonge, de calcul. Tandis que la douleur fait parler en l'homme sa part divine, cette âme qui, mise à nu, ne peut que révéler sans artifice sa noirceur ou sa pureté.

Ce raisonnement me révolta. Je le jugeai d'abord absurde, méprisant pour l'être humain et marqué du sceau de la plus ridicule bigoterie. Mais comme il fallut deux journées avant que les juges ne prissent leur décision et me fissent de nouveau comparaître, j'eus le temps d'y réfléchir plus avant. Et, à ma grande surprise, je découvris qu'une part de moi approuvait cette abominable conception. Si j'étais délivré de la torture et si ma peur suffisait à mes juges, je comptais bien que l'absurdité des fautes qu'ils me feraient reconnaître discréditerait leur accusation. Au fond, dans une telle hypothèse, les aveux que je signerais ne seraient pas les miens mais les leurs. Ils tireraient de leur esprit les forfaits qu'ils me reprocheraient et tout cela ne pourrait avoir que peu de rapport avec la réalité. Le roi, qui me connaissait, percevrait peut-être que ma confession rendait un son faux.

Tandis que si l'on me soumettait au supplice, ce qui sortirait de moi ne pourrait être que la vérité. Qui sait si, rendu fou par la souffrance, je n'irais pas jusqu'à confesser l'essentiel, mes relations avec le dauphin, mon amitié avec le roi d'Aragon et surtout mes relations avec Agnès.

Finalement, ma proposition fut refusée.

*

Les supplices commencèrent.

Heureusement, j'eus l'impression que la discorde entre mes juges n'avait pas abouti à une décision franche. On ne m'appliqua pas d'abord de tortures insupportables. Les bourreaux, à contrecœur, car leur instinct les inclinait à en faire beaucoup plus, se contentèrent de m'attacher pendant les interrogatoires dans des positions peu commodes et qui, à la longue, devenaient douloureuses. Le supplice consistait surtout à provoquer en moi un épuisement physique supposé m'inciter à livrer des aveux qui abrégeraient la séance. Conscient du piège, je me bornais à donner des renseignements de peu d'importance sur de vétilleuses erreurs commerciales. J'avouai par exemple des manquements au paiement de la gabelle sur le sel du Rhône, faute que le roi lui-même connaissait et sur laquelle il fermait les yeux.

Au bout de quelques semaines, le régime des tourments se durcit. Je reçus des coups et quoiqu'ils fussent encore supportables, ils provoquèrent en moi une véritable panique. Je réitérai ma proposition à mes juges d'avouer tout ce que l'on voudrait.

Au terme de dix jours pendant lesquels les bastonnades et flagellations augmentèrent continûment en violence, j'en vins à envisager le suicide. Au moment où je considérai ce qui, dans l'appartement que j'occupais, pourrait être utilisé pour me pendre, une délégation de magistrats vint heureusement m'annoncer que ma requête était, en fin de compte, acceptée. L'acte d'accusation serait établi dans la semaine et je devais m'engager à le signer. J'acceptai, en tentant de masquer un enthousiasme qui aurait pu être mal compris. La fin de l'année se passa à élaborer l'acte d'accusation. Ayant pris le parti de tout accepter, il revenait à mes juges d'aligner des griefs qui fussent à la fois vraisemblables et suffisamment graves pour justifier la sentence qui avait manifestement été décidée auparavant.

Je savais que tout cela devait, quoi qu'il arrivât, déboucher sur une incrimination de lèse-majesté, avec pour châtiment la mort.

Mais, fut-ce les moyens employés pour y parvenir et qui, à certains moments, frisèrent la farce, fut-ce l'intuition que le roi en voulait davantage à ma fortune qu'à ma vie et ne pourrait facilement s'emparer de celle-là qu'en épargnant celle-ci, je n'ai jamais cru à l'hypothèse d'une exécution capitale.

De fait, quand les commissaires désignés pour me juger publièrent leur acte final d'accusation, la peine proclamée était bien la mort. Mais moins d'une semaine plus tard, la sentence fut commuée et l'on n'exigea plus de moi que de faire amende honorable. L'essentiel du châtiment était la confiscation de mes biens et un tribut de plusieurs centaines de milliers d'écus. Il me revenait de trouver les moyens pour le payer. Je ne serais libéré qu'après m'être acquitté de cette gigantesque somme. En quelque sorte, j'étais l'otage de moi-même. On me laissait la vie sauve avec pour condition que je l'emploie désormais à payer ma liberté d'un prix si élevé que le reste de mes jours ne suffirait pas pour y parvenir.

Le roi désigna un procureur pour procéder à la liquidation de mes biens et d'abord à leur recensement. L'homme qui fut choisi pour cet emploi difficile fut Jean Dauvet, le même en compagnie duquel j'avais effectué mon ambassade à Rome. Nous nous connaissions bien et Dauvet n'avait pas, à ce qu'il m'en souvenait, quoi que ce fût à me reprocher. Cependant, c'était un magistrat. Il appartenait en tant que tel à une espèce que j'avais peu fréquentée avant mon arrestation mais que j'ai appris à connaître en détail depuis. De tels personnages, par profession, prennent le parti de se séparer de l'humanité, en épousant la cause abstraite de la loi. Il n'y a pour eux ni excuses, ni erreur, ni souffrance, ni faiblesse, rien en somme de ce qui est humain. Il y a le droit, quelque injustice qu'il recouvre. Ils sont les prêtres de ce dieu dépourvu de merci et, pour le contenter, peuvent sans états d'âme user du mensonge, de la violence, s'adjoindre l'ignoble brutalité de tortionnaires, prêter foi aux dénonciations des êtres les plus vils.

C'est ainsi que Dauvet s'employa avec zèle, compétence et, j'oserai dire, honnêteté, à me dépouiller. Ses efforts méthodiques pour faire le compte de mes biens procédaient de la sentence qui avait été prononcée contre moi. Cela suffisait à ses yeux à rendre cette action juste. Peu lui importait que les hommes forts de l'entourage du roi, ceux-là mêmes qui s'étaient proclamés mes juges, s'emparassent sans vergogne de mes propriétés dès qu'il les avait découvertes. La loi, dans sa lettre, était respectée et cela suffisait à Dauvet.

Cette période de ma détention, après le soulagement qu'avait constitué la publication de la sentence, fut encore pleine d'enseignements pour moi. D'abord, en suivant les progrès de Dauvet dans le dénombrement de mes affaires, je pris conscience plus complètement de leur étendue. Le développement de notre entreprise avait été si rapide et si continu, il avait exigé tant d'efforts, qu'il n'était resté aucune place pour la contemplation. De surcroît, mon rôle dans ces affaires était la plupart du temps de donner l'impulsion initiale. D'autres, par la suite, les faisaient prospérer et j'ignorais généralement jusqu'où ils les avaient menées.

Ce fut une grande satisfaction de mesurer l'étendue et la puissance du réseau que nous avions créé.

En même temps, je découvrais ce qui avait permis ce succès : c'était exactement ce que ni Dauvet ni les prédateurs qui se partageaient mes dépouilles n'avaient compris. L'entreprise que j'avais créée s'était à ce point développée parce qu'elle était vivante et que nul ne la contrôlait. Liberté était donnée à tous les membres de ce gigantesque corps d'agir à leur guise. En se jetant sur les morceaux qu'ils pouvaient saisir, en plaçant mes biens sous séquestre, en démembrant chaque pièce de drap contenue dans nos magasins, Dauvet et les chiens qui couraient à sa suite ne faisaient que fouiller les entrailles d'une bête morte. Tout ce qu'ils saisissaient cessait d'être libre et donc de vivre. La valeur de ces choses devenues inertes, sitôt évaluées, se mettait à décroître, car elles ne valaient vraiment que dans le mouvement incessant et libre de l'échange.

Les bilans de Dauvet me redonnaient espoir. Car derrière ce que le procureur avait dénombré et figé, j'apercevais, sans le lui dire, bien entendu, tout ce qu'il n'avait pas encore touché et qui lui échappait. Je savais que Guillaume de Varye, arrêté en même temps que moi, était parvenu à s'évader. Jean de Villages, Antoine Noir, tous les autres, pour la plupart réfugiés en Provence, en Italie ou cachés dans des territoires mal contrôlés par le roi, s'employaient à soustraire le plus de choses possible à l'inventaire mortifère de Dauvet. Entre leurs mains, ces réserves, ces magasins, ces bateaux continuaient de circuler et de vivre.

Ils parvinrent à me faire passer des messages. Je compris ainsi que l'entreprise était gravement affaiblie mais pas morte.

La situation était assez claire. Dauvet, en se saisissant de dépouilles, ne parviendrait jamais à réunir les sommes qui étaient exigées de moi. Mais le reste de mes affaires, qui lui échappait encore et resterait toujours, je l'espérais, hors de sa portée, générait encore d'importants profits. Le choix était simple. Allais-je ou non demander à mes amis de travailler dans un seul but : remettre au roi tout ce qu'ils gagneraient pour obtenir ma libération ? Ou donnerais-je la préférence à notre entreprise, la laissant prospérer sans moi ? Cela signifiait que je faisais mon deuil de ma liberté.

Il y eut alors cette affreuse cérémonie au cours de laquelle, au château de Poitiers où j'avais été transféré, je dus m'agenouiller devant Dauvet, représentant le roi, et demander merci à Dieu, au souverain et à la justice.

Cette ultime humiliation me délivra doublement. D'abord, elle me fit prendre conscience intimement que tout était perdu ; je n'avais pas le droit de demander à Guillaume ni à tous les autres de se sacrifier pour acheter une liberté qu'un roi capable de commettre une telle injustice ne m'accorderait jamais. Je le leur fis savoir dès le lendemain.

Ensuite, scellant la fin de mon procès, cette cérémonie me fit entrer dans un nouvel état qui ressemblait beaucoup, je l'ai dit, à celui d'un otage qui attend qu'on assemble sa rançon. Cette condition est, à tous les égards, plus douce. N'espérant plus obtenir d'aveu, il était inutile à mes geôliers de me tourmenter. Ils m'octroyèrent des conditions de vie plus favorables. La première faveur que je demandai, et à ma grande surprise obtins, fut la présence auprès de moi de mon valet Marc.

Il ne m'avait, à vrai dire, jamais quitté. Il me

suivait de ville en ville, au gré de mes lieux de détention. N'étant pas autorisé jusque-là à me voir, il s'installait en général dans une mauvaise auberge où il gagnait rapidement l'affection d'une servante ou d'une cuisinière.

Dès qu'il put me rejoindre et me parler, il provoqua l'effondrement d'une première prison : celle dans laquelle je m'étais enfermé moi-même. Je cessai d'un coup de me résigner à mon sort et rejetai le dilemme qui avait occupé mon esprit les semaines précédentes. Il n'était plus question ni de payer pour me libérer ni de rester dans cette geôle jusqu'à ma mort. Avec Marc, une évidence s'imposa : je devais me libérer moi-même.

*

L'affaire ne se présentait pourtant pas simplement. À Poitiers, j'étais enfermé dans deux pièces dont les fenêtres avaient été murées. La porte qui donnait vers l'extérieur était garnie de plaques de fer et fermée par trois verrous. Plusieurs sbires vivaient et dormaient de l'autre côté. La lumière du jour pénétrait à peine par un fenestron muni de barreaux, situé au-dessus de la porte.

Marc était autorisé à entrer en fin de matinée avec mon linge et le déjeuner. Il restait avec moi jusqu'à ce que sonnent les vêpres à la chapelle.

Lorsqu'il m'avait parlé d'évasion, après un premier moment d'enthousiasme, j'avais tout de suite été découragé par les obstacles matériels et surtout par ma piètre condition physique. Avant même d'élaborer un plan pour permettre une fuite, il fallait que je retrouve l'énergie, la musculature, la santé que ces vingt mois de réclusion avaient altérées. Sans que les gardes puissent en prendre conscience, je me lançai, sous la conduite de Marc, dans un programme d'exercices corporels. L'appétit revint et Marc, à l'aide de ses relations de cuisine, fit améliorer mon ordinaire, ajouta des viandes à mon menu, me fit profiter de tous les fruits de saison.

Je demandai et obtins, sous de très strictes conditions, de bénéficier d'une promenade dans la cour du château chaque matin. La lumière du soleil encore pâle en cette fin d'hiver me fit sortir de l'état d'hébétude où m'avait plongé l'obscurité de mes geôles. Je sentis de nouveau, comme aux premiers temps de mon incarcération, la légèreté de ma nouvelle condition, délivré du poids de mes responsabilités. La détention n'en était que plus pénible, car elle faisait obstacle au plein usage de cette liberté nouvelle. Mon désir de préparer une évasion s'en augmentait d'autant.

Marc, pendant toute cette période, me tenait à l'écart de ses recherches, mais il ne cessait d'explorer dans le château comme aux alentours les failles de la surveillance qui s'exerçait sur moi. Il m'en fit le compte rendu au début du printemps quand il vit que j'étais physiquement prêt à envisager l'épreuve de la liberté.

Il avait tout appris sur tout le monde et connaissait par le menu les vices, habitudes et travers de la garnison du château, depuis le chef des gardes jusqu'au plus négligeable valet porteur de seaux. Marc ne savait ni lire ni écrire, mais son esprit était aussi précis qu'un grimoire couvert de notes. Chaque personnage dont pouvait dépendre si peu que ce fût ma liberté était répertorié dans sa mémoire et associé à ses faiblesses. L'ivrognerie de l'un, le fait qu'untel fût cocu, la faiblesse d'un troisième pour la bonne chère, l'habitude qu'avait un autre de rencontrer une maîtresse, il savait tout. Le monde de Marc, soit dit en passant, n'était pas fait de laideur. Pour lui, ces travers étaient des éléments naturels à la condition humaine. Il les observait sans porter le moindre jugement, avec la seule perspective de les utiliser pour parvenir à ses fins. Il y avait en lui quelque chose du procureur Dauvet. L'un et l'autre acceptaient la loi, l'un celle des hommes et l'autre celle de la nature. Face à de telles âmes, je me rendais compte à quel point je vivais dans l'ignorance et le mépris de ces lois, décidé à m'en affranchir. Nous représentions en quelque sorte les deux pôles opposés et complémentaires de la conscience humaine : la soumission à ce qui est et le désir de créer un autre monde. Quoique je reconnaisse la valeur de ceux qui pensent comme Dauvet ou comme Marc, je reste attaché à mes songes. Car je suis persuadé que les hommes qui acceptent entièrement les lois existantes peuvent vivre bien, se hisser à de hautes fonctions, triompher des obstacles, mais ils ne produiront jamais rien de grand.

Cependant, dans l'extrémité de dénuement où je me trouvais, je n'avais d'autre choix que de m'en remettre à Marc. Je lui étais infiniment reconnaissant de ses efforts.

Marc ne se contentait pas de recenser les faiblesses de la population du château. Il leur faisait subir un traitement subtil qui convertissait chacun de ces vices en une même unité de valeur : l'argent. Qu'ils y parvinssent par la voie de l'ivrognerie, de l'adultère ou de la cupidité, tous finissaient par se montrer vulnérables à ce bien universel qui n'est rien mais vaut tout. Ayant affecté chaque homme du château d'un prix, Marc se mit, avec moi, à élaborer des plans plus précis qui nous permettraient de savoir de qui nous avions effectivement besoin. Et donc, de combien.

*

Nous nous sommes déplacés hier, avec Elvira, pour gagner la bergerie de son cousin et j'ai dû interrompre mon récit. Nous sommes partis de nuit pour que nul ne puisse indiquer aux espions qui me surveillent quelle direction nous avons prise. L'île n'est pas très grande, mais ces terres insulaires réservent toujours des surprises. En les voyant depuis les côtes, on ignore l'étendue et surtout le relief de leur centre. Il nous a fallu prendre d'étroits chemins de mulets, passer un pont de bois, contourner des barres rocheuses.

Nous voici dans notre cassine de berger. Elle est bien moins confortable encore que la maison d'Elvira. Mais, au degré de pauvreté où je suis et si l'on en juge par les palais qu'il m'a été donné de connaître, tout cela se vaut.

La maison, comme nous l'espérions, a l'avantage d'être très sûre. Pour l'atteindre, il faut gravir un sentier en lacet. Tout autour, elle est protégée par des pentes escarpées couvertes de buissons denses et d'épineux. À supposer que l'on me trouve là, on ne pourrait monter sans faire du bruit, et un chien pelé attaché à une chaîne signale de loin toute arrivée. Une cave dont l'entrée est dissimulée par un bouquet de buis me permettrait de me cacher. Nous serons bien pour attendre la réponse de Campofregoso. Elvira a mandaté une de ses amies au port pour lui signaler toute arrivée de bateau génois.

Elvira se montre plus que jamais fidèle et aimante. J'ai honte de l'avoir soupçonnée. Quoi que je fasse, il reste toujours en moi ce fonds de méfiance à l'égard des femmes que j'ai longtemps cru procéder de l'expérience, mais qui est plutôt un signe d'orgueil et de bêtise. Cet aveuglement me dispense d'être plus nuancé dans la manière de les juger et surtout plus attentif à ce qui rend chacune d'elles différente des autres. Je me suis montré très tendre et très attentionné avec Elvira ces derniers jours, pour racheter mes soupçons. Je ne sais pas ce qu'elle comprend exactement de mes variations d'humeur. En tout cas, elle les considère avec placidité et ne change rien à son attitude.

*

Je ne vais pas entrer dans le détail du plan conçu par Marc pour me faire évader du château de Poitiers. Ce serait fastidieux et inutile. Disons seulement que ce plan devait satisfaire à deux conditions : il fallait rendre ma fuite possible et toute trace des complicités utilisées pour y parvenir devait être effacée. Cette seconde nécessité venait du fait que plusieurs personnages-clefs de mon évasion acceptaient de se laisser corrompre, mais à la condition expresse que leur trahison ne serait pas découverte. Pour cela, il fallait qu'un autre personnage, situé au-dessus d'eux, acheté lui aussi, ne dît rien. Plutôt que d'élaborer un plan fondé sur le sacrifice improbable d'un ou deux gardes, Marc sut me convaincre qu'il valait mieux acheter tout le monde, de sorte qu'après ma disparition, l'enquête n'incrimine personne et conclue à un mystère. Ne m'avait-on pas soupçonné d'être alchimiste et un peu sorcier ? Marc se chargeait de préparer les esprits, en confiant à certains que j'étais capable... de m'évaporer.

Quand nous eûmes calculé la somme nécessaire pour s'assurer de toutes les complicités, j'envoyai Marc à Bourges voir mon fils Jean à l'archevêché. Dauvet, dans sa grande bonté, m'avait autorisé à recevoir sa visite quelques mois plus tôt. Notre conversation se déroulait en présence d'un garde et je n'avais pas pu donner trop de détails. J'avais seulement recommandé à Jean de faire confiance à Marc, s'il lui rendait un jour visite. Jean parvint sans difficulté à réunir la somme demandée et Marc la rapporta à Poitiers.

Les fonds dûment répartis entre les bénéficiaires, le moment vint de passer à l'exécution de notre plan. L'automne était arrivé et il ne fallait pas attendre les grands froids. Marc était pourtant hésitant. Des changements récents avaient amené dans la garnison du château quelques gardes qu'il ne connaissait pas encore et dont il ne pouvait s'assurer le concours, faute de déceler leurs faiblesses. Je le pressai, car s'il m'avait fallu du temps pour accepter l'idée de la fuite, elle m'avait entièrement gagné. Je ne dormais plus et il me tardait d'agir. Combien je me repens aujourd'hui de cette précipitation ! Marc, comme toujours, avait l'intuition de ce qui allait advenir et j'aurais dû m'y fier. Finalement, pour me contenter, il prit un parti risqué. S'étant fait communiquer la liste des tours de garde, il choisit un jour où aucun nouveau venu ne serait en faction et me proposa cette date pour notre opération. J'acceptai avec enthousiasme.

C'était un dimanche matin. La messe à la chapelle du château rassemblait tous les hommes présents à l'exception des gardes qui surveillaient ma porte. Encore étaient-ils en nombre plus réduit. Tout se passa comme prévu. À l'heure dite, je vis Marc entrer et me faire signe de le suivre. Il remit en passant une bourse à chacun des gardes : le complément promis de ce qu'il leur avait déjà versé. Nous descendîmes le grand escalier sans rencontrer personne. Toute la hiérarchie des geôliers avait eu la patte graissée, en sorte qu'au moment de rendre compte de ma fuite, chacun se porterait garant de ceux qu'il commandait. Personne n'aurait rien vu. Il faudrait convoquer le surnaturel pour expliquer ma disparition.

Nous traversâmes la cour déserte. Je frissonnais dans l'air humide du petit matin. Les gardes en faction à la grande porte du château ne se montrèrent pas et nous nous retrouvâmes dehors. Il restait à franchir l'espace dégagé autour des douves, pour rejoindre le dédale des ruelles de la ville.

Nous étions en train de nous élancer quand un cri nous arrêta. Deux gardes qui effectuaient leur ronde avaient tourné l'angle de la tour la plus proche et nous avaient vus. L'un d'eux semblait embarrassé et ne bougeait pas : sans doute un des clients de Marc, dûment rétribué pour ne rien voir. Mais son compère, dont je sus par la suite qu'il avait remplacé au dernier moment un autre soldat malade, faisait partie de ces nouveaux éléments qui n'étaient pas dans la confidence. Il sortit son épée et avança vers nous.

Je tirai Marc par la manche et me mis à courir. Nous aurions pu nous échapper facilement. Mais le plan comportait une condition essentielle : que l'alarme ne fût pas donnée trop tôt. C'était pour cela que nous avions choisi d'opérer le matin, afin de disposer d'une pleine journée pour fuir le plus loin possible. Si ce garde n'était pas neutralisé, il allait ameuter le château et, tout acquises à notre cause que fussent les personnes que nous avions stipendiées, elles seraient obligées de donner l'alerte, si l'évidence de notre fuite leur était rapportée.

Marc avait compris tout cela. Il fit volte-face et avança vers le garde.

— Ami, ami, dit-il en approchant de lui.

L'autre ne s'y fiait pas. Il m'avait déjà aperçu pendant la promenade et m'avait reconnu. Cependant, le ton amical de Marc le désarçonna. Il abaissa son épée mais son visage restait sévère.

— Où allez-vous ? C'est le prisonnier ?

Marc était maintenant tout près du soldat. Il souriait de toutes ses dents et son naturel, malgré les circonstances, était troublant. L'autre le laissa approcher à une distance trop réduite, celle qui sied aux confidences ou aux explications amicales. Il se rendit compte trop tard de son erreur. Marc avait sorti un poignard et le lui enfonçait dans le ventre. Le soldat reçut le coup avec incrédulité. Mais presque aussitôt, il prit conscience que la lame n'avait pas pénétré. Il portait une cotte de fer sous sa tunique et l'arme n'avait pas pu la transpercer. Il rendit alors le coup avec son épée et quoiqu'il fût trop près et mal à son aise, Marc reçut le tranchant dans l'épaule. Il eut alors une réaction magnifique qui mérite à jamais ma gratitude. Il se tourna vers l'autre soldat et cria :

— Si tu ne le tues pas, il va dire au roi que nous vous avons tous achetés.

Cette révélation produisit un moment de stupeur générale. Marc en tira profit pour reculer mais pas assez, hélas. Quand le soldat reprit ses esprits, il abattit sa lourde épée sur lui et lui frappa le crâne. Un flot de sang jaillit de la plaie et Marc tomba mort. Un court instant plus tard, avant que le meurtrier eût le temps de se retourner, son acolyte, dans le lourd esprit duquel l'avertissement de Marc avait enfin pénétré, saisit le cou de son collègue et, d'un seul geste, lui trancha la gorge.

L'autre à terre, le garde me fit signe alors de filer. Je ne sus que bien plus tard qu'il avait fait disparaître les deux corps en les jetant dans les douves. Personne ne se soucia de la mort de Marc. Quant à la disparition de l'autre garde, elle fut déguisée en désertion. C'était un mauvais sujet, ancien écorcheur et assassin patenté : nul ne s'étonna qu'il eût été chercher fortune ailleurs.

Je dévalais la ruelle en pente dans laquelle je m'étais précipité. Tournant deux fois à droite et une à gauche, je parvins à l'auberge où m'attendait la cuisinière amie de Marc. C'était une fille rougeaude, un peu ronde, qui portait sur le visage les stigmates d'une vie de labeur et de pauvreté. Quand elle me vit, elle se haussa pour regarder derrière mon épaule si Marc me suivait. Elle me fixa, je fis « non » de la tête, sans pouvoir rien dire d'autre. Elle serra sa peine dans son cœur et la fit disparaître pour se consacrer aux gestes prévus, mais je suis bien sûr qu'une fois seule elle a dû beaucoup pleurer. C'était la grande qualité de Marc. Aucune femme ne pouvait ignorer qu'il était infidèle ou plutôt que sa présence n'était qu'un moment destiné à durer un temps plus ou moins long, mais toujours et, dès le départ, limité. Pourtant, il suscitait un attachement sincère et profond qui avait la force de l'amour, même s'il ne pouvait en prendre le nom.

La cuisinière me donna des vêtements chauds et me conduisit jusqu'à une écurie où attendaient deux chevaux. Elle détourna le regard de celui qui était destiné à Marc. Les fontes remplies de victuailles, une couverture bien roulée sur la croupe, je montai en selle. Elle ouvrit large le portail de l'écurie. Je sortis et lui pris la main au passage. Nous échangeâmes un regard où la gratitude, la tristesse et l'espoir se mêlaient en un seul éclat. Puis je piquai les flancs du cheval et allai au trot jusqu'à la sortie de la ville.

Tout avait été minutieusement répété avec Marc, si bien que son absence ne compromettait pas la réussite du plan. Pourtant, je ressentais douloureusement sa perte. Il était la personne qui, ces derniers mois, avait occupé toute la place dans mes pensées. Cette fuite était une aventure conçue et rêvée ensemble. Je dus faire un gros effort pour revenir à la solitude.

Octobre était déjà froid en Poitou. Des rafales de vent du nord se faufilaient entre les bouchures qui clôturaient les champs. Je suivis la route prévue, croisai des convois et des cavaliers qui me saluaient sans se douter qu'ils s'adressaient à un criminel en fuite. L'air vif, les couleurs pâles du ciel qu'une éclaircie avait troué au début de l'après-midi, la vue des villages bien cultivés, des troupeaux gras, des charrois pleins de marchandises chassèrent en moi les tristes souvenirs de mon évasion. Un sentiment nouveau m'envahit et qui paraîtra banal si je dis que ce fut celui de la liberté. Il faudrait un autre mot pour désigner exactement ce que je ressentais. Ce n'était pas seulement la liberté du prisonnier qui a quitté sa geôle. C'était l'aboutissement d'un long chemin, commencé avec mon arrestation, la perte de tous mes biens, l'éloignement de mon entreprise et la fin des sollicitations. Il s'était poursuivi avec l'arrivée de Marc, le retour de la santé et de la force, l'appétit de vivre et le projet longuement mûri de mon évasion. Et tout cela se fondait en une seule perception, celle du vent froid contre mes joues, les yeux embués de larmes non plus tirées de l'âme mais provoquées par l'air glacial. Tout revenait : les gens, les paysages, les couleurs, le mouvement. Le bonheur me faisait crier au rythme du galop. Le cheval gris que la cuisinière m'avait confié semblait avoir lui aussi trop longtemps séjourné dans sa stalle. Il bondissait sans que j'eusse besoin de le presser. Les enfants qui nous voyaient passer riaient. Nous étions une allégorie du bonheur et de la vie.

*

Vers huit heures du soir, la forêt était déjà noire qui menait au prieuré de Saint-Martial, non loin de Montmorillon. Un frère avec une lanterne m'attendait. Je trouvai refuge dans les murs inviolables du sanctuaire.

Je ne connaissais pas le prieur. Marc avait certainement fait en mon nom une offrande généreuse qui me valut un accueil empressé mais froid. Ma présence ne devait pas trop durer. La pire crainte des religieux était que l'on me trouve chez eux et que je ne puisse plus repartir. Aussi, après avoir pris quelques heures de repos et nourri mon cheval, je quittai Saint-Martial à l'aube.

Il avait été décidé, quand nous en débattions avec Marc, que la fuite se ferait en direction du sud-est. Mon salut était d'abord en Provence où le roi René restait maître chez lui. Au-delà, ce serait l'Italie.

Je sais aujourd'hui que, quand l'alerte fut enfin donnée à Poitiers, la direction dans laquelle je m'étais enfui constitua la première difficulté sur laquelle butèrent mes poursuivants. D'aucuns pensaient que j'irais vers l'est, par

Bourges et jusque chez le duc de Bourgogne. D'autres me voyaient fuir par le nord : Paris, les Flandres. Mais Dauvet raisonna mieux. Il savait que deux personnages seulement seraient heureux de m'accueillir : le dauphin et le roi René. Il envoya donc des missives à Lyon avec ordre de surveiller au nord et au sud de cette ville les points de passage vers le Dauphiné ou la Provence. Cette clairvoyance me trompa. Ne rencontrant aucun obstacle pendant les premières étapes de ma fuite, j'imaginai un peu trop vite que la voie était libre. De monastère en château, je suivis strictement le chemin que nous avions défini avec Marc. Les couvents m'offraient la sécurité de leur franchise. Dans les châteaux, soigneusement choisis, je retrouvai des amis, des associés, des débiteurs qui me firent tous un accueil magnifique. Ce fut en quelque sorte un antidote au poison du procès. Au défilé des envieux qui venaient me dénoncer succéda la chaîne solide de l'affection et de la reconnaissance. Novembre était pluvieux sur les chemins d'Auvergne. Mon cheval heureusement tenait bon et mes vêtements, mille fois étendus le soir devant des cheminées, me protégeaient des froidures. Dans les provinces désolées que je traversais, des traces de pillages étaient parfois visibles, mais les bandes armées avaient disparu et il n'y avait plus à craindre de faire de mauvaises rencontres. Enfin, j'atteignis l'autre versant : celui qui descend vers la plaine du Rhône. L'horizon, lavé par les pluies, laissait apercevoir une ligne vert et gris, qui était la rive de Provence. Un vent, qui coulait du nord, se mit à chasser les nuages. Je galopais vers le fleuve sous un soleil blanc qui ne chauffait que l'âme. Je me voyais sauvé. Je pensais à Guillaume et à Jean qui m'attendaient de l'autre côté.

Hélas, il me fallut revenir à la réalité. Dans un monastère où je fis halte, sur la voie Regordane, en haut des dernières collines qui dominent le fleuve, les moines m'informèrent que des soldats étaient à ma recherche. Ils avaient visité les alentours et s'étaient même arrêtés au couvent pour demander si quelqu'un m'avait vu. Les frères qui allaient vendre leur bois et leur bétail sur les marchés de la vallée me mirent en garde. Tous les points de passage sur le fleuve étaient surveillés. Des patrouilles sillonnaient la région et contrôlaient les errants.

Cette nouvelle me fit perdre tout optimisme. Sans l'aide de Marc, comment allais-je parvenir à franchir cet ultime obstacle ? Je revoyais la torture et les prisons. Le froid que je n'avais pas senti en chevauchant me saisit et je tombai malade. Je restai toute une semaine avec la fièvre. Les moines me soignèrent, mais je les sentais impatients de me voir partir. Leur couvent était pauvre, isolé, ouvert à tous les vents, et si les soldats revenaient, ils n'hésiteraient pas à passer outre la franchise dont bénéficiaient les communautés religieuses.

Dès que je fus remis, ils me conseillèrent d'aller jusqu'à Beaucaire où les puissants cordeliers disposaient d'un couvent bien clos duquel personne ne s'aviserait de me tirer par force. Je repartis un soir après les vêpres. Des moines de retour du marché s'étaient assurés que la voie était libre jusqu'au fleuve.

J'atteignis la rive avec la nuit. Une lune presque pleine éclairait le chemin. Au lieu de tourner à droite vers Beaucaire, je décidai de remonter prudemment jusqu'à un petit port où étaient amarrées des barques de sel. La plupart, dans cette région, m'appartenaient. Les marins sont gens fidèles et si je parvenais à me faire reconnaître de l'un d'eux...

J'approchai doucement d'un groupe d'embarcation. Les lumières de quelques lanternes sourdes se reflétaient sur l'eau et des éclats de voix traversaient l'air immobile. Soudain, un cri me parvint sur la gauche. Un homme m'interpellait d'une voix forte.

— Eh, toi, approche un peu !

Je remarquai alors un campement sous le couvert des premiers abris d'un bois. Quelques soldats étaient assis autour d'un feu et le halo de lumière laissait voir non loin d'eux leurs chevaux entravés.

Aussitôt, je tournai bride et piquai vers le sud. Mon cheval gris avait repris des forces pendant ma maladie et ces jours derniers, je l'avais mené doucement. Il libéra toute sa fougue. La lumière, quoique faible, était suffisante pour aller sans danger au grand galop. Au bout d'une heure à peu près, j'arrêtai le cheval, lui fis faire quelques pas sur un chemin de traverse et, tapi dans l'obscurité, écoutai. Tout était silencieux. J'en conclus que la patrouille ne m'avait pas poursuivi. Elle devait être astreinte à garder une certaine portion de la rive et ne pouvait s'en éloigner. Je repris le chemin à une allure moins vive. Il restait encore quelques heures de nuit quand j'arrivai en vue des murailles de Beaucaire. Je dormis dans une clairière et dès les premières lueurs du jour, j'avançai vers une des portes. Je saluai l'homme de guet qui était encore ensommeillé et montai vers le couvent. Le frère tourier m'accueillit et je demandai à voir l'abbé. Nous nous connaissions, car j'étais souvent passé dans la ville pendant les foires et j'avais fait de substantielles donations au couvent.

Le père Anselme m'assura de son hospitalité et me fit installer dans une cellule. Plus tard dans la journée, nous eûmes une longue discussion. Son ordre était riche et mon séjour pouvait se prolonger sans préjudice. Mais il m'avertit que je risquais de ne plus pouvoir ressortir. La ville était infestée de soldats qui contrôlaient les passages. L'incident le long de la berge avait dû maintenant leur être rapporté. Ils allaient logiquement en conclure que j'étais arrivé là. Si on le lui demandait, l'abbé, tout en se portant garant de ma protection, ne pouvait pas leur cacher que j'étais dans le couvent.

Le lendemain, en effet, des gens d'armes vinrent s'enquérir de ma présence. J'étais sauf mais de nouveau reclus. De la fenêtre de ma cellule, je voyais le fleuve et, toute proche, la rive provençale où j'aurais pu vivre en liberté. Qui savait si je pourrais l'atteindre un jour ? Le roi, dans sa vengeance immobile, venait d'inventer pour moi un nouveau supplice.

*

L'ambiance ne tarda pas à devenir étrange, dans le couvent des cordeliers de Beaucaire. Maintenant que mes poursuivants m'avaient localisé avec certitude, ils pouvaient cesser d'éparpiller leurs moyens et les concentrer autour de mon repaire. La ville était désormais surveillée avec la plus grande vigilance. À chaque porte, la garde ordinaire était doublée par des hommes d'armes spécialement prévenus contre ma personne. Des espions rôdaient dans les rues et sur les marchés. Mais c'est bientôt à l'intérieur même du couvent que je commençai à percevoir le danger. Le père Anselme était très âgé et je devais rapidement me rendre à l'évidence : il ne commandait plus sa maison. Les moines se groupaient en coteries secrètes, sans doute dans le dessein de préparer déjà la succession de l'abbé. Je sentais que la plupart d'entre eux m'étaient hostiles et regardaient ma présence comme une erreur, peut-être une trahison. Nombre de ces moines venaient de ces terres du Languedoc où j'avais eu longtemps la charge de collecter l'impôt royal. Cette tâche ingrate était compensée par les bienfaits que j'avais prodigués à la région. Mais en déplaçant nos activités vers Marseille et la Provence ces dernières années, j'avais suscité la colère des Montpelliérains et de bien des gens de la région, si bien qu'à l'époque de mon procès, un grand nombre de mes accusateurs étaient originaires du Languedoc. Nul doute que certains moines étaient apparentés à mes ennemis ou, en tout cas, les regardaient avec sympathie.

Pendant cet hiver méridional, le froid s'installa sous les voûtes du couvent, aggravé par le vent du nord qui soufflait pendant des journées entières. Peu de frères acceptaient de me parler. Je voyais des ombres empressées fuir dans les couloirs glacés. Je parvins à grand-peine sinon à nouer des relations d'amitié, du moins à communiquer avec trois ou quatre frères parmi les plus humbles : un aide-cuisinier, un convers affecté d'une loucherie pénible à voir..., un jardinier. Cela ne meublait guère mes journées mais, au moins, ces connaissances me furent utiles pour me tenir informé de ce qui se passait dans le monastère et pour me permettre de communiquer avec l'extérieur.

L'atmosphère était lourde, je ne pouvais l'ignorer. Tout était pour moi opaque, mystérieux. Grâce à ce que j'ai appris depuis, je peux reconstituer aujourd'hui ce qui s'est joué au-dedans comme au-dehors du couvent de Beaucaire mais, à l'époque, je ne saisissais de tout cela que des fragments.

Au-dedans, et sans que j'en eusse conscience,

mes ennemis s'étaient rapprochés à l'extrême. En effet, à l'insu du père abbé qui ne surveillait pas son troupeau, deux nouveaux frères étaient venus grossir les rangs déjà fournis du monastère. Je sus plus tard qu'ils avaient été présentés au tourier comme des frères en simple visite qui se rendaient à Rome, sur la convocation du pape. Depuis la mort de Macé, j'étais considéré comme clerc solu et, à ce titre, je prenais part à tous les offices avec les moines. Je mis un certain temps à repérer les deux nouveaux venus. C'est par hasard qu'un soir, à complies, je croisai le regard de l'un d'entre eux. Il était rare pour ne pas dire exceptionnel que des frères prêtent attention à moi. La tendance générale était plutôt de m'ignorer ostensiblement. Or ce moine-là avait l'air de me guetter. À ses côtés était assis un autre frère qui, tout vêtu d'une chasuble de bure qu'il fût, m'intrigua par sa carrure et son maintien. Il avait l'air d'un soudard, rompu à la vie au grand air, que ces replis de toile encombraient. L'un et l'autre se montraient incapables de chanter les psaumes, même s'ils agitaient les lèvres pour feindre le contraire.

Quand j'interrogeai le cuisinier sur ces individus, je n'eus plus aucun doute. Ils étaient aussi peu moines que moi et ne pouvaient s'être introduits là que dans le dessein de m'espionner. Je pensais à l'époque qu'il s'agissait d'agents du roi et je n'appris leur véritable identité que beaucoup plus tard.

Leur présence, au début, semblait avoir pour

seul but de me surveiller. Mes poursuivants devaient craindre que, malgré les hommes armés en faction à toutes les portes, je parvienne à m'échapper. Les deux faux moines s'assuraient donc que je paraissais à tous les offices et au réfectoire. Peu à peu, cependant, j'eus le net sentiment qu'ils cherchaient à s'approcher de moi. Il était possible qu'ils préparent un enlèvement mais je n'y croyais guère, car la protection des cordeliers de Beaucaire valait quelque chose et tout attentat eût provoqué le mécontentement de l'ensemble de l'Église et du pape lui-même. En revanche, je n'excluais pas qu'ils cherchent à m'assassiner, en m'empoisonnant par exemple ou en me donnant un mauvais coup qui serait maquillé en accident ou mis sur le compte d'un rôdeur.

Pour l'empoisonnement, mon ami cuisinier veillait. Je prenais garde à ne manger que des plats servis à tous et laissais les autres commencer avant moi. Pour éviter un attentat, je restais constamment au milieu d'un groupe lorsque je me déplaçais dans le couvent. Une fois, je m'éveillai en retard et rejoignis la chapelle en traversant seul les coursives, pour entendre les matines. Une ombre, derrière un pilier, trahit une présence suspecte. Je me mis à courir en sens inverse et me réfugiai dans le chauffoir, en refermant la porte à verrou derrière moi. J'entendis deux respirations haletantes de l'autre côté et quelqu'un chercha à forcer la porte. Puis des pas s'éloignèrent. Je restai seul jusqu'à la fin de l'office et rouvris quand le frère bibliothécaire voulut entrer. L'abbé, à qui l'incident avait été rapporté, me convoqua. Je lui livrai une explication oiseuse de ma conduite. Un instant, j'hésitai à le mettre au courant des menaces qui pesaient sur moi. Mais il ne m'aurait certainement pas cru et, connaissant son orgueil de vieillard, je craignais qu'il ne prît mes remarques pour une insulte à son hospitalité. S'il ne me protégeait pas, au moins il m'accordait l'asile, et je ne tenais pas à remettre en cause inutilement ses bonnes dispositions à mon égard.

Pendant que, dans le silence du couvent, j'étais occupé à me soustraire à ces menaces sournoises, de grandes manœuvres se déroulaient à l'extérieur dont j'ignorais tout.

Peu après mon arrivée à Beaucaire, j'avais réussi à convaincre Hugo, le frère jardinier, de délivrer un message de ma part à un de mes facteurs en Arles, où il devait se rendre pour acheter des semences rares. Il revint en me disant qu'il n'avait pas trouvé l'homme. Il s'était contenté de remettre mon pli à un ouvrier agricole illettré qu'il connaissait et qui se rendait de temps en temps à l'ouvroir de mon facteur. Autant dire que je n'avais aucune certitude que mon message eût atteint son destinataire.

En fait, il lui était bel et bien parvenu, et même très rapidement. Aussitôt, l'homme avait informé Jean de Villages et Guillaume de Varye de ma présence à Beaucaire. Ils étaient déjà au courant que je m'étais évadé de Poitiers, car la nouvelle avait fait grand bruit dans le royaume. Mais ne sachant pas ce que j'étais devenu depuis, ils étaient dans la plus grande inquiétude.

Je sus plus tard qu'en apprenant ma présence à Beaucaire, ils avaient eu entre eux de vives discussions. Guillaume, fidèle à son tempérament, était partisan d'user de moyens de persuasion plutôt que de force. Il y avait certainement parmi les soldats qui gardaient la ville, et peut-être leur chef lui-même, des individus que l'argent pourrait convaincre de se montrer négligents. C'était en somme la méthode de Marc, mais avec moins de chances de réussite car ni Guillaume ni personne ne connaissait directement ces soldats. Quoi qu'il en fût, cette approche prendrait du temps.

Jean avait beau avoir pris de l'âge et s'être un peu alourdi sous l'effet de la prospérité, il gardait l'impétuosité de sa jeunesse. Me savoir à proximité, séparé de la liberté par un simple cours d'eau, reclus dans une ville qu'il connaissait bien pour s'y être rendu souvent, le faisait bouillir de rage. Il n'était pas question pour lui de parlementer, de négocier, d'attendre. La seule solution était une opération de vive force. Guillaume et plusieurs autres lui firent remarquer à juste titre qu'ils étaient des commerçants. S'ils pouvaient disposer de quelques hommes d'armes pour escorter leurs convois, ils étaient incapables d'aligner une véritable armée, qui serait seule capable d'affronter la garnison de Beaucaire.

Ils aboutirent à un compromis. Jean eut gain de cause et ils décidèrent d'une expédition. Mais elle fut préparée avec patience et méthode comme le recommandait Guillaume. Pour cela, Jean fit appel à deux capitaines de galées qui détachèrent chacun une dizaine d'hommes pour l'opération.

Je n'avais aucune connaissance de ces préparatifs et, faute de nouvelles de l'extérieur, j'organisai seul ma défense. Mes poursuivants s'étaient enhardis et, à certains bruits que j'entendis pendant la nuit, je me persuadai qu'ils allaient tenter quelque chose contre moi pendant mon sommeil. L'abbé, pour m'agréer, m'avait installé dans une cellule individuelle. Je lui demandai de me transférer au dortoir, en prétextant qu'il aurait certainement besoin de ma chambre pour d'autres hôtes. Il crut me faire plaisir en refusant énergiquement. Le résultat était que je passais la nuit seul dans cette pièce dont la porte n'était pas dotée de verrou et où il était facile de m'assaillir. J'usai d'un subterfuge pour me protéger : quoique l'espace fût réduit, je m'installai pour dormir à même le sol sous la couchette et disposai une couverture à ma place, pour faire croire que je m'y trouvais. Hugo, le jardinier, m'avait, par ailleurs, fourni un outil qui pourrait tenir lieu d'arme. C'était un maillet de plomb dont il se servait pour planter des piquets. J'eus l'occasion d'en faire usage dès le lendemain de son acquisition. En pleine nuit, une présence dans la chambre m'éveilla.

De dessous ma couche je distinguais le bas d'une robe de moine. Quelqu'un s'approchait sans faire de bruit. L'intrus attendait sans doute d'être encore plus près pour frapper avec précision. Je ne lui en donnai pas le temps et lançai le maillet dans ses jambes. L'homme poussa un cri et s'enfuit à cloche-pied.

L'incident produisit une grande alarme dans le couvent. Tous les moines en parlaient le lendemain. Je remarquai qu'un de mes poursuivants avait disparu. Il revint une semaine plus tard, sans doute après avoir soigné la plaie qu'avait certainement causée le maillet, mais il boitait encore légèrement.

*

Après leurs premiers échecs, les faux moines s'étaient assuré le concours de plusieurs frères. Il était plus difficile pour moi de me protéger, car désormais le danger n'était plus circonscrit à deux personnes mais en impliquait d'autres, qui m'étaient inconnues. Heureusement, mes quelques amis étaient bien informés et me mettaient en garde. Ainsi, une dizaine de jours après l'épisode du marteau, le brave frère cuisinier vint me prévenir qu'on allait tenter de m'empoisonner avec un verre de vin. Je ne sais comment il l'avait appris, mais le fait est que le lendemain, je remarquai l'étrange manège du moine qui remplissait les coupes avec une bombonne. Il saisit la mienne, se retourna un long instant, puis me la rendit comme s'il venait de la remplir. En réalité, il l'avait échangée avec une autre, préparée tout exprès, qu'un acolyte lui avait tendue.

Le repas commença. La lecture du jour était consacrée à la rencontre de Jésus et de la Samaritaine près de son puits. Nous mangions dans un grand silence que rompaient seulement les paroles de l'Évangile, lu par un frère. De discrets échanges de regards trahissaient les complices de mon empoisonnement. Sans paraître prêter une particulière attention à mes gestes, tous ceux qui étaient dans la confidence m'observaient pour voir si j'allais ou non saisir ma coupe et la boire. Vers le milieu du repas, très tranquillement mais avec une grande lenteur pour que tous le vissent, je bus une longue rasade de vin. Un frisson de soulagement parcourut le groupe des conjurés. J'étais mort.

Le cuisinier, décidément bien renseigné, m'avait prévenu que le breuvage devait me tuer en une petite semaine. Les assassins voulaient faire croire à une maladie et avaient écarté les poisons violents qui m'auraient terrassé sur-le-champ.

Je ne marquai donc aucun signe de malaise et terminai de manger normalement. La fin du repas était toujours un moment de relative agitation, après le silence et l'immobilité imposés par la lecture. Chacun se levait et desservait la table. J'en profitai pour vider discrètement dans une cruche d'eau la coupe empoisonnée que j'avais fait semblant de boire et à laquelle je n'avais, en réalité, pas touché.

Le lendemain, je feignis de me sentir indisposé. Le cuisinier m'avait décrit les effets du poison et je les imitai scrupuleusement. On m'installa à l'infirmerie. Mes ennemis attendirent tranquillement ma fin. C'était une semaine de gagnée...

Pendant ce temps, l'expédition montée pour me sauver était sur le point de partir, mais quelques détails la retardèrent. Jean, Guillaume et toute leur équipe se démenèrent autant qu'ils le purent pour résoudre les derniers problèmes. Le hasard voulut qu'ils fussent prêts exactement huit jours après mon prétendu empoisonnement.

J'étais sorti le matin même de l'infirmerie et j'avais reparu dans l'église à l'office de prime, à la grande stupeur de mes empoisonneurs. À considérer leurs regards furieux, je me doutais qu'ils ne tarderaient pas à organiser un autre attentat et que celui-là ne me laisserait aucune chance. Un indice, cependant, me laissa entrevoir la possibilité de recevoir un secours extérieur et cette perspective me rendit quelque espoir.

Le frère Hugo avait en effet été interpellé la veille au marché par un homme de sa connaissance qui lui demanda de mes nouvelles. L'homme savait, à l'évidence, que le moine-jardinier était à mes côtés; il lui laissa entendre qu'il avait eu vent de la lettre que j'avais fait passer par son entremise. J'appris par la suite que cet inconnu n'était autre que Guillaume Gimart, un ancien des capitaines de galées que Jean avait enrôlé dans son expédition. Il était venu à Beaucaire sous une identité de marchand. Dans la même conversation, il demanda au frère Hugo s'il connaissait une faiblesse dans les murailles de la ville. Le moine se méfia, réserva sa réponse pour le lendemain, après m'avoir consulté. Je l'engageai à donner tous les renseignements dont il disposait à cet homme. Nous n'avions rien de plus à craindre et tout à espérer, s'il était des nôtres.

Pour son ouvrage de jardinier, Hugo avait l'occasion de circuler dans toute la ville. Il avait la charge des quelques moutons qu'entretenait le monastère. Il les menait paître sous les murailles, ce qui avait l'avantage tout à la fois de les nourrir et de tenir propres les abords du rempart. Curieux de toutes plantes, le frère Hugo aimait observer les petites touffes de simples qui poussaient dans les interstices des murs. Il avait souvent repéré des points où la muraille était mal assise sur le socle limoneux et où s'écartaient des fissures. Il le signalait au bailli qui faisait le nécessaire pour procéder à la réparation. Or, le mois précédent, en poursuivant une brebis qui s'était éloignée, il avait découvert un pertuis assez large, creusé par les orages du dernier printemps. L'entrée en était dissimulée par un buisson d'aubépines. L'eau avait formé un canal sous la muraille et la traversait entièrement. Hugo n'avait pas encore pensé à signaler sa découverte aux autorités de la ville. Il m'avoua d'ailleurs, que, sans savoir très bien comment, il pensait par-devers lui que cette brèche, quoique encore trop étroite pour laisser passer un homme, pourrait m'être utile un jour. Il la décrivit à Gimart qui parut se réjouir grandement de cette nouvelle.

Sachant que quelque chose se préparait au-dehors, il me tardait qu'on vienne me délivrer. Je craignais que mes ennemis ne laissent pas le temps à d'éventuels sauveteurs. Pour éloigner le danger, je décidai de dormir avec les convers, ce qui serait immanquablement signalé à l'abbé et provoquerait sa colère. Cependant, d'ici là, je gagnais encore du temps.

Ce que j'ignorais, c'est que quelqu'un était plus impatient que moi : Jean ne voulait plus tolérer aucun délai. Après avoir appris qu'existait une brèche dans la muraille, Guillaume avait recommandé que l'on envoie un éclaireur la repérer précisément. Jean avait refusé, arguant qu'on aviserait sur place. Guillaume objecta que la lune était encore trop pleine ; il recommandait d'attendre une nuit obscure, pour ne pas être vu. Jean entra alors dans une grande colère. Il y eut entre eux une explication violente, à laquelle je dois la vie. Car Jean se montra le plus entêté et, le soir même, la barque chargée des vingt hommes de l'expédition glissait dans les roseaux de la rive provençale et traversait le fleuve.

Pour ne pas attirer l'attention d'une éventuelle patrouille postée sur la rive royale, la barque avait l'allure d'une gabarre ordinaire. Les hommes étaient cachés sous des toiles, comme un simple chargement de marchandises. Heureusement, aucun soldat ne se montra quand ils accostèrent dans une anse, un peu au nord de la ville. Ils laissèrent la barque en garde à deux hommes et tous les autres, derrière Jean, partirent à vive allure vers les remparts. Ils se dirigèrent vers la brèche qu'avait indiquée Hugo. Ils la découvrirent assez aisément, car une forte pluie était tombée la veille au soir et un ruissellement sourdait sous la muraille. Ils avaient apporté des pics et des pelles pour élargir le pertuis, et mis à part une grosse pierre qu'ils eurent du mal à desceller, le reste du trou fut assez facile à agrandir. Ils l'étayèrent sommairement avec une planche et quatre pieux. L'issue dégagée, ils troquèrent les pioches contre des épées et passèrent l'un après l'autre dans la courte galerie.

La nuit était bien avancée. La cloche aigrelette de la chapelle sonna matines. Je sortis du dortoir serré de près par les frères en qui je pouvais avoir confiance, en particulier Hugo. Les deux faux moines arrivèrent légèrement en retard et je me demandai si ce n'était pas parce qu'ils avaient tenté quelque chose contre moi dans ma cellule.

La lumière des bougies faisait briller les dorures de l'autel. Les moines se tenaient en cercle, à la lisière de la pénombre, et ceux des derniers rangs s'en détachaient à peine. Un frère se leva, alla jusqu'au lutrin et entonna le psaume « Seigneur, j'arrive à toi ». Les mâles voix reprirent l'antienne et le chant, supposé vibrer d'allégresse, rebondit mollement dans l'air humide. Qui aurait pu se douter que la douce harmonie de cette oraison ensommeillée cachait d'affreux desseins, couvrait des passions meurtrières et, loin detransfigurer les hommes qui prétendaient s'inspirer de Dieu, servait de paravent au crime et à la vengeance ?

Soudain, comme si le Seigneur que nous appelions si plaintivement avait décidé de paraître devant nous, les deux battants du portail de la chapelle s'ouvrirent. Une quinzaine d'hommes brandissant des épées s'avança dans la nef. La flamme des bougies vacilla mais tout aussitôt, tirant du feu d'une lanterne, les intrus allumèrent deux torches. Les moines reculèrent et crièrent avec plus de conviction qu'ils n'en avaient mis à ânonner les psaumes.

Dans la lueur rouge des flammes, un homme s'avança et m'appela. Je reconnus Jean de Villages. Je fis deux pas vers lui et allai lui donner l'accolade quand je vis bondir une ombre et sentis un choc à l'épaule. Un des faux moines, me voyant sur le point d'être délivré, s'était jeté sur moi avec un poignard. Heureusement, le frère Hugo avait eu la présence d'esprit de se mettre en travers de son chemin, si bien que le sicaire manqua sa cible. La pointe de son arme déchira mon habit et m'écorcha la peau. Jean et ses hommes, surpris par l'attaque, retrouvèrent vite leurs esprits et sautèrent sur l'assassin qui cherchait à s'enfuir. Son acolyte, qui l'avait rejoint, fut rattrapé en même temps. S'ensuivit une courte mêlée au cours de laquelle les deux hommes furent tués.

Les moines, qu'ils fussent leurs complices ou non, regardèrent la scène avec épouvante. Jean leva son épée et s'adressa à eux d'une voix forte. Il leur annonça que deux de ses hommes allaient rester devant le couvent tandis que nous nous éloignerions et que s'ils tentaient de donner l'alerte, il n'y aurait aucune pitié à attendre.

Nous partîmes dans une bousculade. J'étais gêné pour courir par ma robe de bure. Heureusement, les ruelles de la ville étaient sombres et désertes et il n'y avait pas une longue distance à franchir avant de rejoindre le trou sous les murailles.

Nous gagnâmes la barque, essoufflés et exaltés, frissonnant dans le vent froid et chargé de l'humidité du fleuve. Pendant la traversée, Jean me prit les mains et je lui donnai en pleurant une longue embrassade. Des chevaux nous attendaient en face. Guillaume, qui avait tout prévu, avait fait mettre des vêtements de voyage à ma disposition. Je me changeai et montai en selle. Le soleil avait paru dans le ciel sans nuages. Une route toute droite et bien pavée fendait en deux une mer d'oliviers vert pâle. J'avais l'indicible sentiment de naître une nouvelle fois, mais non pas comme un nourrisson, ignorant et vulnérable, plutôt comme un de ces dieux grecs qui paraissent au monde dans la force de l'âge adulte, riches d'une longue expérience et heureux de partager les plaisirs des humains, dont ils n'ignorent rien. Deux jours de chevauchée plus tard, nous étions à Aix, chez le roi René.

*

Je restai à Aix moins d'une semaine mais elle me parut en valoir quatre. Je retrouvai tous mes amis, Jean, Guillaume, les patrons de galées, mes facteurs dont plusieurs venaient du royaume de France et s'étaient réfugiés en Provence pour se mettre hors d'atteinte des poursuites.

J'appris d'eux tout ce qui s'était passé dans le monde pendant ces presque trois années d'obscurité, dans le secret des prisons. Certaines nouvelles, dont j'avais perçu le lointain écho, eurent un relief nouveau dans leur bouche. Ils me parlèrent ainsi de la prise de Constantinople par les Turcs et m'en décrivirent les immenses conséquences : l'exode des artistes et des savants, le rapprochement encore plus étroit avec le sultan d'Égypte qui voyait avec terreur les Turcs accroître leur puissance. Ils me confirmèrent la paix définitive avec les Anglais. C'était décidément un nouveau monde qui naissait. Ils continuaient d'en exploiter toutes les possibilités. Ils me racontèrent qu'ils avaient soustrait le plus d'actifs possible à l'inventaire de Dauvet.

Comme je le pressentais, celui-ci ne coupait que des branches mortes. Mais la plante restait vivante et poussait dans d'autres directions. Guillaume avait placé les galées sous d'autres pavillons que celui du roi de France : Provence, Aragon, Gênes. Les bateaux continuaient ainsi leurs incessants voyages. Il avait mis une grande partie de mes biens sous d'autres noms, avait fait disparaître des fonds par le biais d'opérations bancaires. Dauvet pouvait bien mettre la main sur mes maisons et mes châteaux, ce n'était pas la part active de nos affaires.

J'appris même une nouvelle qui non seulement me rassura, mais me rendit un peu d'optimisme. Le roi, en secret de son procureur, avait autorisé certaines transactions menées en son royaume par Guillaume pour le compte de notre entreprise. Autrement dit, il semblait avoir compris que, par-delà la vengeance, la cupidité des grands barons et le désir de s'approprier ma fortune, son intérêt était de nous laisser poursuivre nos affaires. Ainsi, sans m'avoir pardonné, il montrait qu'il comptait préserver notre activité et la laisser vivre.

Si tous ou presque, dans son entourage, en étaient encore restés à l'époque chevaleresque, lui, au moins, avec plus de clairvoyance, comprenait qu'il ne pouvait plus régner sur un ordre figé ; il ne tirerait désormais sa puissance que du mouvement, de l'échange, d'une activité qu'il ne pouvait entièrement contrôler, sauf à la tuer. J'en ressentis une certaine satisfaction et même, je l'avoue, un peu d'orgueil.

Jean et Guillaume étaient également restés en relation avec ma famille. Ils savaient peu de choses sur la mort de Macé, car elle avait, comme je l'ai dit, terminé sa vie à l'écart du monde. Mais ils avaient de bonnes nouvelles de mes enfants. Mon fils Jean, dans sa position archiépiscopale, était intouchable et il protégeait ses frères et sœurs. Seul mon dernier fils, Ravand, avait traversé des moments difficiles. Il était allé supplier Dauvet qui lui avait refusé tout secours. Je regrettais qu'il se fût abaissé à cette démarche aussi inutile qu'humiliante. Depuis, il avait reçu de l'aide de mes amis établis en Provence et vivait bien.

Ce qui me toucha le plus fut de voir que Jean autant que Guillaume et tous les autres avaient fait vivre notre maison de commerce sans penser jamais à se l'approprier. Ils considéraient qu'elle était à moi et me firent très honnêtement, et dans le détail, le compte de la fortune dont je pouvais disposer. En réalité, il y avait là aussi un motif d'optimisme : ils connaissaient trop nos affaires pour croire qu'elles appartenaient à quiconque. Elles vivaient de tous et pour tous. Ils me reconnaissaient un rôle particulier mais qui complétait le leur.

En tout cas, malgré les actions prédatrices des gens de la cour et les inventaires tatillons de Dauvet, je fus heureux de constater que notre toile était toujours solide et nos moyens considérables. Stimulé par les mœurs d'esthète du roi René, je pris un vif plaisir à me faire confectionner de beaux vêtements, à partager de bons repas, à visiter des palais. J'avais mon compte de tissus rêches, de couches dures et de repas de prisonnier. Mon regard s'était usé sur trop de murs lépreux. J'avais assez scruté d'étroits bouts de ciel gris à travers des lucarnes grillagées. Je m'enivrai d'élégance, de plein soleil, de musique et de jolies femmes.

Hélas, la halte provençale n'était pas destinée à durer. Mes compagnons me signalèrent des allées et venues de personnages suspects. Malgré l'autonomie dont le roi René pouvait bénéficier face au roi de France, il restait son vassal, et ses terres étaient ouvertes à ses sujets. Parmi eux se mêlaient à l'évidence des agents qui me traquaient. René refusa avec beaucoup de magnanimité de me livrer à Charles VII. Mais je compris rapidement que cette résistance ne garantissait pas ma sécurité. Je décidai de continuer mon chemin jusqu'à Florence.

Je passai par Marseille où ma maison était presque terminée. Je ne restai que deux jours. Jean devait attendre l'arrivée d'une galée. Il me fournit une confortable escorte et je partis le long de la côte. Les jardins, en bordure de mer, éclataient de couleurs. Il faisait chaud et les cigales chantaient à rendre fou. Nous fîmes halte dans des propriétés ombragées, perchées sur des rochers. Je ne me lassais pas de regarder l'horizon.

Quelque chose avait changé, qui rendait ce voyage bien différent de tous ceux que j'avais accompli auparavant. La liberté retrouvée et peut-être la captivité m'avaient donné une étonnante aptitude au nonchaloir. J'avais retrouvé les affaires ; Guillaume m'avait informé de tout et nul ne contestait mon autorité. Pourtant il me manquait, et je sais aujourd'hui qu'il me manquera toujours, l'appétit, l'inquiétude, l'impatience qui me tendaient jadis vers l'instant suivant et m'empêchait de vivre pleinement le présent. Cette agitation m'avait bel et bien quitté. J'étais tout entier là, sur cette route poussiéreuse, au sommet de cet éperon rocheux qui dominait la mer ou dans ce jardin, près d'une fontaine claire. Mon corps et mon esprit avaient été si altérés de cette liberté que je m'en enivrais. J'engoulais les beautés du monde comme un homme assoiffé colle sa bouche à une source fraîche. Je vivais un bonheur pur.

Jean m'avait attribué un nouveau valet. C'était, au fond, le troisième serviteur qui m'accompagnait dans la vie, après Gautier en Orient et Marc jusqu'à son sacrifice.

Je n'eus jamais que ces trois-là et je doute aujourd'hui, perché dans ma bergerie de Chio, que l'avenir m'en accorde d'autres. Trois valets, trois caractères, trois moments de mon existence bien différents. Le dernier s'appelait Étienne. Il venait évidemment de Bourges. Jean et Guillaume s'étaient toujours entourés d'hommes issus de leur ville natale. Ils en avaient même fait des capitaines de navires quoiqu'ils fussent nés aussi loin qu'il est possible de la mer. Cette origine commune permettait de les situer. Sur elle se fondait la qualité essentielle d'une entreprise : la confiance mutuelle. Étienne était un petit paysan dont le père avait été tué par une des dernières bandes d'écorcheurs qui se retirait du pays. Cette perte avait provoqué chez l'enfant une étrange réaction : il avait perdu le sommeil. Ce n'était ni une maladie ni un motif de plainte ou de souffrance. Il ne dormait plus, voilà tout. Peut-être lui arrivait-il de s'assoupir un instant, mais pendant tout le temps qu'il me servit, chaque fois que je l'appelais et quelle que fût l'heure, il était éveillé. Il n'avait guère d'autres qualités, n'était ni très habile ni très courageux, ni particulièrement loquace ni pénétrant dans sa compréhension des autres, comme Marc avait pu l'être. Mais dans ce moment où j'étais peut-être encore menacé, l'infirmité d'Étienne (car je ne pouvais imaginer qu'être privé de sommeil n'en fût pas une) m'était suprêmement utile.

Une semaine après notre départ de Marseille et comme nous allions aborder Gênes, le chef de mon escorte, un vieux soudard nommé Bonaventure, vint me prévenir que nous étions suivis.

Je décidai finalement que nous ne passerions pas par Gênes. Avec ses factions rivales, ses intrigues et ses agents étrangers, la ville était un terrain trop propice à un attentat. Nous poussâmes plus loin et entrâmes en Toscane. Chaque jour, nous découvrions de nouveaux paysages de collines vertes et de bois, de villages forts et partout, comme de petits javelots lancés par les dieux sur le tapis soyeux des cultures, des milliers de cyprès noirs.

Des hommes laissés à dessein derrière nous par Bonaventure nous rejoignirent à bride abattue ; ils confirmaient qu'un groupe de reîtres entrait dans les villages après nous et s'enquérait des conditions de notre passage. Nous avançâmes jusqu'à Florence. Là, je retrouvai Nicolo di Bonaccorso. Le jeune garçon était devenu un homme fait. Sa barbe noire, sa voix grave et l'assurance que se donnent en Italie à la fois ceux qui ont réussi dans les affaires et ceux qui veulent faire oublier qu'ils n'y sont pas parvenus le rendaient méconnaissable. Deux choses, par bonheur, n'avaient pas changé : son énergie et sa fidélité. L'atelier de soierie qu'il dirigeait avait pris beaucoup d'ampleur. Il employait de nombreux ouvriers et envoyait ses tissus dans toute l'Europe. Pour autant, comme Guillaume, Jean et tous les autres, il continuait de me considérer comme son associé et, malgré ma disgrâce en France, il n'avait jamais cessé de proclamer que j'étais le propriétaire et le créateur de cet atelier.

Il me proposa de me fixer à Florence. Scrupuleusement, chaque année depuis mon emprisonnement, il déposait mes gains dans une banque et il me remit un compte précis de mes avoirs. Ils me suffisaient largement pour acheter une maison dans la ville et y vivre plusieurs années. Nicolo m'ouvrit sa demeure, mais je préférai lui laisser sa liberté et garder la mienne, en m'installant à l'auberge.

Les deux premiers jours à Florence, je m'abandonnai à la volupté de me sentir arrivé à bon port. Je m'imaginais assez volontiers passer le reste de mes jours dans cette ville douce, avec ses couchers de soleil brumeux sur la rivière, ses collines et cette forêt de palais qui croissait sans cesse. Malheureusement, dès le troisième jour, les alarmes commencèrent. Si, jusque-là, mes poursuivants étaient restés relativement distants et discrets, à Florence, la surveillance malveillante dont j'étais l'objet devint omniprésente et très visible. Mon premier soin en arrivant avait été de donner congé à mon escorte. Dans cette ville raffinée où chacun, même les plus riches, s'efforce de se montrer le plus simplement au milieu de tous, il eût été ridicule de me promener entouré de Bonaventure et de ses soudards. Je cheminai donc dans les rues avec Étienne pour seule compagnie. Ce fut lui qui remarqua le premier deux hommes qui nous suivaient. À l'angle d'une place, deux autres, à l'évidence, nous épiaient aussi. Un peu plus loin, sous le porche d'une église, je remarquai moi-même une bande de mendiants qui ne paraissaient guère authentiques et qui nous suivirent longtemps des yeux. L'un d'eux, en boitant bas, nous fila jusqu'à l'entrée de la fabrique de soie. J'envoyai Étienne quérir Bonaventure.

Je lui demandai, sans se mettre près de moi, de se tenir à distance quand nous retournerions à l'auberge et d'observer. Ses constatations furent accablantes : la ville était infestée d'espions à mes trousses. Jamais en Provence ni sur notre chemin, je n'avais été l'objet d'une si nombreuse surveillance. Nicolo proposa de saisir les autorités afin de faire assurer ma sécurité. Je n'y étais pas favorable tant que nous ne connaissions pas l'origine de la menace. S'il s'agissait d'envoyés du roi de France, l'affaire deviendrait politique et il n'était pas dans notre intérêt d'avertir officiellement la ville de ma présence... Bonaventure fit une proposition heureuse : compte tenu du nombre de personnes commises à ma surveillance, il serait sans doute possible d'en repérer une et de s'en saisir. En l'interrogeant, nous en apprendrions un peu plus sur l'affaire. Ce jour-là, je fis à dessein de longues promenades sans but dans la ville. Bonaventure, à distance, fit un compte de mes poursuivants. Il vit qu'ils se répartissaient en quatre groupes et que l'un d'entre eux se composait de deux enfants auxquels il serait assez facile de faire peur.

Je rentrai à l'auberge et les hommes de mon escorte, dispersés, se mirent à poursuivre mes poursuivants. Ils s'emparèrent de l'un des gamins au moment où il allait rentrer chez lui et ils l'amenèrent à l'auberge. Nicolo nous avait rejoints. Il questionna le petit mendiant dans le dialecte florentin.

Le résultat de son interrogatoire était extrêmement instructif. L'enfant ne comprenait pas tout, mais il cita beaucoup de noms, qu'il avait entendus. Il en ressortait que je n'étais pas menacé et suivi par des gens du roi de France mais par des Florentins... À l'origine de tout cela se trouvait mon cher Otto Castellani, celui-là même qui, après m'avoir dénoncé, avait fini par prendre ma place et s'était généreusement servi lors de la curée de mes biens. Ainsi, je devais me garder de deux périls : la vengeance royale d'une part, avec ses moyens politiques mais aussi, heureusement, ses limites, à mesure que l'on s'éloignait de France, et, d'autre part, la vindicte personnelle de Castellani et de ses acolytes. En me réfugiant à Florence, j'avais choisi le terrain idéal pour eux. Castellani et son frère avaient toujours conservé de nombreux liens avec la ville dont ils étaient originaires. Je m'étais en quelque sorte précipité dans la gueule du loup.

À mon grand regret et au désespoir de Nicolo, il me fallut rapidement quitter la ville et chercher un abri plus sûr. Le seul endroit où je pouvais espérer trouver la sécurité était Rome. La protection du pape était, en principe, la garantie suprême, quoique pour un gredin comme Castellani, rien ne fût absolument sacré, dès qu'il s'agissait d'argent et de vengeance. Tout de même, il lui serait plus difficile d'agir dans cette ville qu'il ne connaissait pas et où je n'aurais pas de scrupule, cette fois, à circuler sous haute protection.

*

Nous nous remîmes en route. Cette errance ne me déplaisait pas, à moi qui avais eu si longtemps quatre murs pour tout horizon. La chaleur augmentait avec l'approche de l'été et notre avancée vers le sud. J'avais pris soin d'envoyer deux hommes de l'escorte porter à Rome la nouvelle de mon arrivée. À mesure que nous approchions de la ville, nous trouvions des étapes préparées pour nous dans des monastères ou des villas luxueuses. Enfin, nous atteignîmes les rives du Tibre. Le pape séjournait à Sainte-Marie-Majeure pendant les travaux du Vatican. La chute de Constantinople et l'avancée des Turcs avaient contrarié ses plans et retardé l'agrandissement de la basilique.

Dès mon arrivée, je fus reçu par Nicolas V qui m'attendait avec une grande impatience. À vrai dire, il craignait de ne pas survivre jusqu'à l'heure de mon retour. La maladie qui le rongeait était déjà fort avancée. Je le reconnus à peine. Il avait beaucoup maigri. Comme toutes les personnes qui ont traversé la vie en conservant égal un léger embonpoint, ces rondeurs faisaient partie de lui et leur absence soudaine donnait l'impression de se trouver en face de quelqu'un d'autre. Il marchait difficilement, aidé d'une canne en buis très simple qui formait contraste avec l'apparat de ses appartements. Mais c'est au moral surtout que sa faiblesse apparaissait.

Ce lettré, cet homme de culture et de cabinet n'était pas fait pour affronter les grandes épreuves que son pontificat lui avait réservées. Le paradoxe était qu'il avait pleinement réussi : il était sans rivaux, après la fin du schisme en Occident et la chute de la deuxième Rome orientale. Cependant cette unité, à laquelle d'autres avant lui avaient vainement rêvé, venait trop tard. Il avait usé ses forces à l'obtenir. Il me parla longtemps de la situation du monde et des idées qu'il aurait aimé défendre, s'il en avait eu encore le temps et les moyens. Sa vision fondamentale n'avait pas changé : il fallait consolider cette papauté réunifiée, la doter d'un centre à sa mesure, en poursuivant le grand chantier du Vatican. Après la chute de Constantinople, il avait prêché la paix entre les princes d'Occident et leur union face au danger. Mais il n'avait pas été écouté et les rivalités continuaient.

Le résultat était que le pontife de Rome était désormais seul face à la poussée des mahométans et qu'après avoir tout gagné, il risquait maintenant de tout perdre. Voilà pourquoi, prenant en compte la tiédeur des monarques d'Europe, Nicolas V pensait qu'il fallait renoncer pour le moment à toute idée de croisade. Il sentait hélas que la plupart des cardinaux, surtout ceux venant de l'Europe de l'Est et qui se trouvaient sous la menace directe des Turcs, poussaient à l'affrontement.

Le pape m'entretint de ces sujets dès notre première rencontre, avant même de s'enquérir de mes projets ou de m'interroger sur ce qui m'était arrivé en France. Comme tous les hommes que talonne la mort, il était entièrement habité par l'idée de sa fin et poursuivait avec tous ses interlocuteurs le monologue angoissé qu'il tenait pour lui-même face au néant. J'eus plus que jamais la conviction qu'il ne croyait ni en Dieu ni surtout, dans la circonstance présente, en la vie éternelle.

Nous nous vîmes chaque jour et très longuement. Il se faisait conduire dans les jardins du Vatican d'où il pouvait voir le chantier de la basilique. Il me montra les vestiges du cirque de Néron, où Pierre avait été martyrisé. Cette présence du passé autour de lui semblait être son seul réconfort, comme si l'au-delà vers lequel il s'acheminait eût été constitué par ces pierres qui conservaient la trace des hommes disparus et que des pins vert cru protégeaient de leur ombre fraîche.

Rome, comme je l'avais espéré, était un refuge beaucoup plus sûr pour moi. Nicolas V me permit de m'installer dans une aile du palais de Latran. Il avait été déserté pendant l'exil des papes en Avignon et méritait une complète restauration. Je fis réparer, peindre et meubler les pièces où je m'installais. Bonaventure mit en place une garde permanente, y compris pendant nos déplacements, et comme je me tenais la plupart du temps auprès du pape, je bénéficiais également de sa protection. Quelques indices nous laissèrent penser que des espions de Castellani nous observaient toujours mais jamais il n'y eut la moindre alerte.

L'état de santé du pape déclina très rapidement. Son médecin me confia qu'il perdait beaucoup de sang pendant la nuit. Formant contraste avec ses membres décharnés, on voyait sous sa chasuble son ventre grossir. Il y portait souvent les mains, avec une grimace de souffrance. En ces moments ultimes, il m'avoua qu'il trouvait plus de consolation dans Sénèque que dans les Évangiles. C'est un homme simple, dépouillé de tout faste, infiniment vulnérable et solitaire qui rendit l'âme le 24 mars à la pointe de l'aube, sans un cri.

Sa fin était attendue, pour ne pas dire espérée, par le concile. Les cardinaux assemblés ne tardèrent pas à lui désigner un successeur sur le nom duquel ils s'étaient probablement accordés depuis longtemps. Il s'agissait d'Alonso Borgia, évêque de Valence, qui choisit le nom de Calixte III.

Nicolas V m'avait présenté à lui quelques jours avant sa mort. C'était un homme de soixante-dix-sept ans, énergique et infatigable. La culture antique de Nicolas lui faisait tout à fait défaut. À la différence de son prédécesseur, il était animé d'une foi naturelle et sincère qui ne laissait aucune place au doute et rendait inutile, voire suspecte, toute culture qui ne fût pas conçue sous la dictée de Dieu et du Christ. À la perfection de la vraie foi, il opposait le monde païen, lequel était constitué pour lui aussi bien des sauvages allant nus que des philosophes d'Athènes sous Périclès. Il était, lui, tout à fait acquis à l'idée de croisade et n'eut de cesse de réussir, là où son prédécesseur avait renoncé.

Ce que Nicolas V avait appelé jadis de ses vœux sous le nom de croisade, c'était surtout la concorde de tous les rois et potentats de l'Europe, pour faire face à la menace turque. Ce but était infiniment difficile à atteindre, car aucun de ces puissants n'était disposé, quelque propos qu'il tînt publiquement, à réduire ses ambitions et à renoncer à ses vengeances.

Calixte III demandait beaucoup moins : il laissait les princes à leurs querelles pourvu qu'ils consentissent à lui fournir quelques moyens pour armer une flotte qui partirait vers l'Asie Mineure. Ce qu'il voulait était assez simple et facile à obtenir : des oriflammes et des galères, des chevaliers en grand arroi et des troupes en nombre finalement réduit, puisqu'il fallait les embarquer. Il se trouvait dans les royaumes et principautés suffisamment d'écorcheurs en mal de rapine, de nobliaux sans cervelle qui dissimulaient leurs chevaux étiques sous des carapaces brodées héritées de leurs aïeux. Les bateaux furent plus difficiles à trouver et le pape en réunit moins qu'il ne l'aurait souhaité. L'ensemble avait tout de même belle allure et il se voyait sans ridicule bénir l'armada du haut de la tour du port, à Ostie.

J'étais affligé de voir de toute l'Europe converger vers Rome des soudards du genre de Bertrandon de la Broquière, que j'avais rencontré à Damas. En choisissant d'attaquer les Turcs sans en avoir les moyens, le pape les incitait à le voir comme leur ennemi et à poursuivre leur conquête dans une Europe qui n'avait pas renoncé aux querelles internes qui l'affaiblissaient. Je n'avais pourtant pas le choix. Calixte III avait prolongé l'hospitalité que m'avait accordée Nicolas V. J'étais maintenant installé à Rome. J'y vivais en sécurité et je me devais de répondre aux demandes de celui dont dépendait cette sécurité. Le pape me sollicita pour obtenir des fonds et il me chargea de plusieurs missions, notamment de trouver de nouveaux bateaux auprès des Provençaux et du roi d'Aragon.

Les six mois que je passai à Rome furent sans doute ceux où, dans toute ma vie, je me suis le plus complètement abandonné au luxe de l'existence et au plaisir de l'instant. Je ne garde pas de cet enchaînement de journées heureuses un souvenir très détaillé. Le climat lui-même, égal en lumière et en chaleur, ne me donnait plus le repère des saisons. Je me rappelle seulement de beaux jardins, de somptueuses fêtes, le parfum inimitable que les vestiges antiques donnent à la religion, dans la ville de saint Pierre. J'ai en mémoire quelques jolies images de femmes. Cependant l'ambiance à Rome était bien différente de celle de Florence ou de Gênes, pour ne pas parler de Venise. Les Romains veulent se montrer dignes du séjour des papes, surtout après le triste épisode de la « captivité de Babylone », comme ils nomment eux-mêmes le départ des pontifes pour Avignon. Les passions et même les vices ne sont pas moins violents qu'ailleurs, mais on les dissimule avec plus de soin. Étienne n'était pas Marc et il ne fallait pas compter sur lui pour m'aider à déchirer les rideaux de vertu, pourtant bien légers, derrière lesquels les femmes cachaient leur propension à la volupté. Si bien que je m'en tins aux apparences et dus en décevoir plus d'une, en répondant à leurs manières élégantes et froides par un détachement poli. Pour tout dire, au-delà du respect des convenances et d'un manque persistant d'aisance dans le domaine de la galanterie, la vérité était que je n'avais pas le cœur à me livrer à des aventures. La mort d'Agnès et celle de Macé, ma détention et les tortures que j'avais subies, toutes ces épreuves ressortaient, pendant ces journées brillantes de Rome, comme des taches qui reparaissent sur un tissu délavé.

La souffrance et le deuil font rechercher le plaisir quand on peut de nouveau le connaître. En même temps, ils le troublent. Jamais, après de telles expériences, l'esprit ne peut s'abandonner tout à fait à la douceur, au luxe, à l'amour, car pour en jouir, ces expériences doivent être ressenties comme éternelles. Dès lors que de noirs souvenirs leur fixent des bornes et rappellent qu'en s'y livrant, on ne fait que retarder le retour inévitable du malheur et de la mort, l'envie de les éprouver nous quitte. Je n'avais jamais été un convive gai et déjà à la cour de France on m'invitait plutôt en raison de mon influence et souvent des dettes que l'on avait contractées auprès de moi. À Rome, j'acquis rapidement la réputation d'être un hôte taciturne et grave que d'aucuns jugeaient même probablement tout à fait sinistre.

Je désirais sincèrement faire des efforts et me montrer sous un jour plus avenant. Mais je n'y parvenais pas. En cherchant à démêler les raisons de cette impossibilité, je découvris une réalité toute simple mais dont je n'avais pas encore pris conscience : depuis mon évasion, je n'avais pas décidé quel emploi je ferais de ma liberté retrouvée. L'expérience romaine me montrait que je ne souhaitais pas reprendre la même vie que celle d'avant la disgrâce. Retourner à une société de cour, qu'elle fût celle du pape ou d'un roi, jouir des faveurs de la richesse et l'accroître encore n'étaient en rien des manières satisfaisantes d'employer le surcroît de vie inespéré que la fuite m'avait offert. J'y voyais au contraire un moyen certain de m'enfermer à nouveau dans une prison qui, pour dorée qu'elle fût, n'en était pas moins close.

C'est alors que ma rêverie me conduisit à prendre une étrange décision : j'allais demander au pape de m'embarquer moi aussi pour la croisade.

*

L'idée de partir volontairement pour la croisade était d'autant plus inattendue que les semaines précédentes je redoutais au contraire que le souverain pontife ne me propose, voire ne m'impose, cette participation.

Pourquoi avais-je changé d'avis? Parce que la croisade, à mes yeux, était soudain devenue un moyen et non une fin. Si je m'embarquais, ce ne serait ni en épousant les buts de cette expédition ridicule, ni en comptant y prendre part jusqu'au bout. Simplement, les galées de l'armada me ramèneraient vers l'Orient dont je sentais l'appel.

J'aurais certes pu m'embarquer sur un des navires que je possédais, mais c'eût été partir vers des escales préparées, en compagnie de familiers qui auraient veillé sur moi et dont je n'aurais pu me détacher. La croisade, elle, ne me conduirait nulle part puisque l'expédition du pape était sans but précis. Elle avait valeur de symbole pour la chrétienté et cela suffisait à contenter Calixte III. Cette armée nautique était trop modeste pour affronter à terre les armées turques. Tout au plus pourrait-elle prêter main-forte à des îles chrétiennes menacées d'invasion. Le plus probable était qu'elle ferait des ronds dans l'eau.

Je jugeai cette confusion regrettable et même catastrophique jusqu'à ce que, tout à coup, changeant d'idée, j'y visse au contraire une chance inespérée. La croisade, dans son errance, m'emmènerait vers l'inconnu. Et l'imprévu fait bon ménage avec la liberté.

J'étais délivré de tout, non seulement de la contrainte des prisons, mais aussi du souci d'une famille et, plus asservissant encore, des plus hautes ambitions de gloire et de fortune puisque je les avais atteintes et que j'y avais définitivement renoncé. À cette liberté totale, j'allais donner pour nourriture l'inattendu, l'impréparé, l'inconcevable. Je revoyais l'image de la caravane de Damas et me disais qu'après le long détour de la fortune et de la ruine, il me serait peut-être enfin donné d'y prendre place.

J'allai annoncer ma décision au vieux pape. Il me serra dans ses bras et me remercia, les larmes aux yeux. Si j'avais eu la foi, je m'en serais voulu d'avoir ainsi trompé l'homme qui occupait le trône de Pierre. Mais je préférai me livrer entièrement au malentendu et, moi aussi, je me montrai sincèrement ému, non d'aller courir sus au Turc, mais de quitter cette vie de faste à laquelle plus rien ne m'attachait.

Mon plan était simple. Sitôt que je sentirais les conditions favorables, je me ferais débarquer, simulerais une grave maladie et resterais à terre.

Je me mêlai à la troupe hétéroclite des dignitaires qui se préparaient à embarquer. En d'autres temps, le commerce de ces prétendus chevaliers, de ces prélats ambitieux et de la faune de nobles romains qui cherchaient dans la croisade l'occasion d'acquérir pour leur famille un surcroît d'illustration m'aurait rendu fou. Je ne partageais ni les craintes ni les empressements de cette foule. Ī303

Je ne me trouvais au milieu d'elle que dans le dessein de la quitter au plus vite. Rien ne pouvait me déranger.

Le seul incident troublant qui précéda mon départ concerna Étienne. J'ai peine à le dire, tant on serait tenté d'en rire, mais ce jeune homme qui n'avait jamais dormi, la veille du départ, ne se réveilla pas. Je le découvris au petit matin couché dans un corridor près de ma chambre. Il était étendu sur le dos, parfaitement calme, les yeux clos. J'étais stupéfait de le voir dormir. Les jours précédents, il m'avait paru très nerveux. J'avais fini par comprendre que l'idée d'embarquer lui faisait très peur. Fut-ce cette terreur qui le troubla au point de le terrasser? En tout cas, après l'avoir observé un long instant, je n'eus plus aucun doute. Il ne dormait pas; il était mort.

Je fus sincèrement attristé par cette disparition, car je m'étais attaché à lui. Mais je n'y vis pas, comme j'aurais pu le faire aux premiers temps de mon évasion, un présage funeste.

D'ailleurs, la sécurité dont je jouissais à Rome m'avait rassuré. Bonaventure n'avait plus repéré depuis longtemps d'espions dans nos parages et je lui avais fait réduire son escorte. Je ne souhaitais pas m'embarrasser de lui pendant la croisade, car il serait beaucoup plus difficile de reprendre ma liberté si j'étais chaperonné. Je ne comptais emmener avec moi qu'Étienne. Finalement, je partis seul.

On m'attribua une place sur une nef. Les cérémonies du départ furent interminables et suivies par une foule immense. Après tout, l'essentiel de la croisade était là : dans l'annonce qui en serait faite par toute l'Europe. Les festivités durèrent trois jours pleins. La bénédiction par le pape donna le signal du départ. Les galées s'ébranlèrent les premières. Notre nef éprouva quelques difficultés pour larguer les voiles et il fallut la haler le long du quai. La journée était bien avancée quand nous gagnâmes le large.

La flotte contourna la Sicile puis mit cap sur l'Orient. Nos manœuvres manquaient de précisions et le vent, souvent contraire, nous déroutait. Ce n'était pas très grave pour des gens qui, de toute façon, ne savaient pas où ils allaient...

Nous fîmes escale à Rhodes. J'avais gardé trop de liens avec les Hospitaliers pour envisager de m'arrêter sur cette île. Je me rembarquai avec les autres. De Rhodes, l'armada fila cap au nord et longea les îles qui bordent la côte d'Asie Mineure. C'était pour la plupart de petites terres où il me serait difficile de disparaître. Enfin, nous atteignîmes Chio et je décidai qu'il était l'heure.

Je déclenchai le plan prévu. D'abord, je commençai par me tordre de douleur, je m'alitai, cessai de m'alimenter. Les médecins sont assez faciles à tromper, pourvu que l'on mette à feindre la même énergie que la maladie emploie à vous dévorer. Le chirurgien du bord ne tarda pas à devenir aussi pessimiste sur mon état que je souhaitais qu'il fût. Bientôt, il me déclara condamné, ce qui le délivrait de la responsabilité d'avoir à me guérir. Tout se déroula à merveille. Je réussis à convaincre le commandant en chef de ne pas retarder l'expédition pour moi. Mon sacrifice, dans une aventure où il y en avait eu si peu, parut un des seuls titres de gloire qu'une telle expédition pourrait rapporter. Il ne allait pas en faire l'économie. On me débarqua en pleurant et on organisa pour moi des adieux solennels que j'ai évoqués au début de ces Mémoires.

C'est seulement quelques jours plus tard, en déambulant dans la ville, que je découvris les sbires de Castellani. Ainsi la flotte, comme elle retourne parfois des tropiques avec des pestes, avait emporté d'Italie ces misérables déterminés à m'occire... La vengeance que j'avais cru éteinte n'était qu'en sommeil.

*

Voilà.

J'ai pu tout dire et j'en suis infiniment soulagé. Hier, après avoir terminé d'écrire ces dernières lignes, je suis sorti sur le devant de la bergerie. J'y suis seul en ce moment, car Elvira est retournée au port. Le vent, haut dans le ciel, semblait tirer les nuages par les cheveux ; ils défilaient devant la lune à vive allure. Tel est mon rêve de liberté : être comme ces nuées qui filent devant elles sans obstacle.

C'est bien étrange, mais à rebours de toutes les évidences, je me sens proche d'atteindre cet idéal. Je suis pourtant reclus dans une masure de pierres sèches entourée de ronces, menacé par des ennemis qui me recherchent sur une île dont il m'est impossible de m'échapper. D'où procède alors un sentiment de liberté si puissant ? La réponse m'est venue toute seule, sur mon banc de bois, au moment où je me relevais pour aller écrire ces lignes. La liberté que j'ai cherchée si loin et avec si peu de succès, je l'ai découverte en écrivant ces pages. Ma vie vécue fut tout entière effort et contraintes, combats et conquêtes. Ma vie revécue pour en faire le récit a repris la légèreté des rêves.

De créature, je suis devenu créateur.

*

Elvira est rentrée à la tombée du soir. Je l'ai aperçue de loin qui gravissait le sentier en lacet jusqu'à notre bergerie. Elle tenait à la main un lourd panier qui l'obligeait à faire des haltes régulières. L'effort la mettait tout en nage et elle s'essuyait le front avec l'avant du bras. Pendant qu'elle montait, je pensais à l'affection que je lui porte et je me disais que malgré mes préventions et toute la réticence du début, sa bonté, sa fidélité, sa tendresse avaient fini de la transformer en amour véritable. J'avais hâte qu'elle arrive pour entendre les nouvelles qu'elle rapportait mais plus encore pour la prendre dans mes bras. Je descendis à sa rencontre en courant et dès que je la rejoignis, je la soulageai du panier et passai mon bras autour de ses hanches. Nous finîmes le reste du chemin essoufflés et muets, serrés l'un contre l'autre. Il me parut qu'Elvira, qui tenait mon coude, le pressait plus fort que d'habitude. J'eus l'intuition qu'elle était porteuse de mauvaises nouvelles.

Arrivés à la maison, elle alla se rincer le visage et les bras dans le tonneau qui se remplit à la gouttière et je l'attendis. Quand elle revint, il me sembla qu'elle avait aussi retiré sur ses joues le sel desséché de ses larmes. Nous nous assîmes sur le banc de bois, adossés au mur de pierre. Elle prit une forte inspiration et me raconta d'une voix tremblante ce qu'elle savait. Le bateau de Gênes était arrivé. Il portait bien un message pour moi, que le capitaine lui avait transmis oralement. Campofregoso, à la faveur d'une nouvelle révolution politique, avait perdu toute influence dans la ville et on l'avait pour l'heure jeté en prison. Le nouvel homme fort était un jeune notable qui prêchait lui aussi le rapprochement avec la France. Mais il ne me connaissait pas autrement que comme un fugitif, qu'il aurait été heureux de livrer à Charles VII. Il n'y avait rien à attendre des Génois.

Je me mis à penser très vite. Le roi d'Aragon, les chevaliers de Rhodes, le sultan même, je faisais mentalement la liste de tous les puissants dont j'aurais pu encore solliciter l'aide.

Comme si elle avait deviné mes pensées, Elvira secoua la tête et me regarda. Ses yeux étaient rougis, et ses paupières gonflées ne retiendraient plus longtemps ses pleurs. Elle prit ma main. La montagne, me dit-elle, était cernée. Les hommes de Castellani nous avaient retrouvés. Ils s'étaient assuré, en les achetant, le concours de bergers et de chasseurs. En contrebas, derrière les grosses pierres éparpillées dans la plaine comme des osselets jetés sur un tapis vert, plusieurs dizaines d'hommes armés guettaient, prêts à donner l'assaut. Ils l'avaient laissée passer, mais en lui commandant de ne pas rester longtemps avec moi, sous peine de subir le même sort.

Je me levai et regardai au loin. Tout paraissait calme, mais je ne doutais pas qu'elle disait vrai. Nous avions gagné du temps, en nous cachant sur ce promontoire, pourtant dès l'instant où nous étions repérés il devenait un piège mortel. Le seul chemin qui y conduisait était celui qu'Elvira venait de gravir. Alentour, les rochers et les ronces interdisaient la fuite. Et la cave située derrière la maison était une bien mauvaise cachette qui ne résisterait pas à une fouille approfondie. Tout était fini.

*

Je me suis interrompu une dernière fois pour mettre mes affaires en ordre. Nous avons décidé qu'Elvira partirait au matin, comme les sicaires le lui avaient recommandé. Elle ne voulut d'abord rien entendre, refusait de m'abandonner, gémissait et criait d'angoisse. Je l'ai calmée par de longues caresses, et nous avons employé une grande partie de cette belle nuit à nous aimer. Il est rare que l'on soit conscient, en amour, de vivre une dernière fois. Mais quiconque a fait l'expérience de traverser en pleine lucidité l'ultime moment d'une passion sait qu'une telle épreuve, mêlant à l'inconnu du lendemain la force des instants partagés, dépasse tout en beauté, en douleur et en plaisir. Parmi les objets qu'Elvira avait rapportés du marché se trouvaient des bougies. Nous les avons allumées toutes, pour illuminer notre cabane. Les poutres d'acacia mal équarries, la rude surface des pierres entassées, les meubles de bois polis par les mains calleuses des bergers se sont mis dans la lumière à jeter des lueurs blondes et des reflets dorés. Nous avons bu le vin clairet de la jarre et mangé des olives. Elvira a chanté de sa voix profonde et, en entendant les rondes sonorités des mots grecs, nous avons dansé pieds nus sur la terre fine du sol, plus douce que les parquets cirés des palais de Touraine. Tard dans la nuit, Elvira s'est endormie dans mes bras et je l'ai allongée sur le lit de cordes. Puis je suis sorti avec une chandelle et sur la planche qui m'a servi de pupitre pour écrire ces Mémoires, j'ai rédigé plusieurs lettres. Elles recommandent Elvira à mes facteurs. Avec l'argent dont je dispose encore, elle embarquera pour la première destination venue et tâchera de gagner Rome, Florence puis Marseille, avec l'aide de ceux qui me sont fidèles. Une lettre pour Guillaume règle l'héritage de ma fortune. Une partie ira à ceux de mes enfants qui en auront l'emploi et le reste, qui demeure considérable, sera pour Elvira.

J'ai plié ces documents et les ai placés dans le sac qu'elle emportera. Tout à l'heure, j'y ajouterai ces pages. La lune a disparu. Elvira partira à l'aube, c'est-à-dire dans peu de temps. Le jour qui viendra sera celui où, pour moi, s'ouvrira à jamais la nuit. Je l'attends sans crainte et sans désir.

Je peux mourir, car j'ai vécu. Et j'ai connu la liberté.

Postface

Certains personnages historiques ont été ensevelis deux fois. La première dans leur tombeau ; la seconde sous leur réputation. Jacques Cœur est de ceux-là. On ne compte plus les ouvrages qui lui ont été consacrés. Certains sont très généraux, d'autres extrêmement spécialisés[1]. Tous l'ont enfermé dans le rôle assez rebutant du commerçant, de l'Argentier ou, comme il est dit faussement du « Grand Argentier », c'est-à-dire du ministre des Finances qu'il ne fut jamais. On connaît dans le détail, par quantité

1. Citons parmi les plus récents Jacques Heers, *Jacques Cœur*, Perrin ; Claude Poulain, *Jacques Cœur*, Fayard ; Georges Bordonove, *Jacques Cœur et son temps*, Pygmalion ; Christiane Palou, *Jacques Cœur*, Presses des Mollets Sazeray ; Professeur Robert Guillot, *La chute de Jacques Cœur*, L'Harmattan. L'actuel maire de Bourges, Serge Lepeltier, a lui-même rédigé une biographie de Jacques Cœur, aux Éditions Michel Lafon. La figure de Jacques Cœur est également évoquée dans nombre de livres plus généraux tels que ceux de Jean Favier (en particulier *La guerre de Cent Ans*, Fayard) ou Murray Kendall (*Louis XI*, Fayard).

de recherches historiques, la fortune de Jacques Cœur et son activité[1]. Mais ces morceaux inertes, ces pièces comptables, ces inventaires de propriété[2], mis bout à bout, ne reconstituent pas un homme vivant. Tout au plus dessinent-ils la silhouette sans grand intérêt d'un affairiste, d'un intrigant, d'un homme de cour monté trop haut, trop vite, et qui inaugurait la longue série des favoris disgraciés, comme le sera Fouquet sous Louis XIV.

Le palais de Jacques Cœur, à Bourges, est visité comme une curiosité, le témoignage d'un moment charnière, où, à l'image de ses deux façades bien différentes, le Moyen Âge laisse place à la Renaissance[3]. En somme, on ne retient de lui que ce qui le suit ou le précède et cette division entre passé et futur achève de le vider de toute réalité propre.

Pourquoi ai-je eu envie de substituer à ces images précises quoique inertes une réalité romanesque peut-être moins fondée mais qui rappelle cet homme à la vie ? Sans doute pour payer

---

1. À cet égard, l'ouvrage de Michel Mollat du Jourdin (*Jacques Cœur ou l'esprit d'entreprise*, Aubier) constitue une véritable somme, d'une précision extrême, et qui fait le point des recherches historiques sur les activités commerciales de Jacques Cœur comme sur ses propriétés, ses voyages, ses relations personnelles et professionnelles.

2. À commencer par celui effectué de son vivant par le procureur Dauvet.

3. L'association des amis de Jacques Cœur à Bourges célèbre le grand homme et perpétue sa mémoire par des cérémonies, des colloques et des publications savantes. Voir le site officiel : www.jacques-coeur-bourges.com.

une dette. J'ai passé mon enfance au pied de ce palais. Je l'ai vu par tous les temps et, certains soirs d'hiver, j'avais le sentiment qu'il était toujours habité. Il m'est arrivé de m'arrêter devant certaine petite porte, en contrebas, et de sentir sur la poignée de fer la tiède empreinte de la main de son propriétaire.

La maison natale de Jacques Cœur (ou celle que l'on prétend telle) est située non loin de la mienne. Quel contraste avec le palais ! Rien ne dit mieux l'extraordinaire destin de cet homme que la comparaison de cet humble point de départ avec le lieu de son triomphe. Et entre les deux, l'Orient, le voyage, les ports de la Méditerranée... Pendant mon enfance rude et grise, il fut celui qui me montrait la voie, qui témoignait de la puissance des rêves et de l'existence d'un ailleurs de raffinement et de soleil. Je me devais de lui rendre un hommage à la mesure de ce qu'il avait fait pour moi. Un moment, j'ai eu le projet de faire revenir sa dépouille de l'île de Chio, où il est mort. J'en avais parlé à Jean-François Deniau, qui l'aimait beaucoup et que le projet enthousiasmait comme toutes les missions impossibles. Mais il nous fallut bientôt nous rendre à l'évidence : il ne subsistait en Grèce ni dépouille ni sépulture. Jacques Cœur ne pouvait être honoré que par le moyen de la littérature.

Alors, peu à peu, naquit en moi l'idée de lui dresser un tombeau romanesque. Je pensais à l'Hadrien des « Mémoires » et je commençai à prendre des notes en vue d'une œuvre de la même inspiration que celle de Marguerite Yourcenar, sans prétendre égaler son génie. Comme toujours, j'ai commencé par glaner, au hasard de mes lectures et de mes voyages, des signes, des émotions, des portraits qui pourraient contribuer à bâtir cet édifice[1].

Je l'ai construit en respectant les faits, quand ils sont connus[2]. Heureusement, bien des choses manquent pour faire le portrait de Jacques Cœur, à commencer par une image de lui. Les événements sont réels et précis, les détails de sa vie respectés scrupuleusement, y compris les dernières péripéties de sa fuite et de son évasion. Mais sur ce théâtre où les accessoires et les décors sont donnés, il restait l'essentiel, à savoir faire vivre des personnages et écrire leur rôle. Quelle femme fallait-il mettre dans le costume d'Agnès Sorel (qui, elle, nous a laissé un visage, grâce au peintre Fouquet) ? Jacques fut proche d'elle et devint son exécuteur testamentaire, mais de quelle nature fut le lien qui les unit[3] ? Ne pas le savoir de science certaine est une grande chance pour le romancier. L'imagina-

1. Je tiens à remercier Mme Mireille Pastoureau et toute l'équipe de la bibliothèque de l'Institut qui m'ont été d'un grand secours dans mes recherches.
2. La principale infidélité romanesque concerne le personnage de Jean de Villages, à l'égard duquel j'ai pris de grandes libertés.
3. Les biographes d'Agnès Sorel, en particulier Françoise Kermina (*Agnès Sorel*, Perrin) ne nous disent rien de précis sur ces relations.

tion s'élance, elle prend son envol sans risque de se cogner aux obstacles placés par des documents. Il en fut ainsi pour presque toute la vie de Jacques Cœur[1]. Très vite, je l'ai senti s'animer, frémir, penser, décider, agir, vivre.

J'ai voulu qu'on le suive dans ce livre avec son ingénuité d'enfant, ses désirs d'adolescent, ses choix d'adulte, ses doutes et ses erreurs. Il faut partir pour ce voyage sans emporter de bagages, en lui faisant confiance. Nous ne savons pas ce qu'est le Moyen Âge. Lui non plus. Il va le comprendre en y vivant, et nous, en le regardant vivre.

Pour appréhender son époque, Jacques Cœur est d'autant mieux placé que son expérience va le mener partout. Il est peu d'hommes à qui sera donné de traverser tous les mondes, de tout connaître et de tout comprendre. Du plus obscur terroir de la France en guerre jusqu'en Orient, des Flandres à l'Italie, du Languedoc à la Grèce, il visite toutes les terres à quoi se résume à l'époque le monde connu. Cette exploration se double d'un parcours social éminemment romanesque. Parti du peuple, il s'élève jusqu'aux rois, au pape, à tout ce que l'Europe compte de grands seigneurs. Sa chute l'entraîne ensuite dans le bas-fond des geôles,

1. Souvent, ses actions ne sont connues que par de faibles indices ou des récits indirects, ainsi celui de Bertrandon de la Broquière, qui l'a rencontré à Damas, et dont le témoignage m'a permis d'imaginer le séjour de Jacques Cœur dans cette ville.

dans la vie précaire du fugitif. Il n'est pas de sentiments qu'il n'ait éprouvé : l'ambition, mais le succès va vite l'anéantir ; la peur, constamment ; l'amour, une seule fois, jusqu'à ce qu'Agnès Sorel passe sur son chemin et lui montre quel bonheur et quelle douleur le cœur humain peut atteindre.

Cette époque, il ne se contente pas de la comprendre ; il la transforme. Le moment où il vient au monde est celui du grand basculement. Cent ans de guerre avec l'Angleterre prennent fin ; la papauté se réunifie ; la longue survie de l'Empire romain s'achève avec la chute de Byzance ; l'islam s'installe comme le vis-à-vis de la chrétienté. Un monde meurt, en Europe, celui de la chevalerie, du servage et des croisades. Ce qui va le remplacer, c'est la mise en mouvement des richesses par le commerce, le pouvoir de l'argent qui supplante celui de la terre, le génie des créateurs, artisans, artistes, découvreurs. Jacques Cœur est l'homme de cette révolution. Il change radicalement le regard que l'Occident porte sur l'Orient et passe de l'idée de conquête à celle d'échange.

Ce serait évidemment une erreur de croire que Jacques Cœur est conscient des révolutions qui se préparent. Il n'est pas moderne. Il n'est pas prophète. Il est seulement habité par des rêves et leur donne un commencement de réalité. La seule manière de le tenir vivant est de le plonger dans le liquide trouble et chaud de la fiction romanesque. Il faut l'imaginer au quotidien, clairvoyant et aveugle, plein d'autant de certitudes que de doutes, inconscient de l'avenir auquel il appartient pourtant plus qu'il ne le croit.

Je ne sais ce qu'il penserait d'un tel portrait et sans doute me ressemble-t-il plus qu'à lui.

Chacun jugera et se fera sa propre idée. L'essentiel, mon seul désir, est que ce mausolée de mots, loin d'enfermer un héros mort, libère un homme bien vivant.

DU MÊME AUTEUR

Romans et récits

Aux Éditions Gallimard

L'ABYSSIN, 1997. Prix Méditerranée et Goncourt du Premier roman
(« Folio » nº 3137).

SAUVER ISPAHAN, 1998 (« Folio » nº 3394).

LES CAUSES PERDUES, 1999. Prix Interallié (« Folio » nº 3492 *sous
le titre* ASMARA ET LES CAUSES PERDUES).

ROUGE BRÉSIL, 2001. Prix Goncourt (« Folio » nº 3906).

GLOBALIA, 2004 (« Folio » nº 4230).

LA SALAMANDRE, 2005 (« Folio » nº 4379).

UN LÉOPARD SUR LE GARROT. Chroniques d'un médecin
nomade, 2008 (« Folio » nº 4905).

SEPT HISTOIRES QUI REVIENNENT DE LOIN, 2011 (Folio
nº 5449).

LE GRAND CŒUR, 2012 (« Folio » nº 5696).

IMMORTELLE RANDONNÉE : COMPOSTELLE MALGRÉ
MOI, édition illustrée, 2013 (première parution : Éditions Guérin).

Dans la collection Écoutez lire

L'ABYSSIN (5 CD).

Aux Éditions Flammarion

LE PARFUM D'ADAM, 2007 (« Folio » nº 4736).

KATIBA, 2010 (« Folio » nº 5289).

Essais

Aux Éditions Gallimard Jeunesse

L'AVENTURE HUMANITAIRE, 1994 (« Découvertes » nº 226).

Chez d'autres éditeurs

LE PIÈGE HUMANITAIRE. Quand l'aide humanitaire remplace la
guerre, *J.-Cl. Lattès*, 1986 (Poche Pluriel).

L'EMPIRE ET LES NOUVEAUX BARBARES, *J.-Cl. Lattès*, 1991 (Poche Pluriel).

LA DICTATURE LIBÉRALE, *J.-Cl. Lattès*, 1994. Prix Jean-Jacques Rousseau.

COLLECTION FOLIO

Dernières parutions

Composition Cmb Graphic
Impression Grafica Veneta
à Trebaseleghe, le 15 novembre 2013
Dépôt légal : novembre 2013

ISBN : 978-2-07-045615-4./Imprimé en Italie